à la mémoire
de mon ami
MICHEL STIÈVENART

Ah Dieu ! que la guerre est jolie
Avec ses chants ses longs loisirs
Cette bague je l'ai polie
Le vent se mêle à vos soupirs

Apollinaire.

PREMIÈRE PARTIE

La composition d'histoire

SANDERS

Longtemps, j'ai cru m'en tirer sans éclats. J'appartenais à cette génération heureuse qui aura eu vingt ans pour la fin du monde civilisé. On nous aura donné le plus beau cadeau de la terre : une époque où nos ennemis, qui sont presque toutes les grandes personnes, comptent pour du beurre. Votre confort, vos progrès, nous vous conseillons de les appliquer aux meilleurs systèmes d'enterrements collectifs. Je vous assure que vous en aurez grand besoin. Car, lentement, vous allez disparaître de cette terre, sans rien comprendre à ces fracas, à ces rumeurs, ni aux torches que nous agitons. Voilà vingt ans, imbéciles, que vous prépariez dans vos congrès le rapprochement de la jeunesse du monde. Maintenant vous êtes satisfaits. Nous avons opéré ce rapprochement nous-mêmes, un beau matin, sur les champs de bataille. Mais vous ne pouvez pas comprendre.

Cette sale histoire que j'ose à peine appeler ma vie, cette sale histoire a duré cinq ans. D'abord j'ai été bien déçu, en 40, de voir que nous étions battus. On ne m'avait pas élevé dans ces idées-là. Prisonnier, je le suis resté jusqu'au jour où des imbéciles ont monté des postes de téhessef clandestins. Quel ennui ! Je me suis évadé dans la semaine qui a suivi. Alors, par manque d'imagination, je me suis inscrit dans la Résistance. Un an plus tard, mes camarades me faisaient entrer dans la Milice pour préparer un assassinat politique. Ils m'avaient prévenu, ils m'avaient dit que ce serait une épreuve pénible. Mais j'ai trouvé des garçons énergiques, pleins de muscles et d'idéal. Les Anglais allaient gagner la guerre. Le bleu marine me va bien au teint. Les voyages forment la jeunesse. Ma foi, je suis resté.

A présent, j'ai revêtu un uniforme plus humain, celui des armées alliées. Dunkerque, la Somme, ces histoires datent au moins d'un siècle. Il y a une fête sur la place du village. La musique des chevaux de bois me casse les oreilles. La poussière aveugle les enfants. Elle m'aveugle. Ce n'est pas le hasard qui m'a conduit dans cette première armée française. J'ai eu tort, je le sais, et je meurs de rage. La guerre de 39 était idiote, la Résistance à moitié folle ; quant à la Milice, eh bien, c'était mal. Donc je mourrai dans cette campagne, ce sera beaucoup plus simple. Je mourrai facilement. Maintenant que je suis tout seul, je peux l'avouer : je déteste la violence. Elle est bruyante, injuste, passagère. Mais je ne vois pas encore qui saura me la reprocher. Sûrement pas les démocrates qui sont les plus tapageurs des hommes. Pour la justice, ils y croient. Ils l'ont vue plusieurs fois, le samedi soir, au cinéma. Il faudrait qu'on me trouve un chrétien de bonne race, un saint Grégoire de Nazianze, par exemple. Il serait assis devant moi, propre et débraillé, son calot de travers sur son front têtu. Il m'épaterait en jonglant avec des vérités tranquilles. Volontiers j'aurais honte et je confesserais mes péchés. Hélas, personne n'en voudrait. Au XXᵉ siècle, ça n'existe plus. Et puis, vous savez, j'ai cherché partout : saint Grégoire de Nazianze n'est pas au XVIᵉ hussards.

Pour montrer comme je suis devenu raisonnable, je n'ai plus qu'à fermer les yeux. Alors les événements s'avancent en rangs. Je les reconnais au passage et, humblement, je les salue, car ils sont monotones, comme les flaques d'eau dans lesquelles nous marchons le soir. Mais prenons garde : en penchant la tête nous risquons d'y voir le reflet d'une étoile. Ainsi nos moindres gestes poursuivent-ils des signes venus de loin.

A cinq heures, mes camarades se sont levés. A dix heures, on est venu examiner dans la grange ma trachéite. A midi, on m'a apporté la proclamation du colonel : le XVIᵉ hussards ne tardera pas à rencontrer l'ennemi. Chacun ricane. J'ai fait une ignoble purée avec du lait condensé, du chouine-gomme, du maïs, un œuf et du calvados. Tout le monde m'a regardé manger avec horreur. L'après-midi, Florence est passée dans sa jeep. Dommage qu'elle soit la maîtresse d'O'Reish, cet officier optimiste qui s'imagine que nous allons gagner la bataille d'Iéna, la semaine prochaine. Elle a un côté agité qui ne me déplaît pas. D'ailleurs cette agitation est très mauvaise pour le colonel. Il est évident qu'il voudra se couvrir de gloire. Quand je l'aperçois, j'ai envie de lui tapoter la nuque, affectueusement, oui, plutôt affectueusement. Je sais bien ce qu'il en est, je suis passé par là. J'avais dix-sept ans et je rageais parce que ma sœur ne me prenait pas au sérieux. Je me suis engagé. Ça n'en valait pas la peine. Les Allemands nous ont bousculés avec violence et nous nous sommes retrouvés dans Dunkerque. Alors, nous avons compris notre malheur : nous étions en province. Pendant ce temps, un grand jeune homme aux cheveux gominés et aux sentiments chrétiens, qui s'appelle Bernard Tisseau, était beaucoup plus malin. Il épousait ma sœur, puis il attendait tranquillement une guerre victorieuse. Par exemple celle-ci.

Je l'ai rencontré tout à l'heure, ce beau-frère patient. Comme il le dit lui-même, ce n'est pas parce qu'il n'est pas intellectuel qu'il n'est pas intelligent... D'ailleurs l'intelligence, un adjudant-chef de mon escadron, Dieu et moi, savons bien que ça n'existe pas.

Je suis revenu sur la place. Un jeune crétin m'ayant marché sur les pieds, je l'ai pris par le col et je lui ai expliqué deux choses : *primo* qu'il ne faut jamais bousculer plus lourd que soi, parce que, petit *a,* c'est mal élevé, petit *b,* on se fait appeler Gaston, petit *c,* en cherchant on trouve toujours moins lourd. En second lieu, je lui ai démontré qu'un crochet dans la mâchoire est persuasif à sa manière. Le brigadier Casse-Pompons est passé devant nous à cet instant et n'a rien vu. C'est dommage, car il me déteste cordialement.

Tout cela ne m'a pas empêché d'écouter la musique du manège. Naturellement, j'ai pensé à Strawinsky et la danse de l'Ours, plusieurs cavaliers la jouaient sous mes yeux, rouges, effarés. Cette région est pleine de petites filles. Il en sort de tous les arbres fruitiers. Il ne faut pas dire qu'elles sont moches. Elles sont moches, mais ce sont des Lorraines et ce mot est si gentil qu'il faut leur sourire.

Moi, je ne leur souris pas. J'ai ri une minute parce que deux hussards se disputaient pour inviter Germaine, la servante du café, qui est une grande fille veule et belle, mais on doit dire qu'elle est laide, à cause de son prénom. Quelle imagination pour trouver des raisons de se battre ! Je comprendrais encore s'il s'agissait d'une actrice célèbre ou de la reine Marie-Antoinette. Ces divinités agitent la plupart des hommes : il est agréable, il est urgent de tromper l'humanité en couchant avec Marlène Dietrich [1]. Mais cette petite servante ! Quand les habitants de la planète seront un peu plus difficiles, je me ferai naturaliser humain. En attendant, je préfère rester fasciste, bien que ce soit baroque et fatigant.

Ces imbéciles, avec leur dispute, m'ont gâché

1. Décidément ! (*N. d. A.*)

cette fête. Je commençais à l'apprivoiser. Elle n'était plus tout à fait vraie, ce qui est nécessaire pour une fête. Un enchanteur au grand bonnet pointu, nommé Strawinsky, l'avait entraînée dans un autre pays où j'étais seul à regarder, où je n'existais pour personne. Maintenant, j'ai perdu confiance. A pas lents, j'ai marché le long d'un ruisseau noir qui traverse le village. De grands morceaux de pain flottent sur les bords et nos officiers s'indignent car ils ont le respect de ces choses. Elle n'est pas mal, cette eau. On y trouve notre essence, notre crasse, et ces grands crachats ronds que les petits paysans regardent avec admiration quand les Bretons du régiment les laissent filer de leurs lèvres. Pourtant, il suffit de se pencher, on aperçoit son visage. C'est l'autre côté du visage, il faut le comprendre. Il est sombre, bien sûr, et triste. Mais il ne s'ennuie pas. Il veille sur nos plaisirs et nos malheurs. Il les couve d'un œil qui sait tout à l'avance. Si nous lui jetons une pierre parce que nous sommes fâchés de son assurance, eh bien, ça ne fait rien. Les rides l'entourent comme une auréole de raison et de vertu.

Mais j'avais besoin de consolation, car je me suis dirigé vers notre auto-mitrailleuse. Je me suis installé, j'ai ouvert ma belle âme à la radio qui jouait Wagner et j'ai conseillé vivement à un jeune niais qui me dérangeait d'aller se faire aimer.

CASSE-POMPONS

Ce putain de Sanders a descendu Lavollée.

Alors, je fais celui qui n'a rien vu et je me rends à la grange. Je sifflote un air militaire en tournant les épaules comme un mataf. La cavalerie c'est tout pareil à la marine : on est des chauds lapins, la tête près du bonnet et un coin de rêve dans son paquetage, parce que la chose du sentiment, il faut la respecter.

Soudain, je vois le nouveau, puis ce grand vagin de Berçac qui s'en retourne. J'attends une seconde et je ramène ma fraise avec autorité.

C'est un petit blondinet d'une quinzaine d'années qui me fait chier rien que de le voir. Comme si j'avais deviné toutes les misères qu'il me ferait et jusqu'au bout les affronts, l'amertume, la merde épaisse. Je lui demande son nom :

— Eh, petit, viens un peu voir par là d'abord.

Il me dit :

— Saint-Anne.

Moi je fais :

— Je me les mets au cul, les saints, tiens.

C'est comme ça que doit être le vrai chef : le mot pour rire au bon moment et le regard inflexible quand il faut.

Je sors mon carnet, plein de cambouis, qu'il est, même. Je mouille la pointe de mon crayon et j'écris : « Saint-Anne ». A cet instant, quand j'y repense, j'aurais dû lui mettre un poing sous le nez et lui dire de filer. Chez nous, que je lui aurais fait comme ça, il n'y a pas de place pour les petits glands de ton espèce. On est la crème de l'armée française, c'est pas pour s'encombrer de petites frappes qui vont se la dorer au soleil. Mais non, couillon, au lieu de ça, moi, je lui pose une main affectueuse sur l'épaule et je l'emmène. Je le préviens comme un frère :

— Ici, tu peux dire que c'est le régiment de mes deux. Le colon, il encule l'assistante sociale et elle, pendant ce temps, elle se fait tailler des sucettes anglaises par les hommes. Question d'aller au feu, on ne s'y rendra pas, parole de sergeot. On est monté en seconde ligne et puis polop ! Les messieurs à charnières, ils y tiennent à la peau de leur bide. S'il y en a des fois qui te font chier, c'est moi que tu vas trouver, hein ?

Le petit, il me dit qu'il est venu avec le de Berçac et il commence à me chauffer les oreilles, parce qu'il a le droit d'être bête, ce nouveau, mais sans dépasser les limites connues. Le Berçac, à l'entendre, ce serait la merveille du monde, la miraculée conception. Je lui glisse :

— Ferme ça. Eh, c'est des poseurs, je te dis. De Berçac, de Maximian, de mes roupettes, de la chaude-pisse, de la Florence du colonel, je les emmerde. D'ailleurs, je vais passer bricart-chef, moi, le lieutenant il le disait encore ce matin au commandant : Casse-Pompons, il passera brigadier-chef. Alors, couillon, tu parles si je me sentais bien.

Je l'entraîne vers les autos-mitrailleuses. Les feignants du deuxième peloton se roulaient des cigarettes dans l'ombre. Je préviens le nouveau qu'il n'a pas à les fréquenter. Je lui dis comme je suis : pas difficile, mais réglementaire, le vrai chef. Les véhicules, affreux, ils sont. Repoussants. Des semaines qu'on n'y a pas touché. J'en suis honteux. Voilà, je lui fais, tu prends celle-là pour commencer. Tu nettoies bien proprement à l'eau, le puits est là-bas ; ensuite tu grattes la boue sur les essieux avec une brosse ; la brosse, couillon, elle est plus usée que la craquette de l'assistante sociale, alors tu la ménages. Tu mets de la graisse gentiment là et là. La graisse, tu la demandes à ce grand con qui se la roule au soleil. Je lui montre Ernestin. Pas rasé et bituré, il était, Ernestin, voilà les gonzes du deuxième peloton. Après, je reprends, tu donnes un petit coup de chiffon à l'intérieur. Je demande pas que ça brille, je demande que ça soye propre. Putain, va, je me laisse aller à dire. Depuis que les Messieurs de Berçac et les autres sont bricarts, tu peux compter qu'ils soient nickels, les véhicules. Le lieutenant, si ça lui plaît, c'est ses ours à lui. Oh, mais je l'ai prévenu. Avec vos noms à courants d'air, le peloton, c'est le bordel qu'il est en train de devenir. Bah, couillon, il répond seulement pas.

Je lui montre comment frotter. Je lui montre comment saluer. Un père, je suis pour lui, un vrai père.

— Pour un bricart-chef, comme moi, je n'exige pas le salut chaque fois, non. Un le matin, au rassemblement, un le soir et c'est fini. Dans la journée, tu inclines un peu la tête, poliment. Quand je te parle, tu te tiens droit, avec un regard respectueux. Et voilà.

Je me rends à l'estaminet. Je cherche des yeux si quelqu'un ne me paierait pas un petit verre de limonade, mais il n'y a seulement personne. Rien que des brutes du 2e escadron. Moi, ceux du 2e escadron, le fond de ma pensée a toujours été de leur chier dans la bouche. Alors je retourne au lavoir et je lave mes mouchoirs. Je demande un peu si un bricart-chef, il ne devrait pas avoir un tampon. Mais les choses dans un régiment boxon elles tournent à la merde et il ne faut pas s'en étonner.

Si j'avais su ce qui s'amassait au-dessus de ma tête, les orages et ma noire infortune, je n'aurais pas musardé, perdu mon temps, ma vie et mon avenir militaire. Non, j'aurais couru pour conjurer la poisse. Je l'aurais conjurée, car un sergeot a toujours le dernier mot quand il est aux prises avec la chance.

Je reviens donc gentiment et je peux dire que le désastre m'est tombé dessus sans bruit comme un putain de reptile. Il avait bien travaillé, le nouveau, oui : c'était rien de le dire. Ivre d'une légitime fureur, je cours vers le puits. Ce grand vagin de Berçac lui grommelait je ne sais quoi à l'oreille. Bonté, je fais. Je me précipite et je lui dis ce qu'il est.

— Monsieur veut faire le gandin. Monsieur croit peut-être qu'on l'admire, comme ça, avec ses petites gambettes nues. La bite au cirage qu'il aura, oui, monsieur.

Parce qu'il était en chorte, le misérable, pour mieux me narguer. Il passe derrière moi en laissant traîner sa main, le négligent, sur les véhicules. Avant d'arriver dans la cour, je reprends ma dignité et je sifflote un air gaillard. Le sous-off hurle :

— Peloton d'Ermal, vingt et un.

Alors je me montre et je dis :

— Vingt-deux, y a un nouveau.

— Mes couilles, un nouveau, vingt et un !

— Et c'est comme ça que vous parlez, non ? que je fais. C'est une façon de causer, mes couilles ? Vous la ramenez pas pour un margis. On voit que vous sortez de l'Ehachère.

— Ben quoi, le bricart, là, vous voulez l'avoir le motif ? Des fois que vous auriez envie de tâter de la cabane.

Je devenais déjà rouge, mais Lavollée remet les choses en ordre. Ce con-joli, il a la parole affectueuse au bon moment. Il dit, Lavollée :

— Ça ne lui ferait pas trop de mal, à ce mauvais-là !

Je lui lance deux ou trois coups de poing pour rire. Puis je reviens au margis.

— Si je dis qu'il y a un nouveau, c'est qu'il y a un nouveau. Même que je l'exhibe.

Je prends le petit par le bras et je le pousse en avant. Le copain de Lavollée tend sa louche et grogne :

— Alors ce peloton d'Ermal, qu'est-ce qu'il branle ? C'est-y mon cul qu'il leur faut ?

— Vingt et une parts, qu'y fait le margis, toujours con.

— Vingt-deux, je dis.

— Vingt et une.

A ce moment le Saint-Anne de mes roupettes ramène sa petite gueule frisottée :

— Oh, vous savez, je n'ai pas très faim. Si le chef-comptable trafique dans la caisse, vous n'y pouvez rien et ça ne doit pas vous causer d'ennuis.

Moi, je dis putain de sort entre les lèvres et les autres, ils se taisent. Le margis secoue sa cape et son visage devient encore plus rouge. Il glapit en s'étouffant :

— De quoi parle-t-il celui-là ? Qu'est-ce qu'il lui veut au chef-comptable ? Répétez un peu pour voir.

Je me prépare à intervenir, conciliant et rusé comme toujours. Mais le Saint-Anne de mon gros gland, il pose deux doigts sur l'épaule du margis et il dit d'une petite voix suave :

— Te fâche pas, vieux ; c'est les autres qu'en causaient. Je le connais seulement pas ce putain de sort de chef-comptable. Tu comprends, vieux, je suis nouveau, un petit nouveau.

Le margis, il pince les lèvres et je pense putain de putain de macarelle de pute de sort. Je songe que je vais éclater tellement le sort il est putain. Le margis il éclate aussi :

— C'est du joli ! On m'appelle « vieux » maintenant. On me tutoie ! On me met la main sur l'épaule ! Et ce n'est pas fini ! On veut peut-être aller boire le coup avec moi ? Allez-y pendant que vous y êtes, dites-le que vous voulez boire le coup. Et comment la nommez-vous cette petite raclure ?

C'est ici que je me montre digne d'un brigadier-chef, et presque d'un maréchal des logis, je peux bien le dire. J'interviens posément.

— Ecoutez, chef, je m'en charge, moi, de lui apprendre le respect au bleu-bite. Mais faut être juste : il ne sait seulement pas distinguer les galons. Dis voir comment ils sont les grades ?

— J'sais pas, il gémit, le gonze.

Et quand j'y repense, je dois avouer, c'est un pauv' p'tit, c'est une pauvresse. Pas même savoir distinguer les galons. On se demande, y a des familles, comment elles élèvent leurs mômes.

— M'en fous, dit le margis. Vous me mettrez cet homme de garde toutes les nuits jusqu'à ce que nous montions au feu.

D'un coup l'atmosphère s'est détendue. On a ri à gorge déployée, tellement on le savait qu'on n'y monterait jamais, au feu. Pauvre innocent de margis. Ils les ont servies les vingt-deux portions.

Dans le réfectoire, Bailly courait après le Morfall en répétant : « Ton matricule ? » Le Morfall, pas bête, répondait : « Cours après. »

Je m'assieds au bout du banc, à la place légitime du brigadier-chef. Je prends mon couteau sans penser à mal. Moi, je me crois tranquille. Je me dis, pire, il ne pourra pas m'arriver. Et qu'est-ce que je vois ? Je serais resté un mois à me tenir la tête entre les mains et à penser, je n'aurais pas trouvé. Je vois qu'ils ont coupé le pain sans m'attendre. Alors la lassitude me tombe sur les épaules et je suis comme le jour où Robichon est passé premier jus avant moi.

— Faites le bordel si vous voulez, je dis d'une voix lasse. Je m'en fous bien, moi, après tout. Morfall, glisse-moi un petit morceau de pain, je te prie, que je mange avec ma soupe.

Là, je dois dire que le Morfall, il a eu le sens des convenances.

— Eh, Casse-Pompons, il a prononcé, faut pas te vexer. C'est Robichon qui a cru bien faire. On ne te voyait pas. On pensait que tu dînais en ville avec tes succès.

Et Robichon, correct pour une fois, dit :

— Après tout, tu es l'aîné, un ancien agent de ville, bientôt brigadier-chef.

Y croyait bien faire ce pauvre Robichon, mais voilà qu'il m'enfonçait dans le cœur un poignard terrible, et, ma soupe, elle me semblait soudain du fiel de bœuf et le réfectoire une grande boucherie où mes espoirs seraient suspendus à des crocs. Je dis :

— Eh, couillons, vous me faites mal de parler

comme ça. Vous ne savez pas ce qui m'est arrivé, non ? C'est le nouveau, le petit con, là-bas. Je le mets de corvée de voitures, gentiment, là. Quand je reviens, qu'est-ce que je trouve ? Pleines de merde qu'elles étaient, les voitures. Il avait nettoyé les AM du peloton de la Laujardière. Même qu'Ernestin, il a fait le geste de me mettre son gros pollard dans le dos. Et ce soir, à l'instant, il trouve le moyen d'avoir des mots avec le chef-comptable. Voilà comment ça se passe dans un peloton où le bricart-chef il n'est pas encore nommé et où les autres bricarts ils se branlent du travail. Oh, je ne lui en veux pas, tiens. Je m'en fous de mes galons. Je me fous de tout, moi. Vivement que je monte au feu et que je me fasse crever la peau. C'est tout ce que je demande. Comme ça je ne ferai plus de soucis à mes vieux. Même que je l'attends encore le mandat qu'ils devaient m'envoyer la semaine dernière. Va chier, j'ajoute, comme Los Anderos me tendait l'autre miche, va chier, je ne le découperai pas votre pain.

Ce pauvre Morfall il essaie de me remonter. Il dit : Le lieutenant, il te tient en estime, et ça c'est vrai. Il ne te ménage pas les compliments, il dit, le lieutenant, et ça c'est encore vrai. Les galons de brigadier-chef, tu les auras sûrement, mais là ce n'est plus vrai et la tristesse me serre tellement fort que la suite ne me fait plus mal.

— Presque sous-officier, que tu seras. Et de là à passer margis, patient comme tu l'es, ce ne sera pas long.

Moi, je me retrouve parmi les copains, je reprends goût à la vie peu à peu. Je mange une cuillerée de soupe. Elle est trop poivrée, je le remarque et on est d'accord. Je mange une autre cuillerée. Je coupe la seconde miche. Il faut dire que je la coupe tout autrement que Robichon. A vingt mètres on distinguerait les tranches qui viennent de lui. Il y a là un tour de main qu'un simple première classe ne peut pas prétendre à posséder. Je coupe la troisième miche.

Alors, de Maximian, toujours soucieux de la ramener, de Maximian, histoire de tourner sa mauvaise langue dans ma peine comme une cuiller dans de la purée de pois, il dit :

— Casse-Pompons fait son petit empereur romain.

Je veux pas le regarder, de Maximian. Je finis ma soupe dans un silence à faire peur. On me demande et je dis que je suis malade. Ils ne peuvent pas savoir. C'est là-dedans que ça se passe.

Après dîner, je réunis le peloton et en avant : une petite chanson militaire. Garde-à-vous. Pos. Garde-à-vous. Pos. Avant. Hurche. An, deux, an, deux, an, deux. Au cantonnement, je me donne un coup de peigne et hop ! Je vais à *La Belle Mutine.* Salut, que je dis en entrant. Voilà l'emmerdeur de première. Je m'assieds. Hop, Germaine ! Qu'est-ce qu'on amène au bricart-chef ? On lui fait risette d'abord. Allons, allons, une belle risette.

Je lui glisse des paroles sales à l'oreille. (Quand

je me prends à y penser, je dois avouer que les suçards, ça a du bon. C'est pas dans la garde à Pétain que j'aurais appris à conduire, à nager et même à dire des paroles sales comme je les dis maintenant. Je n'ai plus qu'à savoir danser, putain, et je serai le vrai gentilhomme.)

Germaine, elle apporte une limonade et je lui pince les fesses.

— Dégueulasse, elle dit.

— Eh là, eh là, je fais bien fort (manière de rire, couillon). On insulte le client maintenant ? Patron ? Patron, arrivez voir. On insulte le client devant tout le monde. Qu'est-ce que c'est que cette maison ?

Le patron (je l'emmerde, c'est un gland) il gémit :

— Les hussards, c'est tous des sales et des mal élevés.

— Oh, Germaine, je dis, y sont tous sales, les hussards ?

— Oh non, elle fait, rêveuse.

Je la pousse, moi.

— Dis voir qu'il y en a de mignons ? Et des pas loin, même ?

Elle ouvre de grands yeux.

— Oui, il y en a de mignons, elle fait comme ça. Même que tout à l'heure j'en ai vu arriver un nouveau, il était à croquer.

Je réfléchis et je dis :

— Un blondinet ?

Elle répond :

— Oui, un blondinet, tout gentil, tout en

sucre, avec des yeux noisette et des cheveux ondulés.

Il y a un couteau qui m'entre dans le cœur. Toujours ce misérable petit branleur. Misère. Il fallait le voir pendant la soupe, rouler des yeux doux au Maximian. Et maintenant la Germaine elle lui lance des regards en rond. Elle le préfère publiquement à moi, un ancien sergeot. Je crispe les lèvres, je bois seulement pas le reste de ma limonade et je vais me coucher. J'ai pas le cœur à rêver.

FLORENCE

On ne saurait dire que tous ces coins-là soient bien amusants. Evidemment, c'est la guerre. Mais la guerre, ça devient la barbe quand tout est mort, éteint, embaumé. Il faudrait lui trouver des limites. Par exemple le foutebôle, on y joue dans des endroits spéciaux. Il devrait y avoir des terrains de guerre pour ceux qui aiment bien mourir en plein air. Ailleurs on danserait et on rirait.

Je me dépêche de préciser que je ne mets pas les joueurs de ballon et les militaires sur le même pied. Les uns sont trop ridicules dans leurs petites culottes de soie, et enfin, le mollet, ça n'a jamais été le muscle idéal chez un homme. Tandis que les soldats ont un certain charme. C'est une drôle de chose. Même un petit paysan tiré de sa ferme, dès qu'il est en uniforme, il semble parfumé au cuir de Russie.

Pierre était soucieux. Il répétait :

— Quel genre! Les officiers s'amusent, la

troupe se morfond, on se croirait sur la ligne Maginot.

Cette drôle de guerre n'avait pas encore été très réussie. Quand je revois le 3 septembre et les cloches qui sonnent, moi battant des mains au fond de ma chambre, enfin on allait changer tout ça, on allait sortir... Oui ! Six mois dans un hôpital de Montpellier, avec l'arrière-ban de ma famille sur le dos. Et puis les blessés ne sont pas si jolis qu'on le croit. Tout juste s'il y en avait un petit, là, qui n'était pas mal, mais ce crétin, comme les autres, ne faisait aucune attention aux endroits où il recevait des éclats d'obus. Les grands mots je m'en passe. Tout de même : un pansement sur la fesse gauche c'est inhumain à supporter chez un jeune homme.

Cette fois-ci, je dis à Pierre avec un petit sourire méprisant :

— Tant que les troupes ne s'ennuieront pas plus que les officiers ne s'amusent, mon poulou, n'ayez pas d'inquiétudes et tâchez de passer deuxième classe.

Il a eu un mouvement des mâchoires, comme d'habitude quand le mors le serre un peu trop. On ne saurait dire qu'il raffole de s'entendre appeler « mon poulou ». Mais moi, je ne peux pas m'en empêcher. Ensuite je m'arrange pour être à moitié nue et je l'appelle « cher colonel et ami ». S'il est vraiment fâché, je lui dis que le lieutenant de Forjac me regarde avec passion. Il ne le croit pas, il sait que je n'y crois pas, mais ces simples mots ont quand même une bonne influence sur lui. Non pas que Forjac soit laid. Avec son nez pointu, son air myope et sa bouche ironique, il reste beau. Mais enfin on connaît ses goûts. Tout ça met du confort dans notre liaison et cette jalousie artificielle, nous sommes contents de l'avoir sous la main.

Justement, je devais acheter une combinaison en artificielle. Nous avons couru d'un coin à l'autre de la ville. En revenant Pierre faisait une tête épouvantable. Je sais ce qui l'occupait. Cette guerre où on ne veut plus de lui, tout ce temps passé en seconde ligne, ces jours cotonneux et sales dans l'oubli. Il aimerait mieux prendre Berlin. Alors, il trouverait un nouveau plaisir à se regarder dans les glaces. Tels sont les militaires. Tant qu'ils n'ont pas massacré cent mille personnes, raflé le lait des enfants, supprimé l'importation des crèmes de beauté, ils ne savent pas quoi faire de leurs mains. Tels sont les hommes.

En arrivant au garage, Ollivier, que je n'appelais pas « mon poulou » et qui ne pensait pas à Berlin, remarqua soudain que la sentinelle s'était endormie. Ollivier nous était bien utile pour ces sorties et je devais toujours le décider avant de décider Pierre. Le caractère sérieux, cafard et triste de ce commandant donnait de la pureté à nos intentions. Ce n'est plus la même chose, évidemment, d'aller acheter du linge de femme, en compagnie d'un élève des Jésuites.

Tout cela ne s'arrangeait pas trop mal. En effet, si Pierre me refusait ce que je lui demandais sous prétexte qu'il m'aimait et que rien n'avait d'importance en dehors de son amour, Ollivier, lui, ne m'aimait pas. Aussi trouvais-je un homme aimable, attentionné, tant et tant qu'un beau matin j'ai prévenu mon amant :

— Mon cher, prenez garde à ne pas être tué pendant un engagement. Car Ollivier vous remplacerait à la tête du régiment. Et dans mon cœur par la même occasion.

Il a souri et ne s'est pas inquiété. Il se trouve tellement mieux qu'Ollivier ! (Il a un peu raison.) N'empêche. Si j'étais vraiment aux dernières limites, enfin obligée par toutes sortes de choses, je ne dirais pas non. D'ailleurs les gens pieux font bien l'amour et, à ce point de vue, quel ennui que Pierre soit un mécréant !

On braque les phares de la voiture sur la sentinelle. C'est un petit garçon avec un casque trop grand pour lui. Une mèche blonde et frisée s'en échappe. Il est adossé à une half-track, il tient encore son fusil contre son cœur comme un ours en peluche. Il a des cils interminables. C'est même amusant, la lumière vient cogner dans son visage qui a l'air d'être en diamant. Il a dû trop danser cet après-midi. Ils avaient une fête comme tous les samedis. Ou alors... Mais non, il est trop jeune. Ça, il est vraiment petit et beau.

Complètement idiot de regarder cet imbécile. Ollivier le secoue. Il tourne vers nous ses yeux noisette, qui sont jolis d'ailleurs. Naturellement, il se met à pleurer, ou peu s'en faut.

— Dites quelque chose pour vous excuser, mon garçon, articule nettement Pierre. Vous étiez malade, ou vous aviez peur dans le noir. Ça n'arrangera pas vos affaires, mais vous aurez l'air moins bête.

Je propose qu'on le prive de confitures et il me regarde d'un air mauvais. Enfin Ollivier le reconnaît. C'est un engagé qui est arrivé le matin même.

En considérant cet agréable enfant, je pense : « Dommage que j'aie des goûts moins canailles. » La lune éclairait parfaitement la petite cour. On n'avait pas démonté le manège des chevaux de bois. Il avait l'air mélancolique et presque émouvant, dans la nuit. Leurs autos-mitrailleuses, bêtes comme des hippopotames, nous regardaient par en dessous. Ce que je pouvais détester ces engins ! Je les aurais pilés !

Nous attendions Ollivier qui était parti au poste de garde afin de ramener une sentinelle en meilleur état. Pierre marchait de long en large et je pensais dommage.

SAINT-ANNE

Pas le temps de s'ennuyer. Le petit soleil de cinq heures bâille sur le ciel clair. Je ne sais pas encore si je suis un héros. En attendant, je me déguise en hussard.

Ce déguisement est plus facile, quelques jours plus tard, grâce à l'offensive. Les coups de canon dans l'air, les autos-mitrailleuses qui flambent, tout cela vous persuade rapidement que vous êtes un vrai cavalier.

La mort du lieutenant ne me donne pas de regrets. Nous n'avions pas des relations très suivies. Je n'aurais pas demandé mieux, mais il estimait beaucoup plus son ordonnance et son mécanicien. C'est invraisemblable, ces officiers de la noblesse sont d'un moderne ! Ils se passionnent pour les différentiels, les cardans, les filtres à air. D'ailleurs, ils étaient déjà modernes au XVe siècle. Ils s'intéressaient au moyen âge, pas aux Romains. C'est moi qui suis en retard. Passons au chapitre suivant.

Berçac est une immense jument, élégante,

brossée, qui parle en mâchonnant de la gomme. Dès le premier jour il a mis un terme à mon angoisse. Je me demandais pourquoi mon calot ne tenait pas droit. Je mourais de honte. Ce présage désignait sûrement les mauvais cavaliers. Il m'a suffi de couper une feuille de papier bristol et de la glisser dans le calot. Ensuite la vie s'arrange. Malheureusement Berçac ne va pas plus loin. Jeune comme il est, ce n'est pas bien gai de le voir passionné pour des problèmes de bridge. Les mots d'impasse, de fourchette, me semblent aussi sales, aussi inconvenants que ceux d'accélérateur ou de cylindre. D'abord ça ne sert à rien. Ça n'amuse personne. Les joueurs se mettent à quatre pour bouder, c'est tout.

Il y a encore Maximian. Celui-là est le plus loyal des êtres. L'honneur, la vertu, l'occupent jour et nuit. Mais il est déjà plus agréable, il n'en parle pas, il se contente de sourire. Oh, ce n'est pas encore la perfection. Il a trop de qualités, c'est légèrement poseur.

Je n'oserais pas dire la moitié de tout cela à personne. D'abord je respectais le lieutenant. J'admire les autres. Je bois leurs paroles. Ça ne m'empêche pas de croire que je suis intéressant, moi qui ne dis rien. Je ne sais pas pourquoi. Ça devrait être le contraire. Je ne suis pas champion de différentiel, de singleton, ni de religion. Ce n'est pas non plus de l'orgueil, je n'ai que de la vanité. Ce qui est certain c'est que je suis plus libre. Ils ont achevé leur vie, en somme. Maximian est bon pour la sainteté, Berçac achèvera ses jours dans un cercle. Quant au lieutenant d'Ermal c'est le hasard qui l'a forcé à mourir devant tout le monde. Il était fait pour passer sa vie dans les huiles de graissage, l'essence, les pièces détachées. Ah, j'ai raison de me féliciter. On ne sait pas du tout comment je mourrai. J'ai un tas de portes à ouvrir et pour le moment je me promène dans le vestibule, sans me presser. On me dira que la guerre est dangereuse et que j'aurais mieux fait de me décider quand il était encore temps. Je n'en suis pas sûr. J'ai même l'impression que les choses sont mieux ordonnées qu'on ne le croit. Les garçons qui ont pris figure, ils meurent : c'est normal. Ils n'avaient plus qu'à vieillir, à continuer comme une démonstration. L'algèbre ne passionne pas le Seigneur. Au contraire si on ne se prononce pas, si on attend, si on respire, on a ses chances. On intéresse Dieu.

Nous traversons des villages remplis d'une végétation craintive. Moi qui déteste la campagne, je jubile de la voir dans une telle désolation : les arbres coupés, le toit des fermes crevé, les maisons abandonnées... Quant aux cadavres d'animaux, nous n'en manquons pas, depuis les chevaux éventrés, jusqu'à cet excellent d'Ermal.

Le XVIe hussards se croyait installé en Lorraine pour toute sa vie. Dans la conversation on proclamait volontiers : « Tu ne voudrais pas qu'on l'envoie au feu, ce régiment à la con ?

— Le Hitler, il est bien trop copain avec le Rothschild et les nobles pour que ça se fasse une histoire pareille.

— Les morts on sera obligé de les tirer au sort, le jour de la paix, tu verras. »

Peu à peu je m'imprégnais de cette notion capitale : le bon ton. Il y a d'abord la simple politesse. En crachant, on murmure : « Honneur aux dames. » Ou bien on tape son poing fermé contre la paume de l'autre main pour manifester une contrariété. Le bon ton est beaucoup mieux. C'est une façon de se faire remarquer en passant inaperçu.

Maintenant, personne n'est habitué au vacarme de la guerre. Il n'y a plus de bon ton. Voilà ce qui nous perd. On se précipite avec des gestes brutaux. On ne dit pas « putain de sort » quand il faudrait le dire. Los Anderos écrase un motard et rougit. Tout est gâché.

De mon côté, les bénéfices de la semaine s'écroulent. Dès que l'affaire devient sanglante, je me rappelle comme je suis peureux. Je me jette en avant afin de me dissimuler à mon aise. Mais j'explique les choses tout de travers.

D'abord, c'est l'AM de tête qui fonce. Elle passe entre deux arbres qui lui ouvrent une sorte de pré. Et puis tout à coup, elle s'arrête pile. Une magnifique flamme, jaune et bleue et verte, une langue de dragon, la retourne sur le côté. Mais c'est encore une idée. Elle retombe sur ses roues. J'écarquille les yeux. C'est passionnant, un peu moins que dans un roman. Je n'arrive pas très bien à y croire. Je ne me vois pas, par exemple, dans l'AM qui brûle. Au contraire, dans les romans, il m'arrive souvent d'être fusillé, noyé ou d'avoir un cancer et une mauvaise agonie. Ah, je n'y comprends rien. Mieux je regarde, moins je comprends. Sans doute ma place est-elle à l'abri depuis toujours. Quand je rêvais à cette minute, autrefois, l'instant où le danger serait véritable, où je serais une grande personne, je savais que j'aurais peur. Mais je ne tremble pas. Les détails font de la petite clairière, des gifles dans l'air, de la toux glaireuse du 37, une sorte de tableau, pas du tout un événement qui vous prend par la main. C'est même ennuyeux d'être aussi calme. Sanders, à côté de moi, s'abandonne à ce jeu mystérieux. Je cours derrière lui. Je cours, plus occupé par mon souffle que par les mottes de terre qui retombent sur mon dos. J'ai envie de bien faire. Je ne veux pas manquer cette occasion et je crispe les lèvres. Mes bonnes intentions, hélas, ne vont jamais très loin : je glisse et roule dans un fossé.

Etourdi, une seconde étourdi, c'est assez pour ouvrir les yeux sur un drôle de spectacle. Les rafales sont les procédés de la mort. La guerre se passe entièrement dans l'arrière-gorge d'une personne enrhumée. A dix pas un hussard est à plat ventre et les yeux clos. Je ne sais pas ce qu'il faut faire et, tout seul, je crains de passer pour un déserteur. Je rampe vers lui.

Il m'est difficile maintenant de revoir notre réfectoire autrement qu'en couleurs d'Epinal. Cette pièce qui me parut ennuyeuse, après tout, dans la fumée du souvenir, je la trouve rayonnante. Je distingue la cour, les cuisiniers à moitié nus qui éloignent de jeunes cavaliers avec un bâton ou une louche, les porteurs de marmite, leur allure d'enfants de chœur. Là-bas de beaux jeunes gens bruns aux cheveux gominés, dans des vestes toutes fraîches, montent gravement l'escalier de bois. Avant d'entrer, ils passent leurs gants sous leur épaulette gauche. Il y a de Berçac, il y a Sanders, il y a de Maximian. Leurs noms que je connais mal les rendent plus mystérieux qu'ils n'ont besoin de l'être, pour m'impressionner. Avec passion je me demande si le plus orgueilleux des trois s'appelle Berçac ou Maximian, cherchant dans les syllabes une vérité qui n'existe pas, cherchant à traduire. Un cuisinier plus fort que les autres saisit un gros petit garçon poupin, le fait tourner deux fois en l'air, sens dessus dessous. Puis il le repose sur le sol en le menaçant d'un couteau. Toutes ces choses indéfinissables et tragiques...

Il faudrait se mettre à genoux devant chaque image du passé pour comprendre que le type allongé dans l'herbe, maintenant, est entré dans une heure sérieuse de sa vie, qu'il se nomme Berçac et qu'il n'est pas habitué, cette fois-ci, à ce qui lui arrive. A son tour, devant la mort, il est un pauvre petit nouveau. Il meurt dans le fracas du monde et la pureté du ciel.

Je m'approche de lui. Prudemment, je trempe un doigt dans son sang. Il est foncé, plein de caillots je crois, et d'une douce odeur pétrifiée. Tel était le secret de Berçac qui semblait vivre à mi-chemin entre les dieux et les officiers supérieurs de cavalerie. Je passe toute la main sur son ventre défoncé. Ma main prend cette odeur de champignon acide. Je la garde à hauteur de mon front devant moi.

Je ne comprends toujours pas, sinon que je ne saurai jamais mourir. Rien n'est plus horrible que de se mélanger à la nature, rien n'est plus odieux que la terre. Elle nous attend, elle n'est pas pressée. En une seconde je pense amoureusement aux villes, aux maisons bien-aimées, aux trottoirs, à leur douce peau goudronnée. Les villes si pudiques, si tranquilles après tout pour un garçon de mon âge.

Alors je revois la moue de Berçac, le second soir, pendant que Los Anderos me révèle qui était la maîtresse du colonel. Berçac penche la tête. Il ressemble à un amateur de musique et il cligne les yeux pour diminuer l'univers des couleurs et mieux se laisser pénétrer par une mélodie qu'il connaît bien, qui ne le surprendra plus, mais qui l'emplira de reconnaissance. Maximian est plus simple, c'est qu'il est plus vertueux et qu'il oublie tout. Il rit de ses dents carrées.

— Cette personne, elle s'occupe du Foyer du Soldat et elle s'appelle Florence. Pas pour se faire enculer par le brave militaire, comme on pourrait l'imaginer. Non. De bon cœur. Et je te dis aux cuisiniers en dandinant de la fesse : « Ne les nourrissez pas trop, les chers petits, qu'il leur reste un peu d'appétit pour le foyer. » Et je te vais trouver le chef-comptable pour établir un plan quinquennal de sandouiches au camembert. Pendant ce temps, le brave militaire, il s'étiole. Car il faut attirer l'attention de ce jeune homme sur un point : le foyer du soldat n'est pas encore ouvert. Il sera prêt dans une semaine. Et dans une semaine, messieurs, la patrie aura vécu ou le XVIe hussards ne sera plus. Vous l'avez lu sur l'affiche : le suçard est la terreur du Schleu. On est obligé de les séparer par cinquante kilomètres, sans quoi ils en viendraient brutalement aux mains.

Alors ces paroles qui me semblaient stupides, je déclare aujourd'hui qu'elles étaient nobles et utiles. Car tout cela nous installe dans un univers habituel, ennuyeux si vous voulez, mais sans cadavres qui traînent dans les coins. Les cadavres, c'est la barbe. Ils ont l'air contagieux et peut-être le sont-ils vraiment.

Pour me défendre, ma seule chance est d'ouvrir les oreilles aux paroles de la veille. Comme elles sont vraies ! Comme ces garçons avaient raison ! Bien sûr que nous ne monterons jamais au feu. Bravo pour celui qui dit :

— Si on n'avait pas jeté l'half-track du Ier escadron dans un fossé, où en serions-nous ?

Bravo encore pour Los Anderos, puisqu'il répond :

— Une bonne journée. D'ailleurs les cocus du Ier escadron, ça ne vaut pas le Boche pour le tuer. Tu n'as qu'à voir Casse-Pompons. Il en vient, lui, du premier. Eh bien il a le caractère baverouleaux, con, gland et tout ce que tu voudras, du cocu.

Alors, Casse-Pompons, en agitant sa mèche

frisée et ses doigts secs, met Los Anderos de corvée de soupe. Los Anderos dit qu'il en a l'habitude et qu'il crachera dans la bassine, comme d'habitude. Maximian proteste. Sur ces bases raisonnables, le monde peut tourner sans écœurer.

Tout ça, Berçac, le sang, le réfectoire, les mauvaises plaisanteries, m'est apparu en un éclair. Je n'ai pas eu besoin de me poser beaucoup de questions. J'ai empoigné ma carabine par la bretelle et j'ai couru. J'avais encore mal aux genoux. Donc je venais de tomber. Je me sentais dans une bonne disposition pour tirer. Je comprenais quelle envie on peut avoir soudain de se libérer du vacarme qui s'est accumulé dans votre tête.

Je suis devant Sanders et une demi-douzaine de cavaliers. Un peu devant, c'est la preuve que je ne suis pas un lâche. Cinq Allemands sortent en levant les bras. C'est déjà fini. Ils sont vieux, ils sont tristes. Sanders me regarde de cette façon traînante et agacée qui est la sienne. Il porte son casque en arrière, comme le chapeau d'un mauvais garçon de cinéma. Il jette les mots avec un lance-pierre :

— Tu es blessé ?

Je ne sais pas répondre. Je baisse les yeux vers un cadavre Schleu : un gosse de mon âge.

— Non, je ne crois pas. Ils ont tué Berçac.

— Naturellement, dit Sanders. Pourquoi cet imbécile a-t-il pris ta place dans la première AM ?

Je ne me doute pas du piège. Je balbutie :

— Parce que je ne savais pas la radio.

Alors Sanders est bien content et il m'affirme avec un bon sourire :

— Tu savais brûler ? Faut pas faire des manières : t'es combustible comme un autre, ma chipette.

Maximian éponge sa main, sanglante de son vrai sang. Le soleil se déclare. Nous avons trop chaud dans nos imperméables. Je pense tout à coup que les morts sentent si mauvais par la faute du caoutchouc brûlé. Cette idée me rassure. Assis sur le remblai, Casse-Pompons ajuste ses guêtres. Il se retourne au passage d'un maréchal des logis et le prévient des ennuis qui sont arrivés au lieutenant.

Nous n'avons plus rien à faire ici. Le travail est achevé. Nous retournons vers les voitures intactes. Je ne sais pas si tout le monde est comme moi. Je suis un peu désemparé. Tout cela est brusque et incohérent. L'ordre arrive par radio. Il dit de continuer. On entend un roulement monotone. Le margis nous regarde. En branlant sa grosse tête, il déclare :

— C'est le 22e Cuir. Ils abordent sur quatre kilomètres.

Ce grondement lui-même demeure à l'intérieur d'un bruit plus vaste qui remplit l'horizon : celui des canons ennemis et des nôtres. Alors on se sent petits et bien innocents au creux de la grande main fiévreuse de la guerre. Dans cette minute-là, je crois comprendre son secret et pourquoi c'est une fille facile. Ça se passe en famille. Chaque peloton de cavalerie est lancé dans une prairie, comme un dé qui roule sur le tapis vert. Suivant le nombre qui sort : cinq tués, trois tués, pas du tout, on gagne, on ne gagne pas. Agréable existence où il suffit de savoir se vautrer dans l'herbe.

Nos trois autos-mitrailleuses, à une minute d'intervalle, reprennent la route. Nous sommes en tête. C'est un plaisir dont je me dispenserais. Je ne regarde pas la nature car je la déteste. Il n'y a qu'elle des deux côtés. Je me rappelle avec rage l'époque où nous visitions des fermiers. Il fallait s'asseoir dans l'herbe, passer à côté des vaches. Et puis on était toujours ridicule. A ce moment-là, Maximian serre son volant, freine et tourne sur place, dans un grincement épouvantable. Un bruit effarant, un bruit métallique retentit contre moi. Je perds la tête et nous sommes dans un fossé. Je plonge mon regard par la fente de visée. Mais il n'y a qu'une petite branche d'arbre qui se balance gentiment. Allez vous faire une idée de l'histoire de France dans ces conditions.

Nous sortons du fossé en nous cognant à trente-six parois. L'AM stoppe pile. La petite lampe de mon poste s'est éteinte, son ronronnement a cessé. Ma carabine décrochée heurte un bidon d'huile. J'ai mal à l'épaule droite. Je porte ma main de ce côté, je la ramène barbouillée de sang. Transporté de bonheur, je préviens Maximian. Il a soulevé le couvercle et il se déroule à l'extérieur. Puis il revient à côté de moi et il me dit :

— Les Schleus aussi, ils ont l'air blessés.

Je sors à mon tour. Comme je ne vois rien, il

m'explique rapidement que nous sommes passés sur deux Allemands et leur fusil-mitrailleur. Donc c'est glorieux, je ne saigne pas pour un accident. L'ennuyeux c'est de ne pas voir les cadavres. L'idée me vient d'avertir Sanders. Il sera bien attrapé. C'est toujours la même chose. Ces gros garçons à l'air fatal se font mousser, mais ils sortent de là sans une égratignure. Cependant un mince filet sombre continue à tomber sur mon épaule. Je quitte mon siège et je me glisse à l'étage supérieur. Ce grand veau de Sanders est affalé entre le canon et la mitrailleuse. Il ressemble à un ivrogne sur le tabouret d'un bar. Ce qui accentue cette impression, c'est un bas de soie qui entoure la culasse et sur lequel il a posé la main. Naturellement, ce bas est vide, mais je croyais que ce mauvais genre était réservé aux aviateurs. Je le dégage péniblement. Il reprend tout de suite l'air par grosses bouffées. Une cicatrice coupe son front, ajoutant à son allure bornée. Les deux autres AM sont arrêtées derrière nous. Le margis est descendu. Il me demande si c'est grave. Je réponds modestement :

— Ce n'est rien. Nous tiendrons le coup.

A ce moment-là, je m'aperçois qu'il ne s'adressait pas à moi, car il relève la tête et me fixe avec mépris. Maximian explique diverses choses, sans grand intérêt, au sujet du moteur. Ils discutent un instant, grimpés sur le pont arrière. Pendant ce temps, Sanders me souffle entre les doigts. Ensuite, nous le sortons de la tourelle et nous l'installons sur l'herbe. Ça devait finir comme ça.

Il paraît dormir plutôt que mourir. Les autres sont repartis. Nous sommes au pied d'un sapin ou d'un marronnier.

— Maintenant, dis-je, nous voici entre jeunes gens. Plus de lieutenant et celui-là va clamecer.

L'auto-mitrailleuse nous fixe de son air bovin. Tout le côté droit, à l'avant, mon côté, est déchiqueté. Elle ressemble à un ruminant, couvert d'écorchures.

Je regarde Maximian, puis je pense à Berçac non sans une douleur épouvantable et redoublée. D'abord il est mort, mais ce n'est pas le pire. Je me demande si ces beaux jeunes gens placent la guerre dans une série bien ordonnée qui comprendrait le polo, le golf, le tennis, etc. Ce serait plus affreux encore, pour les autres, sinon pour eux-mêmes. Je n'y tiens pas, je demande au brigadier s'il pense à la mort de temps en temps, par exemple en se rasant, pour rester tranquille. Il me répond avec des yeux rieurs :

— Le moins possible, tous les autres s'en occupent.

— Oui. Je réfléchis. Oui. Ils s'en occupent, mais pas pour de vrai. Pas avec application.

— Oh ben... On passe par des moments ennuyeux. Tout le monde mange et dort. Tout le monde meurt.

L'herbe sèche lentement autour de nous. Vers dix heures, Sanders ouvre les yeux et réclame de l'eau. Il boit la gourde que lui passe Maximian. Je meurs de soif et, comme il n'en laisse rien, c'est un nouveau motif de regret : pourquoi n'ai-je pas été blessé ? Ce n'est pas si difficile. Sanders déclare ensuite qu'il ne va pas mal.

Il ne manque pas de cette bonne humeur hargneuse, forcée, insupportable. En lui chaque trait est poussé au noir et souligné deux fois à l'encre rouge. J'ai l'impression de me trouver en face d'un mannequin animé par un personnage identique mais plus petit. Et ce personnage lui-même ne serait qu'un pantin. En continuant de la sorte, je distingue une infinité de Sanders, se copiant, se gourmant et s'excitant les uns les autres. L'ensemble constitue un poison violent. D'ailleurs il ne peut pas me souffrir, moi qui suis blanc et gentil comme le lait. Ça ne m'empêche pas de l'admirer, sans aucun plaisir, je le reconnais. J'y suis obligé. D'abord il est fort. Il n'a pas peur. Il a l'air d'avoir l'habitude de vivre.

Une heure plus tard, l'half-track viendra nous dépanner. Elle était en panne, elle-même, trois kilomètres derrière nous. Ce seront des palabres, des chaînes qui se tendent et cassent, des grincements et des disputes. Les mécaniciens sont les hommes les plus pédants du monde. Un gros adjudant rouge et sale, brandit un câble en parlant d'embrayage et de connexion. Je considère que je suis dans un salon où de vieux messieurs discutent autour d'une table de bridge sur l'opportunité de faire les pignons à cœur ou à trèfle. Je ne les écoute ni ne les aide. Je ferme les yeux. Alors je n'ai plus d'uniforme, ou il est si neuf et si léger que je ne le sens pas. Le bourdonnement de la guerre est celui d'une fête, un samedi après-midi. Je suis revenu au premier jour de mon engagement. Je revois mes pas effarés, dans un costume gris, une mallette à la main, parmi les hussards qui occupent le village, leur blouson de cuir, leur teint basané, leur calot orné d'argent. Ils n'ont pas l'air de simples soldats. On imaginerait plutôt la Garde d'un prince qui ne se montre pas. Et je vais si vite dans ce sens que l'animation de la petite place me plonge soudain dans les journées révolutionnaires. Oui, je suis entouré de Gardes françaises, voilà qui explique leur indépendance, leur autorité sur les filles dont ils discutent en connaisseurs. On ne va plus tarder à prendre la Bastille. J'ai beau avoir été élevé dans de bonnes institutions, j'ai beau savoir qu'il ne fallait pas prendre cette forteresse, avouons que c'est plus amusant de la sorte et si l'on a peur, tant mieux.

J'ai vu beaucoup de chevaux de bois dans ma vie. Ils étaient calmes et rieurs. Les petites filles faisaient voler leur robe. Les parents les entouraient, graves et doucement ironiques. Mais ce n'est plus du tout pareil. Voici un manège terrifiant. La musique fracasse le ciel, les chevaux bondissent, on sent bien que ce n'est pas le moment de rire.

Entre les comptoirs, les cavaliers passent, deux par deux. Ils ne sont jamais seuls. A cela il y a sans doute une raison et, tant que je ne l'aurai pas comprise, je ne serai pas des leurs. Je reviens du magasin. J'ai réveillé son gardien, un Levantin qui semble avoir quatorze ans et dormait, ivre et boudeur. Il m'a laissé choisir dans la pile de vêtements qui lui servait de matelas. Je salue les officiers aussi souvent qu'il m'est possible. Une heure même, j'ai rôdé autour de l'état-major pour en voir passer de nouveaux. C'est une chose amusante, comme une boîte de soldats au jour de l'an, ces capitaines, ces lieutenants, qui vous appartiennent un peu puisqu'ils sont de votre régiment. Ils sont propres et vernis comme des jouets neufs.

Un peu plus tard, j'ose m'approcher des autos-mitrailleuses. Une musique délicieuse s'en échappe. C'est sûrement du Mozart. Je grimpe à l'arrière de la voiture enchantée en m'accrochant à l'antenne qui semble une grande aiguille à tricoter. J'en redescends beaucoup plus vite. Il y a un type dans la tourelle, deux fois plus large que moi, deux fois plus grand. Il m'a dit quelque chose de spirituel et de blessant, que je n'ai pas compris et c'est peut-être un officier, pour écouter de la musique, un samedi. Je pars mortifié. Je viens de voir Sanders pour la première fois.

Je le retrouve une heure plus tard, alors que je suis en short et sur la place. Il est adossé à un café, debout sur une table ronde. Il la fait basculer dans tous les sens. Je voudrais bien lui parler. C'est sûrement un intellectuel, puisqu'il aime Mozart. Ce serait une chose merveilleuse, dès le premier jour, de se faire un ami aussi rêveur, aussi adroit. Je ne serai pas timide. Je m'approche du café en bousculant les danseurs.

Ils dansent très mal et ils ne le cachent pas. Ils

tiennent les coudes écartés, presque à l'horizontale, ils sautent, ils trépignent, ils rougissent au soleil. J'avoue que ce ne sont plus les Gardes françaises, dont on imagine sans peine qu'ils tournaient comme des dieux. Les filles sont des Lorraines assez jolies, pas toujours minces, pas toujours blondes. Mais je n'y peux rien si je n'aime que les blondes.

Au moment où j'arrive devant le café, le grand hussard est descendu de sa table. Il est au comptoir et il verse un tas de produits dans une jatte : du vin rouge, du cognac, du cinzano, je ne sais quoi d'autre, puis il boit, au milieu des acclamations. Je ne peux m'empêcher de penser qu'il est vraiment comédien. Mais puisque je l'ai percé à jour, sans effort, nous sommes faits pour nous entendre. Je m'accoude à côté de lui. A ma droite s'élève une grande fille aux cheveux raides qui n'aurait pas été mal dans les fossés de la Bastille. Elle semble née pour sucer le sang des aristocrates. Cet air sauvage me va droit au cœur. Elle porte une robe imprimée dont le corsage est fendu jusqu'à la taille. Un clips de mauvais goût qui représente un bouquet de fleurs le retient à mi-hauteur. Ce ne sont pas les fleurs que je regarde, je n'y entends rien, mais l'un de ses seins, qui bat doucement sous une combinaison blanche. Je suis placé pour le voir sans effort et le naturel de cette situation, mêlé à cette incorrection, me trouble, me surprend, m'intéresse. C'est évidemment un grave secret, contre lequel nous ne pouvons rien tous les deux, que de montrer ainsi sa poitrine, comme on dit dans la boucherie. J'essaie bien, justement, de calmer mon angoisse en répétant quelques termes de métier empruntés à l'argot des collégiens, mais ces pauvres mots sont rejetés lamentablement par les grandes vagues qui me submergent. A vrai dire, jadis une femme a déjà eu la gentillesse de se déshabiller devant moi et de m'apprendre des choses aussi compliquées qu'ennuyeuses. Mais elle appartenait au meilleur monde et on pense bien qu'elle ne montrait pas ses seins dans les cafés. D'ailleurs elle n'allait jamais que dans les salons de thé, ce qui explique sa réserve.

Un peu fâché quand même de ce qui m'arrive, je demande à la fille de danser avec moi. Elle m'examine et, sans doute, elle ne m'avait pas vu, tant il y a de cavaliers autour de nous. Elle sourit très vite, puis elle reprend sa gravité révolutionnaire. Il n'est pas sûr qu'elle soit belle. Elle est blanche, elle a les yeux enfoncés, ses sourcils auraient besoin d'être épilés. Je ne lui cache pas ma pensée à ce sujet tandis que nous dansons. Elle me répond qu'elle n'a pas le temps. Sa voix est douce et c'est dommage. Elle me pose des questions sur mon arrivée. Je dis « oui » ou « non », au hasard. Mes yeux coulent à nouveau vers son corsage. Ce que je fais là est bien vulgaire. Un ignorant n'agirait pas autrement. Mais je dois avouer que je n'ai aucune mémoire, pas plus des femmes que du reste. Mon souvenir féminin le plus marquant est celui d'une réclame pour des maillots de bain. Maintenant, c'est très différent. Chaque fois que son corsage s'entrouvre, elle se déshabille pour moi seul et je retrouve une émotion facile, agréable, inhabituelle. Comme il y a beaucoup d'accordéon dans la musique, je me persuade aisément que ce plaisir ne vaut rien. Nous regagnons le comptoir.

Une minute se passe pour moi à boire en toussant une sorte d'apéritif gras. Je me demande ce que penseront mes supérieurs de cette liaison avec une révolutionnaire et une femme. Et puis c'est la guerre, temps des actions sérieuses. Je me suis engagé parce que je me trouvais ridicule dans la peau d'un lycéen, faible en toutes matières, mais aimé d'une jeune femme que je prenais pour une folle. J'ai voulu me ranger. Ce n'est pas le moment de recommencer ces expériences dangereuses. D'ailleurs je ne renonce à rien. Je suis beaucoup plus ému par cette petite scène de café que je ne le serais avec cette fille à cheveux raides, dans une chambre.

A ce moment, le grand hussard se dirige vers mon amie et l'invite à danser. Elle semble hésiter, puis elle me prend par la main en disant :

— Je regrette. Je suis retenue.

Je trouve qu'elle ne manque pas d'audace et c'est un charme qui me rappelle immédiatement l'impudence de son corsage. Malgré cette influence malsaine, j'ai bien envie de la démentir, quand ce ne serait que pour m'attirer les bonnes grâces du cavalier musicien. Malheureusement, tout s'envenime en une seconde. Il me regarde en avançant les lèvres et il dit d'une voix très douce :

— Oh, il a l'air bien fatigué, vous savez. Je ne suis pas sûr qu'il ait envie de danser.

Je ne sais quoi répondre. J'ai envie de l'approuver mais si je me conduis aussi vite comme un lâche, il ne m'estimera pas. Je prends une attitude négligente et je bredouille :

— M'est égal.

La fille serre mon poignet, m'entraîne de force. Je n'ose plus revenir dans le café. J'ai bien peur de me faire casser la figure. Le grand hussard était blanc comme un linge et, à propos, je me demande pourquoi il ne bronze pas comme les autres. Mon amie me dit qu'il s'appelle Sanders, qu'il ne s'est jamais occupé d'elle sinon ce soir et qu'il lui déplaît horriblement. Puis elle me confie son prénom qui est Germaine et son métier que je n'ose pas dire.

A la fin, il faut revenir au comptoir. Je ne suis pas rassuré. Sanders est adossé dans un coin et il rumine de la gomme. Dans cette ombre il a quelque chose d'étonnant. Son visage ne paraît rien de plus que son épaule ou son buste. Il est d'une seule pièce. Je me réjouis à la pensée qu'il a oublié ce petit incident, qu'il aime Mozart et les filles sauvages. Ce sera mon meilleur ami.

Germaine sort au bras d'un brigadier velu et râblé comme un Turc. Dans la lumière qui s'abat sur la porte ouverte, je les vois danser un tango pour lequel ils sont bien mal faits. Au moment où ils rentrent je m'aperçois que Sanders m'a rejoint. Il a les bras collés au corps. Cette attitude empruntée, ses yeux rendus vagues par les saletés qu'il boit, il m'impressionne, mais sans ennui.

— Vous feriez mieux de ne pas danser avec cet imbécile.

Ces mots, il semble impossible qu'ils viennent de ce mannequin, à côté de moi. La fille répond avec sécheresse :

— Pourquoi ça ?

Au contraire, il traîne sur chaque mot.

— Pasque... c'est pas agréable à regarder.

Le brigadier paraît plus étonné que mécontent. Il bredouille je ne sais quoi et il se retrouve deux mètres plus loin, cassé en deux contre les tables. D'autres hussards soupirent :

— Ça y est. Ça le reprend.

Le brigadier se relève. Il est ivre de rage. Il prend une chaise et la jette à la figure de Sanders qui se met à saigner, l'oreille déchirée. Mais ça ne dure plus longtemps. Son adversaire reçoit quatre ou cinq coups dans la figure, qui font un sale bruit. Il est violet et se protège mal de ses deux mains. Puis il tombe à nouveau. Entre ses doigts j'ai vu ses yeux. C'est une drôle de chose, la peur, chez les autres, c'est presque l'envie de pleurer. Germaine serre les dents. Comme Sanders quitte le café, je cours après lui et je le prends par la manche. Je lui demande :

— Pourquoi ne m'avez-vous pas cassé la figure à moi ?

Il s'arrête. Il me regarde sérieusement une seconde. Puis il éclate de rire et poursuit son chemin. Ce n'est pas de chance. Il m'a plu tout de suite. Tout de suite je lui ai déplu. Je l'admirais. Je m'étonne. Germaine n'est pas grand-chose. Je renie très vite l'émotion qu'elle m'a donnée. Un type comme Sanders ne devrait pas être sensible à des détails pareils. Ça ne vaut pas de se faire déchirer l'oreille, ni de s'exposer en public de cette façon. Au juste, ce brigadier me dégoûtait. Il serrait mon amie comme un forcené, tout en dansant le nez collé dans son cou. Un petit être aussi charbonneux et musclé, il est bien qu'il y ait de grands garçons clairs pour lui casser la figure quand ça les amuse de le faire. Moi, je ne puis que regarder. Je suis en dehors de la partie. Il me l'a démontré par son rire et son mépris. D'ailleurs Germaine ne s'y était pas trompée : elle avait reniflé ma faiblesse. En bonne femelle, les yeux fermés, elle était venue s'y coller.

Le soir est venu. La fête finie, les hussards tournent encore dans la poussière. La sonnerie qui annonce la soupe verse un peu de vague dans mon cœur. La cour du réfectoire est une autre fête, avec d'autres danseurs et pas de filles pour semer la panique. Ce soir-là, je crois, on m'a mis de garde, sans que j'en comprenne la raison. Mais je devais revoir Sanders une troisième fois. Cette dernière rencontre devait me fâcher avec lui, plus que je ne pouvais le craindre, plus bêtement encore, mais sans déshonneur, sans ridicule et nous voulons bien de l'enfer si nous y entrons dans un beau manteau qui attire les regards.

Allongé sur ma paillasse, je rêve à l'avenir. Tout est en panne autour de moi. Est-ce la paix ?

Est-ce la guerre ? Nul n'en est averti. On est dans une grange, on ne voit pas très clair. Le cœur est serré dans une attente stupide. L'ombre d'un hussard, penché sur son courrier, vient danser sur les poutres.

Brusquement la porte laisse passer deux garçons inconnus. Derrière eux, suinte une sorte de brigadier, gros, mais surtout court, au visage de punaise barré d'une moustache mal venue, l'œil beigeâtre et glauque, un regard semblable à ces fonds de fossé qui ont besoin d'être curés — mais quand le nettoyage est fait, il ne reste plus rien. Les trois hommes prennent des casques, des souliers et les frottent. Le brigadier se tourne vers moi.

— C'est toi le nouveau ? Alors, viens m'enlever mon froc.

Une voix de femme, parisienne et enrouée à la fois. Peut-être même une voix de lesbienne. Il s'approche un peu plus près et se penche :

— Tu veux pas, dis ? Tu veux pas ? Eh bien, tu verras mon cul quand même.

Il continue son travail en caleçon mauve à raies noires. Jambes lisses, formant un crochet X. Le XVIe hussards le dégoûte, il explique pourquoi. Il n'y restera pas longtemps.

— Si ça se trouve, des fois, que je passe dans un régiment d'infanterie, c'est sergent que je serai.

— Eh oui, mon cochon, fait une voix catalane. Eh oui ! Moi, j'étais caporal dans la Résistance. Je les ai pas exigés, mes galons. Dis voir que je les ai exigés ?

— Ben, mon vieux, reprend le brigadier lesbienne, dans ce régiment-là, tu vois, on est de la poussière. Il n'y en a que pour les aristos. Mais, attends voir. Avec Lavollée, on va faire des couplets sur eux, comme les chansonniers montmartrois. Dis, Lavollée, tu les connais les chansonniers montmartrois ?

Une bouffée d'air froid nous force à tourner la tête. Un type, le regard fixe, une lampe et un rasoir passés à sa ceinture, promène sur nous un regard soupçonneux. Mon voisin me souffle :

— Ce con-là se rase le soir sans miroir. Plus il se fait de cicatrices, plus il est content.

Le brigadier gémit :

— On a frigo. Ferme ta porte, vieux !

Alors Sanders le toise et s'écarte d'un air dégoûté :

— On m'a volé mon savon. Je l'avais laissé sur le bord du puits.

Il paraît réfléchir, puis il poursuit :

— Je me demande bien quel est le salaud qui me l'a piqué.

La lesbienne continue à frotter son casque en tirant la langue et en agitant doucement ses fesses mauves et noires. Tout à coup Sanders lui donne une grande claque sur la nuque et lui passe un bras autour du cou, mais avec répugnance plutôt et en s'arrangeant pour ne pas respirer du même côté.

— Tu comprends, ma bellotte, c'est pour le principe.

— Ecoute, vieux...

— Justement, il était vieux, ce savon. Je n'y tenais plus du tout. Je l'aurais fichu à l'eau moi-même.

Le brigadier tente de se dégager.

— Dis, fais pas le con, hein ? Fais pas le con.

— Ne fronce pas le groin, ma louloute, je vais seulement virer les paillasses.

Comme il donne des coups de pied dans les côtes de mon voisin, je sors de ma torpeur :

— Ce n'est pas la peine de crier comme ça Vous êtes un type ennuyeux. C'est moi qui l'ai jeté dans le puits, votre savon. Il empestait.

Il braque sur moi sa lampe de poche. Alors ce grand garçon qui jurait en invoquant son sexe, celui des anges, Dieu, les bordels et la république, hoche la tête gentiment et s'incline car il m'a reconnu. Il murmure au bout d'une seconde :

— C'est un peu exagéré. Si vous n'y voyez pas d'inconvénient, nous poursuivrons cet entretien à la clarté des étoiles.

DE FORJAC

Sinon de conduire avec un ongle cassé, je ne connais rien de plus ennuyeux que de sentir la pluie vous dégouliner dans le dos et ces deux voluptés se disputaient mon cœur, mais au juste, je ne pensais pas que le cœur fût pour rien dans mes tourments, car ce muscle est trop creux pour se mêler aux véritables douleurs de la vie, sur le compte desquelles je ne m'étendrai pas non plus, persuadé comme je le suis que les autres n'y comprennent rien, s'obligeant à pleurer ou à rire tout de travers, alors qu'il est tellement plus simple de ne pas gouverner ce royaume, laissant à notre cœur la liberté que nous accordons à notre estomac, sans prévoir nos menus, d'autant qu'il est assuré que nous ne sommes pas difficiles sur ce chapitre, nous nous formons un imprévu de peu et l'étroitesse de notre vue fait la moitié de notre émerveillement, puisque aussi bien nous mangeons tant de kilos de raisins dans notre vie et nous aimerons un certain nombre d'êtres, malgré tout nous ne serons jamais possédés que par la faim ou par l'amour, nos absurdes folies n'auront rien de véritable et pas plus la souffrance que les autres passions, je m'en suis aperçu devant le cadavre du lieutenant d'Ermal que j'aimais bien de son vivant et que la mort avait ramené aux proportions rigoureuses d'un de ces jeunes blondins qui se font tuer dans les guerres pour permettre à leur femme de les tromper, sans quoi les pauvres anges n'oseraient pas, mais les vivants s'entendent pour affirmer que les morts ne sont pas susceptibles et je méditais cette pensée avec tristesse, cahoté dans ma jeep par les mains brutales de mon chauffeur, respirant l'odeur des branches mouillées, me gorgeant de souvenirs au printemps ou m'arrêtant une seconde pour saluer des officiers que je connaissais, bavarder une minute, puis repartir en m'amusant de ce que chacun d'entre eux fît la guerre à sa manière, Saint-Vérace en s'époumonant sur sa tourelle comme s'il eût dirigé une charge de cuirassiers à la bataille de Wagram, Bernard Tisseau invoquant à tout hasard saint Michel ou saint Georges, sans se rappeler que ces deux archanges militaires sont brouillés, mais mon goût des comparaisons profanes me poussait même à traduire le comportement de ces officiers en langage érotique et cela parce que l'amour, comme la guerre, demande quelques morsures, des cris, et l'inconscience (à ce titre je donnais volontiers la palme au capitaine de Saint-Vérace, plus robuste, plus durable, et certainement mieux récompensé par la nature que ne l'était Bernard Tisseau, gentil jeune homme aux cheveux lisses, qui manquait à tout instant de perdre sa pomme d'Adam). Parmi ces détestables pensées, je poursuivais l'ennemi et la campagne, en Alsace, invitait au recueillement, à l'attente, à la mort peut-être, car je n'étais pas assuré de trouver une province plus agréable, plus digne de moi, pour y laisser ma vie, j'y rêvais encore le quinzième jour de l'offensive, alors que nous opérions une attaque dans le petit matin. L'aube était encore assez fraîche et sentait délicieusement bon.

FLORENCE

Ça n'avait pas le moindre sens de rester à L... pendant le début de l'offensive. Je ne vois pas pourquoi les femmes n'iraient pas à la guerre. Ou plutôt je devine que la plupart feraient des cadavres moches, vautrés et flasques, mais enfin, moi... En somme je m'ennuyais prodigieusement, plus encore qu'au temps où j'étais bonne sœur à soigner les malades. Un petit capitaine du Train m'inondait de regards brûlants et rouges. Dieu me pardonne, je pouvais bien sortir au bras de Pierre, parce que Pierre est ceci ou cela, mais il a de l'allure, un coup d'œil froid qui impressionne les autres. Oui, je pouvais le faire, et même il n'était pas désagréable comme amant, bien qu'un peu brouillon. Quant à sortir avec cet avorton du Train, jamais. Plutôt prendre l'express pour Montpellier, dire : « Ma tante, me voilà, je rends mes galons, je rentre à l'hôpital », oui, plutôt soigner les gentils blessés.

Donc je m'ennuyais interminablement, réveillée la nuit par les accès brûlants de la canonnade, lisant le jour un roman de qui donc, cette Suédoise, Andrée de Beauvoir et tout à coup je reçus un petit mot tragique et griffonné qui venait du front. Alors j'ai pensé : ce pauvre Pierre a fait des bêtises, il est encore moins capable de conduire un régiment qu'une femme, il s'est rendu avec son drapeau et son honneur ou je ne sais quoi de semblable. Sûrement il s'est couvert de ridicule et j'en aurai ma part, je n'oserai plus regarder en face ces petits cavaliers qui, je l'espère un peu, s'aimaient tout seuls la nuit en pensant à moi, puisque aussi bien j'étais la seule femme de l'endroit, si l'on excepte les servantes d'auberge et le lieutenant de Forjac.

Enfin il s'est présenté un jeune officier qui m'a raconté ce qui s'était passé. Pierre n'avait pas fait de bêtise. Le XVIe hussards ayant bousculé l'ennemi, avait des pertes sensationnelles et tout allait pour le mieux.

SAINT-ANNE

Rien d'assommant comme ces files de camions et de tanks sur les routes. Ce n'est pas de notre faute si nous sommes en retard. N'importe comment, ils peuvent attendre. Les cuirassiers sont de détestables jeunes gens, mal peignés, rouges. Naturellement Sanders n'est jamais à pareille fête qu'au moment où nous dépassons un convoi. Il les accable des plus noires injures. (Je les note dans un carnet.)

Nous retrouvons enfin notre nouveau chef de peloton, l'adjudant Maréchal. C'est un buffle mal rasé qui ne peut pas rester une minute sans démonter un moteur. Quand il n'en a pas sous la main, ce qui est rare (il en traîne partout), il fouille dans sa montre. Il nous traite de lâches, de déserteurs, de poseurs de ses deux ; je ne sais à quoi il fait allusion. Il nous accuse de passer plus de temps à nous gominer les cheveux qu'à poursuivre l'Allemand. C'est un peu exagéré. Maximiam se coiffe très sommairement et il extermine les Fridolins jusque dans ses prières.

Puis ce Maréchal examine le ciel. Il prédit pour le lendemain l'Apocalypse, la merde et la mort.

C'est assez bien vu, car il reçoit un éclat d'obus dans le ventre, ce qui lui fournit une meilleure occasion de brailler. Nous faisons la connaissance du lieutenant des Môles, qui le remplace. Il vient du premier escadron. Comme il n'est pas marié, ça n'a aucune importance. Il est dix heures. Le soleil s'étire, dans un ciel qui ressemble à un brouillon de mauvais élève. Tous les quatre, nous écoutons :

— Envoyons une reconnaissance sur l'axe AB. Voyez la carte. Sale coin... Plein de mines. Vot' voiture est la plus moche du peloton. Vous souhaite pas bonne chance. Au bout de deux kilomètres, vous pourrez revenir. Vous avez la radio. Tâchez de prévenir avant de sauter.

Nous prenons un air ennuyé. Cet ennui augmente quand le lieutenant nous serre la main. Ce jeune homme, après tout, nous ne l'avons pas invité à notre enterrement.

La route est bordée d'arbres bien rangés. J'en avais compté une centaine quand Sanders fait signe à Los Anderos de s'arrêter.

— Tout ça, dit-il, c'est très mauvais pour le foie. Je prends avec moi cette jeune demoiselle et nous faisons un tour en avant.

Je ne suis qu'à moitié flatté de son choix. Nous marchons rapidement, chacun dans un fossé, en nous courbant et en ramassant des brindilles qui se collent à nos treillis. Je n'aime pas beaucoup ce genre de promenade. C'est dangereux, c'est salissant, il n'y a pas de spectateurs et, dans le fond, ça ne sert à rien du tout. On ne me fera pas croire que la civilisation est en jeu parce que le 13 mars 1945 je pataugerai dans un fossé, le long d'une route malsaine. J'ai bien raison. En effet, une grenade, puis trois, puis cinq, s'étalent à ma droite. Je me jette à plat ventre et j'essaie de me faufiler sous un caniveau. Une rafale part sur ma gauche. Quelqu'un s'aplatit derrière moi. Ça ne me plaît pas du tout. Je sens mon cœur monter, descendre et remonter, un peu comme un ascenseur dans sa cage. Heureusement (joie, soulagement, citronnades infinies de la vie) c'est la voix de cet animal de Sanders qui me siffle dans l'oreille :

— Je les ai vus. Ils ne sont pas beaucoup. Ce sera facile.

Il est couvert de boue et il en a même dans le dos. Je l'admire au passage.

— En continuant, on arrive au coude que fait la route. Je les aurai très facilement. Mais si tu restes seul, ma chipette, tu auras peur. Tu ne tireras pas et ils feront attention à moi.

— Comment peux-tu croire une chose pareille ? lui dis-je.

Une autre grenade ponctue mon indignation. Il fait la grimace. Puis il fonce en jouant des épaules. Il m'a piqué au vif. Je me prépare à tirer. Mais je reconnais bientôt que je n'en ai pas envie. Si les Schleus devinent que je suis ici, ils sont assez pervers pour m'envoyer des grenades dans le dos : sale endroit, avouez-le, pour des blessures.

Sanders dissipe mes hésitations. Je l'entends qui tire à cinquante mètres devant moi, légèrement sur la droite. Il ne se presse pas, il détache ses coups. Les autres répondent soudain avec violence. Ils ont sûrement une mitrailleuse. Il y a maintenant assez de bruit pour que je me permette de vider un chargeur, au hasard, sur le côté. Ensuite je me sens meilleur et j'attends, car le silence est revenu. La guerre m'étonnera toujours. Sanders est seul à tirer. Il passe pour adroit. Je ne comprends pas qu'il reste encore des Fridolins. Je suis sûr qu'ils les vise très soigneusement. De mon côté je leur ai envoyé quelques-unes de ces balles perdues qui sont si dangereuses pour les militaires.

Je réfléchis profondément. En même temps je perçois un grondement sur la route, une gerbe de balles vient claquer contre la pierre du caniveau. C'est un froissement de branches, c'est un rugissement de l'enfer, à cinquante mètres, à çent mètres, de partout, une foule de types en noir se jettent en avant. Je me sens changer de couleur.

BERNARD TISSEAU

Événements militaires : Hier, grosse échauffourée sur l'axe AB. Nous perdons deux AM et quinze hommes. Mon beau-frère s'en est tiré de justesse.

Lettres en retard : Claude, les fermiers de Dives.

Lectures indispensables : Ardant du Picq, Lucien Descaves (*Les Sous-Offs.* Demander s'il y a un livre du même auteur sur *Les Officiers*). Saint-Exupéry (*Pilote de guerre*) et en général toute la littérature militaire. C'est le moment, sur le vif, de la potasser à fond.

Conversations : Sanders : l'engueuler. Bien que ce ne soit pas le moment choisi, puisqu'il va être cité pour l'engagement d'hier.

Lieutenant de Forjac : reprendre notre discussion historique, à savoir si la décadence française a commencé dès Philippe le Bel, comme je le soutiens.

Aspirant Vérité : demander si les pertes du régiment sont toujours les plus importantes de la division.

Essence : Quatre-vingt-cinq litres.

Huile : Dix-huit litres.

Moteur : Démontage du filtre à air. Dégraissage des bougies.

Ce pauvre vieux Maréchal avait raison. Le coup d'accélérateur avant de fermer le contact, c'est bien gentil, ça ne laisse plus traîner d'essence dans le carburateur, mais on encrasse les bougies.

Aux dernières nouvelles, si tout se passe bien, nous prendrons K. dans trois jours.

LOS ANDEROS

L'assommant, je ne faisais que me le répéter, c'est que les goums auront foutu la chaude-pisse partout. Ce n'est pas qu'une bonne bléno, à l'occasion, n'ait son utilité. Je me rappelle, en 43, à la prison d'Angers, sans les gonos, où serais-je maintenant ? Dans une profonde fosse publique avec les regrets éternels de ma famille et la bénédiction du curé de l'endroit. Le gonze qui m'avait passé ses gonos, d'ailleurs, c'était un frère. Un type à charnières, il était en tôle pour une histoire d'escroquerie, mais un frère. Enfin, à K., moi, je me sentais plutôt des idées de père de famille. Protecteur, je me ferais, libérateur, grand Français et la suite. Comme Saint-Anne demandait si on violerait un peu les Fridolines, j'ai répondu :

— Tout juste. Faut ce qu'y faut. Ousque l'honneur du régiment est en jeu, y a pas à reculer. Quand les z'hussards y rentrent dans une ville, c'est p't-êt' pas pour saluer les dames en bas de leur balcon et leur-z-y faire des révérences.

— A part Maximian, a dit Sanders. Lui, c'est le tempérament à bien se conduire : tout juste se branler un peu dans le bénitier, et encore, plutôt pour la forme. On leur apprend à faire mille et mille nœuds, dans les bohiscoutes, mais pas à employer celui que la nature leur a donné.

Ce Sanders, c'est le type agréable, dans le fond. Pas pour les gros, un démocrate et un costaud, quand on y pense. Il aurait été dans les Eftépés, je n'en serais pas plus étonné que ça.

D'ailleurs, me suis-je dit pendant que la colonne s'ébranlait, les braves suçards, y n'auront même pas le droit de toucher à personne. Y en aura que pour les officiers. Salauds ! Y-z-ont que deux couilles comme tout le monde. Excepté le colon qui n'en a qu'une.

Sur la place de K. on a pu se rendre compte que les ruines ne manquaient pas. Ça faisait du bien à voir. Pendant que cet enculé de Maximian gardait les yeux fixés à six pas devant lui, Sanders, Saint-Anne et moi, on s'est esbignés.

Il y avait des passants dans les rues. Ça faisait drôle d'occuper le monde. Je sentais que j'aurai besoin de me retenir pour ne pas filer dans les bois avec eux. Il est vrai qu'ici, les communistes devaient être des collabos. Oh, là, là ! Quelle vie ! Pas une bath de vie, une drôle de vie.

Ce Sanders, il parle allemand comme un bachelier. Il a demandé à un môme où était la cathédrale. Moi j'aurais dit :

— Kreis ? Où ça ? Raus ! Los menschen, los ou

pied dans le cul ! en gueulant. D'ailleurs, moi, je n'aurais pas cherché à aller dans une cathédrale.

Pour une fois, Saint-Anne a dit quelque chose qui laissait à penser qu'il n'était peut-être pas absolument barbouillé de connerie. Il a dit :

— Allons dans le sens contraire. Je sais ce que c'est. Quand ils voulaient aller à l'Etoile, je les dirigeais toujours vers le Père-Lachaise. Tu tiens à la cathédrale.

— Oui, a fait Sanders. Où il y a de la cathédrale, il y a des bordels pas loin. Et où il y a des bordels, les sous-officiers sont trop occupés pour vous ennuyer.

Quand il trouve des choses de ce genre, Sanders, moi, je lui tire mon chapeau. Ça prouve qu'il a vécu et, comme je le disais tout à l'heure, qu'il sort probablement des Eftépés. D'ailleurs je l'ai souvent entendu affirmer que les républicains étaient des couilles molles. Pasque, y a pas à chier, mais Sanders, il a le respect de la couille.

On a tourné deux ou trois rues et on est tombés sur quatre cuirassiers qui attachaient une gonzesse à poil sur le devant d'un char. Une vingtaine de types claquaient des mains en cadence. On s'est rapprochés. Au début je trouvais ça marrant. C'était une petite rousse blanchâtre avec un nez pointu, les joues rondes et le regard à la fois malin et ahuri. Le genre de Duclos, par exemple. Mais Duclos en femme, en rousse, et à poil, naturellement. (Il faut dire que les grands chefs du Parti, nous autres Eftépés, on ne les portait pas exactement dans notre cœur, vu qu'au maquis on les avait cherchés patiemment dans toutes les directions, mais sans succès.) Enfin un brigadier des Cuirs qui tenait un énorme parabellum dans la main droite, nous a expliqué que c'était une Française. Elle les avait suivis par hamour, la garce. Eh bien, elle allait comprendre sa douleur.

Moi, je ne pensais ni oui ni non.

Sanders faisait la moue.

Quant à Saint-Anne, il s'est ramené et il a dit :

— Descendez-la, s'il vous plaît, elle est trop moche.

Ce Saint-Anne a toujours eu la spécialité, partout où il passait, de faire prendre les hussards pour des prépuces bouchés à l'émeri. Naturellement, le cuir n'a pas attendu pour répondre :

— T'es p't-êt' jaloux, le suçard bleu, là ? Tu voudrais p't-êt' la baiser aussi ? Mais elle est pas pour toi. Elle est pour Carnaval.

Il parlait avec un accent cul-terreux des plus cons, en ouvrant largement la bouche : « Tu vadrais p't-ât' la bâser âssi ? Mâ al â pas pour toi. Al â pour Carnaval. » Il n'y a que les cuirassiers pour appeler leur Sherman « Carnaval ». Ensuite, le brigadier s'est fâché et il a agité son parabellum :

— Allez, fous le camp ou ça va chauffer. Les hussards bleus ou pas bleus, on leur taille les oreilles en pointe, ici.

J'ai regardé Sanders. Sanders m'a regardé. L'un comme l'autre, on se savait susceptible sur l'honneur du régiment. J'ai même passé les pouces dans ma ceinture, ça fait plus méchant, et nous nous sommes avancés.

— Tu as le droit d'être con. Tu es bricart et tu es un cuir, ça fait beaucoup. Et t'es aussi cocu, dit Sanders en montrant l'alliance du type. Alors je reconnais : tu as le droit d'être con.

Le brigadier, tout rouge, il est devenu. Il a donné son revolver à son voisin et il a été se coller contre Sanders :

— Ecoute, il a fait, t'as tort de causer comme ça. Tu peux pas encore comprendre, mon fieu, mais t'as tort. Quel âge que t'as ? Vingt-quatre, vingt-cinq ans ? T'es pas vieux, mais t'as joliment tort. On t'expliquera. Remarque, moi, je me marre bien et les potes aussi, pas vrai, les copains ?

J'avais beau ne pas être son copain, je me marrais bien tout de même, parce que je connais Sanders et je sais à quel point il est adroit quand il se bat. En effet, pendant que l'autre se retournait, il lui a fait un croc-en-jambe, puis est tombé les deux genoux sur lui. Ensuite il a réussi un Indian Death Lock et lui a bourré le menton de coups de manchette. Il s'est relevé, il a épousseté son battle-dress.

— Votre brigadier, c'est plutôt un doux. Heureusement, d'ailleurs, qu'il n'y a pas que des brutes sur la terre. Il reste quelques âmes d'élite qui vivent pour l'esprit.

Il se ronge les ongles en baissant les yeux, puis il reprend.

— Quant à votre pouffiasse, faites-en ce que

vous voulez. Ce genre de viande pas fraîche n'intéresse personne ici.

La viande pas fraîche pleurait silencieusement. Un cuirassier au visage boutonneux lui appliqua une claque à la base des nichons.

— Pleure pas, a-t-il dit. Le grand méchant y veut pas de toi. Il reste juste le petit blond. Lui, il s'en mouille un brin. S'pas que tu mouilles pour elle, le mignon ?

— Elle est d'une grande laideur, dit Saint-Anne d'un air cafard. Tuez-la donc.

Sanders lui passa le parabellum.

— Tue-la donc toi-même, ma chipette.

Tirera. Tirera pas. Je me marrais doucement.

Mais je me suis encore mieux marré le soir, me tapant la cloche, me remplissant de vin et de bière grasse, dans un café illuminé, baisant à m'en casser la trique des poules encore toutes chaudes, à peine sorties de leur plumard, et tendres et mignonnes et chialant d'un air touchant, les innocentes : les poules des assassins.

DE FORJAC

En bâillant autant que je pouvais, je lisais la proclamation aux troupes du général commandant la 6ᵉ Division Blindée, proclamation que j'avais dérobée à Ollivier, tandis qu'il accomplissait ses dévotions, en bottes cirées et en gants blancs.

« Officiers, sous-officiers, brigadiers et cavaliers :

« Après un mois de combats incessants au cours desquels vous avez ranimé le souvenir de vos pères, poursuivant l'Allemand sur son sol natal et ne relâchant pas votre étreinte, vous vous êtes emparés de la ville de K.

« Vos camarades tombés au champ d'honneur peuvent être fiers de vous. Leur pensée ne vous a pas quittés. Vous êtes dignes d'eux. Gloire à vous tous !

« Cependant, dans l'ivresse de la victoire, les cavaliers de la 6ᵉ DB ne doivent pas abandonner ces qualités d'élégance et de dignité qui assureront le prestige de la France auprès des populations occupées. Ils ne se laisseront pas entraîner à des actes de violence ou de pillage indignes de guerriers, car ce serait manquer à l'honneur et risquer d'encourir les plus graves sanctions.

« Je garde ma confiance en vous. Vous saurez la mériter. Restez les fils obéissants et résolus de la France éternelle. »

Mais naturellement, cette lecture me procurait mieux que ces bâillements, si nécessaires à l'élégance et au maintien chez un officier indifférent qui visite les pays conquis. En effet, je savourais à l'avance dans ces lignes gauches le détestable effet qu'elles ne manqueraient pas d'avoir sur les hommes. Je voyais déjà les rangs disloqués après le « repos » du commandant Ollivier et la colère courant un peu partout, puis la simple hargne, l'ironie, l'amertume, situation qui se résumait assez bien dans mon esprit par la vision d'un jeune hussard aux yeux canailles, lançant d'une voix méridionale : « Comme s'il se la faisait pas sucer, la pine, lui, dans son état-major. » Puis derrière ce personnage antique, semblable aux héros d'Aristophane ou de Sophocle, je distinguais les rumeurs alternées du chœur, composé des plus distingués et plus voyous d'entre les hommes :

— Tous des vendus. Les généraux, ça a toujours été les larbins à Hitler.

— Quel pauvre type !

— Quelle langoureuse tapette !

— La prochaine fois, ils la joueront au loto, leur guerre.

Peu à peu, les exclamations se clairsemaient et le silence revint dans mon esprit, silence qui me permit de considérer en toute quiétude la déplorable syntaxe dont usait le seul maître, après Dieu et l'incohérence, de la 6e Division Blindée. Je me penchais avec volupté sur ce « Gloire à vous tous », d'une telle lourdeur qu'il semblait né dans une grammaire spécialement composée à l'usage des tankistes et bourrée de conjonctions, de participes, de mots pâteux. Naturellement, une répétition comme « Cependant, dans... » m'était un délice supplémentaire et je ne faillissais pas à verser quelques larmes émues en entendant invoquer la France éternelle, expression à laquelle il faut toujours substituer dans notre esprit, pour en goûter le sens, des locutions telles que : le Honduras éternel, le Liberia for ever, ou Monaco à la vie, à la mort.

La lumière tombait. Je me suis approché de la fenêtre. Je me trouvais devant un de ces soirs émouvants, gonflés de rumeurs et d'adorables présages, pareil à cette nuit d'Orient où Pierre O'Reish m'a dit qu'il regagnait Alep, mais que je devais rembarquer l'escadron avec moi. Cher Pierre ! Il savait bien que Vichy fermerait les yeux sur la disparition d'un simple capitaine, à la condition de retrouver au complet son escadron d'autos-mitrailleuses avec ses conducteurs, les boutons de leur uniforme et le dessin martial qui est gravé sur ces boutons. J'ai donc ramené en France notre escadron tandis qu'O'Reish passait chez de Gaulle ainsi qu'au Grand Bazar d'Alep pour acheter, à tout hasard, quelques centimètres supplémentaires de galon d'argent.

Mais ce soir nouveau, ce soir de K. — et combien significatif, me semble-t-il, que le langage le plus naturel vous fasse parler de soirées, quand il s'agit du passé, alors que le présent garde son caractère viril — ce soir m'appelait de tous les côtés. J'ai enlevé ces deux petites barrettes de métal qu'on nous fait porter sur l'épaule, j'ai pris un vieux calot d'un bleu passé et je suis sorti.

La porte franchie, les rumeurs n'étaient plus que des cris. Des bandes couraient que les patrouilles n'arrêtaient seulement pas. Pour ma part, je longeais les murs, plus coupables après tout que je n'en avais l'air, car on accable le soldat qui se déguise en officier, mais que dira-t-on de l'officier qui se camoufle en simple cavalier ? Odieuse et suspecte modestie.

La pente de ma rêverie me dirigeait plutôt vers des horizons calmes et rassurants, purs comme le front de ces jeunes Arabes qui nous trahissaient le lendemain, mais nous aimaient bien tout de même, et d'ailleurs, trahir les Français, voilà longtemps que ce n'était plus trahir personne. Cependant je me trouvai brusquement nez à nez avec une sorte de caravansérail, dont je ne doutai pas une seconde qu'il ne sortît de ma triste imagination, appartenant à ces Orients que j'invoquais et dont les doigts roses me serraient les tempes. Hélas, peu à peu ce palais accumula des raisons d'être vrai, tant et tant qu'il devint une sorte de brasserie, bourrée de lumière, de cris et d'enveloppante torpeur.

Je pénétrai lentement en ces lieux étranges. A mes pieds, des Marocains farouches ondulaient, des hussards d'une taille inaccoutumée brandissaient des chaises et des Allemandes, un maréchal des logis... Mais je me refuse à songer encore à ce spectacle faux de toutes pièces, puisqu'il ne convenait ni à mon humeur ni aux bonnes règles, et que les événements qui sont à la fois ennuyeux et immoraux ne méritent pas d'entrer dans la mémoire des hommes.

Abandonnant cette vilaine curiosité, je m'installai au premier étage sur une sorte de balconnet, d'où les plus ivres venaient vomir sur leurs compagnons d'armes et je pris soin de bâiller tous les quarts d'heure. Encouragé par les dames du rêve en crinolines, je repartais déjà pour la Syrie quand je finis par remarquer une sorte de guerrier ou de petit garçon qui semblait nu sous son treillis américain, les doigts de pied salis par les vomissures, l'air anxieux, si bien que je ne pus m'empêcher de songer à cet instant où Marcel Proust se penche sur la rampe pour apercevoir la réception de ses parents, mais Proust était en chemise de nuit et celui-ci plutôt en pyjama. Il tenait dans la main droite un flacon de gin à moitié plein et sans me regarder, sans baisser les yeux non plus, il me servit et me tendit un gobelet d'argent qu'il dissimulait entre ses doigts, geste hasardeux et timide auquel il ne manquait rien pour me plaire.

— Curieux, lui dis-je, ne trouvez-vous pas une

ressemblance avec un bal qui a trop duré ? On ne veut pas s'en aller, on ne sait plus s'amuser. On s'affale sur les sièges.

Le jeune garçon tourna vers moi un regard horrifié :

— Je les hais. Je les hais de tout mon cœur.

J'avalai calmement l'alcool et je le priai bientôt de me servir une nouvelle fois, car j'avais besoin de cet allié pour parler si vite à un inconnu qui me plaisait. Je repris lentement.

— Pourquoi vous fâchez-vous ? Parce que vous n'avez pas assez bu ? Un peu de mesure je vous prie : la honte c'est pour demain, et demain, à la grâce de Dieu.

— Dieu n'existe pas, me répondit-il, je le sais depuis cinq minutes.

A son tour il but une gorgée de gin et toussa sans retenue. Il poursuivit :

— Il n'a rien à faire avec tout ça, absolument rien.

— Pas assez bu.

Je renversai la tête en arrière. Grâce à la sainte ivresse, pour moi Dieu existait bien quelque temps encore, juste les années qu'il me fallait avant de mourir, il existait et les viols sous nos yeux étaient moins qu'un rêve. Je repris plus sévèrement.

— Vous tenez trop à la vie.

Les yeux levés au ciel, je ne rencontrai qu'un horrible plafond de bois crasseux. Pendant que les officiers de mon régiment s'emparaient de l'argenterie, des armes anciennes, des dentelles, moi je faisais main basse sur un tableau d'un genre différent, animé, vulgaire, mais réconfortant puisqu'il m'aidait à me sentir inhumain. J'en avais besoin plus qu'un autre, plus qu'un autre je risquais de me fourvoyer dans je ne sais quelle tendresse pour la vie, une sale obéissance aux règles impérieuses de douceur qu'un Dieu malin, un Dieu cruel, nous a données : ainsi ne craint-il plus les hommes, les ayant asservis par la peur, ainsi s'est-il un peu libéré de sa création, mais dans l'affaire, il est bien clair que nous sommes volés, puisque nous n'avons que l'espace et qu'il a le temps. Heureusement, il nous restait la guerre. Parfois elle me faisait rêver comme vous fait rêver une grande fille molle et blafarde que les hommes suivent dans la rue sans se méfier et qui se retourne soudain en poussant des cris tronqués, faute de savoir parler. A mes pieds, c'était la guerre, telle qu'on la cache, son beau corps de pillages, de viols, d'incendie que les historiens habillent toujours d'un velours héroïque. Je bus encore à deux reprises car je voulais expliquer quelque chose au petit hussard qui venait de pousser à mes pieds, mais je craignais le ridicule et je déteste rire de moi. Je montrai l'orgie d'un geste large qui l'éloignait déjà par sa nonchalance et je commençai gravement :

— Vous imaginez bien que ces événements réclament une vengeance. Il est vrai que la page est ouverte sur notre vengeance. Mais une torture n'éponge rien, il ne s'agit pas d'avoir raison, il s'agit de continuer. Comprenez-vous ? Continuer : il n'y a que les hommes pour avoir inventé ce mot-là. Devinez alors, jeune présomptueux — et j'agitais un doigt devant ses yeux qui étaient noirs et touchants — devinez que Dieu existe. Et déjà il vous fait envie, vous soupirez après son paradis. Il est plein de fleurs dont on sait les noms, les anges sont encore plus beaux que vous si la chose est possible. Mais remarquez ceci : nous n'y mettrons jamais les pieds. Ab-so-lu-ment im-po-ssible. Une dimension nous manque. Dieu existe, mais il n'est pas pour nous, voilà le secret. Nous nous traînons par terre, nous nous déchirons la poitrine et Il rit doucement parce qu'Il nous trouve stupides. Si nous marchons calmement et que nous achetons de la rente, Il détourne la tête. Aussi bien préférons-nous envahir des provinces, brûler des villes et nous réunir certains soirs, comme celui-ci, pour nous sentir coupables et dormir sur cette pensée qu'Il nous regarde un peu quand même.

Mon voisin était accoudé sur le balcon et crachait avec régularité dans la salle, mais je pensais malgré tout qu'il m'écoutait, sans me comprendre. Au reste, je ne me comprenais pas non plus, je savais seulement qu'il était agréable de prononcer quelques paroles élégantes et balancées parmi tous ces hurlements d'Allemandes. Ces sons différents étaient également inutiles, car ma théologie ne touchait personne, même pas Dieu qui la déteste, comme un souverain peut détester une constitution ; quant aux plaintes des femmes, elles ne changeraient rien à leur malheur. Mais enfin le petit hussard, sans se détourner de ses crachats, me répondit.

— Je ne suis pas coupable. J'étais là par hasard.

— On ne vous en demandait pas plus. Le spectacle était défendu. Sans spectateurs, pas de spectacle, voyez-vous, et de mémoire encore moins.

Alors il balbutia quelques syllabes parmi lesquelles je reconnus le nom de l'ivresse et celui de la logique. Pour le fâcher un peu, je lui assurai que j'étais comme lui à son âge. Et quand il fut bien en colère, à moitié nu, ravissant et dépeigné, je lui avouai qu'à dix-huit ans je n'avais pas une moindre horreur que la sienne des vieilles tantes qui invoquaient devant moi leur expérience avec un tel mélange de gloutonnerie et de componction, que je serrais les dents, me gonflais de mépris et m'enfouissais dans le silence.

SAINT-ANNE

J'essaie d'expliquer à ces imbéciles la beauté spirituelle du viol. Ce mot, pour moi, ne manque pas d'honneur, encore moins de charme. Hélas ! Ils sont juste capables de tirer leur coup dans n'importe quoi : le carburateur de l'AM ou une grosse fille joufflue. Les plus raffinés, avant de s'exciter sur quelque chose, veulent que la possession en soit un vice éclatant. Avec tous leurs gros mots et leur intention de mal faire, ils ne se rendent pas compte de la monotonie qui recouvre la terre : s'il n'y avait les anges, on s'ennuierait bien.

Au moment où je raconte comment je violerais quelqu'un si on me demandait de le faire, je suis interrompu par des rires épouvantables. Je réponds :

— D'abord, je préviendrais.

Ils rirent de plus belle. A peine ce rire s'éloigne-t-il que Sanders lance d'une voix aigre qu'il adore ma modestie :

— Si cette chipette ne prévenait pas, on ne s'apercevrait évidemment pas de grand-chose.

Je sens mes mains grandir comme des pieuvres, mes épaules enfler comme des rochers et monter en moi une prodigieuse envie de l'étrangler ou encore de le précipiter dans l'océan, mais toute l'eau de la terre en serait empoisonnée pour longtemps. Je décide, je m'ordonne de ne plus l'écouter.

Déjà des coups de sifflet nous jettent dans les voitures. Maximian agite les bras à la manière d'un télégraphe Chappe. Le front confondu par la chaleur, j'écrase ma joue contre le poste de téhessef. Nous passons devant des paysans appuyés sur leur bêche. Ils sont bien pareils à ceux qui nous logeaient la semaine dernière et je remarque, à haute voix, comme ils font tristes dans ce pays heureux et frais qu'est l'Allemagne. Los Anderos en profite pour sortir une de ces imbécillités dont il n'a pas le secret, mais dont il n'userait pas avec plus d'importance s'il le possédait. Il dit :

— Ben oui. C'est de la belle qualité de vaincus. Les uns on passait sur leurs filles et ceux-là on passe sur leur route.

De beaux Français avec des gants et des casques blancs nous indiquent notre chemin. La guerre est devenue facile pour les garçons de mon âge depuis qu'on envoie des agents de police en avant pour les guider et les protéger. La gare de K. est décharnée, ses verrières en loques, les rails d'une laideur désolante. Voilà l'injustice. Plus on saccage la nature, plus elle est naturelle. Des arbres coupés, des maisons brûlées, des trous, des rivières débordantes, tout ce débraillé lui va bien au teint, comme dirait cet imbécile que je n'écoute plus. Au contraire, les villes ne se passent pas de soins continuels. Une tuile qui manque, tout le toit se trouve dépeigné. Et quand il n'y a plus de toit, les maisons prennent l'aspect de petites écervelées.

K. regorge d'exemples semblables. Les rues ne montrent que des vieillards, pas un visage de moins de trente ans. Je m'en plains à Maximian. On ne peut pas abuser des vieillards. Ce serait sale. Il me répond :

— On te donnera des confitures, mon pauvre chou.

Avec ennui, avec regret, je sors de ma poche mon carnet pour noter : ne pas oublier que Maximian est un idiot. Au bon moment nous filons en le laissant en plan. La voiture est d'une grande saleté et, de toute façon, Maximian se sent trop seul quand il n'a pas de travail. Nous croisons des goumiers dans la robe des tabors, des cuirassiers, et à ce propos, c'est encore moi qui fais libérer une Française nue qu'on voulait détruire. Quelques paroles me suffisent pour convaincre ses gardiens de la relâcher. Elle est affreuse, elle est blanche, elle ne fait pas honneur à notre patrie. Bêtement, Sanders cherche querelle à un brigadier. Ils roulent sur le trottoir et je ne veux pas voir qui gagnera.

Plus tard, à mi-chemin d'un bourdeau et de

l'église, nous lions connaissance avec un charmant garçon blond, bien balancé, fin, rieur, tout ambre et modestie. Il nous avertit qu'il y aura un appel à six heures et demie ; il ne s'y rendra pas, mais il n'encourage personne à suivre son exemple. « Car les appels sont bons pour la santé du hussard. Ils lui prouvent qu'on l'aime, qu'on l'attend et qu'on veut le voir. » Je suis ravi de ses paroles comme de sa blondeur. Los Anderos, aussi bourru que je suis aimable, grommelle, au milieu d'une infinité de « merde » et de « va chier » : « Tu dois encore être un fils à papa. La petite cabane, c'est pour mézigos, pas pour toi. »

Alors il répond, en joli garçon qu'il est :

— C'est-à-dire que je suis le neveu du colonel.

Sanders qui est pourri de bassesse et qui rêve de finir adjudant-chef dans une compagnie de gardiens de squares, Sanders siffle admirativement.

— Voilà, continue notre trouvaille. Je m'appelle Salis-O'Reish. Vous serrez la commodité. Quand on m'a cité à l'ordre de la division, on a nommé le cavalier O'Reish, on a répété : « Bon sang ne peut mentir » et autres impertinences. Mais ce soir, par exemple, celui qu'on portera absent, ce sera le cavalier Salis. J'ai deux visages, celui du héros, garçon qu'on décore et qui tombera au champ d'honneur, les yeux braqués sur l'ennemi éternel, et le second, pour les corvées de chiottes, dormir sous les pommiers ou ne pas saluer les sous-officiers.

— T'es un type romantique, dit Sanders avec envie.

— Mon Dieu, non, fait-il avec une distinction exquise et en coulant vers moi des yeux rêveurs, mais songez que le jour où l'adjudant Vignal m'a dit : « Salis, vous êtes un petit con », il ne se doutait pas que j'irais m'en plaindre au lieutenant Tisseau de la façon suivante : « Il a dit : O'Reish, t'es un petit con, mon lieutenant, et il sentait l'ail. » En tout cas, si vous tenez à entrer au bourdeau, je vous préviens qu'il vous faudra de la patience. Il y a devant nous des types du Ier escadron. Je les connais, ce sont des natures extrêmement vicieuses. Ils doivent affoler les pauvres filles en inventant des trucs impossibles.

Los Anderos pose sa barbe affreuse sur mon épaule, m'entourant le cou de son bras, pour me demander si j'allais me faire violer gentiment.

Je réponds que j'ai des principes et froidement. Alors, il prétend que je bande uniquement pour la banque, l'ordre et les caveaux de famille. Il ne croit pas si bien dire, mais je ne l'avouerai jamais et je réponds, d'une voix dégagée, que ça vaut bien les hôpitaux, le système métrique et autres idoles rouges. Heureusement, nous en restons là. Ils m'abandonnent tous les trois, c'est assez normal : nous serons peut-être amis, mais nous ne serons jamais des camarades.

Deux femmes sortent de la cathédrale. Elles appartiennent à cette internationale des vieilles en noir qui peuplent les églises, les fleurissent, les adorent, caressent le corps pierreux de Notre gentil Seigneur avec une patience d'amoureuses. Je m'assieds sur une marche, la tête appuyée contre mon poing. Elles me jettent des regards effarouchés. Si elles m'examinent de plus près elles s'apercevront que je ne suis pas grand-chose, peut-être leur neveu ou encore un enfant de chœur déguisé en soldat, mais mal déguisé, car il pleure.

Je ne pleure pas pour le plaisir, ni même parce que je me sens perdu. Après tout, je me suis installé confortablement dans ce régiment. On me connaît, je joue un rôle, je réponds aux questions. Et la guerre expire lentement, tuant au passage ceux que je déteste, puisque j'en déteste, puisque j'en admire un grand nombre. Je pleure d'être venu si loin pour voir que rien n'a changé. Il y a des élèves qu'on appelle hussards et des pions au visage d'adjudants, des professeurs munis d'une cravache. Chaque peloton est une classe. Après l'heure où on épluche les pommes de terre, il y a celle où l'on tue des Allemands. Ainsi l'histoire succède-t-elle à la philo. Ça ne manque pas de spectacles. Tout est à voir et à retenir et à bien décrire ; ainsi, aujourd'hui, le sujet de la composition n'est-il pas : « Vous entrez dans une ville ennemie. Quelles sont vos impressions ? » Eh bien je n'ai pas d'impressions, je n'entre pas dans une ville ennemie, mais à Saint-Malo ou à Beauvais. J'y retrouve des visages bien connus. Une habitude m'attendait encore pour me prendre par la main et me faire traverser cette vie-là. Le monde ressemble affreusement au monde.

Naturellement tout cela passera. Avec du temps et du soleil, les couleurs trop vives se fanent. De la même façon, dans dix ans, mes larmes se transformeront en ironie. Je déteste à l'avance ces dix ou douze personnages que je me prépare à jouer, l'un après l'autre, dans l'avenir. Je leur crache à la figure. Comme on ne peut pas se mépriser et se plaindre en même temps, je relève la tête. Je reçois un dernier rayon qui me fait cligner les yeux. Quelque chose de doux et d'hésitant me touche la tempe : une petite fille de cinq ou six ans, blonde, le regard écarquillé, dans un tablier à carreaux blancs et roses. Elle me dit sans aucun accent :

— Tu es un Français ? Tu es malheureux ?

Je retourne à la vie, je lui souris.

— Je parle comme toi, continue-t-elle. L'oncle Gustave m'a appris.

Je lui demande si cet oncle Gustave était Français et elle m'explique qu'il était en prison, sans être méchant pour autant. Il venait travailler chez elle. Le soir il buvait du café, il faisait des découpages. Maman et Sonia l'aimaient bien. Sonia, c'est le tablier à carreaux. Elle me prend la main en ajoutant :

— Viens avec moi. Mama cherche Sonia partout. Mama s'est mis un fichu sur la tête. Les Français coupent les cheveux des dames. Toi, tu coupes pas les cheveux ?

Je réponds que je suis un hussard, et galant.

— Qu'est-ce que c'est un hussard ?

— C'est un garçon avec une voiture.

— Un garçon ?

— Oui.

— On te mettra pas en prison, toi ?

— Si, peut-être.

— Alors, tu viendras à la maison travailler. Tu sais faire les découpages ?

Je sais. Je viendrai chez elle. Ce sera même très chic.

— Qu'est-ce que c'est chic ?

— C'est comme hussard.

— C'est un garçon ? Dis ? Un garçon ?

Je la suis avec confiance.

Au coin de l'impasse, sur les ruines d'une maison éboulée, deux mômichons de dix à douze ans nous considèrent avec dégoût. Je songe soudain que la guerre est une époque heureuse pour les enfants car les grandes personnes commencent à les imiter. Chacun reçoit une panoplie, se déguise en soldat. On détruit les maisons comme les châteaux de sable. On se bat, on se bouscule, on s'endort au hasard, on ne sait où l'on est. Cependant le premier petit garçon relève son front bombé, barré d'une grande cicatrice et d'une mèche noire. J'avance, il recule d'un pas. Il bredouille en allemand :

— Tue-moi, grand lâche.

Je m'excuse. A mon vif regret, je ne puis le tuer, Sonia m'ayant fait prisonnier.

Il me regarde avec une méfiance interminable, puis il dit en insistant sur le « nicht » :

— Ce n'est pas vrai

Sonia intervient :

— Si. Il va aller en prison. Il viendra travailler à la maison comme l'oncle Gustave.

Les découpages me plaisent assez, Sonia énormément, mais sa mama déjà moins. Quant à l'idée de succéder à un personnage nommé Gustave, elle me répugne au plus haut point. Le garçon ordonne à la fille de se taire. Il se campe sur une pierre et prend une mine réfléchie. Enfin, il ajuste ses yeux sur les miens.

— Quand je serai grand, je serai soldat et je descendrai un tas de Welches. Je serai sur un avion. J'aurai une mitrailleuse.

— Une mitrailleuse à répétition, précise son voisin.

Ce voisin, malgré son jeune âge, ressemble à un Jésuite, à un Polonais et à un Juif, c'est-à-dire à un intellectuel allemand. Il porte des lunettes cerclées d'or. Je laisse entendre que je ne crains pas les avions, ne me promenant jamais dans les airs. Le premier garçon s'écrie alors :

— Oh, et puis vous, les Français, on vous a battus. Hein, on vous a battus ?

— Ça ne me regarde pas, dis-je modestement. Je n'étais pas soldat à cette époque.

— On vous a beaucoup battus. Papa il nous a ramené des photos de Paris. Les Français saluaient bien poliment les Allemands ; ils les appelaient « monsieur l'Officier », même les simples soldats.

— Non, dis-je, on ne pouvait pas les saluer. Il n'y avait plus de chapeaux.

L'intellectuel polonais proteste violemment.

— Plus de chapeaux, plus de chapeaux ! Papa en a rapporté un à maman, avec des ailes et des grappes de raisin dessus.

Je fais une moue sceptique et, comme il insiste, j'émets l'idée qu'il s'agissait peut-être d'un chapeau belge ou d'un chapeau monégasque, mais sûrement pas d'un français. S'il y avait eu des grappes de raisin, on se serait jeté dessus et on les aurait mangées. Nous mourions de faim. Nos repas se composaient de purée de charançons, de limaces frites ou d'écorce de bouleau. Ils avouent que je ne suis pas gras. Enfin l'intellectuel juif — et je reconnais à la bassesse de son âme qu'il est vraiment intellectuel — gémit :

— Alors, on va manger des rats, des crapauds, des limaces ?

Je réponds avec autorité :

— Oui. Et aussi des capucines, la plume des édredons. Et vous vous mordrez les ongles.

A cet instant, une femme, la tête serrée sous un turban noir et blanc, s'approche de nous. Elle crie :

— Vous êtes fous, les enfants ? Un soir pareil !

Je me défends. Je déclare que nous examinons la conjoncture politique en toute objectivité, d'homme à homme.

— Je sais, dit-elle avec un sourire assez gracieux et qui n'est pas rare en Allemagne car les visages sérieux sourient mieux que les autres. Je sais. Mais il faut qu'ils rentrent. Mon mari est mobilisé sur le front de l'Est, ajoute-t-elle, comme pour s'excuser.

Elle prend Sonia dans ses bras et s'éloigne. J'ai le temps de lui crier qu'on ne lui coupera pas les cheveux. Dans l'armée française, il y a moins de garçons coiffeurs que dans la Résistance.

Je retourne sur mes pas. Je suis ravi de cette rencontre. Les villes brûlent, la civilisation s'écroule, mais les petits garçons songent frénétiquement à jouer au soldat plus tard... Décidément, la vie reste favorable. Je souhaite passionnément une nouvelle guerre dans vingt ans, faute de quoi la France et l'Allemagne se réconcilieront. Nous autres, dans l'Histoire, nous aurons le rôle des trouble-fête, un peu comme ces combattants de Crécy ou de Waterloo que les historiens de la république insultent en leur criant : « Imbéciles ! Vous retardez l'Entente cordiale ! Les Anglais ne seront pas contents de vous. »

J'en suis là, quand je rencontre le commandant Ollivier. Il me fixe d'un œil sévère. Un silence lourd, carré des épaules, s'installe entre nous.

— Il y avait un appel, tout à l'heure, dit-il enfin. Vous n'y assistiez pas ?

Je murmure :

— Non, mon commandamt. Je me suis laissé surprendre par le temps. J'étais là, dis-je en montrant la cathédrale d'un air modeste. Sanders et Los Anderos m'avaient accompagné.

Ollivier, avec une surprise qui rappelle les grincements d'une boîte de vitesse, fait passer son regard de la colère à la satisfaction :

— Sanders ? Los Anderos ? Vous m'étonnez.

J'adoucis ma voix autant qu'il m'est possible.

— Si, mon commandant. Au début ils n'osaient pas entrer. Ils riaient. Je leur ai dit : N'ayez pas honte, ne réfléchissez pas, suivez-moi. Alors ils se sont décidés et ils sont restés là une heure. Je ne sais pas ce qu'ils ont pensé, mais ils n'ont pas bougé.

Ollivier se prend le menton dans la main gauche. Sa voix passe au bleu suave :

— Vous êtes un drôle de petit bonhomme. Mais n'oubliez pas les appels. Allez, filez.

Je file. J'aime Ollivier. J'aime les chrétiens. Ils ont quelque chose d'exquis, de tendre et de rissolé, on ne sait quoi...

A force de traîner dans les rues, je finis par retrouver Sanders, Los Anderos et même Salis-O'Reish. Je les méprise sévèrement pour ce qu'ils ont fait. Je dis sévèrement. Sanders grommelle qu'il est resté pur comme le drapeau du régiment. Il ne peut absolument faire l'amour qu'à des jeunes filles brunes et qui portent des bottillons. Los Anderos en profite pour nous tracer un discours en trois points sur la régénération de la France par le régime communiste, oùsqu'on ne baiserait plus que sainement, les yeux dans les yeux, sans chercher midi à quatorze heures.

Nous regagnons l'hôtel de ville. Nous y trouvons du vin, des chansons, des hussards éparpillés sur les meubles gothiques. Des cavaliers, des imbéciles avec des fourchettes, esquintent une toile de Cranach. Los Anderos gueule que le Parti est pour l'art et qu'il faut respecter les toiles de musée. Sanders est furieux. Il se lance dans une grande diatribe pour prouver que ce genre de tableaux superbes emmerde un tas de crétins, donc on n'a pas le droit d'y toucher.

Plus tard, pourquoi ont-ils fracturé ce coffre ? Et ces déguisements ? Le visage de Casse-Pompons sous une toque de magistrat dévale à reculons la pente des siècles pour retrouver le moyen âge. Cette cordelière à triple gland, à triples roustons, mon p'tit con, psalmodient les autres... L'horreur et la nuit mélangées. Qu'avons-nous fait ? Qu'avons-nous fait ?

Le sommeil ne viendra plus. Inutile, les bras inutiles. Je bute contre les goumiers endormis. Et les yeux gris, pour finir, m'entrent dans la peau. J'ai envie de vomir, de pleurer, de tout raconter à Maximian ou à Dieu, de rouler sans arrêt sur des épines toujours vives ; oh, brûler, trouver dans quel enfer le rafraîchissement des flammes ? Debout sur le pas de la porte, n'osant pas sortir — puis sur le petit balcon où cet ivrogne parle contre mon oreille — je regarde timidement la nuit. Je pense que je n'en peux plus et que ma tête va éclater, je passe la main sur mes tempes et je m'aperçois avec joie que je pleure depuis un instant.

SANDERS

La prise de K. fut marquée par des événements qui ne sont pas nouveaux dans l'histoire des peuples. Mais chaque génération doit réapprendre la leçon que ses pères ont si bien sue. Pour un amateur de justice, les jeunes filles et les femmes violées à K. forment un heureux pendant aux Françaises laissées sur le trottoir des villes de Savoie. Au centre du triptyque, afin de représenter la bonne foi, on pourrait peindre un vieillard, la main sur le cœur. D'ailleurs, un vieillard, ça ne viole pas. Mais afin de rester dans des termes humains, nous appellerons cette justice une vengeance. Et les épaules nues des Allemandes, réfugiées derrière les tables et dans l'ombre, une fois distribuées aux cavaliers français, ne furent plus que les mille grappes de cette vengeance.

Le lendemain, le margis qui avait présidé aux réjouissances — un peu comme l'écuyer en habit qui apparaît dans les cirques — le margis Dieulafoy a déclaré posément :

— On n'est pas des sauvages. On va leur remettre tout en ordre en un clin d'œil.

D'un geste, il a écarté la première table dont le marbre était fendu. La salle a repris son aspect morne. Ils ont monté une caisse de sciure. Un artiste a composé des dessins sur le plancher poudré à l'aide d'un entonnoir et d'une bouteille d'eau. De mon côté, silencieux et débraillé, mâchant une cigarette dans un coin, j'ai souri pleinement car je prenais sur le vif des Français.

L'autre face de la comédie a été jouée par O'Reish, arpentant le front des troupes, relevant une mèche de cheveux, trébuchant, claquant des dents et parlant beaucoup trop pour mon goût. Avec des câlineries dans la voix, il nous a expliqué que nous nous étions bien battus. Nous étions de vrais cavaliers, nous avions le droit de porter notre calot, même s'il était de travers. Seulement la guerre n'était pas finie. Après la guerre il y aurait la paix. Il ne fallait pas qu'on puisse dire : les Français sont des voyous, ils ne savent que détruire. (Quelle imagination ! Les Français parviennent à casser les choses, pas à les détruire.) Et finalement, nous étions des enfants. Le premier jour, nous nous étions amusés, sans même nous rendre compte. Mais les Allemands nous regardaient et nous jugeaient. Etions-nous encore fiers ce matin ? Il nous posait cette question. (Nous ne l'étions pas la veille, stupide eunuque.) Il a terminé en disant : « Je ne déciderai pas pour vous. »

Je n'y peux rien, je déteste les militaires

compréhensifs. Plus doux sont les yeux qu'ils tournent vers moi, plus obstinément je m'enferme dans des formules telles que : « Je ne veux pas le savoir », « Ça n'existe pas ». Ils se vexent, ils me punissent, c'est moi qui les boucle, de l'extérieur, dans l'injustice et dans la dureté. Je pars en leur jetant des regards méprisants. Je dors comme un ange, tandis que mille problèmes les tourmentent.

A ce moment Raoul et je ne sais qui ont débouché d'une rue dont je n'ai jamais pu retenir le nom. Ils ont demandé si nous avions un mois de vacances. Maximian, rayonnant à l'idée de jouer les esprits forts, a répondu : « Pas du tout. Il est question d'être sages et de ne pas embrasser les Allemandes sans demander la permission des maris. »

Je l'ai interrompu pour commenter à mon tour les paroles du colonel :

— Il nous a recommandé, dans les ménages, de violer la femme plutôt que l'homme. L'état-major veut éviter les disputes entre goumiers et hussards.

Nous nous sommes dirigés vers la cathédrale. Raoul a réprimandé d'une voix âpre un sombre et triste cavalier qui nous suivait. « Cet imbécile veut aller à la messe avec nous, a-t-il expliqué. Il est empoisonnant. C'est comme ça qu'on voit un tas de mauvais monde à la sortie des églises et que la religion est discréditée. Songez encore à tous ces curés qui vont au peuple comme on va au taureau. Triste époque ! » Il m'a semblé que Raoul confondait un peu le paradis et le Racing, mais je n'en ai rien montré. J'aurais aimé le suivre dans la cathédrale, puisqu'il voulait bien de moi. Cependant, on m'aurait pris pour un comédien. Dieu me pardonne, j'ai tous les défauts, mais je déteste, ça oui, je déteste qu'on ait les yeux sur moi. Moins les autres pensent à nous, mieux cela vaut. Ils n'ont aucun besoin de nous tripoter dans leurs pensées.

Nous sommes restés en face du porche, en attendant Raoul et Maximian. Nous étions quatre : deux qui mouraient d'envie de les suivre mais qui étaient beaucoup trop timides ; Los Anderos dont les principes étaient opposés à la religion, doctrine immorale et trop fleurie pour un communiste ; Saint-Anne enfin qui prétendait qu'à six heures du matin il était déjà dans la crypte. C'était le sabre et le goupillon, cet enfant. Il prêchait l'héroïsme à tort et à travers, sans avoir jamais connu un danger bien sérieux. (Et puis c'était un danseur. Les balles passent à côté.) J'imaginais qu'il venait de lire *Les Trois Mousquetaires* ou *Les Pieds-Nickelés* et que cette lecture lui échauffait le sang. Nullement. Il m'a raconté plus tard qu'il voulait rester le seul survivant du régiment. Alors, sans aucune peine, il aurait l'air de quelqu'un. Chaque hussard ne serait mort qu'une fois. Mais lui serait douze cents fois vivant. Cette façon de calculer ne manquait pas de charme. Quand il était arrivé, en mars, nous pensions que ce nouveau serait très commode pour les corvées, etc. Mais à l'usage il s'est révélé comme étant un petit animal menteur, volatil, sournois... Il m'amusait souvent.

La conversation des autres roulait sur la solde : grand sujet, passionnant sujet où l'on pesait les brins de tabac avec sérieux. Au fond de mon cœur j'adorais les armées de l'ancien régime, habillées de toutes les couleurs, qui se mettaient en grève quand on ne les payait plus ; puis soudain, l'argent touché, se jetaient sur l'ennemi et lui chantaient pouilles. D'un autre côté, cette guerre n'était pas absolument intéressante. Elle nous donnait à chacun une situation, voilà tout. Une guerre civile nous aurait procuré beaucoup plus de plaisir : eftépés contre aristos, ça ce serait excitant. J'ai mis ce sujet sur le tapis, quand les autres sont sortis de la messe. Les yeux de Los Anderos ont brillé comme les galons d'un maréchal des logis de carrière. Je ne sais comment, par la suite, la conversation a dévié sur le chapitre de la mort. Saint-Anne s'est cru malin de dire que nous étions un peu dans les pompes funèbres, avec de plus beaux uniformes. Ce n'était pas malin. Qui parlait de la mort ? Notre général dans ses proclamations, les politiciens, toute la canaille, en somme. Dieu, beaucoup plus gentil, nous invitait à la vie éternelle. Et son soleil nous chauffait le visage, comme les mains d'une amoureuse qui a la fièvre et veut que nous la partagions. (Telles sont les amoureuses.) Quant aux sentiments de Los Anderos, je l'avais trop observé pendant le discours du matin, pour garder un doute. Son visage palpitait d'émotion. L'héroïsme, la gloire, les yeux du monde le possédaient à tous les coups. D'autres préfèrent les blondes.

Enfin ils m'ont laissé. J'ai traversé la place en courant, bien décidé à absorber la fin d'une messe. J'étais semblable à ces malades qui préfèrent encore les verres à moitié vides pour rester sur leur soif. J'ai enjambé les marches du parvis comme les enjambaient, cent quarante ans derrière moi, les gros hussards fessus de Napoléon, incroyants, buveurs, mais amis de la civilisation à leurs moments perdus. Nous étions bien pareils, eux et moi, aussi timides, aussi violents avec nous-mêmes pour nous intimider, mais ils gagnaient de grandes batailles, ils construisaient un empire, tel était leur charme.

Inondé par l'ombre froide, je me suis dirigé vers le chœur en clignant des yeux. Je me suis agenouillé. Quelques Allemands se sont écartés, devinant sans doute qu'ils avaient affaire à un damné : mais je n'étais pas contagieux. Le mot de pompe est bien trouvé pour caractériser l'Eglise. Et aussi les mots d'orgue, torpeur, silence, absoute, élévation, chaisière. Mille broderies d'or ont commencé à danser devant mes yeux. Je ne suis pas pieux, mais je suis religieux. C'est ma nature.

La grande fille que j'avais remarquée avant tout le monde se tenait devant moi. En penchant la tête, j'ai vu ses yeux pâles, ses pommettes légèrement saillantes, sa bouche tendre et pourtant un visage militaire avec du Brandebourg et du Rhin — un côté steppe, côté film d'espionnage dans un cinéma de quartier —, une allure qui venait de Samarcande, de Budapest et de Stettin : Samarcande, excellent pour rendre compte des noires flèches qui semblaient emmêlées sur son front. Stettin, meilleur pour indiquer la grisaille de ses yeux, un gris des mers Baltiques, noyé de silence, de cruauté stérile, de cadavres qui flottent, la mer les avale un instant, puis les recrache avec monotonie —, une jeune fille. Sans un fard, droite à sa place, et simple en même temps, touchante si l'on désire. Un enfant de chœur a fait tinter sa clochette, elle s'est levée. Alors j'ai mieux goûté ses épaules bien coupées, ses jambes nerveuses montant très haut et qui lui donnaient une allure d'équilibre, hélas, il faut dire aussi : de santé. En me baissant, j'ai vu ses bas, l'un d'eux était reprisé au talon, ses souliers noirs, trop grands, lui quittaient les pieds quand elle s'agenouillait. Ce détail m'a expliqué son caractère touchant, qui m'irritait auparavant. Un chemisier de soie blanche. Un chapeau qui n'est pas laid. Des perles qui semblent vraies. Un livre de messe... Très bien, le livre de messe, malheureusement elle le tenait à l'envers. Elle s'en est aperçue en même temps que moi et elle l'a remis en place. Mais sans tourner une page. Une image de première communion est tombée lentement en tournoyant jusqu'à mes pieds. C'était saint Michel terrassant le dragon. A la suite de cette action d'éclat, ce beau jeune homme est passé lieutenant-colonel.

A cet instant, un chanoine rauque est monté en chaire. Il a commencé par les Evangiles qui enseignent la résignation, la vaillance et prédisent la victoire des justes, malgré le triomphe apparent des méchants. Plusieurs notables ont approuvé du chef et ont coulé dans ma direction des regards sournois. Avec un sourire béat, j'ai applaudi à tout rompre. Le silence s'est rétabli. Mes voisins ont commencé à chuchoter. Plus loin les croyants ont frémi en songeant à l'héroïsme de l'un d'entre eux. Ma jeune fille n'a pas bougé.

Le prédicateur a repris ses forces pour enjamber plusieurs siècles et arriver aux temps modernes. Il m'a plu en deux ou trois occasions. Malgré mon uniforme et mon casque, j'ai pensé que j'étais encore un petit garçon, dans une ville de France, par exemple Saint-Malo, et en 1940. Les Allemands viennent d'arriver et dans l'horreur qui nous a saisis, la voix de l'Eglise s'élève de très loin pour nous rassurer et nous permettre de vivre. Cela, je ne l'ai pas senti, mais je l'ai imaginé.

Je me suis acharné à fouiller l'ombre du côté de l'amazone, pour mieux distinguer ses jambes musclées qui apparaissaient sous sa jupe. A cette minute seulement, elle s'est retournée et a plongé un regard droit dans le mien. Une physionomie extrêmement franche et perfide à la fois, ce qui veut dire : décidée. Elle porte très haut des yeux immenses qui semblent étonnés du monde. L'air le plus renfermé, sûr de soi, émouvant. L'ordre tombait de ses traits, comme la pluie du Seigneur.

L'orateur a recommandé la dignité envers le pouvoir occupant. Elle devait avoir un drôle de sourire. Peut-être ne souriait-elle jamais. Il a prié Dieu de protéger les êtres sans défense, les vieillards, les enfants, les jeunes filles. Ce dernier mot a résonné brutalement sous la voûte :

— ... Mâdchen.

Ensuite, ces Allemands ont reçu la communion avec une certaine gloutonnerie. Ils ont regagné leur place, lentement, les mains croisées, la bouche bien ourlée, en prenant des mines de petits Français.

En sortant, ébloui par le soleil comme je l'avais été par l'ombre, je me suis adossé à une colonne. Je l'ai regardée qui passait. Elle était belle et décidée jusqu'au bout d'elle-même. Je n'avais aucune chance de jamais la revoir. C'était dommage. C'était injuste. Je me suis retourné vers l'autel qui apparaissait brillant et lointain audessus des têtes. C'était un autre genre de beauté, d'autres caresses, autant de surprise assurément, car ce Dieu affirme qu'il viendra comme un voleur. Deux sortes de timidité me privaient du Seigneur et de l'inconnue : l'une m'écartait de moi-même, dont je ne connaissais rien ; l'autre m'invitait toujours à me conduire simplement, à ne rien déranger de l'ordre naturel. Je suis rentré dans mon peloton. J'ai trouvé l'aspirant Vérité qui bavardait avec mon beau-frère. Je me suis glissé dans un coin de la pièce et j'ai pris sur mes genoux les *Commentaires* de Montluc. C'est un grand in-quarto. Je ne serai pas peu fier, dans trente ans, d'avoir fait cette campagne avec un aussi gros livre et une robe de chambre achetée chez Lanvin. Pour l'instant, je m'en fiche. L'aspirant Vérité passe à côté de moi et se tord le cou afin de distinguer le titre de l'ouvrage. « Ah, Montluc, dit-il en rougissant, oui, oui, je connais ce type-là. » Je murmure : « Oui, mon con » et il s'éloigne en se déhanchant. Bernard Tisseau me demande si ça vaut Montaigne. « C'est plus saignant, lui dis-je, mais Montaigne est mieux cuit. Affaire de gencives. » Mon beau-frère est en progrès, avant le passage du Rhin il m'aurait volontiers demandé s'il y avait une étude sur Saint-Exupéry chez Plutarque.

Le lendemain, le surlendemain, j'ai pensé à l'inconnue. Je n'étais pas né d'hier. Je connaissais la méthode. Je savais qu'il suffisait de rêver longtemps à une femme, pour que la vie, sans prévenir, nous rapproche d'elle. Puis j'ai tourné les yeux vers le pays que nous occupions. C'était une chose étrange. Les camps de concentration n'étaient pas loin, il y avait des fonctionnaires comme ailleurs. Mais le mot qui s'imposait finalement était celui de fraîcheur. La jeune fille rentrait dans cette mélodie naturelle et moi je restais à la porte.

Vers ce temps-là, j'ai compté les hommes que j'avais tués depuis six ans. La plupart étaient Allemands. Ah, me suis-je écrié, si tous ces gens-là m'attendent à la porte du paradis, avec leur femme (morte de chagrin), leurs enfants, les amants de leur femme, les bâtards (morts de chagrin, morts de chagrin !), j'entrerai difficilement. MM. Churchill et Reynaud ont bien déclaré au parlement, dès 1940, qu'ils avaient retenu quinze cent mille places auprès du Seigneur et que le brave soldat pourrait mourir tranquille. Le maréchal Lebœuf de l'époque s'est bien écrié : « Tout est prêt. Il ne manque pas une auréole. » Malgré ces assurances, ma confiance est très moyenne.

Damné, je m'ennuierai sûrement. Trop d'imbéciles sur la terre parlent du diable avec une voix chavirée. C'est mauvais signe.

L'autre jour, un hussard bien informé m'a glissé dans l'oreille que nous retournerions à la terre sous forme d'azote, après notre mort. Cette solution ne me convient nullement. Je n'ai jamais rien compris à la chimie. Par contre j'étais premier en catéchisme.

J'ai de la tendresse pour mes camarades. Des calots éclatants, des visages neufs... Longtemps, j'ai proposé cette définition : « Hussard, militaire du genre rêveur, qui prend la vie par la douceur et les femmes par la violence. » Et puis j'en suis revenu. Je les regarde en souriant. Voilà huit cents jeunes gens d'assez bonne race, lâchés dans la campagne. Il en mourra le tiers, mais ils ne se plaindront pas. La jeunesse n'aime pas les grandes personnes : mais elle n'aime pas non plus sa jeunesse.

Bien différents étaient les goums, qui cantonnaient à Drecknau. On m'avait chargé de leur porter un message. Je n'adorais pas ces sales nègres, enfin ces Arabes, qui défilaient en chantant : *A l'appel du Grand Auroch...* Je revenais en sifflant : *le Bar de l'Hôtel-Dieu* et le vent léger me caressait sur ma moto. J'en étais arrivé au couplet le plus émouvant, quand j'ai entendu des grognements rauques et forcé mon allure. Par un petit chemin je suis tombé sur cinq ou six goumiers qui entouraient une voiture à cheval aux pneus caoutchoutés. J'ai mis une seconde à reconnaître mon inconnue. Elle portait des bottes et ses cheveux ne m'avaient jamais paru si longs. Au surplus, la peur ne l'embellissait pas. J'ai demandé au brigadier ce qu'il voulait à cette jeune femme. Il m'a expliqué par des gestes et du mauvais français (car ces barbares ont bien rarement lu Montaigne, auteur arabe cependant, si l'on en croyait les professeurs de la Sorbonne) qu'ils s'amusaient. Ce n'était pas forcément agréable pour l'Allemande. Ils étaient six, je n'avais pas d'arme, ils en portaient. J'ai toujours détesté les foules. Ces quelques Arabes, par leurs intentions et leur ivresse, étaient une foule. J'avais envie de me battre, quitte à rester sur le sol, ce qui ne faisait pas grand doute. Oui, cette défaite, cette colère m'auraient plu. Je me suis ordonné le contraire. J'ai tapé sur l'épaule du brigadier et je lui ai proposé de jouer l'Allemande aux cartes. Ses yeux ont brillé, il m'a demandé ce que j'avais à proposer. Je n'avais que ma moto et une montre en or. Ils ont palabré. L'inconnue nous avait compris. On tenait son cheval par la bride, elle était debout et blanche de terreur. Au fond, ai-je pensé, on ne peut rien demander de plus à une femme : décomposer la beauté, de cette façon ou de l'autre, le résultat est atteint. Je lui ai expliqué en allemand que je n'avais pas d'autre moyen de la sauver.

Un goumier possédait des dés. Ils ont été mieux accueillis que les cartes dont les figures impressionnent toujours ces sales nègres, car ils pensent que Charlemagne de Cœur va les punir bientôt. J'ai perdu ma moto du premier coup. J'ai pensé trop tard que j'aurais dû en faire deux parts. Puis j'ai perdu ma montre. Elle me venait de Claude à qui notre père l'avait confiée secrètement avant de partir rejoindre de Gaulle. Je trahissais beaucoup de monde en l'abandonnant aux mains de ces sauvages. J'ai fouillé dans mes poches. J'avais cinq cents francs et des poussières. Je les ai joués contre la moto, gagnés et perdus. Je n'avais plus rien. Ils riaient déjà au plaisir d'avoir dépouillé un hussard. Je me préparais à faire un peu de mélodrame avec mes poings, quand l'Allemande m'a jeté une chevalière qu'elle portait au doigt. Les Arabes, affolés par le plaisir de jouer, n'ont pas hésité une minute à accepter cet enjeu qu'ils pouvaient voler sans difficulté. C'était vraiment une grosse chevalière. J'ai lancé les dés et j'ai obtenu deux points. Je me sentais déjà des coups de couteau entre les côtes, quand le brigadier a juré d'une façon barbare : il n'avait pas fait mieux. J'ai recommencé. Cette fois-ci j'ai gagné. Eh bien c'était décidé : à partir de cet instant je n'ai plus triché, lançant honnêtement les dés sur le sol, comme un joueur maladroit. Nous étions au printemps. Cette saison favorise la naïveté. D'abord j'ai regagné ma moto, la chevalière, puis ma montre, mon argent, l'Allemande, les économies des six Arabes et leurs ceinturons. A leur tour ils ne possédaient plus rien ; ils ne prendraient pas l'étrangère sur le bord d'une route en poussant leurs petits cris imbéciles. Ils n'ont pas élevé une plainte, la volupté du jeu les avait beaucoup plus sûrement anéantis que ne l'aurait fait sa voisine de palier. Ils sont partis humblement, en serrant la main qui les avait vaincus et qu'ils respectaient déjà comme celle d'un chef.

J'ai rendu à la belle jeune femme sa chevalière. Elle m'a dit merci sans embarras, s'est assise et elle a disparu au galop en une minute. J'ai pensé que cette promptitude était dégoûtante et puisque j'avais pris ce chemin, autant continuer. Il tournait autour du château où se trouvait l'état-major des goums. J'ai aperçu d'assez loin l'inconnue qui s'arrêtait devant une bicoque de deux étages, avec un grand jardin. J'ai flanqué ma moto sous les arbres avec une prière pour qu'on ne me vole pas les pneus et j'ai poursuivi mon chemin à pied. Je me suis approché de la villa. Sans le vouloir j'ai lu son nom sur une plaque de marbre. C'était « la Patrie perdue ». Je n'ai pu réprimer une grimace. Les parents ne sauront jamais le tort qu'ils font à leurs enfants en ne se gardant pas mieux du ridicule.

La maison voisine me paraissant fermée, j'ai enjambé la grille en me déchirant la joue. La joue, c'était pour me donner l'air terrible. Et la grille, je l'avais sautée afin de manger des abricots. Il y avait en effet un petit gazon arrondi, au centre un abricotier, au pied de l'arbre un sale roquet jaune qui hurlait. J'ai fait un gracieux sourire et j'ai tendu la main. Le cabot s'est arrêté de brailler et a commencé à ressembler à Saint-Anne. Je me suis avancé lentement, j'ai passé la main sur sa tête. Je mourais de honte à l'idée que je venais de séduire un chien. Dieu merci, à l'ordinaire, ils se sauvent ou ils me mordent, d'une façon ou de l'autre, ils montrent que je suis différent. Celui-là je l'ai pris entre deux doigts et je l'ai soulevé du sol. Affreux animal ! Il s'est laissé étrangler, je l'ai reposé par terre avec une certaine douceur : car le cadavre d'une bête, c'est déjà mieux qu'une bête. J'ai essuyé la bave et quelques gouttes de sang qui traînaient sur ma manche, puis je me suis assis contre un coin obscur de la balustrade, derrière un bosquet de fuchsias ou de houx, je ne sais trop. En une heure, il n'est passé qu'un convoi de Français. J'ai mangé une cinquantaine d'abricots et, en jetant les noyaux à dix mètres de moi, je me suis amusé à écrire sur le sol des mots sans suite, c'est-à-dire : Vive la France.

Il m'a paru que le soleil commençait à pencher de la tête. J'ai regardé la montre que je venais de regagner aux Arabes. Elle marquait quatre heures et demie. Le lieutenant des Môles, selon toute vraisemblance, commençait à s'impatienter. J'ai franchi le grillage qui séparait les deux villas. Au fond du jardin, un poulailler, du linge qui séchait, les sales travaux de la paix. Je me suis hissé à la hauteur d'une petite fenêtre entrouverte : je crois qu'on appelle ça une imposte. Je suis tombé dans un office. J'ai ouvert un placard. Je n'ai trouvé que du pain, des poissons séchés. Je les ai repoussés avec horreur. Ensuite j'ai traversé la cuisine, qui était vaste et blanche. Avidement, j'ai bu trois verres de cette eau qui coule, pareille à elle-même, indifférente et sentencieuse, dans toutes les cuisines du monde et qui est un peu comme les doigts purs du Présent.

Puis je me suis glissé dans un couloir assez long. Il m'a conduit devant un escalier. Je sais faire deux choses dans la vie : monter les escaliers sans que les marches craquent. Je ne dirai pas l'autre chose. J'ai pénétré dans une très grande chambre aux volets fermés, avec un lit rouge, sombre et satiné. Une bibliothèque remplissait un angle et une curieuse cheminée lui faisait face. J'ai soulevé un ou deux cadres. La pièce ne manquait pas d'un certain luxe. J'ai pris un Lenau sur un rayon et je me suis allongé sur le tapis pour en lire quelques vers. Au bout d'une minute je me suis amèrement reproché ma timidité. J'ai rangé le livre, non sans en profiter pour jeter un coup d'œil sur un album de photos relié en cuir. Enfin je suis retourné sur le palier et j'ai ouvert brusquement la seconde porte.

Juste sur la droite, la grande fille dont j'aimais tant les jambes et les pommettes, était allongée sur le divan. Elle avait enlevé ses bottes, sa culotte de cheval et elle ne portait plus qu'un gros poulover jaune sur un petit slip en indémaillable. Elle fumait, la tête rejetée en arrière, les chevilles croisées. Sa bouche un peu triste nageait dans la fumée. Divan couvert d'un velours bleu-noir déteint, tristesse des après-midi de soleil.

— Je m'excuse, ai-je dit en refermant la porte, je ne pensais pas que vous auriez enlevé vos bottes et tout ça n'est pas très correct.

En passant devant une glace, j'ai vu mon visage sale ; ma veste de treillis chiffonnée, flottant autour de moi comme celle d'un pyjama. Elle s'est dressée d'un seul mouvement et s'est approchée.

— Que voulez-vous ?

Cette question m'a confondu. J'ai rougi et baissé les yeux. C'est que je ne savais pas très bien ce que je voulais. Mieux la connaître, sans doute, et dissoudre l'orgueilleux métal dont elle était faite. Mais il y avait en moi plus que ce désir : l'envie de pénétrer dans une existence hostile, de forcer des habitudes, de forcer des sourires. Le besoin d'arracher des vêtements et de les voir éparpillés sur le sol. Et quoi d'autre, quelle rage, quelle indifférence passionnée ? Tous les corps accumulés dans les chambres hautes de l'espoir n'auraient pas nourri mon envie. Soudain je me prenais à demander : « Mon Dieu, je vous en prie, qu'elle soit sauvage, entassez autour d'elle des raisons de la respecter. Mon Dieu, donnez-la-moi à travers de grands périls et que ma volonté soit faite, encore une fois, sur la terre. »

Elle se tenait debout, les jambes à moitié

cachées par une sorte de couverture bleue qui jurait avec son chandail. Je la voyais d'aussi près qu'on peut voir soudainement un être, c'est-à-dire le faire sortir de lui-même. C'était évidemment une jeune femme. Je lui donnais vingt-cinq ou vingt-huit ans. Elle avait des taches de rousseur et des jambes épatantes. Son menton boudeur, l'air lassé de ses grands yeux gris, ses dents serrées, je ne voulais rien en perdre. Cependant j'ai retrouvé mes esprits pour balbutier :

— Je vous ai vue à la messe, dimanche dernier. Une messe ennuyeuse... Enfin... J'ai pensé à vous pendant quatre ou cinq jours et c'est seulement hier que j'avais commencé à vous oublier. Mais maintenant vous me revenez très bien à la mémoire.

Je me suis assis sur un pouf. Elle m'a demandé d'abord comment je l'avais suivie. Puis une sorte de sourire ému, difficile à décrire, l'a inondée. Ce n'était rien, c'était une de ces pluies violentes qui tombent en une seconde et lavent un visage, c'était quelque chose d'assez méchant, d'assez railleur, et elle gardait sa bouche entrouverte, les lèvres molles et brillantes.

— Je vous ai plu ?

— Oui, ai-je fait d'une voix blanche car mes espoirs tombaient en miettes, c'était une putain, bien fait pour toi, tu feras de la poésie un autre jour.

Elle a tendu le bras et m'a passé sa main lentement sur la figure. J'ai fermé les yeux une seconde ; c'était un bonheur qu'il ne fallait montrer à personne. Alors elle a fait un bond et j'ai souri. Adossée contre le mur, elle braquait sur moi un grand revolver noir. Sa voix est restée douce et résolue.

— Vous êtes un imbécile, a-t-elle dit. Tous les Français sont comme vous. Ils se croient séduisants ! Mais non, vous n'êtes pas séduisant. Vous aussi, vous êtes une sorte d'Arabe. Je ne vois pas la différence.

J'ai protesté de la main.

— Tout s'arrange parfaitement, a-t-elle continué. La villa derrière celle-ci est écroulée, les caves s'ouvrent juste sur un trou. Ou encore, il y a le puits qui est au bout de la ferme. Il paraît qu'on y jetait déjà les Français sous Napoléon. Depuis l'eau a conservé un goût délicieux, vous comprenez ?

Je suis resté bien sage, les deux mains posées sur mes genoux, prononçant avec volupté le nom de Dieu qui permet de telles choses.

— Où avez-vous appris l'allemand ? Vous n'avez pas d'accent. Vous n'êtes plus bavard. Vous veniez vous amuser ? Pauvre petit Français !

Elle secouait la tête. Elle avait repris sa cigarette. Son visage ressemblait un peu à un masque. Cette impression venait de ses grands yeux et de son teint blanc. Les jambes nues, un revolver à la main, des bottes renversées sur le sol, rien ne manquait pour la rendre séduisante. J'ai demandé :

— Qui est le jeune homme de la chambre à côté ?

— Ne vous mêlez pas de ça. C'était mon frère.

Au bout d'un moment, j'ai repris :

— Vous ne me tuez pas ?

— Si, si, a-t-elle dit en pinçant les lèvres et en souriant d'une adorable façon. Mais vous êtes le premier. C'est une occasion qui ne se retrouvera pas.

J'avais envie de me rouler aux pieds de saint Michel, le seul qui pouvait un peu me comprendre dans cette circonstance. Elle a continué à m'examiner, les pupilles dilatées par la curiosité, l'étonnement ou le mépris.

— Vous pensez sans doute que je ne suis pas chic. Vous m'avez tirée d'une sale histoire avec les Arabes. N'empêche. Je sais ce qui s'est passé à K., dimanche dernier. Il faut que vous mouriez. Après, oui, après, ces histoires-là me sortiront de la tête.

— Vous êtes bien sentimentale, ai-je murmuré.

Elle m'a ordonné de me retourner. Cette fois-ci elle était fâchée.

— Vous allez claquer le dos au mur, ce sera très bon pour vous.

J'ai obéi.

— Parfait, ai-je murmuré. Comme vous l'entendrez. Comme vous y prendrez le plus de plaisir.

Elle s'est avancée un tout petit peu et je me suis retourné en la regardant gentiment :

— Au fait, mon ange, si tu veux qu'on te prenne au sérieux, baisse donc le cran d'arrêt.

Pendant qu'elle appuyait vainement sur la gâchette, je lui ai saisi le poignet. Je n'ai pas eu besoin de serrer très fort pour qu'elle laisse tomber son gros revolver inutile. J'étais contre elle et j'avais envie d'éclater de rire ou de la consoler, sans savoir au juste. Je me suis décidé pour la seconde solution, me rappelant brusquement les circulaires du colonel O'Reish sur le rôle de l'armée française en Allemagne : un rôle civilisateur. Je l'ai entourée d'un bras conciliant et je l'ai embrassée. Elle s'est débattue ensuite. Elle a essayé de me donner des coups de genoux, ce qui n'était pas maladroit. Je l'ai prise comme un paquetage américain et je l'ai balancée une seconde avant de la lancer sur son divan qui était à deux mètres. Elle était furieuse. Moi, je n'ai pas songé une minute qu'elle avait essayé de me tuer. Je la trouvais plutôt gentille. Je l'aimais bien. Si elle n'avait pas fait l'imbécile en se débattant, peut-être serais-je parti après l'avoir embrassée, pour le plaisir de la vexer. Mais ce n'était pas ma faute si ses jambes nues, son poulover qui remontait, m'ont inspiré autrement.

Je me suis laissé tomber sur elle, sans cacher plus longtemps que je pèse quatre-vingt-cinq kilos. Elle a poussé un cri et j'ai souri. Je l'ai prévenue.

— Pleurez un peu si ça doit vous arranger. Mais surtout ne criez pas. Ce serait ridicule.

J'ai passé une main sur son cou ; je l'ai caressé une minute. Son chandail portait une fermeture éclair sur le côté. Il était dit que ce plaisir-là non plus ne me serait pas refusé ! Elle essayait de me mordre et je lui donnais des gifles affectueuses avec le dos de la main. Nous nous sommes arrêtés tous les deux parce qu'elle saignait du nez.

— C'est malin, a-t-elle dit. On se doute bien que vous êtes le plus fort. Vous pesez au moins quatre-vingt-dix kilos.

— Naturellement. Sans quoi je ne me bats pas. Vous avez vu avec les goumiers. Je n'ai pas montré les poings, je vous ai jouée.

— Dommage que vous ayez gagné. Ce serait déjà fini.

— Quelle idée ! Vous ignorez tout des ressources de l'armée française.

Nous parlions très lentement et très doucement avec de longs intervalles entre chaque phrase. Seul la haine ou l'amusement peuvent donner cette solitude aux mots. Nous étions à dix centimètres l'un de l'autre. Je caressais son corps, il était beau comme son visage. C'est la mode au XXe siècle, nous détestons la mollesse. Nous avons un tel amour pour la sauvagerie qu'on ne sait si nous sommes barbares ou décadents. Moi qui affecte tant de dégoût pour les hommes, je suis heureux de leur ressembler dans les actions essentielles de la vie. J'aime leurs églises, leurs tableaux. Je proteste contre le monde moderne, mais j'adore ses femmes minces. Une grande impression de sagesse me vient alors. J'ai donc regardé l'Allemande avec bonté. J'avais envie d'appuyer ma tête contre son cœur, car je voulais voir s'il battait vite et si l'odeur de la menthe m'attendait entre ses seins. Pour cela j'ai dégrafé son soutien-gorge. Maladroit comme je suis, j'ai fait sauter l'agrafe. Cet incident m'a bien amusé. Je pensais : « Tout cela est trop drôle. Nous sommes en plein drame, elle rêve de m'enfoncer des aiguilles à tricoter dans les yeux. Mais dans quelques jours elle réparera son soutien-gorge, assise devant sa fenêtre et calmement, j'imagine. On a beau se donner du mal, l'ordre est le plus fort et retrouve toujours ses droits. »

— Pauvre Français, a-t-elle dit. Pauvre brute. Vous n'avez pas l'habitude de toucher à quelqu'un de convenable puisque toutes les Françaises sont des putains.

Je lui ai répondu qu'elle avait des seins remarquables. Puis j'ai reconnu de bonne grâce que toutes les Françaises étaient des putains à l'exception d'une demi-douzaine. Blanche de colère elle a continué :

— Mon père était officier dans la Reichswehr. Ce sont des Français comme vous qu'il ramassait par milliers sur vos sales routes. Ensuite on les faisait travailler dans les fermes. Ils vous baisaient les pieds pour un morceau de pain.

Je l'ai suppliée de continuer à m'entretenir de sa famille. Elle y prenait je ne sais quel plaisir et moi de même, car je caressais ses hanches d'une main soigneuse, tandis qu'elle me parlait de son frère, tué en Italie dans un régiment de parachutistes, puis de son mari, prisonnier des Russes. J'avais de l'amitié, du respect pour ces gens-là. En un autre sens, mon père, lui aussi, était colonel en 39. Les Schleus l'avaient épinglé sur la Somme. Certes, je n'aimais pas mon père, mais je devais le venger, ces choses-là sont dans le sang. Ça, c'était la première raison. Elle ne valait rien, je n'y croyais pas, elle occupait la façade. Puis il y avait une grande fille blanche entre mes bras, dont j'avais envie. C'était déjà mieux. Mais je n'y croyais pas tout à fait non plus. J'avais vécu longtemps sans femmes, je méprisais le désir qui s'exerce à vide et, plus encore, j'avais horreur des bonnes occasions, comme disent les autres, horreur du hasard qui cache toujours votre destin. Entre ces deux raisons il y avait place pour quelque chose de plus compliqué. C'était le besoin de trahir les héros, de me trahir à mon tour. Je violais cette Allemande, mais à la même seconde, un SS violait la femme que j'aimais le plus au monde. Ainsi tout était-il consommé.

J'ai cessé de la caresser. Je lui ai tordu un poignet. Et, sans aucun plaisir, car je détestais cette brutalité, je lui ai dit :

— Ecoutez-moi, ma petite fille. Si vous gigotez, je risque de vous casser le bras. Naturellement, il faut vous débattre, sans quoi ce serait immoral et ça gâcherait mon plaisir. Mais restez dans certaines limites.

J'ai passé l'autre main sur ses grandes jambes musclées, jambes de la Baltique et des horizons gris, jambes qui me changeaient un peu de Barbizon, l'Hay-les-Roses et Saint-Germain, pour m'entraîner à leur suite dans les steppes du silence. Je tournais son poignet comme on tourne les clés d'un violon. Elle ne voulait pas crier. Moi, je voulais qu'elle crie un peu. Je me suis étalé sur elle et j'ai plongé la tête dans ses cheveux. J'ai senti leur odeur salée en même temps que le velours bleu du divan. Ce velours déteint, dans ces circonstances, m'offrait le passé de cette inconnue beaucoup mieux que son grand corps blanc. Il m'accordait une familiarité avec elle, dont l'amour nous prive souvent, car il semble se jouer tour à tour sur la scène d'un théâtre ou dans une salle de culture physique.

Enfin elle a commencé à hurler d'une voix monocorde tandis que je la prenais lentement, mais j'ai gardé les yeux dans les siens pour l'empêcher de se cacher à l'intérieur de ses cris. Elle était bonne à prendre, et Dieu l'avait bien faite pour moi, fille d'un général de la Reichswehr, reprisant son soutien-gorge devant la fenêtre, priant le soir dans son lit pour la victoire de la Vèremarte, héroïne aux deux jambes et aux deux bras comme il y a les points cardinaux, son regard affolé comme l'aiguille de la boussole, sa main gauche tordue, son ventre dénoué, et l'ouest où le soleil tient ses assises dans la nuit. Un battant du volet s'est ouvert à ce moment, les rais de lumière sont venus séparer son visage en tranches fines et dorées. Elle ne criait plus. Le plaisir et la rage disputaient son visage. J'étais dans ce plaisir comme celui qui suffoque au comble d'une mer furieuse, il serre entre ses dents un paquet d'algues brunes et sombre en tournoyant.

BERNARD TISSEAU

C'était quand même une chance d'être le mari de Claude. Je me le répétais en regardant sa photo. Les hommes de mon peloton exécutaient une corvée. Je me suis mis le torse nu et je les ai aidés. Quand les voitures ont été propres, j'ai marché quelque temps avec le maréchal des logis de Maximian. Il m'a dit qu'à son avis Pétain était une incarnation du mal, envoyée pour discréditer la bonne cause. C'est une idée qui va faire du chemin dans mon esprit, je le sens déjà. Malgré tout, cette méthode est dangereuse car on pourrait voir de Gaulle comme une incarnation du bien, destinée à discréditer les mauvaises doctrines auxquelles il a juré fidélité. Je me suis promis d'y réfléchir plus tard, quand j'aurai un instant devant moi. Oui, quelle chance : je serrais une lettre de Claude contre mon cœur. Dieu me conserverait son amour et Dieu m'aiderait encore demain. Après le dîner, j'ai lu un bouquin épatant sur la pêche sous-marine.

SANDERS

Je l'ai prise une troisième fois. Maintenant, je ne pensais plus à ma sœur Claude, mais à Louisiane. A chacune son tour, il faut une certaine justice en amour, faute de quoi on tombe dans la passion, on se laisse pousser les cheveux, on oublie de se limer les ongles et autres infamies. Elle m'a encore mordu la main, pour me laisser un souvenir ou bien parce qu'il est agréable de faire mal. En la tenant par les cheveux, je lui ai cogné la tête contre le bord du divan.

— Comment t'appelles-tu ? lui ai-je dit.

Elle m'a répondu, comme si ses poumons jetaient des seaux d'air dans le vide, elle m'a répondu que cela ne me regardait pas. Je n'avais rien à savoir d'elle.

J'ai fait en souriant :

— Mais si, je sais déjà tout. Tu es la fille d'un général qui porte des moustaches courtes et la croix « Pour le Mérite » avec épées de diamant. Ton frère était un nazi, un chic type et les taupes en ce moment lui bouffent le ventre sous la terre d'Italie : car le ciel est doux, là-bas, mais la terre est impitoyable.

Elle m'a giflé deux fois.

— Mon frère était un garçon d'une autre espèce que la vôtre.

Je lui ai demandé s'il faisait mieux l'amour et elle m'a craché au visage pour mon plus grand divertissement. Si elle ne couchait pas avec lui, pourquoi se montrer aussi susceptible quand je parlais des taupes et de son ventre ? D'ailleurs les frères des jolies filles sont tous des imbéciles. A l'avance leur vie est gâchée, ils ont un complexe d'Œdipe drôlement compliqué. Ce qu'ils ont de mieux à faire, c'est de se déguiser en parachutiste et d'aller crever discrètement.

La porte du jardin s'est ouverte, je lui ai demandé s'il fallait prendre son revolver. Elle m'a répondu que c'était un vieux domestique. Il revenait de K., il était un peu sourd.

— Vous allez être une gentille petite fille, lui ai-je dit. Passez donc un peignoir. Ensuite vous descendrez. Vous ne pouvez pas manger du hussard toute la nuit. On s'en lasse. Vous dînerez. Vous me rapporterez quelque chose si vous avez du cœur. Naturellement, si vous faites des bêtises, je tire très bien et enfin votre maison peut toujours brûler, etc. Le soir vous remonterez et vous me direz votre nom.

Elle a réfléchi une seconde et elle a murmuré en haussant les épaules devant la glace :

— Je ne parlerai pas. Tant qu'il est le seul à savoir, qu'est-ce que ça peut me faire : un vulgaire Français de rien du tout. Oui, je vous apporterai à manger. Oui, je reviendrai. Ce n'est pas agréable, pas désagréable, indifférent.

Elle s'est levée, elle s'est essuyé le visage et le torse. Nous étions couverts de sueur comme ces nageurs qui sortent de l'eau avec du sel sur leurs lèvres. Mais chaque centimètre du corps des amants, les bons auteurs l'ont remarqué depuis longtemps, est en quelque sorte une bouche. Elle est partie en boitant légèrement car elle m'avait donné trop de coups de pied dans les jambes, une heure plus tôt. Avant qu'elle ait disparu, je l'ai priée de venir m'embrasser. Mais elle a claqué la porte sans me donner un seul regard. Quand on voit ce que les Allemands sont ingrats et peu affectueux, on s'aperçoit que nos collaborateurs se trompaient.

Resté seul, je me suis levé. J'ai seulement gardé la veste de mon treillis. J'ai ouvert un ou deux tiroirs : des bas, des combinaisons, des points de tricot griffonnés sur un petit carnet... C'était une grande pièce mal rangée, également mal dérangée, avec des fauteuils de velours, une certaine harmonie des couleurs et le portrait d'un général, dans un cadre. Vers huit heures, je me suis assis derrière le battant d'une armoire, en surveillant la porte. Aucun bruit dans le jardin. Il n'était pas impossible que le lieutenant des Môles fût inquiet de ma personne. Il me voyait peut-être sanglant dans un fossé, ma motocyclette fumant encore à mes côtés. Au lieu de cela, j'avais les mains dans une combinaison de soie blanche, très agréable au toucher, et je méditais de l'emporter pour nettoyer mon canon : il serait sensible à cette attention. A neuf heures et demie, elle est revenue. Je suis sorti de ma cachette et j'ai posé le revolver. Elle m'a jeté un regard méprisant.

— Toujours peureux et ridicule !

— Vous me plaisez, ai-je dit. Sans votre fierté, vous perdriez la moitié de vous-même. Enlevez votre peignoir. J'espère que vous avez mis du poivre dans vos plats pour vous donner un peu de tempérament.

Elle a arraché son peignoir, à moitié déchiré son slip et ses bas, puis elle s'est précipitée sur le divan. Je suis resté debout, sage dans ma veste de pyjama, à la regarder en silence et en sourire. Puis je l'ai caressée avidement et quelques heures ont passé de la sorte. J'ai enlevé les épingles de ses cheveux et je les ai ébouriffés. Elle ne manquait pas du tout de tempérament, elle serrait ses lèvres contre les miennes pour ne pas crier, et ses épaules dans la nuit comme deux galets blancs oubliés sur une plage. Elle aimait l'amour. Elle s'y livrait enfin avec simplicité. Sans y faire attention elle me caressait avec une sorte de reconnaissance animale dont je la remerciai à mon tour. Au juste, c'était la nuit. Je n'avais plus de visage et je me taisais pour ne pas avoir de patrie. La guerre, l'honneur, la fidélité, tous ces principes qui sont nourrissants en pleine lumière, n'avaient plus aucune utilité. La vérité du monde, à présent, était jeune et vivante sous la main. Le temps était loin, l'espace ramené aux dimensions sauvages d'une chambre dans la nuit.

Vers trois heures du matin, j'ai ouvert les volets. La lune allemande, pâteuse et méprisante, est venue inonder la pièce et recouvrir les objets qui traînaient sur le sol : un soutien-gorge, des bas, des souliers, un peignoir avec des fleurs et de grands oiseaux moqueurs.

Je suis revenu vers elle. Ses cheveux lui tombaient sur la figure, je ne voyais plus qu'une bouche sans sourire, des seins et un ventre comme de la crème Chantilly. Amèrement, je lui ai reproché ses yeux secs. Je lui ai rappelé que son père appartenait à la meilleure armée du monde ce qui lui donnait une sorte de responsabilité. J'ai été chercher l'assiette qu'elle m'avait remontée et que j'avais oubliée. Entre mes doigts, j'ai senti des olives, des œufs durs et des pêches. On ne pouvait rien rêver de mieux.

Elle s'est assise sur le divan, à côté de moi. La couverture bleue nous drapait les jambes. Je lui ai passé un bras autour des épaules. Nous n'avions plus beaucoup envie l'un de l'autre. Mais, vidée de son plaisir, elle restait belle, sage dans la nuit, les bras croisés. Je lui faisais de la morale, la bouche gonflée par un œuf dur.

— Vous êtes stupide, a-t-elle commencé en regardant loin devant elle. Ce n'est pas très sûr tout ce que je vous ai raconté sur ma famille... Pauvre idiote ! Mais vous comprenez, a-t-elle repris avec véhémence, c'est faux, ce n'est pas mon genre, la dignité, ni les embarras. Vous aviez ce qu'il fallait pour me plaire : des épaules larges, pas de scrupules et vous aimez faire l'amour.

Elle a serré ses lèvres, mais j'ai senti qu'elle allait continuer. J'ai passé les doigts distraitement sur son cou. Ils étaient un peu gras par la faute des olives ; ça n'enlevait rien à l'affection.

— Mon père n'est pas le bel homme que vous voyez au mur. Celui-là, nous l'avons acheté avec la villa. Mon vrai père était un trafiquant. Il vendait n'importe quoi. Il répétait toujours : « Je suis un libéral, moi. Je n'ai rien à faire avec ces événements et je réprouve la guerre. » Il faut croire que la guerre le réprouvait secrètement : un jour, il y a un an, il a été tué dans un bombardement. On n'a pas retrouvé grand-chose de son corps. Ça m'a bien aidée pour l'enterrement, ça, vous savez. Car je suis restée quatre jours avec la bière dans l'appartement. Mais je pensais qu'il n'était plus dangereux ; il n'en restait presque plus rien. Cette mort, enfin, nous faisait participer un peu aux malheurs de la patrie. C'était plus chic, vous comprenez.

— Et votre frère ? Le parachutiste...

— Oui... Celui-là a été tué à la guerre, mais par la dysenterie. On n'a pas de chance dans la famille. On n'est pas doués pour l'héroïsme. Moi, quand on me viole, vous l'avez vu, j'y prends un grand plaisir. Ça n'a pas été très compliqué. Nous couchions ensemble : un garçon, une femme. Un souvenir comme les autres.

Elle a eu un rire faux qui n'a pas duré

longtemps. Je lui ai pris le menton et je l'ai embrassée.

— Vous avez eu raison de mentir. J'aurais tiré de vous moins de plaisir, en connaissant tout cela. Vous savez, le viol, c'est comme la confiture d'oranges, ça parle à l'imagination. A travers vous, ma petite fille, je pensais atteindre un général, un héros, le paradis terrestre, en somme... Un monde beaucoup trop difficile pour que nous y mettions jamais les pieds. Mais nous pouvions le faire basculer dans notre saleté. Comme ça, il n'y a plus de paradis pour personne.

Je me suis repris et j'ai continué plus calmement :

— Excusez-moi. Vous n'y comprenez rien et vous avez bien raison. On vous appelle comment, dans la vie ?

— Rita.

— Vous avez eu combien d'amants ? Beaucoup ?

— Tout le contraire. Deux fois mariée.

— Vous n'êtes pas une divorcée au moins ? (Le divorce avec son nom affreux, a toujours impressionné mon enfance. A quinze ans il me paraissait digne des héros d'Henri Bataille. Mes parents étaient séparés. Ça, c'était racinien. Tous ces souvenirs m'avaient marqué.)

— Rassurez-vous. Le premier est mort en 40, chez vous. Je l'avais épousé très vite parce que c'était la guerre et que c'était enthousiasmant d'obéir aux héros... Mais il voulait des colis avec des chaussettes et du chocolat. Je l'ai revu avec horreur pendant une permission, j'ai prié le ciel, je me désespérais en pensant que la guerre allait finir et me le ramener, je rageais en apprenan que vos troupes reculaient, enfin, le 10 juin, j'ai eu de la chance et il est mort. L'autre est quelqu'un de très bien. Je l'admire. Il est prisonnier des Russes.

Elle a tourné brusquement la tête vers moi et m'a embrassé. Puis elle a ri.

— Comment t'appelles-tu ?

— Sanders. François Sanders.

— Qu'est-ce que tu es dans l'armée ? Lieutenant ? Capitaine ?

— Je suis un simple cavalier.

— Tu devrais avoir honte. Tu as quel âge ?

— Vingt-quatre ans.

— C'est drôle. Tu as un an de moins que moi. Ce que tu fais vieux, pourtant.

A chacune de mes réponses, elle m'embrassait vivement.

— Regarde, a-t-elle dit. Nous avons le même âge et ton ventre a juste une main de plus que le mien. Nous formons un beau couple.

Alors j'ai dû la modérer puisque le jour naissait, apportant avec lui ses raisons et ses mœurs. Je lui ai dit qu'elle allait un peu vite. Elle pouvait rester avec son père trafiquant, son frère, leurs escroqueries et leurs coliques, ses innombrables maris. Elle a recommencé à pleurer. Voilà l'ennui des filles qui font trop bien l'amour : elles nous rendent en larmes, tout le sperme que nous leur donnons. J'ai enfilé mon treillis. C'est avec lui que je circulais dans les rues depuis un certain temps et, comme il ressemblait à un pyjama froissé, le monde entier n'était plus qu'un immense lit trop peuplé. On ne s'étonnera pas ensuite si j'avais de mauvaises pensées.

Au revoir, lui ai-je dit, au revoir. Dépêchez-vous de choisir entre la nuit et le jour. J'ai abandonné mon calot entre ses mains. A force de rêver, d'ici quelque temps, elle raconterait sans peine comment elle m'avait jeté dans le puits ; oui, sûrement cette histoire prenait déjà racine sur ses lèvres ; d'autre part, il faut laisser des souvenirs à nos amoureuses ; et puis ce calot, vraiment, avait besoin d'être raccommodé.

LOS ANDEROS

Le Schleu, pour le comprendre, faut le voir. Par exemple, les villages : y z'étaient remplis de monde. Du vieillard aussi bien que de la gamine. Un jour, comme ça, qu'est-ce que nous voyons ? Des mômes sur le bord de la route. On ralentit, on allait entrer dans un patelin. Les mômes, y se cassent. On se dit : on leur fait peur. Seulement y en a un petit noiraud qui était resté. Appuyé sur un bâton qu'il était. Et puis tout à coup, il relève son poing-de-la-mort et l'AM devant nous se cabre comme une vieille carne. Je freine, je bute contre la ferraille. Le margis Dieulafoy, dans la voiture par derrière, il sort son feu et il descend le gosse. Faut pas s'imaginer que cet enculé de Maximian aurait pu jouer de sa mitraillette. Oh non ! Monsieur est resté bien peinard dans sa tourelle. Probable qu'il s'amusait à faire tenir une hostie en équilibre sur sa biroute, le con. Tout ça, c'est pour dire comment il est, le Schleu. Chez nous, mes p'tits frères, quand les Boches sont arrivés, y s'sont pas mêlés de faire les mariolles sur les routes. Y z'ont même pas cherché à passer pour des héros. A quoi que ça sert ? On est des civilisés, nous autres. On est pas des poseurs. Mais le Schleu, il a pas l'intelligence. On peut l'envahir complètement, il comprend pas et il continue à se battre au lieu de demander l'armistice.

Vers cette époque-là, le neveu du colon était à cul et à chemise avec ceux de mon AM. Il venait s'asseoir sur le moteur. Y causaient. Moi, au début, je faisais celui qui n'entend pas, celui qui est occupé par ses pensées. Par exemple je lisais un roman policier ou j'astiquais mon tableau de bord. Une auto-mitrailleuse, c'est comme une femme. Du moment que c'est bien mignon, bien frisé à l'extérieur, ça se fout d'avoir la tuberculose. Aussi je laissais mon carburateur s'encrasser, mon filtre à air, je savais seulement pas où il était et mes bougies ne bandaient que d'une. Ça ne nous empêchait pas de rouler droit grâce à mes bonnes paroles et à mes gestes affectueux sur son capot.

Le Salis-O'Reish, il expliquait que son oncle allait passer général. Aux dernières statistiques, le XVIe hussards avait perdu 12 % de plus en eftépés qu'en aristos. Maximian se tapait une bosse. Il disait : « Vous vous en fichez bien, et votre oncle aussi. Quel idiot vous faites. » Pas si con, le gars, pas si con. Ils se tiennent, ces gens-là. C'est normal. Y défendent leur biftèque. Sanders, un ancien eftépé, je me disais, son sang doit bouillir. Pour sûr, il va sûrement ramener sa fraise. Il la ramenait bien, mais pas tout à fait comme j'aurais cru. Il disait, le Sanders :

— On en reverra bientôt des maquisards. Ils nous guetteront dans les bois. Alors on ne trouvera plus ça honnête du tout. Et je te fusillerai des otages en collant des petites affiches rouges. Et je t'offrirai des primes... L'honneur national, ça nous est réservé. Chez les autres, c'est de la méchanceté. Il suffit de lire les journaux. Sur trois colonnes, on explique pourquoi nous étions des lâches en 40 et que si on avait seulement construit des barricades, on aurait vu un peu. Vous avez remarqué : les barricades, ça s'élève tellement mieux en caractères d'imprimerie. C'est l'affaire d'une seconde. Une phrase bien lancée et un fier petit gars de chez nous, un métallo qui lit les classiques le soir dans sa chambre, se dresse et arrête l'ennemi avec l'aide d'un ou deux amis. Une autre phrase et ils lui disent merde. Comme toujours quand on est plus spirituel que lui, le Schleu se sent gêné, il se brosse les manches avec embarras, il a peur. Paragraphe suivant, le métallo et ses petits camarades encerclent la Vèremarte avec un lasso, établissent en Europe le règne de la fraternité et fusillent tous les fascistes. Dix centimètres plus bas, d'autres journalistes se tapent sur le ventre avec des rires gras à la pensée de ces pauvres Allemands, assez stupides pour prolonger leur résistance. Les Français sont du côté du bien. Des principes sublimes, on en mange à tous nos petits déjeuners. De l'autre côté, le mal, nos ennemis : pour ceux-là, pas plus d'honneur que de beurre au cul. Z'êtes des animaux. Z'avez qu'à vous rendre. Les scrupules, c'est pas pour vous. Les drames de conscience, verboten !

Ce Sanders, finalement, peut-être bien qu'il ne sortait pas tout à fait des eftépés. A moins qu'il n'y soit venu sur le tard. Pasque, malgré tout, le Français, c'est le peuple le plus intelligent de la terre. Y a qu'à voir : le monde, il a les yeux fixés sur nous. Et d'ailleurs, les patries, ça n'existe pas.

Deux jours plus tard, avec un étudiant tout ce qu'il y a de démocrate, on a eu l'occasion de dire à Saint-Anne ce qu'on pensait de lui : qu'il était un dégueulasse et un fumier. Pas lui en particulier. C'était un bon petit et rien à dire s'il avait pas fait de maquis, il avait treize ans en 41. L'étudiant lui a mis sous les yeux des statistiques au poil, comme quoi il était un salaud si il entrait pas chez les communistes. « Tant mieux, qu'il a fait le Saint-Anne, j'demande pas mieux que d'être un salaud. Je me taperai la cloche toute ma vie. » « T'es un immoral, que j'lui rétorque, c'est pitié de voir un gosse aussi mal élevé. » L'étudiant il m'a remisé. C'est vrai aussi que la morale, il n'en faut plus. « On est dans le mouvement de l'histoire, il a dit. Les mecs à côté, ils sont pas dans la course. — J'm'en fous, qu'il dit comme ça, le Saint-Anne. Je tiens pas à arriver premier. » Moi, on m'ôtera pas de la tête qu'avec une éducation plus sérieuse, ce garçon aurait eu des idées différentes. Mais la bourgeoisie est pourrie, elle n'a pas le sens de l'ordre. C'est souvent même qu'on voit des petits de bonne famille qui viennent au peuple, comme y disent. Ce serait que de moi, je leur mettrais mon pied au cul. Leurs parents, c'est des cloches. Avec un peu d'autorité, ils les feraient marcher droit, ces morveux. L'étudiant, il pensait pas comme ça et il a dit qu'il ramènerait d'autres statistiques où il n'y aurait rien à répondre.

C'est avec Sanders que j'aurais voulu parler de tout ça. Mais il y avait pas moyen de l'aborder sur du sérieux. On ne savait jamais ce qu'il pensait. Et un peu braque, dans le fond. Je me rappelle encore, le premier jour à K. Je m'étais dit : « C'est une idée. Il aime pas les Cuirs. » Du tout. C'était une manie. Après le dîner, dans le café, il s'est tabassé avec les mecs pour qu'on relâche deux pucelles. Complètement sonné, il était. Il braillait comme un veau et il était tout rouge. Je ne suis pas entré dans la danse parce que c'est mon pote et qu'il a le marron rapide, mais quand je l'ai vu par terre, la gueule en sang, j'ai pensé que c'était juste. De quoi il se mêlait de défendre ces morues ? Ça la ramenait pas, pour un hussard. Et puis ça lui montrait qu'il était pas invincible et qu'il avait pas besoin de faire son petit Mahomet en nous regardant en dessous.

DE FORJAC

Les branches fouettant parfois les visages, le régiment s'enfonçait au cœur de l'Allemagne. Et puis il y eut quelque chose dans l'air, une certaine respiration des forêts, un drôle de sourire et du soulagement et de l'ennui et la certitude que c'était la fin.

Sans prévenir, la guerre se transformait en une course silencieuse. L'ennemi ne reculait pas, il s'écartait. Le régiment luttait contre la fatigue, la paix des villages, les ponts sautés et tous les signes accourus pour dire que le sang coulé ne servirait plus à rien. Sur les hauteurs, des châteaux nous observaient dans leurs ruines, châteaux épargnés sans doute par Louvois dans l'intention de laisser aux invasions françaises à venir, leur romantisme de pacotille, leurs clairs de lune, leurs amoureuses aux bras blancs. O'Reish se désolait à l'idée des jours qui s'annonçaient et dont la couleur était : répression, lassitude, conscience des armées qui s'ennuient. On parlait beaucoup trop à l'état-major des maquis allemands ; les âmes étaient farcies de chimères, ce n'étaient que souterrains secrets, forges de la revanche, couloirs magiques, embûches, arsenaux des mille et une nuits où Vulcain et Siegfried concerteraient le IVe Reich. Les plus ironiques, en se frottant les mains, allaient répétant qu'il se formerait une nouvelle milice et, de mon côté, je ne savais que rester, le soir, adossé à la première voiture venue, fixant à la fois le ciel étranger et mes ongles trop longs qui brillaient dans l'obscurité. Ainsi entendais-je parfois les conversations des enfants que nous avions déguisés en cavaliers, leurs voix alternant comme celles des personnages de théâtre qui ne doivent pas parler trop longtemps, car à cet âge, on croit à l'existence des autres, on ne dispute que pour mieux se reconnaître.

Les uns défendaient avec un âpre mépris la camaraderie, l'enthousiasme, l'agrandissement des bagnes, le communisme, les bons sentiments, l'ordre et les murs écroulés, mais qu'on rebâtit aussitôt. Quand leurs adversaires riaient, ils mâchonnaient sévèrement : « Cause toujours, on n'est pas loin de Büchenwald, ça fait bien dans le tableau. Et puis avec la peste et la famine, tu colles comme un gant. Je trouve que ta p'tite gueule de con réjoui, entre une tête de pendu et celle d'un SS, elle est au poil. Faudrait pas que tu bouges. Tout s'enchaîne trop bien. »

Alors, une voix plus jeune et qui semblait plutôt appartenir aux batailles de polochons dans les collèges, qu'aux combats des hommes, cette voix s'élevait sur un ton aigre, pour se défendre :

— Oui, je dois ce que vous voulez aux autres hommes. A la rigueur, je paierai mes dettes, mais je n'embrasserai sûrement pas mes usuriers.

(Je pensais au fond de mon cœur, avec des sourires canailles, sourires dont j'avais horreur chez les autres et qui ne m'en étaient que plus chers, je pensais : « Drôlement romain, le mômichon, pour trouver ses formules. » Mais il continuait :)

— Vous rabâchez que la vie est triste. Naturellement, vous êtes tristes. Les heureux vont bien avec la terre. Mais vous, vous n'étiez pas invités. D'abord, quand on est malheureux, on se tue.

(Charmant petit garçon ! Pouvait-il savoir que les communistes, comme les apôtres, ne sont jamais malheureux qu'à l'idée du malheur des autres hommes ? Si bien qu'ils font leur chasse à leur manière, tout comme ce gros Milanais qui commandait un fauteuil spécial pour s'asseoir.)

— Faut pas lui en vouloir, dit une voix traînarde. Ça fait pas longtemps qu'il connaît les mystères de la nature. Ça lui a donné un éblouissement. Y s'croit Mahomet ou p't'êt' bien Jésus-Christ. Ça lui passera. A la première vérole.

— Au revoir, fit le petit garçon en s'éloignant. Vous avez raison. Quand j'aurai eu la vérole, on en reparlera. Ne m'en veuillez pas trop : tout le monde ne peut pas l'avoir. Je suis un anormal : j'ai pas la vérole, j'ai pas la vérole du tout.

Un instant, je songeai à le suivre dans la nuit, à le séduire, à le méduser, à m'endormir en gardant ma tête enfouie contre son ventre doré. Un instant

— et je ne doutais pas qu'il fût blond — je désirai follement tenir sa tête bouclée contre la mienne. Puis la raison, d'un pas magnifique, reprenait ses assises.

J'écoutais de telles conversations sans déplaisir, comme ferait un Dieu qui connaîtrait son métier et se garderait d'intervenir. Mais peut-être Dieu n'est-il pas si bête qu'il en a l'air, peut-être justement fait-il la bête, et cette idée me souriait déjà moins par tout ce qu'elle comportait de dignité abandonnée, de relâchement dans les mœurs (coucher avec sa servante, faire des économies) et d'amour du vin rouge (claquer la langue contre le palais après avoir bu, dire : bougre de Beaujolais). Au théâtre, quand j'étais enfant, n'espérais-je pas toujours que l'acteur tragique allait soudain quitter la scène pour se mêler aux spectateurs ? Comme ce serait facile, pensais-je avec la logique de mon âge. Trois mètres de chemin et Hamlet abandonnera ses scrupules. Hélas, il lui manquait une dimension qui n'était peut-être que la dimension de l'indifférence. La volonté acharnée des imbéciles de ressembler à Dieu ou à l'acteur tragique, en accumulant les incestes, les meurtres, ne prouvait qu'une chose : leur incompréhension de Dieu. Car Dieu est notre spectateur et retirer son épingle du jeu, c'est le rejoindre. Alors plus d'actions, on ne fait que des miracles...

Ces pensées n'étaient plus les miennes pour mille raisons. Mais des pensées qu'on a courtisées, qui ont répondu à votre amour, qui vous ont illuminé, puis qu'on a quittées, sont un peu comme ces anciennes maîtresses que nous rencontrons dans une soirée et chez qui nous distinguons toujours les petits cris de plaisir qu'elles avaient dans nos bras, sous les paroles les plus anodines, à condition d'aimer les femmes, bien entendu. Ainsi de l'indifférence : je la goûtais chez les autres, car je savais que son visage nocturne est de feu.

La jeunesse heureuse de nos régiments, apportant avec elle son odeur, faisait étinceler le moindre village, à la manière de ces humbles auberges du passé, oubliées par les hommes et par la vie, mais qui s'illuminent au passage d'une simple calèche. Les nôtres, avec leur grand luxe de vêtements, leurs bagages, leurs stylos magiques, et leurs rasoirs, leur allure d'enfants insouciants qui ne craignent pas d'être grondés, leurs voitures puissantes et cette essence de rose dont ils s'inondaient les mains pour les débarrasser du cambouis, essence qui venait sans doute de Perse, au moins mon imagination me le disait-elle, puisque aussi bien l'Iran accumule les deux prodiges : les roses des jardins qui font les nuits plus douces et la grande rose intérieure du pétrole, les nôtres semblaient donc de riches touristes, autant de petits Barnabooth en herbe qui débarquaient, donnaient leurs ordres, étalaient les merveilles qu'ils avaient achetées dans les magasins et s'enfermaient le soir pour retrouver seulement leur tristesse qui les attendait. Le même univers de pensées me montrait de longues files de prisonniers, comme des groupes de pauvres que les riches ramassaient sur les routes, enfermaient dans des cages pour ne plus voir leurs regards envieux.

Puis la course reprenait avec ses détours, ses cadavres et ses ruines, les chars allemands détruits semblant de grands cavaliers du moyen âge restés morts dans leur armure et que nulle main miséricordieuse ne viendrait enfouir dans le sol, tôle rouillée, odeur de l'huile et des fruits, toute l'Allemagne se confondait ici dans une torpeur magique. Un jour nous atteignîmes une grande étendue d'eau et nous cherchâmes naïvement un pont, quand un nom courut sur toutes les lèvres. C'était Constance.

Le lac s'étalait miséricordieux. Des terrasses baissées, couvertes de villas charmantes, se penchaient sur les rives, une petite Côte d'Azur, plus distinguée, avec un parfum d'eau de Vichy. Par une matinée miraculeuse, les garçons du XVIe hussards dégringolèrent la route qui bordait le lac. Ils tombèrent sur une grande batterie contre avions qu'ils surprirent et emportèrent d'assaut. Les artilleurs avaient installé des tableaux de chasse sur l'affût de chaque pièce : « Nombre d'avions descendus. Ostfront : 14, 22, 8, 16... Westfront : 12, 2, 6, 19. Nombre de chars... » Je regardais ces inscriptions quand je vis un grand hussard, d'un genre qui n'était pas du tout le mien, un genre brutal, s'approcher pour écrire à la craie : UND GANZ GAR NICHT. Je me fis nommer le profanateur qui s'appelait François Sanders et qui avait des yeux verts, puis je lui demandai l'explication de son geste. Il me regarda en chantonnant seulement une chanson que je connaissais bien jadis :

Ich bin von Kopf biss Fuss auf Liebe eingestellt
Denn dass ist meine Welt
Und ganz gar nicht
Dass ist was soll ich machen
Und meine Natur...

Je ne pouvais que sourire et je souris.

A Constance, les hommes étalèrent leurs guêtres blanches. Après douze heures de repos, la plupart voulurent se baigner. Ils sortirent du lac, nus et brillants, comme des chevaliers à qui la fée vient de donner une armure neuve.

SANDERS

Maximian est descendu comme un fou de l'half-track des Transmissions. Il s'est précipité sur nous. Il nous apportait des nouvelles toutes fraîches et ses yeux ont brillé comme ses dents blanches. Mais je ne l'ai pas écouté longtemps et je me suis replongé dans Retz car ces nouvelles se réduisaient à peu de choses : les Américains et les Russes s'étaient rencontrés, mais ne s'étaient pas reconnus.

CASSE-POMPONS

Le gonze, y dit comme ça : « T'as pas de chance d'avoir ça sur ta voiture. Ça te fait pas honneur et même ça t'humilie. » Qu'y dit, le gonze. Pasque c'en était un de chez moi qui venait me voir.

Faut reconnaître que le Saint-Anne, il était rien flemme. A chaque halte, couillon, il descendait, tapotait les roues avec une clé anglaise, il disait : « Ça va bien, parfait » et il allait se la dorer au soleil. Qu'est-ce qui s'appuyait le labeur ? Casse-Pompons encore et toujours. Mais patience, je murmurais en moi-même, patience, un sergeot, ça a le dernier mot, vu qu'un sergeot ça représente en tout et partout, à pied et à cheval, la police. Aut' chose que le bon Dieu, couillon, la police !

N'empêche, le jour où ce putain de Sanders a été trouver le lieutenant pour lui souffler à l'oreille que le Saint-Anne les ennuyait et qu'il serait bien assez bon pour la jeep de Casse-Pompons, ce jour-là, Sanders, il a eu droit à ma rancune éternelle. Et je le lui ai bien laissé entendre en lançant des coups de poing dans le vide, pour rire, mais il comprend seulement pas la plaisanterie, ce con-là. Il m'a mis un marron sur l'oreille droite, je suis tombé sur le cul. Ça c'est encore une preuve du respect qui règne au XVIe hussards.

Enfin, ce Saint-Anne, c'est rien de penser ce qu'il avait de la chance d'être comme ça. C'est pas moi qui l'aurais eue, cette chance-là ! Dès que je suis en place, faut que je me turlupine. Casse-Pompons, t'as pas regardé tes ressorts. Et tes bougies, Casse-Pompons, t'sais comment elles sont, tes bougies ? Pleines de gadoue, Casse-Pompons, pleines de gadoue. Et j'y vais voir. Alors, j'suis pas gros. Forcément. Le mauvais sang, ça mine. Le Saint-Anne non plus, il est pas gros. Mais c'est une cloche. Le lieutenant, il le disait encore l'autre jour, Le p'tit Saint-Anne, c'est une cloche. Pasque, y disait comme ça, dans le peloton, y a des types de valeur — y me regardait en douce, couillon — et y a des mectons à la traîne. Y sait pas saluer, y marche jamais au pas, il a perdu ses guêtres. Y nous fait pas honneur, quoi. C'est assis à côté d'un mortier et ça ne sait pas s'en servir. Y dit qu'y s'est pincé le doigt, un jour, entre le canon et l'affût. C'est des manières, ça, pour un cavalier ? Ah, dis donc ! Heureux encore pour lui qu'y soye protégé par des gens à charnières comme le Maximian. Sans ça on ne le garderait pas, on l'enverrait dans l'infanterie. Ou dans les cuirassiers, rapport que ce serait peut-être trop dur de l'expédier dans l'infanterie. Pasque hussard, ça n'a l'air de rien, mais c'est pas à la portée du premier venu. Faut de la tenue et du moral.

Ça me fait penser à ces enculés de Schleus, des mômes de quatorze ans ou des vieux duchnoques qui se cachaient dans les buissons pour nous tirer dessus. Comme disait Los Anderos : « Qu'est-ce que c'est que ce genre-là ? Faut de l'ordre, dans la vie. Aux francs-tireurs, y avait de l'ordre. » Pour ce qui est des francs-tireurs, je ne pouvais pas en parler très exactement comme lui, vu que, à la même époque, mes obligations militaires me retenaient dans la garde à Pétain. Mais dans la garde à Pétain, on avait tout à fait l'esprit du maquis.

Quand même, c'est les partisans schleus qui ont fait sauter l'half-track du peloton avec un bazouka. Ça, y a rien que le Schleu pour inventer une arme aussi perverse. Je me murmurais en coulisse : comme ça, y sera plus en panne. Le lieutenant, il essaiera plus de m'y mettre conducteur. Evidemment c'était ennuyeux pour les copains. Mais y z'ont eu la belle mort et le lieutenant, il a dit qu'ils auraient aussi la citation. Ça, d'ailleurs, c'est rien injuste. J'estime et je considère qu'un qui a pas froid aux yeux et qui fait reculer la mort par son attitude méprisante et glacée, c'est çui-là qu'il la mériterait la médaille. Mais je ne veux nommer personne. N'empêche : la croix d'honneur, quand elle est accrochée au mur, c'est ça qui fait regretter aux vieux de ne pas avoir envoyé plus de mandats à leur cher petit disparu, tant qu'il était en vie, histoire qu'il puisse aller de temps à autre à l'estaminet pour se nettoyer la pente avec du gros bien acide.

Ce qui est triste, surtout, c'est la chose de la souffrance, vu que ça ne sert à rien, ni pour l'avancement, ni pour la médaille. Le gros Namard du 2e peloton, quand y a un obus qui lui a enlevé les roustons, c'est un exemple... Il est resté sur le sol, à plus pouvoir parler. Ensuite, il l'avait mauvaise, il savait seulement plus quoi vouloir. Clamecer, ça ne lui plaisait pas trop. Et vivre sans roupettes, il ne voulait pas en entendre parler, vu que le gros Namard, c'était une nature dévoreuse de femmes, un gonze que j'ai vu aller au bordel jusqu'à des deux ou trois fois par semaine sans s'en montrer incommodé (c'est pour dire).

Tout ça, couillon, c'est les inconvénients de la gloire. Sans ça, on n'a pas besoin de gagner son pain, on est habillé, c'est pas la vilaine vie. Et puis on se fait pas trop de cheveux pour les autres. Il en claque tellement, on n'a pas le temps de s'attacher. N'importe comment : des salauds comme Los Anderos qui m'ont chipé le bouchon de mon radiateur, ça se pardonne pas. Si ils crèvent, tant mieux, c'est des carnes. D'ailleurs, Los Anderos, j'en ai entendu parler par un autre gonze du maquis (car je ne crains pas de dire que j'ai des fréquentations dans la résistance). Il disait qu'il pouvait pas souffrir les ratichons, et pis il était à cul et à chemise avec un séminariste. Même qu'il l'a enterré de ses propres mains, le jour où ce curaillon a reçu un mauvais coup de la part d'un agent de l'ordre. Un type comme ça, ni père ni mère, ça n'a pas de principes.

La vie, pourquoi, quand je me prenais à penser pour de vrai, la vie aurait été d'un autre poil si je n'avais pas laissé peu à peu le Saint-Anne me baver sur les rouleaux. Lentement qu'elles se font les choses. Mais sûrement. On s'endort respecté, avec la vénération de ses hommes, et on se réveille comme un pauvre cul de rien du tout, bafoué, méprisé, traîné dans la boue par le premier petit chibreur venu. Pourtant, quand on s'appelle Casse-Pompons, c'est sept ans de service qu'on a fait, sept ans, putain. De 37 à 40, vu que tout sergeot que j'étais, j'avais voulu me former dans la carrière des armes et ça c'était d'un brave. De 40 à 42 au 6e Cuir — deux ans encore dans la garde à Pétain et pour le maniement d'armes, les Ostrogoths et les Amerloques y peuvent la ramener, d'ailleurs j'ai entendu dire par un adjudant haut placé que les Schleus comme les Angliches, y z'avaient une peur bleue de l'armée française, même après l'armistice, vu que la garde à Pétain, elle faisait un maniement d'armes comme on n'en avait jamais aperçu sur la surface de la terre — et aux suçards pour finir. Quand je dis finir, je suis bon. Pasque les Frisous, j'sais pas si je suis le seul à l'avoir remarqué, mais c'est des coriaces. Méchants qu'ils sont et tout. S'ils pouvaient vous bouffer les grelots, ils le feraient. Alors je ne nous vois pas frais. Un jour que ça leur reprendra de faire une petite offensive, vivement qu'on le repassera le Rhin. Et pour aller se blottir derrière l'Adour, comme la dernière fois. A pied dans le cul qu'ils nous ramèneront chez nous. Moi, j'ai bien vu, les gonzes, y sont imbattables, terribles... Putain de misère, pas seulement bricart-chef à mon âge et marié comme je suis. C'est pas pour la solde que je dis ça, à l'ancienneté, je touche presque autant. Non, c'est pour l'honneur. Chez moi, quand je reviens en permission, à jamais me voir plus de galon qu'en 38 sur le bras, je fais con, moi, c'est fou ce que je fais con. Surtout que sergent, il est passé, le fils de l'instituteur. On me dira : dans la biffe, sergent, ça fait tout juste un cavalier de z'hussards. Oui, mais ce sont de ces choses qu'ils n'ont pas assez de délicatesse d'esprit pour apprécier à la maison. Heureusement, il y a le torticolis d'argent sur le calot. Ça fait riche, presque officier même. Et en un sens, les dragons et la biffe, y pourraient nous saluer, à cause qu'on a ce galon. Je parle pas des Cuirs, y sont trop grossiers pour comprendre. Mais les dragons, ils sentiraient qu'ils doivent s'incliner et la biffe, y aurait qu'à les punir sévèrement s'ils refusaient, même en fusiller quelques-uns pour l'exemple. C'est ça qui serait rien bat' à raconter le soir, adossé négligemment à la cheminée, couillon, en sirotant de l'armagnac. « Oui, que je ferais du bout des lèvres. C'est comme le jour où un sergent de la biffe avait oublié de me saluer. J'appelle l'adjudant de service et je lui dis : " Dégradez-moi cet homme sur le front des troupes et conduisez-le au poteau. " Puis je passerais à un autre sujet, tandis qu'un frisson de terreur traverserait l'assistance et que l'Emile (le fils de l'instituteur) se jurerait sur la sainte Vierge de plus tourner autour de ma femme. Dans les ministères ils ont pas l'esprit à ces décisions-là.

Je voyais Saint-Anne s'endormir à côté de moi. Je le réveillais, je lui faisais sentir comment qu'elle était criminelle sa conduite. Ce qu'il devait lui en manquer des torgnoles sur les joues, du temps qu'il était gosse! Moi, ça ne m'a jamais fait défaut, je peux en être fier. Le père, chez nous, il savait se faire respecter. Toutes les semaines, c'était la volée, il s'arrangeait pour qu'on la mérite, pas qu'il avait le goût de la justice, également, cet homme. Et la mère, elle avait la main leste. C'est ça qu'on appelle des gens bien et qui savent vivre. Après, on les aime ses vieux. Mais Saint-Anne me mettait un doigt sous le nez et me disait :

— Tu ne sais pas y faire. Dans ce régiment-là, c'est jamais et couille de plume que tu le seras, bricart-chef, si tu n'es pas bien vu. Faut leur lécher le cul, aux messieurs à courants d'air. Tu vois, un jour, j'avais manqué l'appel. Ollivier me rencontre. Un rapport au cul qu'il voulait me coller. Alors moi, finement, je lui dis que je sors de la messe où j'avais bien prié la sainte Vierge.

— Putain, que je ne peux pas m'empêcher de faire, tu as dit ça?

— Cochon qui s'en dédit!

— Et qu'est-ce que tu faisais pour de vrai?

— Je me branlais, couillon. Dans le noir, qu'est-ce que tu veux faire d'autre?

Ainsi, le Saint-Anne, avec ses airs de petite nitouche, il savait se branler. Non, alors, putain de misère de pauvre monde. Il se faisait mousser le créateur et il a dit qu'il priait la sainte Vierge. Y a pas à chier, il est con, mais il sait causer. C'est pas à moi que ces idées viendraient.

— Alors après, Ollivier, il me lançait des petits sourires, il m'appelait dans les coins. Au début, j'ai cru qu'il voulait de moi pour que je lui taille des pompiers...

Je m'exclame avec la force de l'indignation :

— Des pompiers ! Y s'fait tailler des pompiers, le commandant Ollivier ? Ça, la main sur l'échafaud, je ne pourrais pas le croire. Un monsieur si bien, et tout ce qu'il y a de poli, tu r'marqueras. Jamais un mot plus haut que l'autre. Un grand chef, quoi. Des pompiers !

— Eh ! Tu les connais pas. Tu travailles dans la fleur bleue, mon pauvre Casse-Pompons. Ils sont tous vicieux et impuissants. Mais à la fin, je suis passé première classe. Il ne me voulait rien de plus, Ollivier. Tout ça, c'est pour dire que tu sais pas te mettre en lumière.

Il n'avait pas à s'inquiéter. J'avais compris. Désormais, ce serait bien le diable si je ne trouvais pas une minute pour serrer le colon dans un coin et lui murmurer dans l'oreille que si des fois, il s'en ressentait pour une plume, Casse-Pompons était l'homme de la circonstance. Et je le ferais savoir à cet enfoiré d'Ollivier que j'suis allé-t-à la messe et même à confesse. J'aurais qu'à en glisser un mot à de Maximian, c'est un brave gars, dans le fond ; maintenant qu'il est margis, il ne convoite plus comme avant ma place de bricart-chef. Alors, un jour, mine de rien, le Maximian s'approchera du commandant au plus fort de la bataille et il lui dira : « Casse-Pompons n'est pas là, chef. — Ah, fera l'autre, surpris ; ousqu'il est, cet enculé ? » Je raconte ça comme ça, mais, Ollivier, il causera tout autrement. Soudain, le Maximian aura l'air de se rappeler : « J'y pense, mon commandant, il doit être à la messe ou à faire ses vêpres. Il y est constamment fourré. Oh, pas pendant le service, allez pas croire. Le travail, pour Casse-Pompons, c'est sacré. Ni père ni Dieu, quand il y a du labeur. Mais en dehors de ça, il n'y a pas plus pieux. Une vraie couleuvre de bénitier. Comme je vous le dis, mon commandant. » Ollivier mordillera sa moustache. Il en a pas, ça fait rien, j'ai lu un truc comme ça dans le roman que je dévore depuis que je suis aux suçards. Alors il dira négligemment : « Ah, il va-t-à la messe, ce brave Casse-Pompons (tout à l'heure, il disait : c't'enculé. Maintenant, il dit : ce brave Casse-Pompons), dans ce cas, il pourrait bien passer bricart-chef ou même margis de carrière. Offrez-lui donc ça de ma part. » Il donnera à Maximian deux bouts de galon de sous-off' qu'il aura eu achetés par hasard autrefois.

Oui, voilà comme je la voyais, désormais, la vie. Sur ce, on est parvenu dans une drôle de ville et ça, c'est rien marrant de le dire, elle se nommait Constance cette ville, tout comme mon épouse. Ah, dis donc, au début, j'ai cru que c'était une blague que les copains me faisaient (pasque, je l'ai dit : le respect se relâchait un peu). Ensuite j'ai vu des panneaux où c'était marqué en noir sur blanc. Ça, c'est des aventures que dans un peloton où on aurait eu du sentiment, on aurait été fêter à l'estaminet, en régalant le bricart. Bah, ils z'y ont seulement pas pensé.

Donc, on arrive. On se met les pieds au frais, on boit des canons de blanc. On se royaume, ça soleille dur. Les populations nous examinent avec des yeux éblouis, fières, qu'elles sont, de nous avoir parmi elles pour instituer la civilisation, l'instruction laïque et le service militaire. Je remarque une petite qui me lorgnait plus encore que les autres et ce soir, je vais me friser les cheveux. Les paroles de Saint-Anne, je me les remémore sans arrêt et je me répète, oui, par le pompier ou par la messe, j'y parviendrai aux galons de margis de carrière.

SAINT-ANNE

Ce n'est pas encore aujourd'hui qu'une princesse allemande se toquera de moi. Voici pourquoi. Je devais aller dîner sur le lac avec Maximian. Il y a un endroit où l'on peut danser. C'est la seule action de cavalier pour laquelle je sois fait. Je venais de voler une paire de guêtres éblouissantes : une splendeur. Lavollée m'avait ciré mes souliers en échange de ma ration de vin du 23 mai. Il faudra que je cesse de vendre mon vin trop à l'avance. D'autant que j'ai oublié de spécifier qu'il s'agissait du 23 mai 1946, puisque j'ai cédé une année entière à Los Anderos. Ça, c'est un peu crapule de ma part. Mon calot était impec, grâce à une nouvelle feuille de carton. Ma toilette terminée, je me regarde dans une glace. Je ne suis pas mal. Je n'ai aucune raison de m'en cacher, c'est la justice qui veut ça. Comme je ne suis pas d'une intelligence extraordinaire, comme je suis faible en boxe et en littérature, il faut bien qu'il me reste quelque chose. C'est ma seule chance de séduire les Allemandes. Un faible espoir m'habite. Constance est une ville de province, à l'écart du siècle. Il est possible que mon visage y fasse un peu d'effet. (Ailleurs, on se moque de moi, on me traite de sale fille et on me demande de montrer mes biceps. Je n'en ai pas.)

Donc, je me regarde dans la glace à sept heures un quart. A sept heures vingt, l'ordre arrive d'embarquer. Un groupe allemand refuse de se rendre. Il risque de couper nos communications avec les chasseurs.

Un moment, quand la nouvelle est arrivée, j'ai cru que nous allions envahir la Suisse. Aventure épatante, mais qui n'a pas lieu. L'étudiant qui est arrivé la semaine dernière, montre sa vilaine nature : « Oui, on laisse les sacs et quand je rentrerai, on m'aura volé toutes mes affaires. Je serai roulé comme une vieille bonne. » Maximian fronce les sourcils et le regarde profondément dans les yeux :

— Dites donc, vous vous croyez encore dans l'infanterie ? Ici, on ne vole rien. Vous porterez les douze jerricanes d'essence jusqu'aux véhicules. Ça vous occupera.

Pour être franc, j'avais volé à cet étudiant les deux tiers de son paquetage. Il me cassait la tête avec la politique. Il n'avait qu'à ranger ses vêtements et puis il faut leur faire le moral, à ces bleu-bites.

Dans les premières gouttes de nuit, le colonel inspecte les véhicules. Le capitaine de Saint-Vérace étant parti en liaison, le lieutenant des Môles prend la tête du groupe d'escadrons (le 3e et le 4e. Le 4e n'est évidemment pas aussi chic. Cependant on peut citer le peloton de la Laujardière qui a une certaine allure et qui comporte MM. de Saint-Genest, de Lamortagne, d'O et *tutti quanti*. Chez nous, sans ce malheureux Sanders qui porte son casque en arrière et Maximian qui ne se coiffe jamais, le peloton aurait la meilleure classe du régiment. Des gens comme Lavollée ou Casse-Pompons n'ont évidemment pas beaucoup de moralité. Mais à peine ont-ils une minute, ils se lavent, ils se bichonnent. C'est une justice à leur rendre).

Nous sortons de la ville par un grand pré qui semble un marécage d'ombre. Nous sommes en tête. Casse-Pompons se frotte les mains.

— On est favorisés. Comme c'est not' lieutenant qui commande, couillon, on passe les premiers. D'ailleurs, le 4e escadron, y vient après le 3e, c'est normal. D'autant qu'ils sont pas trop courageux et compter sur eux, moi, je ne m'y risquerais pas. J'te dirais même que dans les autres pelotons d'ici, y en a des qui ne me reviennent qu'à moitié. Mais ce lieutenant-là, je l'estime et je l'honore. J'ai toujours compté sur lui pour me faire passer margis de carrière. C'est le gonze qui se trace une idée juste sur la question de savoir que les lurons, y en a pas tripette.

Je lui dis sèchement :

— Je m'en fous de tes histoires. Je ne suis pas un luron.

Il se replonge dans son tableau de bord en

grommelant : « Bon. Ce que j't'en disais, c'était manière. »

Casse-Pompons qui était un lion, est devenu un mouton à la suite de deux événements. Comme par hasard, ces deux événements sont des mensonges. La première fois, je l'ai traité de testicule, en public. Il ne connaissait pas ce gros mot, et il a blêmi. La seconde fois, je lui ai raconté que je sortais de la Waffen SS. Nous avons discuté de la solde, de la nourriture, par rapport à la garde du maréchal.

N'empêche, il n'a pas besoin de m'ennuyer avec ses sales histoires d'avancement. Moi, les Allemands, je ne veux pas les voir. Ils ne m'intéressent pas. Je n'aime que les Allemandes et je veux les défendre, depuis le soir de K.

Par une route en lacets, tous phares éteints, nous grimpons le long de la colline. Je me sens tranquille. Je ne sais pas me servir du mortier. Casse-Pompons partage ma sérénité. Comme les premières fusées se croisent dans le ciel, il glapit :

— Putain, qu'est-ce qu'ils dégustent, les frères. Nous, on est peinards, c'est rien de le voir. Ah, dis donc ! le lieutenant, il va leur tomber dessus, les Schleus ils seront bleus de peur.

A dix mètres devant nous, je distingue la masse noire de la seconde AM du peloton. C'est un gros caillot d'ombre qui se faufile dans la nuit. On aperçoit des lueurs indistinctes sur les hauteurs. Le ciel reste pareil à celui de Bagatelle, un 14 Juillet. Le nombre des arbres augmente. On ne voit plus la jeep qui nous suit. Nous ralentissons. L'AM de Maximian passe à droite. Nous sommes dans la forêt, je ne trouve pas notre sentier sur la carte. Je me tiens à plat ventre à l'arrière pour qu'on n'aperçoive pas ma lampe électrique : le lieutenant serait assez fayot pour me priver de permission. On a tendance à retenir son souffle, ainsi fait-on pendant les parties de gendarmes et de voleurs. Nous devons être complètement perdus. Je ne m'en plains pas. Les autres agiront comme ils voudront. Moi, je conseille à Casse-Pompons de s'échouer derrière un arbre et de regarder tourner la grande aiguille de la montre. Mais il se voit déjà enlevant deux drapeaux, un général et une batterie à l'ennemi, de sorte que nous continuons lentement. Tant pis pour nous. Nous sommes absolument seuls, nous allons tomber sur les Schleus. Ceux qui seront bleus de peur, je les connais d'avance.

Maintenant, je suis accroupi, les mains sur le dossier de mon chauffeur. J'entends d'abord une rumeur, des crépitements pressés, deux cris et, soudain, c'est comme une rampe de théâtre qui s'allume dans la forêt. Alors j'aperçois de toutes parts, ruisselant d'une lumière blanchâtre, les autos-mitrailleuses des deux escadrons, les jeeps et les half-tracks. Là-bas sont partis les premiers hurlements, là-bas, la fournaise recouvre les voitures. L'orage est installé partout, il s'éteint, s'allume, en sifflant. On dirait aussi que l'air est en train d'exploser. Je distingue un motard des transmissions qui vire brusquement et s'écrase contre un arbre. Un grand hussard sort d'une tourelle, fait un geste de la main. A la fois, c'est la canonnade française et le roulement de nos moteurs. Les AM refluent vers nous. Je me lève pour dire à Casse-Pompons de tourner. Mais il serre les dents, une mèche frisée sort de son casque et flotte, cet imbécile accélère. Nous culbutons dans la nuit, une grande masse de feu brille encore devant mes yeux, tandis que je roule sur le sol.

Ce que j'entends, c'est une sorte de glas, une résonance qui n'en finit pas et l'impression de tomber dans le vide. Ça dure depuis un moment, je me risque à soulever les paupières. Le bruit a diminué. Il est remplacé par le tir des canons, ce qui est beaucoup plus rassurant. Je crois que je suis vivant et je me relève avec douceur, émerveillement. La forêt est pleine de reculs et de craquements. Je retombe à terre en glissant sur un corps qui est celui de Casse-Pompons. Sa tête fait un bond et revient à sa place. Je passe les mains sur sa figure, je les ramène poisseuses. Je lui avais toujours dit qu'il se ferait tuer dans cette guerre, avec son air bête. Ce geste m'a complètement ranimé. Je respire une ou deux fois. Puis je commence à traîner mon chauffeur vers l'arrière. Il me semble apercevoir une AM arrêtée sur la droite. Une fois mort, Casse-Pompons pèse un poids fou. Je souffle plusieurs fois. Enfin, je manque de me cogner contre le visage carré de Maximian. Il est à vingt centimètres de moi, assis à croupetons. La canonnade est devenue régulière, appliquée, comme l'écriture d'un élève qui a déjà fait bien des brouillons dans sa vie. Elle vient entièrement d'en face.

— Qu'est-ce qu'il a ? me souffle Maximian. Reste avec lui. Je t'appellerai s'il y a quelque chose.

Il m'aide à porter le brigadier derrière un buisson. C'est une précaution normale.

— Je viens de voir le lieutenant, poursuit Maximian. Nous les laissons tirer toute la nuit. Au matin, nous attaquons. Il nous reste dix-neuf AM pour le groupe d'escadrons.

Mon cœur bat très vite ; l'effort que je viens de faire y est pour autant que le danger. Heureusement, ma voix est calme, si elle est un peu blanche.

— Tu as vu les lance-flammes ? C'est assez beau, mais ça ne fait pas une lumière gaie.

— Pouh ! Ils n'auront pas assez d'essence. La seule chose ennuyeuse est d'avoir perdu la jonction avec le 2e escadron. La forêt n'a pas l'air sûre. N'importe comment, demain matin, on fonce.

Je fais quelque chose comme « gnkhm, gnkhm » et je rejoins Casse-Pompons. Au lieu d'être mort, il geint doucement. J'ai le temps d'en avertir Maximian. Il me rapporte une boîte de pansements.

— On le conduira sur l'half-track dès qu'il fera moins sombre. T't'l'heure.

— T't'l'heure.

Je songe : plus d'essence, plus d'essence... Ils n'en avaient déjà plus en 39, les Schleus. Et ils en ont retrouvé le 7 mai 1945, sur la colline qui domine Constance. Les cachottiers !

Je reste, le visage penché sur ma montre, dont le cadran est lumineux. Je panse Casse-Pompons avec soin. Ses cheveux et sa blessure ont ramassé des brindilles pendant que je le traînais jusqu'ici. Je n'ose pas enfoncer les doigts. Je suis plus rassuré une fois qu'il est entouré d'une bande velpeau. J'ai ouvert tous les sachets de sulfamides et je les ai versés sur la plaie. J'espère que ça ne l'empoisonnera pas.

Les Fridolins tirent avec une monotonie parfaite. Les arbres et les branches semblent tomber en tous lieux. Sûrement je serais beaucoup mieux à Constance, sur le lac, en train de soutenir la tête de mon brigadier ivre mort. Ce serait plus intelligent. La guerre, je n'en ai pas vu beaucoup ; mais assez pour savoir en parler plus tard, si on m'interroge. C'est l'essentiel.

Aux premières douces lueurs de l'aube, Casse-Pompons ouvre les yeux. Il prononce d'abord quelques mots sans suite, ainsi qu'on feuillette un livre avant de l'ouvrir à la bonne page. Puis sa voix s'affermit :

— Dis donc, p'tit. Ils m'ont touché, les vaches. J'ai même pas vu comment. Dis, p'tit, raconte pour voir comment ils ont fait ?

— Ils t'ont envoyé un obus.

— Un obus, couillon ! Mince, mais ils savent viser, les Schleus. Pour moi, tu vois, y sont loin d'être battus. Quand on remarque ce qu'ils savent viser, ils sont pas battus. Ousqu'on est à c't'heure ?

— On attend le jour. Alors on les pilera. C'est le lieutenant qui l'a dit.

— Si le lieutenant l'a dit, tu peux avoir confiance. Celui-là, c'est l'homme qui sait discerner les mérites. Moi, je me ferais tuer pour lui. Et ça m'est presque arrivé... Allons, n'exagérons rien... 'videmment je pourrais pas marcher. Et pourquoi que je peux pas marcher d'abord ?

— Tu as perdu trop de sang.

— Oui, voilà l'affaire. Ils vont me conduire à l'hosto et j'aurai tout un tas de p'tites mignonnes pour me souaigner. C'est fini, la guigne. J'ai été blessé en service, on peut pas dire le contraire.

Il se tait une minute. Puis il reprend d'une voix rêveuse :

— J'vais me la couler doucette, à l'hosto, je te prie de le croire. Dorloté, que je serai. Ah, dis donc ! Tu sais pas ce que c'est, au début de la guerre, la vieille, celle de 39, j'ai contracté une sorte de fatigue avec une mauvaise femme... Pasque faut te dire, de ce côté-là, moi. A Orléans, qu'ils m'ont envoyé. Et ben quand même, y a un tas de belles poules qui m'ont compati sur moi... Évidemment, y avait pas lourd de vrais blessés, vu qu'à cette époque, le Hitler il était pas si remuant qu'il l'a été depuis... Fallait bien qu'elles s'occupent, les poupées, et puis l'infirmière, c'est comme une autre femme, ça sait reconnaître... N'empêche... Ce sera la chouette vie. Pis pour le vin, je m'arrangerai avec l'infirmier, je connais le truc. Pasque, faut te dire, l'hosto, sans vin, c'est pas gai... Ah, là, là, vous vous dépêchez pas, vous autres, d'attaquer. On voit que vous avez tout le temps... Putain de merde, je me sens quand même drôle. Ce que c'est qu'une blessure quand on n'est pas habitué à.

— Tais-toi un peu, lui dis-je.

— N'empêche, avec des recommandations, j'aurai la quille plus vite. C'est pas que je m'ennuye ici, à l'armée, mais sept ans, ça fait long, surtout que je suis marié. Constance, elle s'appelle, mon épouse légitime.

— Ne parle pas trop. Tu vas te fatiguer.

— Moi, fatigué ? Ah, là, là. On voit que tu ne me connais pas, couillon. La fatigue, je ne sais pas ce que c'est. Inusable, qu'il est, Casse-Pompons.

Il s'agite encore contre l'arbre. Ses yeux brillent plus que le cadran de ma montre. Puis il souffle à gros bouillons. Je vois facilement sa blessure, sous le pansement : une grande plaque criblée qui va de l'oreille au sommet de la poitrine.

— Tu me préviendras quand vous aurez eu les Schleus. Les Schleus, dit-il encore. Fais attention, toi qu'es jeune et sans soin...

Ses lèvres restent suspendues dans l'air à quelques mots fragiles. Je lui ferme les yeux et je prends sa plaque d'identité. Je soulève un peu sa tête entre mes mains. Ce type dont je me fichais bien, hier encore, dont j'avais prédit la mort cinquante fois en public, pour le faire enrager, voilà que je suis obligé d'y tenir par une espèce d'amitié ou plutôt d'affection car c'est de la faiblesse et de la peur. Puis je l'abandonne à la terre. Il y entrera en uniforme et non pas en pauvre laboureur. Sa famille comprendra mal qu'il soit mort devant une ville étrangère qui porte le nom de sa femme. Tout semblera faux, truqué, mal raccordé.

Cinq heures à mon poignet. Je cherche les autres. Ils sont plus loin que je n'aurais cru. On ne va pas tarder à attaquer. Je me glisse vers eux.

— Ah, ben, tu es là, dit Maximian. Il passe une main boueuse sur son front. On se replie. Tu partiras sur l'half-track du 4e, avec Casse-Pompons.

Mon sang ne fait qu'un tour.

— D'où sors-tu cette histoire ? On devait attaquer. Qu'est-ce que c'est que ce genre ?

Je regarde à gauche et à droite. Sanders et Los Anderos, accroupis derrière leur tourelle, font des gueules furieuses. Quelle idée ! Dieu m'est témoin que j'adore Maximian. Mais il me dégoûte de parler de cette façon. Du coup j'oublie la peur qui m'est naturelle. Je me sens ivre de fureur et la poitrine nue... J'ai beau expliquer que le brigadier est mort, il m'ordonne d'embarquer. Lui, il reste avec le peloton afin de protéger notre retraite. Je me demande pourquoi ils font des têtes pareilles, puisqu'ils restent. Je ne proteste plus.

— Au revoir, me dit Maximian. Fais couler un bain dans la villa. J'en aurai besoin.

« J'en aurai besoin ! » Je déteste cette bonne

humeur de circonstance. Je le regarde d'un air méprisant :

— Avec quatre bouts de bois pour faire un cercueil, tu auras tout ce qu'il te faut. T't'à l'heure.

Le jour venu, la forêt perd son épaisseur. Elle retrouve son côté rocheux et pelé. Je monte sur l'half-track. Je ne connais personne autour de moi, sinon Saint-Genest, qui tient son genou entre ses mains et qui fait la grimace. Je suis servi par la chance, car le moteur, comme par hasard, ne part pas. Nous sommes deux ou trois à descendre pour entourer le chauffeur. Pendant que les autres se penchent sur les bougies, je file doucement sur la gauche. Entre mes mains, je tiens ce que j'étais venu chercher, c'est-à-dire une carabine et une cartouchière. Ce n'est pas difficile, je n'ai qu'à marcher dans la direction du bruit. Je n'ai pas du tout l'intention de faire le malin. Mais je ne veux pas laisser Maximian.

Soudain, il y a une galopade sur la droite et des appels en allemand. Un Français débouche devant moi, saute et retombe en se tenant la poitrine et en criant. Je me sauve comme un perdu. Pendant un certain temps le vacarme est épouvantable. Le sang s'écrase dans mes tempes. Je finis par m'effondrer dans un buisson. Je saigne du nez parce que j'ai couru trop vite. Ma respiration est plus bruyante que les coups de canon au-dessus de ma tête. J'aimerais m'évanouir, cette fois la terre me paraît accueillante. Mais puisque je suis venu là, c'est pour continuer

J'avance à quatre pattes. Ma cartouchière de toile est trop grande et traîne sur le sol quand je me baisse. Pas loin, je distingue une voiture renversée. Deux autres AM sont au milieu des arbres. Un seul canon se déplace encore et tire. Je m'arrête pile car je suis devant deux cadavres carbonisés. Mon cœur ne bat plus. Tout ça est impossible, impossible. C'est leur tête surtout qui est affreuse et les poignets. Il semble qu'il coule quelque chose entre les yeux du premier. L'autre est moins touché car ses jambes sont intactes. En tout cas, ce n'est pas Maximian. Je ne parviens pas à m'arracher de ces deux corps punis, à un mètre de moi, les doigts agrippés et raidis dans la terre. Enfin, je prends ma carabine et je tire. Je tire à toute allure. Je suis un peu en avant des nôtres et leurs balles sifflent à mes oreilles. Une grande exaltation, l'envie de pleurer ou de bondir, me possède. Les Allemands sont derrière la voiture renversée. Ils ont un fusil mitrailleur, mais qui ne tire pas dans ma direction. J'essaie, en rampant, de rejoindre mes camarades. Il y a encore un Français au milieu de la salle de danse, mais celui-là n'a pas brûlé. Il est couché, tout le dos de son treillis, des épaules à la taille, n'est qu'une grande tache sombre et humide. J'aperçois le visage barbu de Los Anderos et un grand bonheur m'inonde. Il cligne un œil pour tirer soigneusement. Je suis avec les miens. Je ne crains plus rien. Tout ce qui nous arrivera, c'est ensemble que nous le subirons. En haletant, je me répète « ensemble », pendant que j'envoie les dernières cartouches. Ce mot me paraît merveilleux.

Des fumigènes éclatent autour de l'AM. Elle ne tirait plus que d'une mitrailleuse, elle disparaît dans la fumée. Nous profitons de ce rideau blanc pour fuir. Le terrain derrière nous est en pente. Nous sommes une dizaine. Il n'y a plus d'arbres, mais des ronces jusqu'à cinquante centimètres. Une grenade m'éclabousse de terre, juste devant moi. Je me laisse tomber et je roule dans le vide. J'ai les bras croisés autour de ma tête, je me cogne à cent mille choses, je saigne et c'est tant mieux. J'échappe aux deux hussards qui ont brûlé. Je ne veux pas brûler. Il me semble que ça ne finira pas, et que je vais me retrouver à Constance. Seulement les racines me freinent et bientôt c'est moi qui m'accroche. Empêtrés par les ronces, les Allemands n'avancent pas. Ils se contentent de lancer des grenades.

Maintenant la paroi est presque verticale : je me retiens comme je peux. Je n'ai plus ni cartouchière, ni casque, ni fusil. Mes pieds glissent, je tombe sur des rochers. J'en serre un entre mes bras et je me trouve à peu près immobile sur une sorte de sentier à mi-hauteur de la paroi. Il a vingt centimètres de large dans les meilleurs endroits. Il surplombe un chemin plus large, bordé d'arbres, dont les branches viennent me dissimuler. Je vois deux gros souliers qui battent le roc. Maximian se laisse tomber à côté de moi. Lui, il n'a pas perdu sa carabine. Devant son visage, mes doigts, instinctivement, parcourent le mien. Je saigne abondamment, mais si j'ai la tête en feu, je n'ai pas très mal. Il respire deux ou trois fois, à grands coups.

— Les salauds, dit-il. Ils veulent nous griller un à un.

Je remercie Dieu de l'avoir envoyé à côté de moi. Je passe la main sur son front.

— Tu as un centimètre de sueur, lui dis-je.

— La sainte frousse, oui. Ce qui m'inquiète, ce sont les autres.

— Tu sais, les Schleus, ils ne sont...

— Je me fiche bien des Schleus. Je te parle des types du peloton. Nous étions encore huit.

Je soupire. Il se moque bien de moi et de lui. Il songe éternellement aux autres. Je lui demande ce qui va arriver, ce qu'il faut faire.

— Attendre, malheureusement. Les chasseurs devraient être là depuis deux heures. Je ne sais pas ce qu'ils fabriquent. Ils doivent attaquer de l'autre côté.

— Le lieutenant.

— Dans le ventre. Une balle dans le ventre. Pour être franc, il a mené son opération comme un manche. Il aurait dû nous faire descendre des voitures depuis longtemps. Une reconnaissance, sur un terrain pareil, ça se fait à pied.

Je suis triste d'apprendre à la fois que le lieutenant des Môles était un mauvais chef et qu'il est mort. Je regarde mon ami. Naturellement, il veut me rassurer en me parlant des chasseurs. Ils arriveront trop tard, mais ça m'est bien égal.

— Maximian, lui dis-je doucement.

— Quoi ?

— On va sans doute claquer.

Cette fois-ci, il se met en colère :

— Tu n'entends rien à la guerre et tu veux encore me donner des leçons. Tu es un pauvre idiot, voilà tout.

Il pose sa carabine contre la paroi. Comme il est courageux et confiant, et même un peu bête !

Devant nous la forêt continue, noire et tendue. Le jour se lève sur les sourcils touffus de Maximian, son air de chien de garde. Il dit encore :

— Ce sont des SS. Ils sont fous. Tout le groupe d'armées du réduit bavarois s'est rendu depuis deux jours. Ils le savent bien.

En me mettant sur la pointe des pieds, j'aperçois le chemin. Une sorte de grondement monotone semble venir d'en bas. De temps en temps, il y a un coup de feu, mais assez loin. Je commence à me lancer dans un grand discours sur la ressemblance de notre aventure avec une partie de cache-cache, quand Maximian me pose une main sur le poignet et me souffle dans l'oreille :

— Tais-toi. Tais-toi donc.

Un bruit de bottes, en effet, semble venir du sentier. Des bottes qui heurtent les cailloux d'une manière assurée. Nous nous serrons contre la paroi. Je suis caché mais Maximian est presque découvert. Je n'en puis plus. La sueur tombe à nouveau sur ses sourcils.

La patrouille s'approche. Les Schleus rient et

ils semblent nous dépasser quand l'un d'eux crie : « Da ! »

Alors c'est fait en une seconde (quand même on a tout le temps) et c'est impossible, mes yeux se dilatent, j'ai beau les fermer, j'ai l'impression que mes paupières s'envolent, mille pointes, mille hurlements les traversent ; mais je sais que je respire toujours et que je n'ai pas bougé. A deux mètres, le visage de Maximian est auréolé, détruit, c'est un masque horrible dont les yeux rouges tombent en avant. Son corps les suit. Il s'écroule au milieu d'une grande masse de rires comme une pierre dans un étang. Et puis c'est un coup de feu. Et puis je n'ose dire comment j'ai attendu si longtemps, comment j'ai pu. Ivre de peur et de douleur, je contemple les branches calcinées devant moi. Ils sont partis. Je saute sur le sol, je roule sur mon ami. Mais je ne voudrais pas l'avoir vu, non, pour tout au monde, pour la vie sauve, je ne voudrais pas.

Je marche sans savoir, de plus en plus vite. Où fuir ? Il s'agit bien de fuir ! Je trébuche et tombe plusieurs fois. Enfin, je me laisse glisser dans un grand trou d'obus. Je suis à côté d'un hussard à la veste déchirée qui examine la culasse de son fusil.

— Eh bien, me dit Sanders en avançant la lèvre inférieure. Voilà du mouvement. Ils t'ont grillé le bout du nez.

Je m'affale contre la terre. Je ne veux plus l'écouter, il me fait horreur. Le dos tourné, je murmure :

— Ils ont eu Maximian, ils ont eu Maximian...

Est-ce qu'il peut y comprendre quelque chose ? Et d'abord, il s'en fiche. Il se fiche de tout. Je le déteste parce qu'il est vivant, comme moi, et que c'est injuste.

Les détonations reprennent dans la forêt. Plus loin, c'est le bruit nouveau des chars de combat. Enfin nous avons entendu des pas et nos yeux se sont ouverts sur la dernière scène. Sanders m'a soufflé :

— Tu vois, fallait pas avoir honte. On va brûler gentiment l'un à côté de l'autre.

Je l'ai regardé avec horreur.

— Après tout, ai-je dit, c'est ça qui me console. Vous allez flamber, François Sanders. Je ne me serai pas dérangé pour rien.

Alors il m'a passé la main sur la nuque, ses doigts écartés comme un peigne et il m'a secoué doucement la tête.

— Bien sûr, a-t-il murmuré, bien sûr.

DEUXIÈME PARTIE

Le château

FLORENCE

L'animation augmenta chez les Français et en peu de jours atteignit à la folie : ils se lavèrent.

COLONEL DE FERMENDIDIER

C'est à se les attraper et se les mordre. Ne lui serrerai jamais la main. Général comme je suis pape. Petit arriviste sans scrupule (vaguement gaulliste, d'ailleurs, a dû traîner dans les antichambres de Catroux... L'ai bien connu, Catroux... Garçon séduisant. De la prestance. A mal tourné).

D'abord, ne vient pas me chercher à ma descente de voiture. Un autre se rendrait compte de la situation et de ce que, malgré ses deux étoiles, je reste son supérieur par l'âge, les campagnes, les manières. Bref, dois marcher tout seul dans la boue jusqu'à son château. Lui fais : « Bonjour. Avez rassemblé les hommes ? » Interloqué. Effaré. Lui explique, non sans agacement, qu'un chef de corps qui cède son poste, même pour recevoir de l'avancement, se met à la disposition de son successeur. Arrivons dans une sorte de petit parc assez crasseux, plein de feuilles mortes. Porte le véritable calot du régiment, couleur bure. Lui, visiblement mortifié : il n'a que le calot bleu ciel et bleu marine. Jette un coup d'œil sur les troupes. Ont des visages assez communs. Plusieurs anciens eftépés, m'a-t-on dit. M'en fous, s'ils savent se battre. Ils iront à la messe et on leur fera une moralité. Par-ci, par-là, des mines de francs-baiseurs : à surveiller de près.

O'Reish lance une proclamation. Très mauvais goût. Appels à la révolte. Laisse évidemment une situation impossible. Essaie de sauver la face : « Mes camarades de combat... Après la guerre, cette autre guerre qui s'appelle la paix... Mainteneurs de l'idée française... Ambassadeurs de la civilisation... Chevaliers du droit... Reste à vos côtés de cœur et d'esprit... Vous dis pas adieu mais au revoir. » Ce petit Irlandais, avec son calot neuf, ses bottes, son manteau et ses étoiles qui sentent encore le bazar où il les a achetées, ressemble à un Levantin plutôt qu'à un gentilhomme. Trop bien lavé. Marque mal.

Entrons dans la baraque. Des fleurs dans tous les coins. Les officiers : le commandant Ollivier. Les capitaines Bobillot, 1er escadron ; de Raucour, 2e ; de Saint-Vérace, 3e. Les lieutenants Baroncellier, 4e ; de Nézy, 5e ; Barthélemy, 6e ; de Précinac, EHR. A l'état-major : le capitaine de Forjac, les lieutenants Bouille et Masselon des Anges, l'aspirant Vérité (à surveiller de près. M'a l'air d'un petit sauteur).

Enfin l'Irlandais nous débarrasse le plancher. Respire un bon coup, enlève mon blouson, me mets en chorte. Dix minutes de conversation avec le capitaine de Forjac, pendant changement de toilette. Forte moralité. Est resté loyaliste. La situation est la suivante. Matériel : des véhicules américains. Ne veux pas les voir. Attendrons les AM Panhard qu'on doit nous livrer, pour travailler sérieusement. Hommes : très mêlés. Aime ça. Les culs-terreux apprennent aux aristos à tirer leur coup et les aristos leur donnent le goût d'un français correct. Or, le vocabulaire, c'est la base. Aimer son pays, c'est d'abord aimer sa langue, souffles de ses vents, sifflotements de ses ruisseaux et bocages. Fortes réflexions de Maurras là-dessus. Ainsi, l'aspirant Vérité : pas de vocabulaire. Bafouille. Se trouble. A quelque chose à cacher (maladie congénitale ? Mauvaises habitudes ? Lourd passé dans la résistance ?)

M'assieds devant le bureau. Tapisserie assez agréable entre les fenêtres : entrée des Français à Nimègue. Bon Dieu ! Devrions annexer la Hollande. Plus de pays neutres. Ne servent qu'à semer la pagaïe et à engendrer des paix déplorables. Médite une seconde et dicte deux messages.

LE COLONEL DE FERMENDIDIER
AUX CHEFS DE CORPS DE LA Z.F.O.A.

« Messieurs,

« Au moment de prendre la tête, après plusieurs années d'inactivité forcée, d'une des unités cantonnées en Z.F.O.A., je tiens à placer cette prise de commandement sous le triple signe de la patrie, de l'armée et de son drapeau.

« Tout ce qui menace, trouble, critique l'une de ces trois bases de notre vie nationale, s'en exclut par là même. On ne pactise pas avec les ennemis de l'ordre. Vous trouverez en moi un camarade décidé pour l'exécution de ces maximes.

« Mais si la sécurité de la France, à l'extérieur, exige une discipline à toute épreuve, sa grandeur intérieure dépend d'une condition similaire : le retour à l'union autour de son chef légitime et vénéré, le maréchal Pétain, actuellement détenu dans les conditions que l'on sait, par des gens, qui ne sont rien, ne représentent rien, ne peuvent rien, si ce n'est entraîner la France dans la ruine et l'armée à sa suite.

« Je vous prie donc de vous unir les premiers, vous qui tenez les clés de cette armée, pour exiger la libération immédiate du glorieux soldat.

« Confidentiel. Secret.

« Fait à Drecknaü.

« Le 18 septembre 1945.

« Yves-Daniel de Fermendidier. »

La seconde proclamation est destinée aux troupes. Elle ne sera pas lue mais affichée dans les dortoirs, salles d'études, réfectoires, garages, écuries et tinettes du régiment.

« Il est rappelé à tous les cavaliers, brigadiers, sous-officiers et officiers :

« 1° Qu'ils sont en pays conquis.

« 2° Qu'ils doivent donner les marques de

respect à leurs supérieurs, sinon avec vénération, du moins avec empressement.

« 3° Que le réveil est fixé à cinq heures du matin.

« 4° Qu'un escadron disciplinaire sera formé à la première occasion. Constitué par les esprits les plus rebelles du régiment, il se consacrera à des travaux de bûcheronnage et d'artisanat, suivant les principes des Chantiers de Jeunesse.

« 5° Qu'un cavalier est propre et net de sa personne, mais sans excès. Toute coquetterie exagérée serait considérée comme une marque d'afféterie et de féminité.

« 6° Que la messe a lieu tous les dimanches matin, dans la chapelle du château, à six heures.

« 7° Que les populations occupées doivent être conduites à l'admiration par la crainte et à la crainte par la force.

« *Le colonel commandant le XVIe hussards :*
Fermendidier. »

Bon sang. Ne peux plus y tenir de voir ces feuilles mortes qui virevoltent dans la cour. Descends l'escalier à toute allure pour les faire enlever. Tombe sur un petit blanc-bec en tenue fantaisiste. Lui demande s'il est un secrétaire. Me répond sans sourciller :

— Pas précisément. Adressez-vous plutôt à l'aspirant Vérité, un type à lunettes, avec l'air stupide. Je ne vous conseille pas de trop traîner dans le vestibule. Le nouveau colonel passe pour être une vieille vache, ça ne lui plairait pas. Remarquez, ce que j'en dis, c'est pour votre bien.

D'abord stupéfait, puis ravi. A quelque chose entre les jambes, cet enfant. Lui tapote amicalement la joue. Le réprimande pour la forme :

— En effet, mon petit ami, le colonel n'aime pas ça. Vous allez remonter et vous descendrez par votre escalier, l'escalier de service.

S'aperçoit de sa méprise. Rougit.

— Excusez-moi, mon colonel, j'avais entendu la cloche et...

— Mais de quoi parle-t-il ? La cloche est pour les officiers. Tu as peut-être entendu la sonnerie.

— C'est cela, dit-il, j'aurai confondu.

Mangin et Tito ne l'ont pas mordu. Bon signe. Leur caresse la tête entre les deux oreilles. Toutes ces histoires m'ont mis en appétit. Penser à faire venir une argenterie convenable. Voir si l'on pourrait trouver un petit curé qui n'eût pas de trop mauvaises manières et qui ne fût pas d'un christianisme trop voyant, pour dire la messe. Arrive dans la salle à manger. Suivant mes instructions, Forjac y a fait afficher l'ordre du jour, comme au dortoir, dans les tinettes, sur les arbres ; je veux qu'ils le lisent en dormant, en chiant, en rêve et en vie, mon ordre du jour, qu'ils en soient saturés, les petites rosses ! Ah, les salopiauds ! Ont dû en oublier la moitié. J'ajuste mon monocle et je m'approche pour lire. Sacré Forjac ! Me plaît, décidément, me plaît ce bougre-là. Je lis et relis en me gargarisant :

« Il est rappelé aux hussards, brigadiers, sous-officiers et officiers, qu'ils sont des cavaliers et non pas de simples soldats. »

DE FORJAC

Je ne laissais pas que d'être désagréablement surpris par les manières du nouveau colonel, non que celles-ci eussent rien en elles-mêmes qui me déplût, mais je prévoyais bien qu'en étant présent quatre-vingt-dix neuf fois sur cent pour mettre un peu de baume dans ses décisions, il resterait encore cette centième seconde que le sort choisirait pour me tenir à l'écart, afin de laisser à la catastrophe une chance de s'affirmer, de bondir et de tout écraser à Drecknaü. O'Reish était ravi de ce successeur inattendu, car il tournait à la réaction pure et simple depuis quelque temps, parlant de de Gaulle comme d'un général assez lie de vin et prenant à son compte les maximes les plus autoritaires. Cette nouvelle orientation lui rendait le colonel de Fermendidier d'autant plus précieux qu'on ne saurait mieux dissimuler ses opinions qu'en ayant à ses côtés un personnage qui les manifeste à tout rompre et qui, par là même, fait paraître votre conduite personnelle beaucoup plus modérée. Cependant, il fallait veiller à ce que l'ancien héros de Verdun, le « blédard d'Afrique », ne se lançât point dans des excès trop visibles, faute de quoi on le remplacerait par un colonel communiste (puisque cette espèce avait merveilleusement fleuri depuis la Libération) et notre général, sous cette lumière nouvelle, reprendrait les couleurs natives d'un militaire amateur de *pronunciamiento.* Ce rôle de garde-malade m'était dévolu. Je remarque en passant que je ne partageais pas les opinions qui couraient à l'époque sur le compte de de Gaulle. Ces opinions disaient en effet qu'il était foncièrement démocrate et perdu pour la bonne cause. Eh bien, je ne croyais pas cela pour deux raisons. La première, c'est qu'il ne faut pas accuser un homme d'imbécillité sans des motifs sérieux. Ensuite, parce que le fait d'avoir rétabli la République ne prouvait rien, sinon qu'il tenait une douloureuse promesse et que cette promesse-là n'avait pas de quoi beaucoup le chagriner, puisque aussi bien, rétablir une République en France, c'est toujours marier une femme coquette avec un vieillard : elle le trompera. Mais en politique, Pierre O'Reish était de ces garçons désintéressés qui laissent flotter leurs goûts (l'aventure, la grandeur, l'ordre, un avancement rapide et fastueux) sur la sale marée des intérêts d'autrui. De sorte qu'on aperçoit une mer brillante où l'on a envie de se jeter parce qu'elle brille de mille feux honorables, et l'on tombe dans un cloaque insensé.

Je me promenais parmi ces pensées mâchées et remâchées, qui avaient par là même les avantages d'une route nationale où l'on ne craint pas les accidents, non pas que je n'aime point ceux-ci, mais ma coutume est de ne jamais me convertir, changer d'idée ou partir en guerre avant cinq heures de l'après-midi, estimant qu'on se lève beaucoup trop tôt et qu'il est décemment impossible d'être vraiment réveillé avant ce temps-là : à cinq heures, le thé, le petit vent du soir, un roman policier ou une tragédie de Racine, tout cela vous nettoie l'esprit à l'eau d'Alibour. J'atteignais donc le vestibule du château, quand je croisai un petit garçon vêtu de la façon la plus bizarre. Il portait un calot des hussards, un fuseau de battle-dress, des guêtres blanches, un dolman bleu pâle et des escarpins rouges à bout pointu, le tout avec un certain air gracieux et délibéré sous des cheveux blonds, qui plaidait en sa faveur. Je ne pus me retenir de jouer au pédant et je lui demandai, d'une voix embrumée par l'émotion, ce qu'il attendait en ces lieux. Il sourit et me salua seulement après ce sourire, comme s'il eût médité de faire passer la correction militaire après la pure affection. Il rentrait au corps à la suite d'une longue absence. Je faillis lui sauter au cou, car je le reconnaissais maintenant :

— Ah, m'écriai-je, vous êtes le cavalier Bailly, qui a passé en prison deux mois de sa vie, pour s'être battu contre son lieutenant ? Venez donc, venez ! Vous me raconterez votre aventure. Il paraît que la femme de Précinac était pour quelque chose dans ce scandale. Vous aimez les montgolfières.

Il me suivit dans le bureau qui m'était affecté, son calot à la main et resta devant la porte, dans le plus indécis des garde-à-vous.

— Je m'excuse, mon capitaine, dit-il enfin, mais je n'ai pas touché au lieutenant de Précinac, encore moins à sa femme. Je n'aime pas les grosses brunes ; les grosses blondes non plus, d'ailleurs. C'est que je ne suis pas du tout le cavalier Bailly. Je sors du 3e escadron. J'ai été blessé le 8 mai. Au bout de quarante-cinq jours, on m'a rayé des contrôles du régiment. Le XVIe hussards me plaisait. Je suis revenu.

(Ah, tandis qu'il parlait, de quel poids mon cœur était-il soulagé, c'est ce que diront les réflexions qui suivirent dans mon esprit : car ce petit hussard bleu se trouva tout d'un coup transporté dans un grand Jules Verne illustré, ses traits un peu affadis par un dessinateur de 1890, debout devant une porte comme il l'était à l'instant et avec cette légende mystérieuse, excitante pour qui feuilletterait le livre : « Je n'aime pas les grosses brunes. » Je ne savais trop si j'étais représenté moi-même sur le dessin, cependant, il me semblait y avoir place pour une sorte d'officier de marine à rouflaquettes et à barbe en collier, qui promenait un regard perçant sur son interlocuteur, comme pour faire le point à son sujet, par l'observation intuitive de ses étoiles intérieures.)

Néanmoins, il me fallut abandonner ce champ de recherches — me réservant d'y revenir pendant une nuit d'insomnie, puisque le sol de nos rêves réclame d'être bien labouré, si nous voulons qu'il donne sa pleine récolte — pour me consacrer au vivant. Je m'inquiétai de sa blessure. Il rougit et me montra qu'il boitait. Je le priai de s'asseoir, je le prévins que le malheur de la condition militaire ne nous laisserait plus sur le même pied quand il serait réembauché et que nous devions en profiter. Je lui offris une cigarette, lui demandai son âge.

— J'ai dix-huit ans, dit-il sans honte. Je ne fume pas. Je suis engagé pour trois ans.

Ces derniers mots descendirent dans mon cœur avec une volupté sans égale. Je renversai la tête en arrière, cherchant pourquoi l'armée lui avait-elle plu. C'était en effet la dernière porte à franchir, avant d'être sûr de cet enfant, les amateurs d'armée se recrutant essentiellement parmi les esprits circonflexes, les niais, les bohiscoutes ou, plus simplement, les sentimentaux au troisième degré. Mais il répondit encore mieux que je ne pouvais le souhaiter :

— Au début je me posais des questions de ce genre. En réalité, ça n'a pas d'intérêt. On est à l'armée. Les hussards sont des hussards, voilà tout.

Il sourit en écartant légèrement les mains devant ses genoux croisés, comme pour étaler une évidence. Son visage, à la réflexion, ne m'était pas inconnu et je lui demandai si nous ne nous étions pas rencontrés quelque part, au passage du Rhin. Mais il n'avait pas participé à la traversée de ce fleuve, par suite d'une petite blessure à l'épaule, ramassée pendant une patrouille.

— Vous vous écorchez facilement, proférai-je afin de lui faire sentir qu'après tout il ne m'était pas indispensable, que je pouvais vivre sans lui et qu'il ne devait pas s'imaginer que « c'était arrivé ». Je lui expliquai quelle était la situation de l'armée française, le calme des habitants du pays, leur amour du travail et des laitages, leur torpeur, la tranquillité de nos mœurs, la présence des gens capables et religieux au *P.P.E.I.A.*, à six kilomètres dans la forêt, en somme, la certitude de passer de bonnes vacances, de grossir sans excès et de respirer l'odeur des pins. A cet instant, alors que mes cheveux dérangés et mes gestes hagards plaidaient mal en faveur de la vie paisible en Rhénanie, l'aspirant Vérité entra. Les boutons dont il couvrait son visage blanc, par un procédé qui m'est toujours resté incompréhensible dans ses fins comme dans ses moyens, ces boutons ne l'enlaidissaient guère, sa laideur naturelle se passant d'artifices. A vrai dire, je comprends les gens qui entassent des couches de laideur les unes sur les autres (un nez camus, des yeux à fleur de peau, voter aux élections, porter des bottines à tige), car pendant qu'ils y sont, ils auraient tort de se priver. Néanmoins, pressé par la situation, je fis un signe autoritaire vers le nouveau, en proclamant qu'il entrait à mon service, sans préciser mon dessein. Vérité saisit son grand cahier, posa des lunettes sur son nez et commença d'écrire le nom du petit garçon qui était Saint-Anne, ses prénoms, qui étaient François, Lucas, Joseph, son âge, la rivière qui avait baigné ses premiers pas, tout cela me laissant un grand loisir de regards. Au milieu de l'interrogatoire, il tourna deux yeux confiants et noirs dans ma direction :

— Chaque fois, dit-il, ça ressemble à une première classe, dans un lycée. On raconte sa vie. Le professeur fait ce qu'il peut pour sembler aimable.

Je n'eus pas le temps de placer un mot, car Vérité, blessé dans sa laideur par ce charme et cette enfance, tança vertement ce jeune hussard, lui enjoignant de garder ses confidences pour lui. Puis, comme Saint-Anne partait brusquement, il le poursuivit dans le vestibule et lui ordonna de saluer. Je me précipitai contre la bibliothèque et m'y adossai. Alors j'entendis mon protégé, dressé sur ses ergots, qui répondait :

— Je saluerai quand j'aurai été incorporé et que j'aurai un uniforme. Ce calot, c'est une coiffure personnelle. Je l'ai volé, il y a longtemps, à un cocu du 1er escadron. Cependant, je vous saluerai peut-être, pour m'amuser.

Ils s'éloignèrent, Vérité lui apprenant que les singeries n'avaient pas cours au XVIe hussards, que le 1er escadron en valait bien un autre, que seuls les officiers pouvaient se permettre d'écarter tellement les doigts pour effectuer le salut de cavalerie et autres inepties qui manquèrent me retourner le sang. Mais cette humeur ne se prolongea guère car les imbéciles n'entament pas notre bonheur autant qu'ils le croient. Je me sentais délicieusement ému, je voyais devant moi une longue suite d'après-midi confiantes, avec ce jeune garçon couchant quelques étages au-dessus de moi, descendant à une heure du matin, pieds nus, pour me demander la signification d'un rêve qui le tourmenterait ou le nom de la capitale du Basoutoland.

Telles furent mes pensées pendant les derniers jours de septembre. Je traînais un cœur malade et rongé de honte, du château à K., je passais de longues heures avec Pierre O'Reish, devant les cartes, ne voyant rien dans la vie qui ne fût triste ou géographique. Je ne savais pas grand-chose de celui que j'aimais, sinon sa façon de prononcer certaines syllabes, son sourire et la volupté qui courait sur toute sa peau blanche. Je me reprochais amèrement de ne pas avoir mieux retenu les traits de son visage, sa démarche, son regard, risquant ainsi de le croiser sans le reconnaître. Sûrement, cela n'arriverait pas. La raison me disait bien que l'avenir le mettrait entre mes mains, elle m'entraînait devant les glaces pour me montrer les restes de ma détestable séduction, mais l'amour est angoisse et je périssais sur place, maudissant et adorant à la fois mon équilibre des jours passés.

Et puis, dans le cours d'une semaine, tout se décida pour mon bonheur dans la plus grande discrétion ; François Saint-Anne, désormais, me servait de confident, m'accompagnait à K., m'attendait dans la voiture ou dans le vestibule de la résidence. Il mélangeait mes papiers, brouillait les cartes les plus subtiles, scandalisait cet imbécile de Vérité, boudait le reste du temps : il était là.

A ses yeux, j'étais un grand modèle de chrétienté, un sage officier, dont les paroles étaient tout de suite monnayables, si l'on voulait les transcrire et les envoyer à ses parents. Je lui disais mes nuits solitaires dans la tour avancée du château comme au centre d'un animal vivant, penché sur un avenir incertain, celui de cette armée française, qui alliait beaucoup trop de faiblesse à sa force, et sa malice, et sa gentillesse... Armée du hasard, composée d'enfants, tandis que les Allemands invoquaient leur dieu mort. Marche française vers l'Est, la garde d'Alsace et les gardiens des ponts, le lyrisme facile de ces mots nouveaux pour lui, paraissait l'émouvoir. Il me demandait si je m'intéressais *tellement* à la France ? Que pouvais-je répondre sinon que j'avais honte et pitié pour elle, d'un seul mouvement ?

Il battait des mains, dérangeant en une seconde la belle architecture de mes phrases et me donnant les rôles de la patience, de la sagesse, du patriotisme résigné. Telle était ma punition, puisque au lieu d'exprimer l'envie que j'avais de douces conversations, au coin du feu, au lieu d'être moi-même, je faisais le pédant, n'ayant à la bouche que France, morale et générations futures.

Au milieu du mois d'octobre, un éclair douloureux vint illuminer ma torpeur. Un matin, il monte un peu plus tôt, il me réveille, il est en armes :

— Je m'excuse, dit-il, je suis désigné pour la garde en forêt. On m'a prévenu hier soir.

Je bondis, je ne comprends rien, je manque de suffoquer ; j'entre dans la chambre du colonel de Fermendidier. Il est en peignoir, il joue d'une main négligente avec les brandebourgs qui le décorent. Je lui remontre l'odieux de sa conduite, l'horreur d'exposer un si jeune homme et blessé, à la rigueur d'une garde en forêt, l'inutilité de cette mesure, le trouble qu'elle apportera dans mes services. Mais ce trouble se lit d'abord sur mon visage et dans l'incohérence de mes plaintes. Il me calme, il m'entoure des paroles les plus tendres, les plus désintéressées : il n'est pour rien dans cette désignation, le responsable est l'aspirant Vérité. Les camions viennent de partir pour effectuer la relève, il est trop tard, on ne peut revenir sur cette décision malheureuse, mais futile, après tout. Je le regarde avec horreur, je gagne mes appartements d'un pas morne. Je reste hébété. De lui, je me vengerai.

Les heures qui se déroulèrent alors furent parmi les plus flasques, les plus abominables, les plus injustes aussi. Je marchais dans une stupéfaction continuelle, me heurtant à toutes les parois de ma vie, fou de désir, de rage, d'inquiétude. Je le voyais au milieu d'un carrefour de la forêt, pauvre petit garçon blond, perdu dans des océans de pins, étourdi par leurs âcres senteurs, malheureux, abandonné aux pires hasards de la guerre, Saint-Anne enfin, pour qui mon cœur se gonflait, que j'installais à l'avance sur toutes les marches de ma vie, comme un infant d'Espagne qui gouverne par ses caprices, et à quel point je souhaitais qu'il eût des caprices, c'est ce que disaient mes rêves. J'étais au centre d'une galerie tendue d'ombres, de tapisseries, de colonnes et de gardes. Saint-Anne et le colonnel de Fermendidier étaient à mes côtés, l'un dans une sorte d'uniforme fauve, l'autre en robe de chambre à brandebourgs. Mon jeune page, blond, délicieux, juché sur un tabouret, me désignait d'abord une moustache du colonel. Oui, il voulait une moustache. Je me sentais flotter dans un de ces climats merveilleux où les veines de l'atmosphère sont pleines d'alcool, où le moindre refus serait stupide, opaque, impardonnable, aussi prenais-je une moustache du Tyran et allais-je la porter à ses pieds. Puis il désirait une oreille, un œil, un pied, un bouton et j'exécutais ses ordres sur un mouvement de ballet où l'on aurait reconnu sans peine les machineries de Quinault et de Pierre Corneille. A la fin, dépouillé du meilleur de lui-même, le colonel de Fermendidier disparaissait, le décor changeait ou plutôt il n'y avait plus de décor, mais Saint-Anne tout seul, frémissant et nu sous une sorte de tunique fendue jusqu'aux aisselles ; je n'osais le toucher, car j'avais cette rage, ce tremblement, cette impuissance, qui n'appartiennent qu'aux avares et aux pédérastes endurcis. Les pédérastes, semblables aux avares, sont placés devant des merveilles qui risquent de s'évanouir au moindre instant : tout les menace, tout les guette, un instant fatal suffirait pour les rejeter du monde. C'est que nos biens sont imaginaires et le monde ne le pardonne pas. Les avares qui se plongent dans l'or, les billets de banque, les chèques, tiennent entre leurs mains une puissance dont ils ne se serviront jamais, des richesses qu'un hasard éparpillera, un bonheur lâche et solitaire — au moins faut-il que j'interprète l'avarice en termes de pédérastie, pour la comprendre. Hélas ! nous ne sommes pas mieux favorisés. Les amants les plus vulgaires sont déjà devant une sorte de prodige, ce mélange de corps et d'esprit, d'avenir et de passé, ces yeux qui sont oui et qui sont non, cette sueur de plaisir où se dissimule la damnation d'une âme, ces cris voluptueux auxquels répondent à l'avance les voix hurlantes des démons, mais ce prodige est mille fois plus grand pour notre race, puisqu'il s'y ajoute l'alliage de l'homme et de la femme en un seul corps, miracle invraisemblable, condamné par les dieux et dont certains êtres seulement sont pleinement capables, mais qui fleurit parfois chez les plus dénués, dans une attitude, dans un sourire, dans une boucle de cheveux, alors le monde s'éclaire et retrouve son unité perdue ; ainsi François Saint-Anne, dans mon rêve toujours vain, s'offrait et me prenait à la fois, mais toujours il était mon vrai maître, soit qu'il me dominât par sa fraîcheur, comme ces pays que nous aimons trop et qui nous donnent notre langage, nos mœurs, le son de notre voix, le teint de notre peau (mais il faudrait plutôt dire qu'ils nous prennent tout cela pour le transformer à leur guise et déjà je me voyais parlant « Saint-Anne », employant ses expressions favorites, ses grimaces, ses élans, puis me dorant la peau à son contact, suivant avec adoration le moindre de ses gestes, comme Stendhal pouvait rester des heures à contempler le frémissement d'un pin des lacs piémontais ou le mouvement noir et rouge d'une salle d'Opéra de Milan), soit que je me soumisse à toutes ses volontés, le laissant me tyranniser, me détruire, m'humilier, car je savais trop bien que ces abandons s'accompagneraient d'un enrichissement mille fois plus grand, celui de son corps allongé sur le mien, de sa verge tendue, de ses mains sur mon ventre, animant cette plaine stérile, ou bien encore de son sexe tout entier dans ma bouche, laissant couler en mon cœur son sperme brûlant comme des perles qu'un jeune prince mélancolique lancerait dans la mer, et ce n'est pas sans doute une des moindres propriétés de l'amour que de nous rendre semblables aux océans, nous diluant dans l'infini de chaque heure, nous étalant à la surface des choses, nous troublant aux moindres mots, nous rendant enfin l'esclave de qui voudra, mais plus réellement que cette servitude, nous laissant face à face avec notre unique pensée qui donne à tous nos gestes l'allure des grands fonds.

Hélas, de tout cela, il n'était rien. Je sortais de ce songe avec la lenteur du croyant qui se retire de son Dieu ou de l'ivrogne dont chaque mouvement réclame une patience infinie, car il sent les soubresauts de son estomac. Ainsi, dans mon for intérieur, avant même que mon rêve ne fût terminé, quelque chose me disait qu'il était faux, quelque chose demandait à vivre, à s'exprimer dans la grande lumière : le monde réel. Je me dégageais tristement de mes draps imaginaires, j'abandonnais ces lieux chéris où tout me parlait de lui, quand bien même je savais quelle était mon illusion. Je m'éveillais.

Alors je n'étais plus qu'un stupide capitaine de l'armée d'occupation, partagé entre des décrets à jeter au panier et des envies condamnables, je m'apercevais que je ne connaissais rien de lui, ni ses pensées, s'il en avait, ni ses goûts, ni la couleur vraie de sa peau, encore blanche d'hôpital quand je l'avais vu la première fois. Le bonheur nous rend ingrats. Pendant ces deux semaines passées dans son commerce, j'étais resté étourdi par ma joie, prisonnier de mon trouble. On prétend que certains font un usage raisonné du bonheur, qu'ils savent s'en servir, qu'ils n'en perdent rien, mais cela, je ne le croyais pas, je devinais que les gens heureux gâchent leur vie et que cette impatience, ce gâchis, cette insolence envers le temps, c'était le bonheur. Aussi ne pouvais-je réellement me reprocher d'avoir laissé Saint-Anne vivre à mes côtés, sans dessiner, sur les pages blanches de ma mémoire, ses gestes, ses rires, ses paroles. Je m'étais « laissé aller », comme le dit l'expression populaire, pas de gouvernail, encore moins de rameurs : tout m'enchantait, tout animait l'existence la plus morne, car je me défendais comme les autres de m'ennuyer jamais, mais les instants illuminés par la présence d'un enfant, me faisaient repousser le passé d'un coup de pied décidé, comme celui qui éloigne son esquif de la berge du mouvement par lequel il embarque. Ces terres derrière moi me paraissaient vouées au gaspillage, aux entreprises les plus futiles : la petite campagne d'Alsace (les mains bleuies par le froid, la barbe mal faite, la mauvaise humeur), cette descente le long du Rhin, tout ceci émaillé par quelques souvenirs d'une vanité désespérante, vanité qui se résumait assez bien dans mon esprit par le souvenir de la prise de K., les hussards s'acharnant autour de femmes qu'ils ne savaient pas haïr, à côté de moi ce jeune niais dont je ne me rappelle plus rien sinon que je lui tenais un discours interminable, tant j'avais besoin de parler, d'éblouir peut-être, mais ce triste crétin ne m'écoutait seulement pas, il avait bu trop de vin ou je ne sais quoi de pareil. Et ma vie de ce temps-là était donc ainsi : abandonnée, stérile, humaine. Je rougissais, pressant mon cœur de mes deux mains, chérissant Saint-Anne d'être venu. Ces visions soudaines étaient douloureuses, car je ne me contentais pas d'apercevoir son visage au cœur de mon ennui, j'exigeais aussitôt son corps ou sa voix et il ne me restait plus qu'à m'abandonner aux détestables procédés de l'imagination, leur tristesse ne venant pas de leur luxuriance, mais de l'épuisement qu'elle procure en vidant à l'avance les jours de leur avenir, en accumulant des portes closes, nous enfermant sur nous-mêmes quand nous voudrions tellement en sortir, ce qui fait qu'au centre des voluptés intérieures les plus folles, quelque chose nous rappelle qu'il n'arrivera rien de nouveau, que les chemins, depuis deux heures déjà, franchissent le vide.

Alors, il restait à vivre, c'est-à-dire à signer des papiers, à parler deux heures avec le colonel, puis à boire une tasse de thé, à regarder la nuit, à rédiger des lettres de famille, vie qui n'était que mensonge et dont l'hypocrisie apparaissait parfois sous les traits les plus cocasses, quand j'interrompais soudain l'aspirant Vérité, qui me parlait d'uniformes, pour le prier de « laisser nu le plus beau des... »

— Laisser nu, quoi ? mon capitaine, disait cet imbécile.

Je le regardais avec la sévérité que mérite le crétin qui a mal entendu nos paroles ou les a déformées :

— Laisser une certaine nudité militaire à notre tenue. Ne pas surcharger les hommes d'artifices, de fourragères, de ceinturons...

Aussitôt, il prenait des notes et un ordre du jour invitait les cavaliers à ne plus porter en semaine la glorieuse fourragère du XVIe hussards (la plus belle de l'armée française), ce qui faisait tomber d'un cran leur prestige auprès des jeunes Allemandes, donnait un espoir nouveau à leurs rivaux cuirassiers et leur évitait, somme toute, un grand nombre de syphilis, d'échauffements et de peines de cœur. Ces aventures qui transformaient mes bévues en décisions impératives, m'enchantaient finalement puisqu'elles montraient le pouvoir de François Saint-Anne sur un régiment tout entier. Me rappelant une autre fois qu'il aimait les roses blanches, parce qu'elles ont, disait-il, un petit museau froid comme celui des jeunes chats, je persuadai Fermendidier que Pierre abhorrait ces fleurs, qu'elles le mettaient dans des rages épouvantables, de sorte que le château en fut insolemment couvert à chaque visite du général et qu'en attendant ces visites, je me promenais dans le grand bureau, une rose entre les dents, ce que le colonel interprétait comme une façon nouvelle de lui faire ma cour, alors qu'il s'agissait seulement d'un symbole de François que je gardais amoureusement entre mes lèvres, faute de pouvoir y serrer sa verge dorée.

Ces fantaisies me distrayaient assez peu de mon unique pensée qui était de le revoir, de dissimuler ma flamme, de ne pas courir dans sa chambre le premier soir de son arrivée, enfin de rester à la fois décent et passionné, équilibre que personne n'a découvert depuis six mille ans que le monde existe et qu'il fait l'amour. Je ne tenais plus en place, je heurtais mon front aux vitres du château, je ne vivais plus que pour voir apparaître un visage charmant, mince comme une amande, un corps de petit roi, des yeux vifs, noirs, une bouche exquise, insolemment belle et ce nez légèrement retroussé, ce nez d'ingénue du théâtre de Marivaux, auteur assez détestable, soit dit entre parenthèses.

Mais le camion entrait dans la cour, j'avais

juste le temps de descendre l'escalier qu'ils étaient déjà sur le perron, que Saint-Anne entrait dans le vestibule et qu'en montrant à peine une mine maussade et sournoise, il me disait afin de prévenir une éventuelle demande de ma part :

— Vous savez, nous autres, les hommes de garde, on est exempts de service pour toute la journée.

Puis il montait l'escalier des secrétaires, complètement déguisé en soldat, la tête engoncée dans un casque trop grand, un manteau lui battant les jambes et le torse gonflé par un nombre insoupçonnable de poulovers, car ce petit animal était frileux à l'extrême. Eh bien, il n'avait pas tort de prendre les manières de ses camarades, après tout il était des leurs, comme eux une petite loque revêtue de beige sale, comme eux un hussard pour rire. Une certaine colère me saisissait en pensant à ces gosses qui me dérangeaient de ma chère tranquillité par leurs cris, leur beauté, leur enfance. Mais non, on pouvait être assez porté sur les hommes comme je l'étais, sans perdre la tête pour le premier venu, et je regagnais ma chambre afin de terminer le volume de Logan Pearsall Smith que ma belle-sœur m'avait envoyé.

Mais l'indifférence que nous inventons dans le calme des passions, il suffit d'un malheur véritable, de sa seule approche, pour nous en guérir à jamais. Vers cette époque-là, j'emmenais souvent mon secrétaire à K. où Pierre m'entretenait de la situation intérieure du district. Un jour, Florence assista à notre conversation. Elle était assise sur le coin du bureau quand j'entrai et, immédiatement, elle se montra intéressée par les maquis allemands, le Verwolf, u.s.w. imaginant déjà un soulèvement, une révolution, un incendie, à la faveur desquels elle trouverait bien le moyen de violer les plus musclés d'entre les Schleus. Au reste, depuis 44, l'imagerie populaire a persuadé les femmes qu'un résistant était un personnage noble, vaillant et qui bandait sans cesse. Erreur profonde. Quand nous résistions à Gaulle, pendant l'été 41, en Syrie, Pierre et moi ne bandions guère : lui, parce qu'il avait été blessé à la hanche, moi, parce que les Levantins ne m'ont jamais rien valu pour la santé. Je ne savais donc comment me défaire de cette fille insupportable, non pas que notre entretien eût la moindre importance, mais il me déplaisait que cette personne en soupçonnât la futilité. Mon silence, mes regards ténébreux ne manquèrent pas de lui mettre dans l'esprit que je détenais des secrets épouvantables et, dès lors, je crois qu'elle cessa de me mépriser, pour commencer à me haïr.

Enfin, elle nous quitta. Son amant la raccompagna jusqu'à la porte et à peine le battant était-il refermé, nous entendîmes une voix fraîche, heureuse, qui s'écriait :

— Tiens ! Vous êtes ici ?

O'Reish, piqué par je ne sais quelle jalousie, resta sur place et je m'approchai, ayant reconnu la voix de Saint-Anne. Florence lui répondit avec un grand dédain (je devinais son menton levé, ses sourcils froncés, son index) :

— Qui êtes-vous ? Qu'est-ce que ça veut dire ?

— Nous nous connaissons depuis longtemps, dit-il avec une parfaite bonne humeur. Je vous ai détestée un mois ou deux, mais maintenant je ne vous en veux plus. Vous ne vous rappelez pas ? La première nuit de mon arrivée aux hussards, c'est vous qui m'avez réveillé.

Le général rougit violemment ; de mon côté, une nausée m'emporta l'âme à l'idée que cette sale personne avait pu savourer avant moi les charmes délicieux de Saint-Anne, ses cheveux bouclés, son rire et j'en passe. Mais à propos de rire, celui de Quitu, un stupide planton d'état-major, résonna violemment dans l'antichambre : rire gras, farceur, en cascade, conforme en tout point aux descriptions de la littérature militaire sur la question (dont l'auteur capital n'est pas Ardant du Picq, mais Courteline). Florence tapa du pied et glapit :

— Quelles sont ces façons ? Va-t-il finir celui-là ? Mais va-t-il finir ?

Saint-Anne intervint :

— Il est idiot. A l'état-major, vous savez, personne n'a inventé la poudre ; pourtant vous m'avez vraiment réveillé. Je montais la garde, je dormais, sans vous je serais peut-être dans une forteresse, le crâne tondu...

— Je ne vous demande pas l'histoire de votre vie, rugit-elle. Si vous aviez commencé par être convenable, cet imbécile se tiendrait en place !

Pendant qu'elle prononçait ces mots, le visage de Pierre s'était raffermi, ses yeux avaient pris un orient affectueux et, lui qui était à l'instant une sorte de Manfred outragé, c'est avec le geste large d'un sénateur radical-socialiste qu'il ouvrit la porte. Florence recula d'un pas. Quitu s'enfonça dans un garde-à-vous lointain, mais Saint-Anne, avec une aisance parfaite, avança une main conciliante et tenta de placer un mot. Elle ne lui en laissa pas le temps.

— Taisez-vous, cria-t-elle. Je vous félicite pour vos hussards. Ils sont jolis ! En voilà un qui me confond avec une servante d'auberge. Encore la servante lui aurait-elle donné une paire de gifles.

Je lui adressai un sourire gracieux :

— Donnez-lui une paire de gifles. Il sera très flatté. Tous ses camarades vous débiteront des fadaises dans la rue pour recevoir les pareilles.

— Je m'en doute. Je vois d'avance ce qu'il inventera, ce beau jeune homme, avec son air hypocrite.

Mais O'Reish, transporté à l'idée qu'il s'était trompé sur le compte de sa Florence, qu'elle était digne et pure comme sainte Thérèse et enfin que Saint-Anne n'était pas un séducteur argentin, O'Reish intervint de sa voix grave :

— Ne répondez pas, mon garçon. D'abord, le garde-à-vous ne se fait pas les yeux baissés. Eh bien, ma chère, il est à votre disposition. Vous avez des galons sur l'épaule, c'est pour ordonner.

En un éclair, je vis François plongé dans une forteresse obscure, privé de tout et moi-même privé de le voir.

— Je vous demande pardon, déclarai-je, sur

un ton enjoué, vous ne voulez pas que je me promène avec un hussard tondu ? D'ailleurs vous en avez besoin plus que moi. Vous avez remarqué, mon général, que vos papiers étaient en ordre. Voilà le responsable. Nous sommes un bon sujet. Le commandant Ollivier nous avait nommé première classe. Nous allons à la messe.

— A la messe de six heures ? demanda Pierre, qui connaissait les moindres potins de Drecknaü et en particulier les fantaisies religieuses de son successeur (encore que les messes de six heures ne soient nullement frivoles, les meilleurs esprits affirmant qu'elles sont très bonnes pour la santé, le diable n'étant pas levé à cette heure-là et Dieu en profitant pour jouer avec les âmes).

Je répondis sur le même ton :

— C'est-à-dire que nous allions à la messe de midi quand il y en avait une. Maintenant, nous préférons reprendre des forces pour mieux classer les papiers de notre général. Voilà comme nous sommes. C'est pourquoi nous baissons les yeux.

Florence ne pouvait plus tenir :

— Un excellent sujet ! Félicitez-le, tant que vous y êtes. Ça m'insulte à deux pas de vous, ça se propose je ne sais quelles saletés, mais comme ça va à la messe, il n'y a rien à dire. Il suffit à un cavalier d'appartenir aux hussards, pour posséder toutes les vertus. Quant au capitaine de Forjac, son intervention montre qu'il possède un excellent cœur, bravo pour l'affection mais là, non, vraiment non, c'est une histoire d'hommes et de femmes, ce n'est pas son affaire.

Tandis qu'elle prononçait ces paroles désagréables et volontairement blessantes — car, ne m'ayant jamais vu rôder autour d'elle, il ne lui était resté qu'à m'accuser d'impuissance ou de pédérastie, mais sur le chapitre impuissance, Pierre tenait déjà toute la place — je souriais merveilleusement. C'est que je dénombrais devant le miroir de mon âme les fautes qu'elle avait commises, les raisons qui, déjà, obligeaient son amant à pardonner. Son moindre péché n'était pas cette allusion ouverte à certain petit côté de mon caractère : double erreur, puisque le général, comme Louis XIV, avait une peur panique du scandale, et qu'il n'était pas absolument exempt, comme le duc d'Orléans, du même reproche.

Saint-Anne était donc sauvé et je l'emmenai sous mon bras, comblé du bonheur de le ramener, heureux d'avoir humilié Florence et je pouvais lui dire dans la voiture : « Comme vous m'avez plu ! Comme vous m'avez plu ! » tandis qu'il s'écriait : « Quelle peste ! »

— N'empêche, continuai-je. Cette folle s'imagine être l'âme de la division. Pour elle, occuper l'Allemagne, c'est organiser des ventes de charité et remplacer *Mein Kampf,* dans les vitrines, par le catéchisme. Car nous sommes chrétienne et baiseuse à la fois. Récemment, n'a-t-elle pas confisqué chez un libraire tout un stock d'albums d'Arno Breker ? Je veux bien que la contemplation d'un homme imparfait sous un certain rapport, comme notre général, soit fastidieuse à la longue et que cette fille ait besoin de revanches. Mais s'attaquer à des nus d'Arno Breker photographiés dans un album ! Les pauvres grands ! Non, c'est mal...

A cet instant, je m'arrêtai pile, redoutant d'avoir commis une déplorable sottise en avertissant Saint-Anne du caractère débauché de Florence. Les très jeunes gens s'échauffent aisément, quand ils entendent parler d'une femme assez belle et facile, car ils pensent déjà qu'elle leur évitera des initiatives et qu'elle flattera leurs nuits. Sans être assez belle, Florence était très belle. Je détournai brusquement la conversation et lui assurai qu'il rendait la vie plus heureuse autour de lui.

— J'avais un ami qui prétendait le contraire, me répondit-il en tournant vers moi l'adorable visage d'un tableau qu'on voit pour la première fois. Il est vrai qu'il n'aimait personne ; c'était un type épatant. Un stupide garçon intelligent.

Je pensai avec horreur que je ne le toucherais jamais, parce que je n'étais pas un de ces « garçons épatants » dont il admirait l'égoïsme. En même temps, je le méprisais et l'aimais un peu plus.

— Pourquoi parlez-vous de l'intelligence avec ce petit air dédaigneux ?

— Parce que je suis bête, me dit-il en riant. Bête comme la morue de l'état-major, poursuivit-il alors que nous entrions dans le hall du château et que l'aspirant Vérité me saluait.

Je le poussai dans mon bureau et fermai la

porte rageusement. D'abord je demeurai silencieux, marchant de long en large devant lui. Puis, je déclarai d'une voix sourde où se mélangeaient mon dépit, mon orgueil et tous les sentiments possibles :

— Votre impertinence me lassera. Prenez garde. Vous jouez très bien les enfants de chœur, mais un conseil : ne vous trompez jamais dans une réplique. Sinon, tout ce qui agace en vous deviendra simplement odieux. Parfois, j'ai envie de vous jeter par cette fenêtre et je le ferais en vérité si je ne savais que vous retomberiez sur vos pattes, comme un sale petit chat que vous êtes. Allez donc jouer avec les filles de Frau Barckhaüsen, au lieu de semer la panique dans les papiers du général.

D'abord il ne répondit pas, restant à bouder, les yeux baissés et je prévoyais presque une crise de larmes qui me donnerait la joie de l'attirer vers moi pour le consoler. Il n'en fut rien.

— Mon Dieu ! Que votre caractère est pénible, dit-il. Quand donc saurez-vous vivre ?

— Allez-vous-en, lui criai-je, mortellement déçu par sa gaieté. Ne donnez pas à l'aspirant Vérité le plaisir de votre renvoi.

(Ce n'était pas le hasard des choses qui l'avait mis sous la coupe de cet officier stupide et laid. Quelle n'aurait pas été ma souffrance de le sentir journellement en contact avec une grande et réelle beauté, comme le lieutenant Masselon des Anges, dont la tournure, la sveltesse, je ne sais quelle langueur dans la bouche, ajoutent des séductions infinies à sa perfection native ?)

Saint-Anne travaillait à deux pas de moi. Dès que mon cœur battait un peu trop fort, je courais le retrouver, ne modérant mon allure qu'au moment de tourner le bouton de la porte. Pour engager une conversation difficile je lui disais :

— Voyons, vous ne m'aviez pas parlé d'un de vos amis, ni trop stupide, ni trop empesé ?

Il tournait vers moi ses yeux brillants, lumineux et cernés comme ceux d'une jeune élève d'un pensionnat religieux qui est vraiment trop belle et que ses amies viennent aimer le soir dans son lit.

— Oui, répondait-il, Sanders, du 3e escadron. Peloton de La Laujardière.

— Et il passe son temps dans les bras des Gretchen, votre ami ?

— Oh, pas du tout ! Il ne les trouve pas assez chic. Il est défiguré, mais il continue à raffoler des grandes filles superbes. Alors il ne sort jamais. Moche, plus difficile, égale vertueux.

Je riais légèrement.

— Vous êtes invraisemblable : parce que votre ami est blessé, il devrait changer ses goûts et prendre ceux... je ne sais pas, moi... ceux de l'officier des Détails.

— Parfaitement. Il est tombé de plusieurs crans. Ses prétentions doivent s'abaisser d'autant. Vous comprenez, tout bien pesé, le nez, les yeux, le caractère, les livres qu'on a lus, chacun de nous mérite une note, de 0 à 20. Une note qui s'effrite ou s'améliore. Après Rocroi, Condé passe de 14 à

19 1/2. Mais après le 7 mai, Sanders tombe de 15 à 7 ou 8, voilà tout.

— Et les femmes, demandais-je d'une voix tremblante, les femmes, que font-elles dans votre système ?

— Elles servent à mesurer les hommes. Naturellement on ne choisit pas sa note. C'est elle qui vous choisit, voilà l'ennui.

Il avait un petit ton modeste et appliqué qui donnait une envie folle de l'embrasser ; mais avec pureté. Je lui confiais que j'aurais plaisir à connaître son ami, mais il me répondait aussitôt que c'était impossible, j'avais un caractère trop susceptible pour accepter les insolences de ce François Sanders. Au moment de le quitter, je le regardais et lui disais :

— Vous savez, nous nous disputerons souvent encore.

J'étais rassuré sur le compte de ce garçon dont il me parlait trop souvent et en qui je distinguais déjà un rival possible, au moins un ennemi. Je n'avais nullement le cynisme de penser que s'il était déjà entraîné vers les amitiés particulières, François serait une proie plus facile. Tout au contraire, je préférais le savoir inconscient des périls qui le frôlaient et des détestables pensées qui agitaient mon esprit. Je n'avais qu'horreur pour la pédérastie. Trop répandue, hélas, elle avait perdu les avantages d'un vice véritable, qui vous éloigne toujours du monde, au profit des songes. J'aimais les corps en rêve, je ne les aimais point vivants.

Si je les méprisais, je ne reniais pourtant pas mes compagnons de chasse. Ils m'avaient appris à mieux souffrir, à tenter l'impossible. Mais dans toute religion, il se trouve des théologiens. J'étais de ceux-là.

SAINT-ANNE

S'il croit une seconde que je recopierai ses instructions, il a tort. Je grimpe au premier étage. J'ouvre la porte du bureau. Une secrétaire blondasse et morne se fait les ongles. Les autres lisent des journaux sur l'aviation populaire. Je les préviens : « L'aspirant Vérité a besoin de tout ça, tapé et sans fautes, pour ce soir. Maintenant — j'élève la main parce qu'ils ont l'air de protester — maintenant, si ça vous ennuie, je ne veux pas le savoir. Les peines de cœur des autres et leur opinion sur la vie, je m'en moque. » Puis je claque la porte. Je file dans le jardin. Je vais dormir deux heures dans la forêt.

Quand je me réveille, j'ai des fourmis plein le cou. Je saute sur place. Je cours jusqu'à la place du village. J'entre chez Mme Barckhaüsen. Il y a une sorte de brigadier-chef boutonneux. Il gémit en me regardant :

— Causez-leur français. Y a eu un ordre du jour là-dessus. On est des ambassadeurs de la civilisation latine, qu'a dit le colon. Et ben, vos chaussons, c'est de la merde, voilà mon sentiment. Vous pouvez vous les garder.

Il part en claquant la porte. Je tire les cheveux de Frieda. Je lui dis :

— Bonjour, mouton.

— Non. Je suis pas un mouton. Je suis Frieda Barckhaüsen.

Intéressante conversation politique avec la mère du mouton. Large tournure d'esprit, large tournure de hanches. Son mari est prisonnier chez les Russes. Elle me demande quand nous ferons une campagne pour délivrer ces pauvres hommes. Ils se sont installés ici, au début de la guerre, en 38. Quelle guerre ? Celle contre les Tchèques, quand on les a empêchés de prendre Breslau. On pourra dire ce qu'on voudra, mais le Führer, ce n'était pas un homme à se laisser marcher sur les pieds. J'approuve gravement. Je me précipite dans ma chambre. Je trace une ligne à la craie, au centre. Je préviens Karl Marx.

— On a toujours fait comme ça, aux hussards. Tu n'as pas besoin de la ramener. Même pour la vue, en face de la lucarne, tu vois, eh bien il faut prolonger le trait dans l'espace par l'imagination. De cette façon, toi tu as le clocher, l'étang, le champ de gymnastique, tu n'as pas à te plaindre mon cochon. Moi, j'ai juste la forêt à regarder.

Il ouvre des yeux ronds ; pauvre étudiant imbécile ! Il faut lui parler de cette façon-là. Les gros mots, les claques sur l'épaule, ça le met dans l'atmosphère. Il n'a pas l'impression de s'être dérangé pour rien.

Je me demande parfois si j'ai eu raison de revenir. Sans doute la guerre est-elle jolie : les autos-mitrailleuses qui se dégagent de la nuit, la riche animation des camps, la diversité des uniformes, celui-ci dans un blouson de cuir, celui-là en chorte, le troisième avec un manteau anglais (et sur tout cela, un air de grande convenance) ; les conducteurs qui portent autour du cou, suspendue par une ficelle, la clé des coffres de leur voiture, insigne de leur puissance ; les officiers, avec leur petite sacoche où l'on distingue la forme d'un roman policier ; la fausse importance de toutes choses, le temps perdu, enfin, les gerbes dans le ciel, mais la guerre est finie. Quant à l'Allemagne, elle ne m'intéresse pas beaucoup.

Ici, c'est une famille sans affection, sans but, sans douceur, un monde fermé. On peut y penser à un ami disparu. La simplicité, l'uniformité des journées empêchent de croire à l'irrémédiable. Je ne m'étonnerais pas de rencontrer Sanders, tout à coup, de frôler Maximian.

Mais Maximian, je ne veux pas. Il me regarderait dans les yeux pour me reprocher de l'avoir laissé. Ah, je suis un lâche ! Autrefois, j'aimais cette veulerie. Quitter tout le monde, c'était bien. Ensuite, je me sentais léger. Mais Maximian... Abandonner sa main, courir, courir quand on le voit par terre...

Sanders c'est différent et plus facile. La mort ne lui allait pas mal. C'était une autre comédie à jouer. Il n'ignorait pas qu'il y serait excellent. Quand il n'y a plus eu de cartouches, le 7 mai, je me rappelle son visage confiant et railleur. Ça, Maximian qui était si gai, si optimiste, n'aurait pas su. Il aurait trouvé cette expression forcée. L'un comme l'autre étaient pour moi des exemples difficiles. Je ne suis pas sûr de les avoir aimés : je les aimais bien. Le côté chevalier de Maximian, l'allure mauvais garçon chez Sanders, je n'en approchais nullement. Maximian était plus ennuyeux, je veux dire : plus entier. Il croyait à l'honneur, à la vertu, à la nécessité naturelle de marcher droit dans la vie. Ça lui donnait un visage carré, des gestes brusques, des cheveux en brosse et le sourire facile. Au contraire, Sanders n'avait aucune confiance dans le mal. Il sentait que ça le lâcherait un jour, il me l'a même expliqué (parfois il me parlait). Pour moi, le problème était de trouver un caractère et il n'a pas changé. J'ai envie d'un tas de choses. Souvent elles me sont données. Tout ça ne fait pas un système sérieux. Je change d'avis. Je suis faible. Une minute miraculeuse me suffit. Mais je n'aurai pas toujours dix-huit ans, il y a mille chances pour que je sois détestable plus tard. En revenant à l'armée, après ma guérison, j'espérais parvenir à un résultat. Mes merveilleux amis étaient morts ou partis. Je voulais vivre dans l'ombre de ces beaux jeunes gens, aperçus un jour de fête, en Lorraine... Mais j'ai bien vu : ce n'est pas facile. Il y a Maximian, il y a Sanders, il y a Berçac, autrement dit, il faut choisir. Qui donc imiterai-je le mieux ?

Ces pensées me guettent chaque fois que je

descends l'escalier de la tour. Il est triste et sombre. Mais en bas, d'un seul coup, c'est le jour et un beau jardin. En une seconde, tout change. C'est ça qui me donne l'envie d'une grande résolution, une date qui distinguerait mon avenir de mon passé. Alors je ne ferais plus que des gestes neufs.

Dans le jardin je me colle contre le mur. Je veux laisser passer Forjac, sans qu'il m'aperçoive. C'est un bon type naturellement, mais un peu collant. Personne dans le réfectoire, sinon une mouche qui se cogne contre les vitres. Les autres arrivent par petits groupes. Karl Marx est le plus affamé. Il lit trop ce garçon. Ça lui creuse le cerveau et ce n'est pas en empilant du ragoût et des navets que ça donnera quelque chose de meilleur. Je suis à la table des motards. Les nouvelles sont bonnes. Nous allons toucher des tanks légers et partir en Indochine. Florence Monnier, pendant ce temps, recrute des acteurs pour Noël. Elle veut donner une fête ; je rougis malgré moi.

— Tu as des chances, me dit-on. En jeune premier, tu ferais battre les cœurs.

— Oui, mais elle me préfère tondu, cette personne. C'est encore une de ces mijaurées qui aiment le genre musclé. J'ai connu un type qui était fait pour elle. Vous vous rappelez Sanders ? S'il était là, il lui plairait.

Alors, devant la porte, celui qui entre relève sa tête mal coiffée et sourit :

— Ne t'inquiète pas, imbécile heureux, je lui

plais. Hier, dans une pâtisserie, elle m'a abordé et elle m'a dit que je devais souffrir de ma cicatrice, qu'elle s'occuperait de moi, qu'elle me trouverait quelque chose à la campagne. Vous pensez : à la campagne !

Il s'assied sur le banc. Son visage est brûlé d'un seul côté, du front jusqu'à la mâchoire. On dirait une sorte d'S. Il commence à manger.

— C'est ça l'ennui, reprend-il, la bouche pleine, toutes ces cicatrices, ça attire les mouches.

Je ne parviens pas à prononcer une parole, tellement j'ai peur. Il doit me mépriser encore plus qu'auparavant. Car je n'ai pas changé, le feu de la guerre ne m'a pas changé. Et puis il se fiche bien de tout le monde. Mais il se tourne vers moi et il éclate de rire.

BERNARD TISSEAU

Je sortis de la messe dans les derniers. Je n'étais pas pressé de retrouver les autres sur la place. Décidément, l'occupation, ce n'était pas encore ça. A l'exception du commandant Ollivier et du capitaine de Forjac, les autres officiers vont à la messe par devoir professionnel. Vraiment, ils me dégoûtent. Ils n'ont aucun idéal, ils ne valent pas mieux que des Allemands. Pourtant, c'est important d'être Français. J'en parlais justement au capitaine de Forjac. Oui, me disait-il, tout sacrifier pour la France, c'est inventer la France un peu plus chaque jour. Le soir, j'ai noté cette phrase sur mon carnet et je la répéterai à Claude. Quand on a la chance d'avoir un Dieu et une patrie comme les nôtres, disait-il, on ne manque pas d'occupation sur terre. Ça, il a raison ! Bien sûr, il faut de la patience, de l'humilité, notre pays n'est plus ce qu'il était. J'ai eu de longues conversations sur ce sujet autrefois avec ce pauvre Maximian. Mais enfin, même une nation de second rang a un rôle à jouer. Il n'y a qu'à voir la

Belgique, la Hollande... Ça représente quelque chose. Les gens vivent dans le respect de l'ordre et en même temps, il y a des réalisations sociales qui sont un peu là... Je relisais avant-hier le beau livre d'Albert de Préaminet : *Construire des Chefs.* Quel type c'était ! Je le revoyais encore écrivant sa dédicace : « D'homme à homme, de scout à scout, ce livre de bonne foi. » Quand même, quelle injustice qu'un type pareil ait été tué par un milicien, à sa fenêtre du boulevard d'Argenson, le jour de la Libération ! On aurait dit qu'il savait ce qu'il faisait, le salaud qui tirait sur Albert de Préaminet : il tuait un des meilleurs d'entre nous. Je racontais tout cela à mon beau-frère, avant-hier, pour l'encourager à lire *Construire des Chefs,* mais il ouvrait seulement des yeux ronds, en répétant : « Tiens, tiens, vraiment ? » et il penchait la tête à droite, à gauche. J'espérais que son horrible blessure aurait apporté un mieux dans son caractère. Hélas, il n'en est rien. Il me semble qu'il n'a pas changé depuis le jour où il me recevait, avenue Marceau, après la disparition de Claude. Il y a si longtemps... J'avais cinq ans de plus que lui, mais c'était lui qui commandait.

J'en étais là de mes pensées, quand je faillis me cogner contre lui. Il n'y a que la vie pour produire des hasards pareils.

— Tu n'entres pas ? lui demandai-je.

Il me répondit d'une voix sentencieuse :

— Je ne vais qu'à vêpres.

— Quand je songe, m'écriai-je, que tu n'as

peut-être pas connu une seule bonne messe de ta vie, une de ces messes dont on sort ragaillardi, lavé de toutes les saletés.

— Si, dit-il, si. Le lendemain de la prise de K. j'ai passé une messe, comment dirai-je ? Une messe formidable. Non, ce n'est pas ça. Une messe inouïe ? C'est bien : « une messe inouïe » ?

Malgré sa fausse pudeur, un grand élan m'emporta soudain vers lui. C'est que je l'aimais malgré tout. Il ne savait pas comme je l'aimais.

— Oh, François, lui dis-je, il faut que je t'avoue... J'ai demandé à partir en Indochine. Ici, tout me dégoûte. Les autres ne pensent qu'à mener la bonne vie. Là-bas, eh bien, là-bas ce sera plus dur, j'espère. Seulement, s'il m'arrivait... Ecoute, tu sais comme je tiens à Claude. Excuse-moi de t'ennuyer avec tout cela. Mais si quelque chose arrivait, il faut que je sois sûr que tu seras là pour t'occuper d'elle, pour l'aider à vivre...

Il me regarda dans les yeux, ce qu'il faisait très rarement.

— Pars en Indochine, dit-il. C'est une très bonne idée.

COLONEL DE FERMENDIDIER

L'âme germanique n'a plus de secrets pour moi. Ai complètement maté ces gaillards, en un rien. D'ailleurs, ils sont très pétainistes. Le vieux les impressionne encore. Ces gens-là sont plus poétiques qu'on ne croit. Verdun, c'est un souvenir, tandis que toutes ces histoires de Vercors et de Stalingrad, on sent bien que ce sont des inventions de la propagande maçonne. Suffit.

Etais là depuis deux semaines. Me suis dit : tu vas reprendre ces zozos par le mors de bride. Ça n'a pas tardé. Ai donc immédiatement ordonné de construire des miradors dans toute ma zone. A ce propos, Forjac m'a tiré une sale épine du pied. Entraîné par mes souvenirs, avais recommandé aux chefs d'escadron d'établir leurs miradors près des points d'eau. Ha, ha ! Près des points d'eau ! Très bien Forjac : bottes cirées, cheveux lisses, ceinturons de l'armée française. Très bien. D'ailleurs, en Syrie, était resté légitimiste, tandis qu'à O'Reish rejoignait l'envahisseur anglais. On pense comme il est gai pour un vieux blédard comme moi d'être sous les ordres d'un déserteur. Ça s'est mêlé d'organiser des concerts, des expositions. Expositions de mes couilles, oui, en paquet de douze et dégraissées. A Sidi Bou-Saïd et à Bidon V, ça aurait bien amusé tout le monde. « Sonate en ré-patatras de Mozarskoff », exécutée par l'orphéon des Amis de l'Homme, quand il est bien cuit. Ha, ha ! Maintenant, avec une petite garce, qui veut se faire passer pour la fille du vice-amiral Monnier, on projette un spectacle de Noël. Quelle misère ! Ai prévenu Forjac : « Mon petit, v's'êtes tout le temps fourré à l'état-major, par les devoirs afférents à votre charge. Mais si j'apprends que vous tournez autour de la petite Monnier, je vous fiche mon billet que je vous casse. » C'est qu'il faut se méfier, la garce est bien bâtie. Elle ne manque nullement de nichons. Mais de principes. Dans une femme, faut les deux, nom de Dieu.

L'autre jour, à minuit, dans le poste de garde, ai surpris un jeune margis qui lisait un journal de Paris. Lui ai défendu de réveiller les hommes qui ronflaient d'un seul cœur. Lui ai demandé :

— Pourquoi tu lis ça, mon petit ami ?

A bredouillé que c'était pour se tenir au courant, réfléchir, quoi.

— Mais c'est à peine bon à t'essuyer le cul, mon petit ami. Une fois que tu l'auras essuyé, tu n'y toucheras plus à ton journal, n'est-ce pas ? Eh bien, quand tu verras un journal, agis toujours comme si tu venais de t'en servir, et tu verras comme tu passeras vite maréchal des logis-chef.

Je dois dire, les livres ne valent quelquefois pas mieux. Un exemple : avais depuis longtemps l'intention de lire *Servitude et Grandeur militaires.* Fichue intention ! Littérature à la graisse de bottes. Aurais bien voulu connaître l'auteur. Ne devais pas être un franc-baiseur, ce Vigny, mais plutôt un petit sacristain qui se l'agite dans les coins. Une sorte de gaulliste en somme.

FLORENCE

Ce n'était pas bête du tout. Il n'avait pu refuser de peindre mes décors et maintenant, j'étais assise à côté de lui, je voyais l'ombre de ses cils sur ses joues. Nous étions seuls dans la salle, tandis que les acteurs répétaient. Soudain, je n'ai pas pu y tenir. Je suis montée sur la scène et j'ai pris un de ces petits imbéciles par les épaules :

— Vous êtes tourné comme ceci, vous le regardez dans les yeux et vous racontez votre histoire. Où est-il votre texte ? « Cher visage du ciel, tralalalala, and so on. » Ce n'est pas compliqué, vous y mettez de l'âme si vous en avez de reste. Autrement vous parlez tranquillement, comme si vous étiez devant votre fiancée ou devant un poinçonneur de métro. Vous avez une fiancée ? Oh, et puis zut, pas de confidences, jouez votre rôle !

Moi, je ne savais pas ce qui les rendait naturels dans la vie. Quand j'étais devant ces acteurs improvisés, je les fixais avec une impatience ! Ah ça, je n'étais pas contente de leur physique. Je mourais d'envie de faire des changements, allonger les cheveux de celui-ci, donner des épaules à celui-là, etc. Saint-Anne évidemment était beaucoup mieux, mais je le réservais pour une tout autre chose. Je regagnais la rangée des fauteuils et je lui demandais son avis. Il me répondait sur un mode austère :

— Je vous assure que vous vous trompez. Ils sont naturels. Dans la vie on est comme ça : plutôt gauche et timide.

— Ecoutez, mon petit chou (et je lui posais une main sur l'épaule, qu'il n'essaie pas de s'écarter, je lui flanque une paire de gifles), écoutez : faites tout ce qui vous plaira, mais, je vous en supplie, ne soyez pas intelligent un jour pareil. Tout, sauf l'intelligence !

Puis je soupirai :

— Il sera propre le spectacle de Noël ! Pour être idiote, je le suis. N'est-ce pas que je suis idiote ?

Il me regarde et il m'approuve :

— Oh oui, vous avez mieux à faire dans la vie.

— Eh bien non, mon petit cœur, je ne suis pas une idiote. Vous apprendrez pourquoi.

On imaginera volontiers que je ne faisais pas l'imbécile avec ce petit misérable, pour le plaisir. Excessive, sûrement, folle sans doute, mais ridicule, jamais, ça jamais ! Au début, quand un garçon vous tape sur les nerfs, on croit qu'il suffira de l'oublier, que ça ne mérite pas mieux. C'était bien mon avis. Je pensais souvent à ce détestable hussard qui s'était moqué de moi à l'état-major, devant Pierre et devant Forjac. Il avait eu le dernier mot, grâce à son protecteur. Je le haïssais cordialement, mais je me disais qu'à mon âge, avec mon grade, on se moque d'un simple cavalier. Cependant, le soir, j'enlevais mon uniforme. Je restais en combinaison devant ma glace, à rêver. Rien ne me consolait, car ce jeune imbécile avait l'air parfaitement heureux, il n'était pas mal fichu, il ne travaillait guère et il circulait dans le château de Drecknaü avec une superbe veste bleue qui l'avait rendu célèbre.

Au bout d'une semaine, j'ai compris qu'il fallait en sortir. En deux heures, j'ai mis sur pied cette fête, j'ai obtenu l'accord de Pierre, j'ai choisi les acteurs, les musiciens. Non, ce n'était pas bête de ma part. Il m'avait suffi d'une carte du district, aperçue dans un dossier. Sans savoir pourquoi, j'ai demandé qui l'avait dessinée. C'était mon ennemi, c'était le petit Saint-Anne. Je n'ai pu m'empêcher de sourire. Eh bien nous donnerions un spectacle et il peindrait les décors, ce beau jeune homme. Il serait tout à fait près de moi. D'abord il aurait peur. Il s'attendrait à des paroles désagréables, à des moqueries. Mais au contraire : je serais douce, câline, j'aurais l'air de le prendre au sérieux...

Je me regardais longtemps dans la glace. Je passais la main sur mes seins, sur mon ventre. Je n'étais pas mal. Non, je n'étais pas mal du tout. J'avais des cheveux blonds, très longs, très pâles. Un peu osseuse, mais pas grinçante. Qui donc, mais qui donc, et quel soir de quelle vie, m'avait coincée contre une porte, m'avait soufflé dans les yeux, puis avait murmuré d'une voix lente et railleuse, qui donc, ah, je donnerais tout pour le savoir... « Avec votre nez retroussé, vous ne serez jamais malheureuse, vous... » Pourtant, quelle rage me saisissait de le voir toujours si calme, sûr de lui, ce petit gosse de rien du tout, qui ne savait rien, qui n'avait rien vu, alors qu'un tas de types épatants s'affolaient quand on les regardait d'une certaine façon et comme c'était amusant, comme je prenais du plaisir! Ce qu'il y a d'imposant parfois, chez les hommes, ce sont les muscles, c'est la dureté du regard. Il faut se défendre, dissoudre les muscles, faire fondre le regard. Quand ils sont à vos pieds, on rit bien. Qu'importe ensuite s'ils vous font l'amour, on laisse pencher la tête sur le côté, on regarde le plafond et on pense à des points de tricot. Je reconnais qu'on peut en trouver, par hasard, qui ne soient pas trop maladroits. Mais leur victoire ne dure pas longtemps. A peine vous ont-ils quittée, ils n'hésitent pas, ils s'étalent sur le dos et ils disent : « Moi je... »

Je me plaisais en Allemagne. Les rues étaient pleines d'enfants insolents et rieurs. Le dimanche, comme tout le monde, j'allais manger des gâteaux dans les pâtisseries. Le mois dernier j'avais même rencontré un grand blessé, un hussard justement, qui avait la moitié de la figure brûlée. Une drôle d'idée m'était passée par la tête. Je l'avais abordé en feignant de m'intéresser à son sort, etc. Je voulais surtout le regarder de bien près. Tandis qu'il me répondait d'une voix douce, contrastant avec son air costaud, je me demandais fébrilement s'il allait rougir, se troubler, etc. Je me penchais vers lui en montrant mes seins, j'essayais d'animer la conversation, mais peine perdue : il me répondait par des citations de l'Evangile.

C'était vexant de ne pas réussir auprès d'un type grossier comme celui-là. Le petit Saint-Anne, je devais avouer qu'il n'était pas désagréable de le haïr. Il ressemblait à un abricot en plein soleil. On avait naturellement envie de le toucher. Mais mon plan ne me le défendait pas. Il fallait d'abord qu'il soit amoureux de moi. Ensuite j'avais le choix entre mille solutions : l'attirer dans un guet-apens, c'est-à-dire l'obliger à me tenir des propos affectueux que Pierre surprendrait par hasard. Ou bien le pousser à telle ou telle excentricité. Je n'étais pas inquiète. Oh, lui n'aurait pas le droit de me toucher. Mais enfin, si ça m'amusait de lui donner une douzaine de gifles, j'aurais été bien bête de me gêner.

Le soir de Noël, l'état-major avait organisé un bal démocratique : tous les grades étaient représentés. J'avais dit à Pierre : « Vous ne pourrez pas rester et je rongerai mon frein sans vous, mais il faut des petites canailleries du genre de ce bal pour votre avancement, mon cher. Croyez-vous que je vous aimerais encore si vous n'étiez un des plus jeunes généraux de France ? » Je mettais, bien sûr, trop d'affection dans ma voix. Ce grand déballage de tendresse n'avait guère de succès ;

comme tous les faibles, il préférait la cravache. Alors, j'ai continué :

— D'ailleurs, mon bon ami, vous avez quelques journaux politiques à lire et un très beau livre sur la *Révolte et l'Absurde.* Ça va bien vous intéresser. Ah, il faut travailler, pour rester intelligent.

Il s'est mis en colère. Pour m'en débarrasser, je n'ai pas eu d'autre moyen que de faire glisser ma jupe et de le regarder, la bouche légèrement entrouverte, les lèvres lourdes, d'un air profondément sensuel. C'était bien amusant.

Je dois avouer, la chose qui me plaisait en lui, c'étaient les étoiles sur son épaule. J'ai beau appartenir à une famille d'officiers, j'adore l'idée que le type qui souffle sur mon épaule est un général, c'est-à-dire quelque chose de vague, mais de bien élevé. En allant par là, il y a des officiers plus célèbres que Pierre et deux étoiles, ce n'est pas beaucoup... Mais les autres... Gamelin, pour mettre devant une cheminée, oui, peut-être... Catroux pour servir à table... Quant à Gaulle, j'ai l'impression que je ne suis pas précisément son genre et Dieu sait si ce garçon est entêté !

Un chic type, un type épatant, c'est Kœnig. Je ne peux pas le voir, passant une revue ou présidant un déjeuner, sans avoir envie de l'embrasser (mais sur les joues).

La musique battait son plein, ou la fête, enfin je ne sais plus, il y a une expression consacrée, à tout hasard, moi, je suis pour. Les cavaliers se tenaient raides comme des petits peupliers vernis de frais.

Je ne voulais pas aborder trop vite mon ennemi. Autant valait que la boisson eût le temps d'entrer dans mon jeu. Je me suis adossée au buffet, un grand verre d'eau Perrier dans la main. A mon côté un aspirant des hussards, tout à fait hideux et boutonneux, hoquetait.

— Encore une, glapit un maréchal des logis, encore une ou t'es pas un homme.

Il lui tendit une coupe.

— Je suis un homme, déclara l'autre en se redressant.

Je reconnus l'aspirant Vérité, qui travaillait à l'état-major du XVIe hussards. Je pensais toujours que sa laideur finirait par déteindre sur Saint-Anne, mais ce n'était pas le cas, ça devait être une laideur grand teint. Le maréchal des logis saisit sa petite moustache et la tira.

— Faudra enlever ça, mon vieux, faudra enlever ça. T'en es pas digne.

Il vida la coupe que Vérité avait laissée retomber.

— Si tu m'as passé la cilicie, continua-t-il, j'te couperai les moustaches. T'as compris ? Dis, t'as compris ?

— Abandonne-le, c'est une vraie gosse, fit un de ses amis.

Moi qui regardais tout cela, jusqu'ici, sans amusement, mais sans ennui, soudain les derniers mots prononcés se jetèrent dans mon cœur et le firent bouillonner. Celui que je haïssais, lui aussi, était un gosse. Je perdais mon temps.

Je dirigeai mon regard vers la salle. L'Allemagne de la collaboration, l'Allemagne, avait désigné ses laiderons, ainsi qu'une douzaine de grosses épouses qui examinaient les officiers français d'un air luxurieux. Deux Américains, avec des lunettes blanches, dans un coin, considéraient la vie sérieusement. Quand on la regarde bien en face, il paraît que la vie se trouble et file sans demander son reste. Ah, là, là ! Ces Américains ! On aurait dû nous les fournir dans des emballages en cellophane ; d'autant que la cellophane, c'est amusant, on peut y mettre le feu et ça fait une belle flamme.

Saint-Anne était dans un groupe, avec le neveu de Pierre et deux inconnus. Dès qu'ils m'ont aperçue, ils se sont mis à raconter des turpitudes. Ils prétendaient que Fermendidier était vierge, O'Reish impuissant et enfin qu'Ollivier n'osait pénétrer dans un garage, sous le prétexte qu'on y parlait de burettes. C'était pénible d'entendre de pareilles inepties. Je me laissais gagner par la torpeur de ces conversations stupides, des vieux tangos dénichés Dieu sait où, du mauvais champagne commandé à Strasbourg.

Mon bel ennemi m'a tiré de ce vague à l'âme en m'invitant à danser. Il dansait très bien. Je suis aussi grande que lui. J'avais les paupières baissées, je le regardais par en dessous. Ça, il n'était pas mal. Il n'était pas joli garçon, il était beau. Il ne ressemblait pas du tout à un homme et pas forcément à un enfant. Comme il était contre moi, je me disais, pas de chance, au fond, il vaudrait mieux avoir un autre ennemi. Si je lui permets de m'enfiler, il ne sera plus possible de le confondre publiquement, en tout cas, il ne sera pas ridicule. J'hésitais bien. Il devait faire l'amour comme une cloche, mais ça n'en serait que plus charmant. J'avais le temps d'y réfléchir, j'avais une heure, mais je déteste l'hésitation et toujours, dans ma poche, une pièce de monnaie m'aide à jouer ma vie à pile ou face. Satisfaite à l'idée que je serais fixée dans quelques minutes, j'ai ouvert grands les yeux et je lui ai dit :

— Eh bien, mon ange, vous n'étiez pas là cet après-midi ?

Il a bafouillé, puis il a demandé si nous avions eu du succès.

— Un succès fou, des fleurs, des gens charmants, des lumières... Il fallait venir. Le concert surtout a emballé le colonel de Fermendidier. Il est sorti en grommelant : « Brouf, brouf, belle musique, belle musique... Plein les oreilles. »

Ensuite, nous avons parlé plus sérieusement. Je lui ai demandé ce qu'il pensait de moi. C'est le meilleur moyen de séduire les hommes. Ils sont tellement étonnés, soudain, de penser à quelque chose, que votre image, dans leur esprit, reste liée au souvenir d'un vrai miracle. Il m'a répondu au bout d'un instant :

— Vous avez envie de vous moquer de moi ?

— Oh, non ! ai-je soupiré d'une voix profonde, sincère et sensuelle.

— On dit aussi que vous êtes folle.

— Un peu piquée, mon cher, pas folle, n'exagérons rien. Quel âge avez-vous ?

— Oh... Enfin, j'ai dix-huit ans.

— Très bien. Bonne idée. Vous mesurez combien ? Cent soixante-cinq, cent soixante-dix ?

— Environ... Je ne sais pas...

— Parfait. Attendez-moi en buvant du champagne. J'en ai pour une minute.

Je me suis dirigée vers le vestiaire, j'ai pris ma pièce et je l'ai lancée en l'air. Mais j'ai été bien maladroite, car elle a roulé sous un radiateur. Forjac, qui partait, s'est précipité pour la ramasser. Je l'ai retenu :

— Prenez-la très doucement, ai-je dit.

Il m'a regardée ironiquement et m'a répondu de sa voix rissolée :

— Ecoutez...

— Vous ne pouvez pas comprendre, c'est un pari.

— Mais si, mais si, je ne suis pas si bête, je peux comprendre.

Tous deux, agenouillés sur le carreau froid du vestiaire, je m'amusais de son trouble, car si les femmes lui font peur, moi, je dois le terrifier !

— C'est pile, m'a-t-il dit en me tendant la pièce. Ne soyez pas triste au moins. Je me le reprocherais toute ma vie.

— Ah, ça, je ne suis pas triste. Ça s'arrange parfaitement ainsi... Pour vous aussi, ai-je ajouté en riant, car une idée me passait par la tête.

Je suis rentrée dans la salle d'un pas décidé. Après tout, ce petit crétin ne méritait pas tant de peine. A moins de le frotter contre soi, mais ça, ce n'était pas très malin, il n'avait rien d'intéressant.

Je ne le détestais même plus ; c'est moi que je méprisais.

A cet instant de la soirée, les Américaines ont commencé à mal se conduire. Elles montraient leurs jambes, parlaient trop fort, etc. Cette attitude me dégoûtait profondément. Je reconnais qu'il m'arrive de prononcer des expressions vulgaires comme « je m'en fiche », « c'est une cloche », « je voudrais bien me le taper », mais c'est toujours du bout des lèvres, d'un petit air correct, qui m'excuse, au moins je l'espère.

Plutôt que d'assister à la suite, je suis sortie au bras de Masselon des Anges. C'est encore un lieutenant des hussards. Il me fait une cour empressée, il me parle de lui sans arrêt. (A ce signe, on ne peut douter de l'amour d'un homme. S'il vous prie de l'aider à choisir des chaussettes, du linge de corps, etc., on rentre dans la passion.) Il m'a conduite à la messe de minuit, en m'assurant que ce serait bon pour mon âme.

Dans la crypte, j'ai retrouvé trois Amerloques. Ils sont extraordinaires. Ils ont des desseins sur ce pauvre Dieu. Pourtant, le Seigneur n'a jamais dit : « Cette coca-cola est mon sang et ce chouinegomme est mon corps. » Moi, la religion, j'adorais ça. Petite, je collectionnais des images pieuses. Je voyais bien que ça n'allait pas fort, au XXe siècle, les gens s'en détachaient. Ah, si j'avais eu le temps, j'aurais volontiers remis ça d'aplomb.

En sortant de la messe, j'ai entendu crier : « Saint-Anne, Saint-Anne ! » On le cherchait partout. A la fin, les camions sont repartis sans lui. Masselon des Anges m'a proposé sa jeep. Je l'ai remercié en lui conseillant d'aller se coucher avec elle.

Je suis rentrée dans la salle de bal. Il n'y restait plus un musicien, personne, absolument personne. Je suis montée au premier, j'ai fouillé les pièces. Ce crétin n'était nulle part. Une seconde la pensée m'est venue que je le cherchais pour de vrai, que je me donnais du mal à cause de lui. Cette idée m'a tout de suite semblé idiote et parfaitement invraisemblable. D'ailleurs, même si je le cherchais, ce n'était pas grave. Il me paierait assez vite cette lâcheté. Plus tard, j'aurais plaisir à le voir souffrir. En un mois je serais dégoûtée de lui ; alors, le cœur libre et joyeux, je le regarderais se traîner à mes pieds et comme je rirais de bon cœur ! C'est lui qui me cherchera partout à la fin des bals, c'est lui qui sera humble et ridicule, ce sera lui et il ne pourra même plus se dire, pour se donner du courage, tout ce que je pense actuellement, car mon amour sera bien fini.

Enfin, je le découvris au troisième étage, dans une sorte de buanderie, affalé sur du linge sale et rose, par-dessus le marché. Ses yeux étaient dilatés, comme ceux d'un drogué. Ah, il était ridicule à son âge et pour le mettre debout, je l'ai giflé de tout cœur. Cette opération a bien réussi. Pendant qu'il se levait, pleurnichant et geignant, je croisais les bras, je pinçais les lèvres, je souriais, car une idée merveilleuse s'emparait de moi. J'allais l'apporter dans la baignoire de Pierre...

Ah, ça, il serait joliment attrapé, quand on le réveillerait, ce gosse insupportable !

Je lui ai fait dégringoler l'escalier. J'étais pressée de réaliser mon projet. Mais l'air frais, au lieu de le ranimer, l'étourdit complètement. Il tomba dans mes bras. Il était là, misérable, ivre mort. Je ne pouvais pas le laisser dans la neige. Je le pris par le cou. Sa tête retombait de tous les côtés. Heureusement, il n'était pas lourd, mon petit hussard, et j'avais seize ans pour le traîner jusqu'à ma jeep. Je l'installai à côté de moi, l'enveloppant dans une grande couverture de cheval et relevant le col de sa veste bleue. Je mis le moteur en marche. Aux premiers bonds de la voiture, il tomba sur mes genoux. Je gardai sa tête contre mes jambes et, machinalement, je caressai son front de la main gauche.

Soyons franche, mon idée était stupide. J'avais donc été ivre, à mon tour, pour imaginer de pareilles machinations. Je fixais le vide, j'étais seule, enfonçant mes ongles dans sa nuque, serrant les dents et j'étais bien sûre de me dégoûter. Oui, tout ce que j'avais fait jusqu'à présent, lui, lui, celui-là encore, ces soirées que je croyais drôles, ce temps passé, ces voyages, cette petite pointe d'ambition, ma rage de toujours me frotter aux gens célèbres, mon cœur à qui voulait, mes lèvres à qui savait les prendre et le matin lavera tout ça à grande eau... Je n'en pouvais plus, je ne dirai pas pourquoi.

Naturellement, c'était un autre genre de folie

que cette petite crise solitaire, un soir de Noël. D'ailleurs, ça n'avait aucune importance.

Nous suivîmes quelque temps la grande route, puis je pris une sorte de chemin qui traversait la forêt. C'était un drôle de bonheur, il venait de rien du tout, l'ivresse peut-être. Mais cette ivresse commençait à se dissiper. A quoi tout cela m'avançait-il ? Il y aurait demain. Demain m'attendait avec son air calme et résolu, demain, tout recommencerait, ma peine et ma lâcheté.

J'ai arrêté la voiture parce que nous étions dans une clairière et que la lune venait juste inonder le visage de ce petit garçon. Avec précaution, je posai sa tête sur le siège de la jeep. Je regardai ma montre. Il était trois heures du matin. Je ne sentais pas le froid. Il y avait un ou deux centimètres de neige, mais cette neige, beurrée par les étoiles, était douce et chaude.

Ce que je pouvais être idiote ! Mon Dieu ! Dire que c'était moi !

Sa bouche s'ouvrit et se referma, sans qu'il eût prononcé un seul mot. Je le regardais avec extase, agenouillée à ses côtés.

— Tu n'es qu'un enfant, lui dis-je. Tu ne peux pas boire tellement d'alcool.

Naturellement, il ne souriait pas pour de vrai, mais la lune, en jouant sur ses lèvres, lui donnait un air amusé. Comme j'étais malheureuse qu'il fût si loin, tellement étranger et qu'il n'y eût rien pour moi derrière ce front têtu ! Pourtant, il était là, et, si je voulais, je pouvais voir ce corps auquel je pensais depuis une heure ou deux, le corps de celui que j'appelais malgré tout mon amant. Je caressai sa joue d'une main que j'aurais voulue très douce. Hélas, elle avait caressé trop de visages, sans amour, j'avais horreur de cette main qui n'était bonne que pour les officiers étoilés, la petite ride au coin des lèvres, les soirées « amusantes », les types « extraordinaires » qu'on rencontre. Ah, je savais maintenant que la folie est chose monotone et triste, je n'en pouvais plus de cette Florence aux yeux vagues. Et pourtant, ce petit garçon dans sa belle veste bleue, étendu sur la neige, j'avais le droit de le regarder quelque temps encore, avant qu'il ne prît froid ; ces minutes que je ne méritais pas, me remplissaient d'une émotion invraisemblable.

Mais il était tard et cette époque heureuse de ma vie s'est terminée comme les autres.

SAINT-ANNE

Si je monte la garde, qui me prendrait au sérieux ?

Mon manteau est trop grand, mon fusil me bat les flancs, mon casque... Je préfère ne pas parler de mon casque. Les plus jeunes Allemands se rassemblent autour de moi. Il se trouve toujours un garçon pour m'insulter. Il me promet une raclée, quand son papa reviendra. Si j'ai de la chance, Frieda est là et me défend. Elle empêche le garçon de m'égratigner avec un bâton (il ne veut pas se salir les doigts). Elle jure que je suis un peu bête, pas vraiment méchant. Elle a raison. Ce n'est pas ma faute si je suis Français. Ils ont beau me narguer, assis sur une auto-mitrailleuse comme Job sur son tas de fumier, je remercie Dieu. Car leurs paroles sont allemandes.

Il paraît qu'au château ma situation est mauvaise. Forjac ne décolère pas depuis que j'ai travaillé avec Florence. Il rirait bien s'il connaissait mon secret. Je n'oublierai pas non plus le bal de Noël. Car mon histoire a commencé quelques jours plus tard. Ce bal m'indique donc une époque facile où je pouvais m'enivrer, rire avec des hussards, rester vingt-quatre heures sans conscience : il y aura toujours un imbécile pour me ramener au château. A présent je suis seul.

Souvent, je retourne à K. Les autres prétendent que c'est une ville ennuyeuse. Il y a tant d'églises que j'y trouve ma pâture. Il me suffit de marcher dans les rues de cette province, triste et veule comme doit l'être un petit hussard perdu. Je ne me débats pas longtemps, j'entre sous la voûte. Agenouillé, silencieux, je me prends la tête entre les mains. Je pense à Dieu, bien sûr, mais d'une manière intéressée. Je Le supplie, j'exige qu'Il m'aide encore une fois. Je Lui promets ce qu'Il voudra. Après, je serai à Lui. Complètement. J'ai fait beaucoup de promesses de cet ordre, que je n'ai pas tenues. Mais cette fois-ci, Il doit me croire, j'ai envie de frapper du pied. Il doit, c'est-à-dire qu'Il est obligé. Oh oui, je sais que je peux Le contraindre. La plupart affirment que ces prières intéressées Le dégoûtent. A les entendre, il faudrait L'aimer en gardant la tête vide, en oubliant le monde, soi-même, et Lui, peut-être... Je ne suis pas comme ça. Je suis trop heureux et malheureux, à la fois. Sinon Lui, qui m'aiderait à démêler cet écheveau ? A Ses yeux, je sais que cette histoire est vraie. Mes preuves Lui suffiront : les nuits passées sans dormir, les longues gardes désertes, l'absence même de projets tant j'ai maigre confiance en moi... Evidemment, c'est une drôle de prière. Demander la santé, l'argent, il semble que ce soit mieux. Je L'entraîne dans une sale affaire. Et pourtant, Il n'existerait pas si tout ça n'était pas possible, cette inconnue qui existe à moitié dans mon cœur, à moitié chez elle, ce reflet dans une vitre, qui m'appelle et se moque doucement.

C'est un peu plus tard que j'ai commencé vraiment à mal me conduire. Je ne me contentais plus des prières. J'avais besoin de réponses, de réprimandes. La dureté des autres est toujours souhaitable dans un amour, et sans les rochers, on sait bien que les vagues ne monteraient jamais si haut. Alors, je me confessais longuement à des prêtres différents. Je me mêlais aux fidèles, j'entrais dans le confessionnal, sans qu'il fût possible de voir mon âge. On m'assurait que je n'avais plus d'accent et s'il en restait, c'était l'émotion. Mon mensonge ne variait pas : j'étais un ancien soldat de la Vèremarte. J'avais aimé une Française mariée. Je ne pensais qu'à la rejoindre. Jusqu'alors, seule une blessure m'en avait empêché. C'était une belle histoire, il était doux d'entendre une voix étrangère me demander des détails, que je devais inventer sur-le-champ. Je risquais beaucoup. Si l'on distinguait ma nationalité, je passais brusquement pour un imposteur. Le prêtre qui me consolait une minute auparavant, n'avait plus qu'à me foudroyer. L'Eglise me rejetait. Les paroles berceuses de ses ministres m'étaient retirées et mes mains, à jamais, se vidaient de leur chapelet.

J'étais obligé de mentir, car mon amour pour

une Allemande que je ne connaissais pas était certainement un péché imaginaire, en 1946, aux yeux d'un confesseur ; l'époque était pressée ; la religion même ne pouvait s'encombrer de ces matières vagues et inconsistantes. Le fait que j'étais français ne devait pas non plus entrer en compte. Je voulais de vraies punitions, celles qu'on impose à un loyal Allemand s'il trompe son empire et son Dieu.

Il a été long ce dialogue avec l'Eglise. Comme nous avons parlé d'elle ! Comme nous l'avons inventée ! De jour en jour, nous lui donnions la vie. Je partais de K. le cœur saoulé d'invraisemblance. Mon secret était partagé par Dieu lui-même et Il contribuait à son mystère.

Oh, sans doute aurais-je aimé une autre aide. Un simple vivant, sans ironie, patient et curieux, m'aurait convenu, car Lui, j'en avais quand même peur. Mais un simple vivant est beaucoup plus difficile à trouver que le Seigneur. L'étudiant qui partage ma chambre et que j'appelle Karl Marx est un enfant, dur et stupide devant toutes ces choses. Quant à Sanders, l'amour, lui... S'il rencontrait Dieu, il lui tomberait dessus. Mais peut-être est-il un enfant bien caché, malgré ses cris et sa froideur.

Et c'est l'hiver. Les journées sont rapides, feutrées par la neige. Le château devient immense. Le colonel est grippé, il ne quitte plus sa chambre. J'ai acheté un calendrier colorié. Chaque journée où je l'ai vue, je fais un signe. Une fois, je surprends Karl Marx. Armé d'un crayon rose, il vient de barrer plusieurs mois, pour calculer plus à son aise la date de sa libération. Je me jette sur lui, je casse ses lunettes. Ecumant, je cours chez Forjac. D'ordinaire, c'est un brave garçon, un peu bavard ; mais il doit avoir des peines de cœur avec une Gretchen, car il se met en colère. Il menace de me loger avec les secrétaires des Détails, garçons moustachus, souvent mariés, qui me montrent du doigt en m'appelant : « Porte-bite du capitaine », « Enculeur de la putain du général ». Et puis Forjac s'apaise. Il me dit : « Ne me prenez pas pour un idiot, mais... » Ou bien : « Si vous vouliez me faire plaisir, vous vous assiériez devant la fenêtre et vous resteriez sans bouger. » Il est complètement fou.

J'aime ce château. Il est abandonné grâce au froid. Les hussards se calfeutrent au premier étage, qui est chauffé. Ils me font cadeau du reste. Je marche interminablement, j'ouvre des portes, j'écoute les bruits lointains. Ils me parlent d'elle. Ils ne sont pas grand-chose. Ils sont pauvres, ils ne signifient rien. Ils sont à peine tristes, comme effacés par la distance. Vous voyez bien : ils me parlent d'elle.

C'est encore là que je l'ai vue de plus près. Je ne dirai pas comment. D'ailleurs, cela semblait inventé pour moi.

Une jeune femme dont on aperçoit la silhouette en passant sur le champ de manœuvre, un jardin qui paraît beau parce que les feuilles ont le droit de traîner par terre ; en somme, quelques-unes de ces choses qui entrent sans effort dans la mémoire, par une porte de côté. Ce n'est pas la curiosité. On ne veut rien savoir de plus. Tout se fait avec naturel et la silhouette de l'inconnue grandit lentement dans l'ombre. C'est un manteau gris dont elle se couvre, un feu qu'elle vient d'allumer devant sa fenêtre ; c'est la couleur de ses cheveux, décidément ils sont plus noirs qu'on ne le croyait ; c'est la nuit qui tombe trop vite et la dissimule, alors qu'on pensait l'apercevoir ; ce sont les après-midi où l'on n'avait rien à faire : le champ de manœuvre est un but de promenade. On s'adosse contre un pylône, on regarde un peloton qui défile, présente les armes, salue de la tête un illusoire président de la république. Deux fois, en arrivant et en partant, on jette un coup d'œil dans le jardin voisin. Elle ramasse des feuilles mortes ou elle lit, enveloppée dans une couverture. Il n'y a aucune perversité dans tout ça. L'inconnue est un petit morceau du monde, bien encastré entre d'autres fragments. Un morceau coloré, brillant si l'on veut comme du verre de couleur. Mais personne ne songe à passer de l'autre côté et à regarder le monde entier, cette fois-ci, à travers lui.

D'ailleurs, en la rencontrant au château, je ne l'ai pas reconnue. Je ne pensais pas qu'elle était si jeune. Et puis elle était élégante, tout d'un coup. Elle n'avait plus rien du hasard des jardins, des arbres, du temps qu'il fait. Elle était belle : un jeune sous-lieutenant le disait à un camarade, c'était une preuve. Des cheveux noirs avec des yeux clairs, c'est original, c'est bien, c'est émouvant. Il fallait lui trouver un prénom.

Il n'est pas venu tout de suite. J'ai voulu compliquer les choses. Je la nommais Lili. C'était à la fin janvier. J'avais entendu parler d'une femme ou d'une chanson qui s'appelait *Lili Marlène.* Je ne savais pas très bien ce que c'était, mais plutôt une espionne que les Anglais avaient fusillée et qui était réapparue, un matin, sur les lèvres de tous les soldats. Malheureusement, les hussards ne chantaient que des chansons comme *Jean-François de Nantes* et j'ignorais son histoire. Non, ce n'était pas parfait. Au début du mois de février, elle avait trouvé son vrai nom. Il n'était pas allemand. Il ne venait pas non plus de ses cheveux. Mais il était doux et simple. Pour ce que j'avais à en faire, il fallait mieux rester dans la douceur et la simplicité. C'était donc Isabelle.

Ce temps-là est une époque où je sors de ma chambre la nuit. Le château est à moi seul et surtout les couloirs. Ce sont mes préférés. Souvent ivre de peur, je marche les bras écartés pour tâter les cloisons. Elles sont froides, humides (un autre gèlerait, moi, j'ai peur). J'ai l'impression de visiter les artères d'un immense animal ; le sang n'y coule plus pour une raison cachée. Cependant, il n'est pas mort. Voici pourquoi.

Au second étage, un grand bureau ne sert jamais. Il est poussiéreux. Des tapisseries occupent les murs ; il y a aussi des tableaux. J'ouvre une fenêtre qui se défend. Tout à coup, le vent s'engouffre, en une seconde il me donne une armure glaciale, des yeux secs. Les tentures, les tapisseries remuent dans l'ombre. Grâce à la lune, on voit Charlemagne se détacher et, lentement, commencer sa chevauchée. Cependant, là-bas, Soliman et Barberousse complotent. Le bourreau va décapiter un chevalier. Une jeune Franque, à genoux, supplie le sultan.

Rauschen... Le bruit du vent dans les feuilles, en Allemagne. Dans le manteau de Charlemagne, dans les manches de Barberousse, c'est bien pareil.

Quand je n'en peux plus, je referme la fenêtre. Je passe dans une autre pièce, je me roule dans un tapis et je dors quelque temps. C'est une riche odeur de poussière, un troupeau magnifique et laineux qui s'avance vers mes narines. Il est chargé de tous les présents de l'histoire : les pas des reines vers leur seigneur, les bottes du messager, l'éventail qu'on rend à sa dame en s'inclinant, les rêves du jeune page allongé sur le sol. Une autre fois, je décroche un rideau pourpre et ce sont des assassins cachés dans l'embrasure, l'amant qui se dissimule, le chef qui paraît au balcon. Je change de pièce et d'humeur. Ces voyages, moi qui étouffe toute la journée entre ces imbéciles et ces cœurs impitoyables, ces voyages me font vivre un peu. Ils me prouvent que je ne suis pas seul. D'autres se sont trouvés abandonnés par le monde, d'autres ont aimé. Ils ne savaient pas non plus s'ils aimaient pour de vrai. Leur passion n'a pas eu de commencement, ils pensent qu'elle n'aura pas de fin. A peine peuvent-ils dire d'une époque : c'était avant. Il leur paraît que cette époque remonte loin dans le temps. Mais sur un calendrier, cela ne fait que deux mois.

La nuit, ce n'est plus la peine de se forcer. A quoi bon posséder un caractère, un visage? Personne ne le saurait. Inutile d'imiter Sanders. Et si, par hasard, on veut lui ressembler, on fait beaucoup mieux que lui, sans effort. On a tout de suite les épaules de Samson. Ou bien on est plongé dans les aventures de l'*Ile au Trésor.*

L'après-midi est différente. Par une échelle, je gagne les toits. Ils sont couverts de neige. Mais je connais un endroit qui permet de voir sa villa, son jardin. Un feu s'allume dans une cheminée, on peut deviner qu'elle est accroupie et qu'elle souffle de toutes ses forces. D'abord, je prends les jumelles du capitaine de Forjac. C'est en secret qu'un visage est le mieux vu. Celle qu'on regarde ne se doute pas qu'elle est observée. Ses traits sont fins et précis comme ceux d'une miniature. Elle s'ennuie. Il est bien qu'elle s'ennuie. Elle est près de moi, sans que j'aie besoin de lui parler.

Ensuite, les jumelles me font horreur. J'ai l'air d'un espion ou d'un enfant mal élevé (ce qui serait pire). Sa villa me suffira. C'est un signe d'amitié, la fumée qui s'en élève, les volets qui se ferment, le passage d'un domestique. Je n'en demande pas plus. Si je la vois, droite et simple dans ses grands manteaux d'hiver, c'est une chose invraisemblable. Je cours m'enfermer dans ma chambre et je ferme les yeux, pour digérer ce souvenir.

Quand elle est venue au château — elle est venue deux fois, — je n'ai rien perdu de son visage. Je pourrais dire exactement comme elle abaisse les paupières, comme elle ouvre une porte. Sans le vouloir, elle m'a regardé quelques secondes.

Je ne suis pas idiot. Moi aussi, je trouve qu'il ne faut pas aimer les personnes qu'on ne connaît pas. C'est impoli, c'est défendu pour mille raisons et c'est ennuyeux. Je ne suis pas timide. Si j'étais devant elle, dans un salon, je saurais lui parler. Je l'obligerais à me répondre en amie. Elle serait *mon* amie, je n'en demande pas plus. Je me moque du reste. L'amour devient empoisonnant dès qu'il faut se déshabiller, s'embrasser, c'est trop de sueur et trop de salive à la fois. Mais relever une boucle de ses cheveux, lui prendre la main pour sauter un fossé, rester étendu devant un grand feu...

Un long regard m'enchaîne et me garde à ses pieds. Mais je peux dire le contraire. Je ne la vois que du ciel, noire au milieu de la neige. A côté d'elle, mes yeux sont énormes ; avec deux doigts, je la cache entièrement : elle tiendrait dans la paume de ma main. Elle tient dans le creux de mon cerveau. Il est vrai qu'il est assez creux.

L'hiver se passe ainsi. Entre le chuchotement des confessionnaux et le silence fatal qui s'étend autour du château, je vais, je viens et désespère. Car l'espoir, comme un animal imbécile, vient chercher sa nourriture tous les soirs. Je fais des projets. Je veux parler à cette Isabelle. Je veux qu'elle m'aime à son tour. Voilà qui est franchement criminel.

Naturellement, mes projets n'ont pas de sens. Ils sont fabriqués pièce par pièce. C'est un beau jeu de constructions, qui permet de rêver tranquillement. La catastrophe n'est jamais à craindre. Dans cette liberté réside le charme.

Une heure par semaine, je suis franc et j'avoue que cet amour imaginaire est le seul qui me convienne. Je n'ai eu qu'une maîtresse dans ma vie. Elle était plus grande que moi et m'apprenait mille choses invraisemblables. Elle me trouvait joli, je l'amusais. Mais moi, je ne m'amusais plus. Je comprenais que le métier d'amant n'est pas facile. C'est une chose comme la guerre, la banque, l'industrie. On peut y entrer sans étude, mais il faut travailler dur et, surtout, ne jamais s'abandonner.

Cependant, l'amour a quelque chose pour lui. Il résume le monde en un visage. A dix-huit ans, quand on n'a pas beaucoup de mémoire, il est tentant de prendre ce visage entre les mains et de l'embrasser. Mais c'est très fragile. On risque à tout instant de passer de l'autre côté. Alors on possède une maîtresse, une liaison ; de nouveaux devoirs s'imposent à vous ; on se trouve aussi faible et démuni qu'auparavant.

Dans la situation où je l'avais placée, Isabelle me fascinait sûrement. Ses yeux grands, clairs, lourds peut-être, hantaient mes confessions. Les péchés imaginaires que j'avais commis avec elle donnaient du mouvement à son regard. Les questions des prêtres étaient une autre curiosité, les détours de la théologie une autre forêt où je me perdais avec elle.

Il faut croire que l'hiver est une saison où l'on n'existe pas vraiment. Depuis si longtemps, sans doute, les hommes ont l'habitude de se laisser séparer par le froid, qu'aujourd'hui encore, janvier, février sont les seigneurs de la solitude. Un lit où l'on s'engouffre, un rêve où l'on s'enfouit, telles sont les ressources de cette époque. Quand la neige se dissipe, les choses apparaissent dans leur vérité qui est brillante et colorée. Elles font envie. On veut les toucher. Trois mois de dénuement vous ont permis d'accumuler des forces.

Ces mauvaises intentions, chez moi, furent précisées par une nouvelle visite d'Isabelle au château. Elle demandait un laissez-passer à de Forjac et nous avons parlé. Sa voix est douce. Elle a dit qu'elle s'ennuyait tellement qu'elle avait besoin de voyager. C'est une jeune veuve de vingt-cinq ans et je ne m'étais pas trompé. Je dois me méfier de sa douceur. Il faut agir, il faut la revoir.

Je monte l'escalier en courant. Je m'abats sur mon lit. J'ai parlé de mes visites nocturnes. Il ne faudrait pas s'y tromper. Ce n'était pas triste, vous savez. En m'endormant, je plongeais dans un monde plus juste où mes ennemis enchaînés, mes amours comblées, des algues répandues, une eau douceâtre et molle inondaient mon cœur.

Mais un autre sommeil se nomme l'avenir. Je m'y dirigeais avec maussaderie. C'est un grand jardin froid où les paroles sont faciles. Un écho leur répond. A peine a-t-on regardé, à son tour on est regardé.

Tirer des coups de revolver sous ses yeux, dans ma tempe.

Déserter.

Être le plus jeune colonel de France.

Mettre le feu au château.

Demander un conseil à Sanders.

Lire les meilleurs auteurs.

Se consoler.

Attendre une guerre avec la Russie, se couvrir de gloire, quelque chose comme un insigne spécial pour les troupes de choc, une tête de mort, une croix de Malte, une fourragère bleue.

Au bout d'une heure, je me tords les bras. Il faut que je la voie, sinon je m'écroule comme une plante sans eau. Tu es bête, Saint-Anne, cours te regarder dans la glace et fais-toi honte. Ne cherche plus à jouer un rôle élégant. Mazeppa, ce n'est pas toi, malgré les apparences. Tu n'as jamais connu Shang-Haï, ni Kleist, ni les grands obliques, ni Hegel, encore moins la Patagonie et pas du tout Nietzsche, ce grand type hâbleur dont on parle en buvant du cognac. Mon Dieu, qu'un petit Français est désarmé dans la vie ! Comment une aussi gentille terrestre pourrait-elle m'aimer ?

Eh bien, je vais lui écrire. Je ne lui dirai rien, mais ce sera intéressant tout de même. Je me précipite chez Mme Barckhaüsen. On me donne du papier. Je prends le mouton sur mes genoux. J'écris. Comme je m'arrête à tout instant, je passe la main dans les cheveux de Frieda en lui ordonnant de ne pas bouger. Elle proteste. Elle est mon amoureuse, je dois lui expliquer. C'est que « je cherche l'inspiration ». Au bout d'une minute, elle frotte elle-même sa tête contre mes doigts, en répétant : « Prends de l'inspiration, prends-en un peu. »

J'ai presque terminé quand une dizaine de garçons à l'air résolu envahissent la boutique. Ils empoignent le frère du mouton par sa chemise :

— Pas la peine de mentir, dit le chef. Nous sommes avertis. Parle, ou on te brûle. Mettez la mitrailleuse en batterie, les gars.

Deux rouquins apportent une sorte de lance d'arrosage.

— Tu causeras ou on te coupe le zob. Y a des Français dans le village, on le sait par nos espions. Pas vrai, Gustave ?

— Oui, dit le nommé Gustave.

— Ben, et moi, alors ? fait un gros petit garçon, je suis plus espion ? Faudrait savoir, quand même.

— Silence, dit le chef. On va l'emmener.

Frieda pousse des cris perçants. Je garde mon air le plus niais. C'est le seul moyen de continuer à compter pour du beurre. Je marche tristement sur la place. Ma lettre est stupide. Je ne l'enverrai pas. Sur les ruines de l'hôtel de ville, les garçons abattent froidement le frère du mouton. Puis ils se disputent pour savoir si les espions ont le droit de toucher à la mitrailleuse. Ils me demandent conseil. Je réponds avec mélancolie qu'ils n'ont pas le droit.

Tout à coup, mais alors tout à coup, je n'en peux plus. Je grimpe dans ma chambre. J'enfile ma veste bleue, car, je ne sais pas, il me semble que je dois me préparer pour le plus beau jour de ma vie. Je descends l'escalier, quatre à quatre. Au premier étage, l'aspirant Vérité me barre le chemin.

Mais il sourit. Il se rend à K. Il me passe un bras autour du cou. Il m'avoue qu'il aime une jeune fille. Je lui demande s'ils vont se marier.

— Je ne sais pas, me dit-il gravement. Bien des éléments entrent en jeu : sa famille, l'avenir, etc. C'est une Allemande, ajoute-t-il d'un air coupable, mais pénétré. Ne le répétez à personne. Vous me nuiriez.

Je m'écrie malgré moi :

— Bravo. Elles sont merveilleuses, etc.

Je me retrouve seul sur la route. Tristement je longe les arbres. Mes yeux sont baissés. Mon exaltation m'a quitté. Je me moque de cet aspirant. Et des Allemandes qui sont si compliquées ! Alors, il arrive une chose extraordinaire. Nous sommes à la fin mars ; il est six heures ; l'hiver lance dans la soirée ses dernières réserves de froid. La brume entoure le château. Son secret, c'est le silence. Maintenant, je ne peux plus mentir. Je flottais à la surface de mon malheur. Je prenais grand soin de ne penser à rien, de glisser sur chaque minute. J'avais peur. Et c'est pour moi une chose nouvelle, épouvantable, que cette peur qui ne vient pas des autres, qui ne ressemble pas à l'ennui ; c'est un sentiment définitif, comme un voile lourd qui s'abat, le soleil bascule et disparaît. J'ai fait cinq cents mètres, je suis déjà perdu. Je ne distingue plus mon chemin. Il est vrai que je suis arrivé au bout du monde. Un carrefour est là, il n'y a sans doute plus rien derrière lui. S'y engager serait une erreur. Je recule, effrayé. Je ne comprends pas cette brume, je ne comprends pas mon malheur. Je me rappelle alors que c'est un jour de fête. Au même instant, une musique lente, effacée, parvient jusqu'à mes oreilles. Je tourne sur place, je n'ose me décider, j'attends que cette forêt se dissipe. Il ne devrait y avoir là qu'un chemin, des murs et une après-midi pareille aux autres. Je fais quelques pas dans la direction de la musique. J'écarte des buissons, je ne crains pas les ronces : il me faut avancer.

C'est une maison qui se dégage lentement du brouillard. Elle paraît grande. Mais je suis décidé à ne pas trop croire mes yeux. Sans bruit, je marche sur un gazon où je distingue des pétales de rose. Je tourne autour d'une terrasse. Et soudain je devine pourquoi mon cœur était si lourd à porter.

Des lumières et des ombres, plus vivantes encore, se partagent la pièce. Ils sont là, nombreux, qui parlent et rient. D'abord, il me semble que c'est une femme en combinaison noire, qui me tourne le dos. Elle montre ses épaules, ses bras. Peut-être va-t-elle se déshabiller devant les autres. Quand on surprend un spectacle dans la brume, il faut s'attendre au pire. Mon nez est écrasé contre la vitre. Une rumeur sourde me parvient. Deux branches de fuchsias sont prises dans mes cheveux. Je frissonne et c'est déjà la nuit.

Je manque de crier. Cette femme à moitié nue, c'est Isabelle, enfin vivante. Elle est dans cet aquarium. Mon cœur cogne de toutes ses forces. Elle porte une robe du soir. Ses amis l'entourent. Ce monde est fermé. J'ai pensé à un aquarium, parce que nous sommes séparés à jamais et aussi profondément que le serait un homme d'une sirène.

Je me laisse tomber dans mon buisson. Je meurs de peur. Elle s'approchait, sûrement elle m'a vu. La fenêtre s'ouvre. Mes ongles entrent dans mes mains. Sa voix n'a jamais été aussi douce. Mais je devine à présent que cette douceur est peut-être le visage mystérieux de l'ironie.

— Écoutez, mon petit Frédéric, dit-elle, vous êtes absurde. A vous entendre, ce serait un péché mortel d'apercevoir un Français. Mais quand vous les occupiez, il y a deux ans, vous enragiez parce que vous n'étiez pas reçu dans les familles de Bordeaux.

(C'est drôle de l'entendre prononcer « Bordeaux », ce mot français, ce petit signe d'amitié involontaire pour moi qui tremble et glace, à ses pieds.)

La peur, le froid dissipent les chimères. Je me relève prudemment. J'aperçois un monsieur chauve, un jeune homme brun de la race des corbeaux. Je m'éloigne. Le brouillard n'était pas si violent. Le bout du monde était à deux pas du château. Je la déteste. Ses épaules sont blanches et parfaites, ses cheveux les plus noirs qu'on puisse rêver. Je l'ai vue très vite et très bien. Cette leçon ne sera pas perdue.

Car mon existence est plus facile maintenant. Je sais que je ne la reverrai jamais.

« Une jeune femme », ce mot magique a perdu son pouvoir. (Les jeunes filles manquent de gaieté pour les garçons de mon âge. Leurs projets passent au-dessus de nos têtes. Mariées, les voilà qui s'ennuient, baissent les yeux vers nous et comme nous pensons qu'elles vont nous aimer, nous les aimons bientôt.)

Oui, c'était fini. Les autres autour de moi se partagent le pain et toute la simplicité de la vie. Je me contente des miettes. Leur conversation passe gravement à travers ma mélancolie. Ces histoires de revues, d'avancement, de libération, je m'efforce d'y croire et je réponds, bientôt je m'anime. Une conviction, il suffit de plonger, on la possède aussitôt. Ah, je ne suis plus seul, je bois le vin qu'ils me tendent. Mes joues rouges, la mèche sur mon front, disent ma réussite.

En rentrant dans ma chambre, ivre de paroles et de boisson, je regarde ma paillasse avec mépris. J'y ai beaucoup rêvé. Eh bien, c'est encore plus drôle et je ris du mauvais rire de l'ivresse.

Dehors c'est la nuit. Une grande et sage personne règne sur le château. Le ciel respire doucement pour que ses étoiles ne s'éteignent pas. Rien ne semble plus impossible. Les années sont devant moi comme des grains de sable. S'il me plaisait, j'en prendrais une poignée, une seule, et tout dans la vie m'ouvrirait ses portes avec des fanfares.

Cependant, je n'étais pas si bête. Voici pourquoi. Une semaine après cette étrange soirée, je rencontre Florence Monnier. J'ai dit qu'elle est empoisonnante. On a tort de la trouver jolie. Au surplus, elle me déteste. Elle lève les bras au ciel :

— Quel misérable vous faites ! On ne vous voit plus depuis ce fameux bal.

Elle manque d'à-propos. Ce n'est pas très malin de me rappeler ce bal quand je suis malheureux par la faute d'Isabelle et du jeune homme brun qui lui donnait le bras. Mais je ne suis plus malheureux. Attendons un peu et je l'aurai prouvé.

Je m'écrie :

— Ah, ce bal ! Comme je me suis ennuyé à ce bal !

Florence éclate de rire. A la suite de ces rires, le monde vacille un peu. Nous sommes sur la place de Drecknaü. J'entraîne dans l'église ma rieuse ennemie. Cette église est vide. C'est très bien et nous nous agenouillons. Ma voix, dès que je parle, est haletante. C'est ce qu'il faut. Je passe un bras autour du cou de Florence. Elle me regarde en souriant d'un air que je ne comprends pas. Je l'embrasse sur le coin des lèvres. Ça devait être idiot, ça ne devait pas être mal. Elle se lève au bout de quelques secondes.

— Vous êtes complètement fou, dit-elle (mais je pense : combien de jeunes femmes, à la même seconde, fixant un garçon dans les yeux d'un air insolent, répètent : Vous êtes complètement fou ? Ça gâche tout).

Elle continue et mille autres jeunes femmes à sa suite.

— Où allez-vous chercher des idées pareilles ? Moi qui croyais que vous n'aimiez que la confiture d'abricots. Vos lèvres sentent l'orange.

Je me dégage sans peine. Ce qui est bien, c'est d'avoir pensé à toutes les autres jeunes femmes de la terre. Le soir, j'expliquerai mon cas à Sanders :

— Ce n'est pas terrible. On baisse la tête, on prend un air pénétré et on les embrasse. On se fait attraper.

— Ah, ah, dit Sanders en marchant de long en large. Tu es sûr que ce n'est pas terrible ? Quand même... Il faudra que j'essaie d'embrasser une femme sur les lèvres, mon bon, sur les lèvres. Oui, c'est une satisfaction que je m'offrirai, car mes vieux jours approchent.

Depuis longtemps, j'ai raconté mon histoire à cet imbécile. Je n'ai presque pas menti. Je lui ai dit que je m'étais engagé parce que j'aimais une jeune femme, qu'elle était restée en France, que je la connaissais à peine. Je comptais sur la guerre pour me transformer en grande personne. Elle s'appelait Isabelle.

Il n'a pas oublié le nom, car il s'arrête, sa voix change et passe dans les cavernes ; il dit :

— Tu es idiot de t'amuser comme ça. Tu es amoureux d'une Isabelle et tu répètes ton rôle avec n'importe qui.

— Il faut bien. Je suis tellement timide. Ça n'enlève rien à ma sincérité.

— J'ai connu un assassin qui parlait comme toi. Il prétendait beaucoup aimer ses victimes. Mais il avait également envie de leur serrer le cou. Un petit travers, en somme.

Pourquoi me comparer à un assassin ? Ce sont des idées dignes de Sanders. Ce garçon ne rêve que sang et flammes.

Désormais il fera beau. Le temps traîne plus lentement encore. Insupportable temps dans ses chaussons, espèce de concierge de la vie, affalé sur un pliant et qui vous regarde en ricanant. De Forjac se promène en lançant des regards noirs. Le colonel se frotte contre ses chiens et attrape des puces. La bêtise de Karl Marx continue, mais je ne lui en veux pas. Ce n'est la faute de personne, si on est étudiant.

Quant au grand amour de ma vie, j'y pense souvent. Mais j'ai retrouvé la simplicité. Je me passe maintenant des confessionnaux, des ricanements de Sanders. Les romans sont finis. Les rêves, on s'en aperçoit vite, sont poisseux. Je n'avais qu'une minute de patience au service de ma folie. J'avais joué une comédie passionnante, Isabelle n'était rien de plus qu'une sorte d'actrice. Tout cela, sans danger, les actrices n'existaient pas plus que Chimène. Et Chimène est encore une invention des typographes. Son vrai nom est Chimère.

Malheureux, je l'étais encore. Mais je n'avais de pitié pour personne : ni pour mon cœur poussif et dolent, ni pour cette étrangère qui s'amusait très bien sans moi. Ni pour les amants en général. « C'est une sale espèce, blanchâtre comme les champignons de couche », m'avait dit Sanders. J'aurais dû l'écouter plus tôt. Il m'aurait prévenu, avant que je ne commence à souffrir, il m'aurait cinglé de ses railleries. J'aurais eu honte et j'aurais su que tout ça n'était pas la peine.

LOS ANDEROS

Non, ce n'est rien de le dire, mais dans le peloton de protection et de reconnaissance, on ne protégeait rien du tout et on reconnaissait seulement qu'on s'ennuyait ferme. On doit les faire marrer les Schleus, si ça se trouve, bien peinards dans les huttes, qu'ils sont. Des fois, je me demande pourquoi on leur mène pas la vie plus dure. Pourquoi on leur retourne pas les poches dans les rues ? Faut leur faire le caractère, je dis, moi. Je te prends une capitale, je t'envahis un continent, un drôle de genre qu'ils avaient les Fridolins, autrefois. Pendant ce temps, on se gelait au maquis. Et il fallait encore cet imbécile de capitaine pour nous lire des poètes, le soir. Je veux vous améliorer, il disait. Heureusement que les Schleus l'ont cravaté. Ensuite, j'ai quitté les Efefis pour les Eftépés. Ah, ça alors, c'était bien. Y avait de la discipline, des échanges intellectuels, quoi.

N'empêche : c'est pénible à voir ; les aristos, dans ce régiment, ils font semblant de se moquer de tout. P't'-êt que c'est vrai. P't'-êt encore, si ça se trouve, que c'est pour envenimer les choses. Ça se croit sorti de la cuisse de Vénus et ça passe le temps à se lécher la cravate. Même un jeunot comme Saint-Anne, ça n'a pas de cœur. C'est pas égoïste non plus, c'est des gens heureux et inutiles.

SANDERS

Saint-Anne passait son temps en compagnie de son capitaine de Forjac. Je me suis toujours interdit de penser aux turpitudes qui pouvaient les réunir. En nous promenant dans la forêt, car maintenant, j'aime les forêts, il m'a raconté leur dernier entretien. J'ai ri doucement. Il s'agissait de la parabole de la belle rousse. Je lui ai montré ma façon de voir :

— En réalité, la belle rousse : 1) a la tuberculose ou des verrues, 2) n'est ni belle ni rousse. Voilà le spectacle que nous donne la vie, aux dernières nouvelles. Ou encore, dans le langage de ton capitaine aux yeux de gazelle et aux fesses en porte-parapluies : 1) la France claque, 2) si elle survit, elle nous empoisonne l'existence en nous obligeant à lire tous les matins les journaux qui racontent ses hauts faits. Tu vois d'ici : la France a voté, elle s'est mis le timbre à trois francs, le président Truman a déclaré : la France ne peut pas périr, les enterrements coûtent trop cher. Seigneur, doux Seigneur !

— Epatant ! s'est écrié Saint-Anne. Si tu parlais plus souvent, quelle chance ce serait ! On n'a pas besoin de t'écouter. On est sûr que c'est plein d'intérêt. Ennuyeux, mais plein d'intérêt.

Plus tard, il m'a dit en riant :

— J'ai toujours pensé que tu étais un nouveau spécimen du héros romantique, une refonte 1945. Tu as tous les signes : la démarche puissante, l'œil assuré, les épaules comme ça, une poignée de main virile. Tu ne souris pas souvent. Tu ne crois en toi que les années bissextiles. Tu fais ce que tu veux. D'ailleurs, tu ne veux rien.

Mais il s'est quand même trompé, car j'ai quelque chose à faire et si j'ai pris un mauvais genre, comme il dit, il faut me le pardonner, puis oublier tout cela.

Devant mes yeux dansaient les images des dernières années de la France. Je venais d'avoir vingt ans, ça c'était une vérité. Cet âge ment sans arrêt. Sans doute ai-je insulté mon pays plus qu'un autre. Plus qu'un autre, il m'a déçu. Mais assez remâché cette aventure commune et beaucoup trop bruyante : celle de nos plus récentes guerres civiles. Ça ne nous a pas coûté beaucoup de sang, encore moins d'intelligence, parce que le sang, Dieu nous en donne toujours nos cinq litres, mais l'intelligence !

Comme il était tard ! J'étais en Allemagne, dans un étrange état d'insouciance. Les moindres villes du Rhin s'ouvraient comme les pages d'un livre, à gauche le texte, à droite les illustrations. Moyen âge, étonnantes fleurs fabriquées en pierre, dans le style crépitant de la Forêt Noire! Mon amie m'accompagnait dans ces balades d'un jour ou deux. Nous en revenions fatigués, heureux je pense. Elle avait besoin de ce bonheur. C'était une drôle de fille. Mais j'en reparlerai.

L'année perdait pied, s'enfonçait dans la vase. J'avais regagné mon régiment depuis deux mois, défiguré, satisfait. Je ne connaissais plus tous les angles de mon existence passée. Flottant dans mes anciennes habitudes, ce cortège de manies m'entourait comme une peau flasque, plissée, ennuyeuse et le froid ne me pressait pas d'explorer mon domaine; la guerre finie, il ne restait aucune raison de mourir avant des années. Lorsqu'on a eu la chance de s'oublier quelque temps, on manque de curiosité pour renouer connaissance avec soi-même.

Maximiam était mort. Cette mort me remplissait de haine. Je ne revoyais pas sans horreur son allure riante où l'énergie se déguisait en gaieté, son regard clair : ce regard charmant et un peu naïf de ceux qui tomberont amoureux de la guerre et saigneront dans ses bras. Quel mauvais survivant je faisais! Le sort me désignait tellement mieux pour mourir à vingt-cinq ans et ne m'étais-je pas élevé dans cette idée? Une ambition aussi ridicule me dépeint entièrement.

Loin d'avoir été plus fidèle aux vertus de mon ami, depuis sa mort, je les avais amèrement reniées. La haine, le désordre, la honte, ces sentiments ne sont pas toujours orientés. Je les découvrais avec excès, un Dieu m'avait donné cette avoine à mâcher et je ne savais où tourner un visage malheureux, car enfin, bientôt s'annonçait le printemps, la paix et, pour tous les autres, la vie recommençait.

La guerre est une enfance prolongée. Je n'avais pas quitté les bancs du lycée depuis cinq ans. Beaucoup étaient venus s'asseoir à côté de moi qui avaient disparu sans un mot. Ils avaient un nom, un regard, des secrets ; ils se décidaient comme on respire. Trop vite assurément, ces gestes précipités rendaient leur existence intenable. Rien ne peut naître d'une telle frénésie. C'est donc se donner beaucoup de mal pour rien, c'est donc avoir vingt ans.

Pourtant je n'ai pas été complètement seul durant cette saison rhénane. Je me suis occupé comme devait le faire un honnête garçon de mon âge, c'est-à-dire que j'ai retrouvé une amie et le temps que nous ne passions pas dans l'amour, nous en faisions dévotion, chacun de notre côté, aux revues d'armement, à la lecture. Un bon militaire raffole des travaux d'entretien. Il adore flatter les métaux, ceux-ci ne l'oublient pas et lui renvoient une image dure de lui-même. Quant au romantisme, il n'y perdait rien. Dans les années qui entourèrent la guerre mondiale, l'envie fut grande chez les jeunes gens de posséder une arme. Une mitraillette devenait un témoignage de virilité, au même titre qu'une première maîtresse en mil neuf cent. La civilisation, qui est presque tout entière dans les ambitions de l'adolescence, ne tirait plus ses valeurs de l'amour, mais du meurtre. Ce changement ne manquait pas d'agrément, vers la dix-huitième année. A cet âge, en effet, la société reste maussade et les femmes s'amusent de nous plus qu'elles n'en souffrent. Le royaume des guerres, des crimes, des révolutions se trouve d'une grande consolation pour nos cœurs. Il nous prive de l'indifférence, qui, à la longue, nous aurait guéris. Mais il nous donne les ailes du malheur et nous n'en demandons pas plus.

J'avais passé de longues heures, autrefois, devant les pistolets de mon père. Avec naturel, avec facilité, la vie m'avait donné tout ce que je pouvais souhaiter dans cet ordre d'idées. J'avais vécu au milieu d'armées ou de bandes militaires, j'avais tenu machinalement ces petits projectiles dont les morts vantent les mérites. Enfin j'avais été récompensé, par une blessure affreuse, du mal que j'avais fait. Longtemps, sur mon lit d'hôpital, j'avais pensé à cette justice et je l'avais remerciée. Parmi mes principaux péchés, je plaçais volontiers le souvenir de la prise de K. Je m'étais battu avec les autres parce qu'ils attaquaient des Allemandes et que ce spectacle était infect. Mais le lendemain, moi-même, avec cette fille dans la nuit qui se nommait Rita, je les avais imités. Ça, c'était plutôt mal. Je me le répétais, non sans délectation, au milieu de mes souffrances. Je ne dormais jamais. Ma brûlure m'arrachait le visage. Avec joie, j'aurais ravagé la plaie de mes ongles que je gardais longs dans l'espoir qu'un jour, le courage me permettrait ce geste. Faute de courage, il était agréable de prendre cette douleur comme une punition et jamais je n'ai tant méprisé les imbéciles qui se passent de religion.

(La religion ! Dieu même l'ayant abandonné, j'errais voluptueusement dans ce palais superbe.)

Plus tard, j'ai ri en songeant à ma méprise. Je venais de rentrer à l'armée. Nous étions cantonnés sur le lieu même de nos folies. Marchant deux par deux dans les rues de K., fiers de leurs guêtres blanches ou de leur calot, les hussards ne se rappelaient en rien le soir de leur arrivée.

D'abord je n'ai pas reconnu le château, encore moins les villas qui l'entouraient. J'ai le tort de ne jamais regarder la nature. Elle me le rend bien : c'est par des moustiques ou des lance-flammes qu'elle se rappelle à mon souvenir. J'avais beau penser que mon aventure avec Rita s'était déroulée entièrement dans un pays imaginaire, je savais que je mentais. Une gêne obscure m'empêchait de traîner dans la forêt, sur les routes, partout où je risquais de l'apercevoir, si elle habitait encore cette province maudite. Je me consolais de ma timidité en me répétant qu'elle était morte ou qu'elle n'avait jamais existé.

Cependant, j'étais là depuis un mois. L'image d'une belle Allemande flottait à peine dans mon esprit, comme une chose agréable et cruelle, ces deux qualités étant également réparties. Nous avons besoin de pensées familières de cette sorte ; il leur suffit d'une touche honteuse pour les garder vivantes : nous sommes sûrs, ainsi, de ne jamais nous ennuyer.

J'étais en train de voler des fruits dans un

jardin, des pommes excellentes et nacrées, quand le voile se déchira et qu'à ma grande terreur, une voix que j'avais complètement oubliée résonna derrière moi. Je me suis retourné lentement, la bouche pleine, fâché de ma saleté qui était grande (je venais de traverser des ronciers et je m'étais battu avec un chien-loup). Il fallait croire que c'était elle. Son visage m'a surpris. Il était calme, sagement coiffé. Elle portait des bottes de cheval. Elle semblait s'amuser :

— Vous passez votre temps à faire des choses défendues, dit-elle. C'est une maladie.

Je ne sais ce que j'ai répondu. En tout cas elle a hoché la tête en cessant de sourire :

— Vous êtes bien stupide. Ça fait longtemps que je vous ai remarqué, vous savez. Mais vous filez, les yeux baissés, avec un casque plein de fruits sous chaque bras.

Je me suis excusé, je l'ai remerciée de ne pas m'avoir oublié. Elle était élégante et moi trop sale, en vérité. Son sourire a repris :

— Vous oublier ? Mais non. J'ai souvent pensé à vous, au contraire. Le hasard a été chic de vous ramener ici.

Elle a ri, comme je n'avais jamais imaginé qu'elle pût rire, car la douceur semble incapable de gaieté suivie.

— Franchement, a-t-elle continué, je n'aurais pas osé rêver quelque chose de pareil. C'est tout de même de la chance.

Et comme je ne la comprenais pas, restant interloqué, une main repliée contre le cœur, elle m'a conseillé sèchement d'acheter une glace, de me regarder ; puis elle est partie.

J'ai mis un instant à retrouver mon sang-froid. Elle était vraiment belle et méprisante, avec ses deux yeux qui planaient au-dessus de moi, ses cheveux qui semblaient coulés dans une épaisse matière noire, pareille à la chair des serpents telle que nous l'imaginons dans les livres des voyageurs : âcre et somptueuse. Ma honte, au cours de mes nuits d'hôpital, avait été d'autant plus grande que je me reprochais, à l'époque, non pas tant d'avoir forcé cette jeune femme, que d'en avoir abusé avec éloquence. Je me remémorais les paroles élégantes qui étaient sorties de ma bouche. Oui, je m'étais donné le beau rôle avec une goujaterie indigne. Cette fois-ci, c'était tout le contraire. Il n'était pas tellement facile de parler brusquement, en plein jour, à un garçon qui vous a un peu bousculée dans la nuit, autrefois. Je devais avouer qu'elle s'en était merveilleusement tirée.

Cette admiration, jointe au sentiment nouveau que me donnait sa beauté et à l'influence extraordinaire que la surprise a toujours exercée sur mon cœur, cette admiration a fait que je l'ai passionnément aimée pendant une après-midi. On dira qu'une après-midi, ce n'est pas très long. C'est une affaire de nature. Je pense au contraire qu'il faut plus de passion pour penser à un être, minute par minute, avec extase, ravissement, colère, inquiétude, pendant un seul jour, que n'en réclame une liaison durable, qui se contente souvent d'un vif regard de temps à autre et nourrit sa flamme au contact des objets quotidiens.

Vers dix heures du soir, je crois que je me suis calmé. Rita était sensuelle. Les femmes qui aiment l'amour, comme celles qui ont le goût des idées, sont perdues à l'avance et pour des raisons parallèles. Pendant toute une nuit elle m'avait serré contre elle avec folie. Cette folie se retrouverait. Un sentiment de résolution s'est installé dans mon cœur. Je l'emporterais encore. Une voix d'avenir me le prédisait. Mais suis-je de ces natures ingrates qui ne peuvent triompher d'un être aussi longtemps qu'elles aiment, destinée malheureuse qui jonche leur désir de feuilles mortes ? Je n'ai pu répondre à cette question, car j'ai dormi d'un très bon cœur. Au réveil, il m'est resté trois sentiments d'une grande simplicité. Je pouvais même les numéroter, comme les résultats d'un problème :

I. La tendresse que m'inspirait une aussi belle jeune femme.

II. L'amertume causée par ma blessure, puisqu'à présent, une petite fille pouvait se moquer de moi, sans grand effort d'imagination.

III. La certitude bourgeoise de semaines agréables, dans l'avenir. Cet agrément serait encore fait de découvertes. Comment étaient ses épaules ? Etait-elle grande ou petite ? Riche ? Pauvre ? Aurait-elle mauvais goût ? Cela faisait pas mal de surprises, donc, encore une fois, des semaines confortables. On ne peut trouver une meilleure définition du progrès que la rencontre d'une femme qui nous réserve son caractère et son corps à déshabiller. Déshabiller le monde, on prétendra que ce n'est pas un idéal. Mais il semble que ce soit une solution.

Les jours suivants, je l'ai retrouvée sans effort sur mon chemin. Le 3e escadron était cantonné assez loin du château, dans la forêt. Pour se rendre à l'état-major, on passait nécessairement devant sa villa. Souvent j'allais partager le déjeuner des motards ou des secrétaires. Je bavardais avec Saint-Anne, il me raccompagnait sur la route. Il était gentil et naturel. Je le quittais quand il commençait à fumer, en prétendant que je ne voulais pas ressembler à un bachelier qui vient de prêter une cigarette à un élève de sixième. Il riait et je continuais mon chemin avec l'écho de ce rire dans mes oreilles. Peu à peu, une sorte de mélancolie facile me prenait. J'étais devant son jardin. Avec application nous faisions semblant de ne pas nous voir.

Cependant, au milieu du mois de janvier, alors que j'avais bu en quantité excessive le mauvais cognac de Karl Marx, je n'ai pas résisté à l'envie de me conduire comme un personnage normal et je suis entré chez elle. Un vieux domestique m'a prié d'attendre dans le salon, dont les fenêtres étaient grandes et peut-être majestueuses. Cette fille devait avoir pas mal d'argent. Cette idée, je ne sais pourquoi, a augmenté mon bonheur. Ma génération feint d'obéir au seul intérêt. Nous répétons volontiers que nous attendons une maîtresse qui nous entretiendra. Mais ce n'est pas vrai. La preuve en est dans ce mauvais collage que nous avons avec l'armée française, créature misérable, attirante par sa mauvaise éducation, ses yeux verdâtres, son glorieux passé, mais nullement par sa fortune. Telles furent mes premières phrases, dès l'entrée de Rita.

C'était d'un mauvais goût parfait mais je n'en suis pas resté là. Les trois quarts d'une bouteille de cognac, après une omelette et du vin rouge, il ne faut pas s'étonner ensuite si l'on montre sa nature canaille. Canaille ou non, c'est une nature et c'est intéressant.

J'ai très peu regardé Rita. Elle était assise sur le bras d'un canapé. Elle m'examinait de son regard émouvant. J'ai parlé pendant près d'une heure. Je ne sais pas du tout ce que j'ai dit et je me félicite de cette mauvaise mémoire. A peine m'a-t-elle répondu. Elle voyait bien que j'étais ivre et elle se soumettait à cette fatalité de l'ivresse. Décidément, ai-je pensé en regagnant mon cantonnement, trois choses fascinent les femmes : l'enfance, la bêtise et le cognac. Malheureusement, j'avais vingt-cinq ans, ce qui n'est plus jeune. Je croyais à la nécessité, pour un garçon, de se montrer intelligent (ce qui est jeune). Il ne me restait que le cognac, mais il me fait mal à l'estomac, je l'ai bien vu le soir même car je me suis disputé avec le capitaine de Saint-Vérace qui m'a cassé de mon grade. Ce grade était celui de brigadier.

C'était de l'honneur en moins, mais j'avais pris

une bonne habitude. Je suis revenu souvent chez mon Allemande. A mon tour, je l'ai écoutée. Elle était douce, elle fermait les yeux pour parler. Une sorte d'amitié existait entre nous. C'était un sentiment froid, mais vivant. Nous n'avions pas envie de nous plaire. Les circonstances, le passé, nous avaient amenés au delà de tels désirs. Sans doute me suis-je confié, pendant cet hiver mil neuf cent quarante-six, plus que je ne l'ai jamais fait avec personne. Le plus extraordinaire est que cette facilité d'humeur me soit venue par hasard, simplement parce qu'un jour d'ivresse, j'étais entré et qu'une pièce chaude est agréable en janvier ainsi qu'une belle jeune femme qui relève ses cheveux en vous écoutant.

A cette époque, nous nous aimions sans doute. Mais je prenais bien soin de ne rien en montrer. Notre équilibre était menacé. Il aurait fallu beaucoup d'ennui pour vouloir le déranger en embrassant Rita ou en la déshabillant devant le feu. Maintenant cette sagesse n'a rien de très sûr. Il se peut aussi que j'aie désiré, avant toutes choses, la dominer et, malgré cette blessure qui me défigurait, lui donner envie de moi. Je n'ai pas démêlé parfaitement les raisons qui me faisaient agir ainsi. Je suis resté sous l'heureuse inspiration du cognac, dont ma sœur Claude, à présent, m'envoyait d'excellents paniers. Je l'en remerciais par des lettres interminables.

Aux alentours de l'équinoxe, mes mauvais instincts ont repris le dessus. J'ai commencé à remarquer comme Rita changeait souvent de robe. Parfois elles étaient décolletées, parfois elles montaient jusqu'au cou. Je préférais ces dernières. Un soir où elle m'avait invité à dîner, j'ai eu la faiblesse, l'étrange faiblesse de boire le vin qu'elle me servait. Elle mettait du défi dans les verres qu'elle me tendait. Je n'ai jamais très bien résisté au désir de passer pour un homme surnaturel, quand ce n'est pas trop difficile et que cela se déroule en public. J'ai donc bu trois ou quatre bouteilles. Pour moi, c'est énorme. Ensuite, je me suis levé, afin de montrer ma fermeté. Elle n'était pas extrême. Rita m'a regardé en riant. Les souvenirs, les bonnes résolutions étaient loin. Il ne restait qu'une grande Allemande à la bouche sensuelle et mélancolique. Je l'ai embrassée sans émotion. Elle s'est serrée contre moi, en respirant de toutes ses forces. Avant de la lâcher, j'ai laissé mes lèvres, soudain molles, la retenir une seconde : ainsi gardons-nous entre les dents un morceau de pomme de terre trop chaud, qui nous brûlerait.

Elle était dans les nuages. Nous sommes tombés sur le canapé. Elle s'est défendue, en prétendant qu'elle me haïssait. De mon côté, je répétais : « Petite fille stupide, petite fille stupide ! » En effet, elle était stupide. Je ne lui voulais aucun mal. Nous avions déjà bien trop de temps. Elle s'est rassurée quand elle m'a vu étendu à ses côtés, sans bouger, ma tête sur ses cheveux étalés, ma joue contre la sienne. Mon bras droit flottait sur elle et venait serrer sa main pendante. Il n'y avait place pour aucune caresse dans ces amitiés louches. Il n'était pas entièrement faux qu'elle me détestât. Mais elle avait bu, elle sentait ma chaleur : un autre aurait pu s'assurer de grands avantages. Cette façon de calculer me paraissait du dernier commun.

Ce calme, à lui seul, était une autre ivresse, plus digne de moi. Je laissais tous les scrupules repeupler cette tête rêveuse. J'appelle cela du courage. Avec elle, autrefois, je m'étais conduit d'une façon très vulgaire. Je n'étais pas certain de l'avenir, encore moins de mon charme et il m'en faudrait beaucoup plus tard, pour écarter d'un baiser ses détestables souvenirs.

TROISIÈME PARTIE

La distribution des prix

COLONEL DE FERMENDIDIER

On se plaint d'être Français. On se plaint des Allemands quand ils nous envahissent. Mais le bon Dieu nous a préservés de la plus sale aventure qui puisse arriver à un peuple : être occupé par une armée française. Pas de question. Y ai souvent rêvé, d'ailleurs. Entrer à Paris à la tête de mes chars. Rassemblement des hommes valides sur les places. On fait sortir les quelques résistants qui n'ont pas fui. Aux autres, discours énergique sur le devoir de chacun. Puis on les renvoie dans leurs foyers pour faire des enfants. Proscription des mots étrangers au vocabulaire : cinéma, jazz, slip, j'en passe. Les résistants, je ne sais pas. Les fusiller : bien salissant, bien cruel pour de pareilles lopettes. Les donner à la Pologne, elle n'en voudra pas. Leur refuser le droit de porter les armes et de sauter leur femme : voilà la solution.

Mais enfin, je perdais mon temps. Que faisait-on en Allemagne ? Couchailler chez l'habitant, jouer du théâtre, attendre. Attendre quoi ? Pas dans la nature française, ça. Se décider et tout de suite. L'action génératrice d'émotion.

Je sais. Ces mauvais cons n'étaient pas pressés d'agir. Mais je ne l'entendais pas de cette oreille. J'avais honte de l'inaction des troupes, honte aussi, sans pouvoir le jurer, de l'inaction des Allemands. Que diable, nous étions chez eux ! L'honneur n'a pas de patrie et puisqu'ils n'avaient pas de vieux maréchal pour nous rouler...

C'est alors que j'ai décidé les manœuvres.

SAINT-ANNE

Voici une petite fille tiède et rêveuse. En effet, c'est elle, mais je ne m'y retrouve plus. Elle porte un peignoir, des chaussons ; elle est décoiffée. Il est extraordinaire de voir une chose pareille dans un salon. Elle a l'air de sortir de son lit. Son peignoir — maintenant encore je ne puis en retrouver le vrai dessin ; ses nuances étaient : le blanc, le carmin triste, le vert et une allure sombre, multicolore — son peignoir se boutonne depuis le col jusqu'au bas des hanches. Cette étrangère est bien comme nous les aimons : nonchalante et découvrant ses chevilles.

Elle me regarde d'un air tellement ennuyé que je baisse les yeux. Ainsi je parais timide et beaucoup plus gentil. Ma veste bleue, dont une glace me renvoie l'image, est trop élégante. J'ai l'air de souligner ma venue d'un gros trait d'encre, comme la solution d'un problème. Pourtant cette visite ne devait rien arranger.

— Vous êtes donc venu, dit-elle, et vous êtes

Saint-Anne... Je crois que je m'y suis prise de travers.

Je dis d'abord que ça n'a pas d'importance et puis je la fixe à mon tour. Elle est complètement folle, je ne lui demandais rien. J'étais très bien dans mon coin. Mon amour, mon espèce d'amour, n'exigeait rien de plus. Si j'étais malheureux, c'était mon affaire. Elle devine ma colère. Elle fait un geste des mains, elle soupire.

— Tant pis, dit-elle, ça sera plus compliqué... Ecoutez : nous nous connaissons depuis longtemps. Au château, dans la forêt, nous nous croisons, nous nous disons bonjour... Mais ce n'est pas ça. Nous parlions de vous, quelquefois, avec Frédéric. C'est mon beau-frère, un garçon très assommant, très... Il me fait trembler dès qu'il se met à parler, parce qu'il aura toujours raison, vous comprenez, et je ne serai pas convaincue... Mon beau-frère adore l'Allemagne... Je vous ai prévenu, vous n'allez rien y comprendre. Donc Frédéric ne vous aimait pas beaucoup. Pour lui, vous représentiez, mieux qu'un autre, l'occupation, etc.

Elle parle vraiment d'une drôle de manière. Timidement, doucement ou d'une façon pressée, toujours avec lassitude et regret. Sa main passe et repasse sur le dossier d'un fauteuil. Je remarque ses ongles dont le vernis s'est écaillé. Brusquement, elle se lance et ses yeux brillent un peu plus :

— Alors, en vous apercevant hier, il m'est venu une idée stupide. Je voulais faire enrager mon beau-frère qui m'accompagnait, je me suis donc dirigée vers vous. Je ne savais pas quoi vous dire et... Enfin, vous devinez, ça n'avait aucune importance, sinon de vous déranger et d'avoir l'air stupide ; mais je vous demande pardon. Frédéric était vert de rage. Je lui ai fait croire que je vous avais demandé si vous vous plaisiez en Allemagne. Vous ne le connaissez pas.

Jamais, jamais je n'ai été si furieux. En un instant, je revois tous mes rêves de la journée passée. Et plus loin, ceux que je faisais sur le toit du château, quand je la distinguais péniblement dans son jardin parmi la neige. Je sais que je suis rouge et ridicule. Je voudrais m'enfuir éperdument ou bien apprendre que c'est la fin du monde. Elle me dit encore :

— Naturellement, vous êtes fâché. C'était à prévoir... Ecoutez, il ne faut pas m'en vouloir. Si vous saviez comme il est insupportable... Si vous désirez boire du thé, ou je ne sais pas...

Alors, je me jette dans un discours furibond où son thé est traité d'une belle manière. Je n'ai aucune idée de mes paroles. Mais dans l'ensemble, je crois que c'est un grand déballage. Plus je m'enfonce, plus j'ai honte. La honte est comme la mer. Elle est glacée jusqu'à l'instant où l'on est complètement immergé. C'est ce qui m'arrive. Je me moque bien de la suite ; je termine en criant que je la déteste de tout mon cœur.

Elle recule très légèrement. Elle penche la tête sur le côté. Elle fait une sorte de petite grimace d'étonnement et demeure les bras croisés. Quand elle parle, sa voix n'a pas changé et pourtant, une froideur implacable, venue de très loin, entoure ses paroles.

« Soyez heureux, dit-elle, vous êtes déjà un homme. Bavard, fatigant... » Elle sourit un peu, puis elle reprend : « Tâchez de savoir si vous m'aimez ou si vous me détestez. Cela vous empêchera d'attraper un chaud et froid. »

Elle est calme et belle comme un étang. Elle a raison. Ses dents blanches découpent les mots justes. Soudain, j'ai l'impression de m'être précipité dans cette torpeur (cette honte) comme un caillou qui tombe dans l'eau. D'abord les remous et les rides bouleversent un univers dormant, il semble qu'on soit à la fin du monde. Et puis l'indifférence des choses reparaît, on est au fond, on ne voit même plus le jour. Ainsi la pièce se remplit-elle de désespoir. Les cris ne servent à rien. Les choses sont comme elles sont et bien de cette façon-là. Pourquoi suis-je toujours bête ? Je devrais changer un peu. Je ne sais pas me retenir de pleurer vaguement.

Elle ne s'approche pas, elle garde les bras croisés. Elle dit de sa voix lasse :

— Et puis, si vous avez tellement envie de m'embrasser, embrassez-moi.

LOS ANDEROS

— Y z'en ont de la chance, me dit-il en me montrant le puits et le fumier, y z'en ont de la chance, les culs-terreux. Y z'ont le bien et le mal en chair et en os sous les yeux. Jour et nuit. Il est admirable, continua-t-il, de constater que le bien finit toujours en mal. Car enfin, l'eau qu'ils boivent, s'ils ne la pissent pas sur le tas de fumier, où la pissent-ils ?

Ce putain de Sanders, il avait deux voix. C'est rien de le dire, mais c'est vrai. Une voix de Eftépé, mâle et avec les mots à leur place. Et une voix de petit con des Forces combattantes (y porte les deux ailerons, depuis quelque temps. Je lui pose pas de question. Il répond pas). Pendant que je méditais à tout ça, le jeune Stéphane a commencé à dégoiser :

— Mon cher, ma préciosité ne vous va pas au teint. Je vous chipe vos expressions, c'est de bonne guerre.

— Mais faites, faites donc, qu'il a dit comme ça, Sanders.

— Je vous prêterai des vers de Heliotte, ça vous civilisera. Il y est question d'auréoles et de fumées, c'est tout simplement exquis.

Oui, mon con, que je pensais dans mon for intérieur, attends un peu voir que je te la ramone, ton auréole.

Bon sort de la piaule et me dit :

— Tu viens ? On fait une virée dans les chambres du grenier. On n'emmène pas ce grand salaud de chancre de putassier de mange-merde de Sanders. Il réveillerait tout le monde, rien qu'en marchant.

— Va te faire aléser la rondelle avec un cure-dents, morpion, dit Sanders. Les virées, ce n'est plus de mon âge.

Stéphane, Bon et mézigos, on grimpe par une échelle. « Tu vas en voir des choses, puceau, je dis à Stéphane. — Oh, qu'y fait, bon. C'est vrai que c'est un puceau ? » Le Stéphane, il rougit. Il dit :

— Mon cher, ma devise est une phrase de qui donc ? Une phrase étonnante : « Il faut faire un assez petit cas des femmes et nous amuser de ressentir de telles émotions pour d'aussi maigres choses. »

(Le con. Le nom de Dieu de con.)

— Moi, c'est les grosses, que j'aime, dit Bon. (Rêveusement, il cause en écartant les mains.) Au boxon, à Tourcoing, y en avait une grosse, eh ben, mon vieux, c'est fou ce qu'elle te faisait jouir.

— Fermez ça, que je leur dis soudain.

Mais cet empafé de mes deux continuait : « Si

c'est des boniches, tu les sabreras, j'te montrerai. »

J'ouvre doucement la porte. C'est une pièce grise avec des jarres et des paniers. Je m'étais pas gouré. C'est français qu'on causait derrière la cloison.

— Merde, y dit Bon. Y a des copains qui sont déjà là. On l'a dans la minouche. Hé ! Les copains !

Il secoua la porte. On était tous les trois dans la pièce aux jarres.

— Was sie wollen ? fit une voix.

Je leur demandais, à travers la cloison, pourquoi ils parlaient français à l'instant. C'était rien louche, quand même. Et puis Bon est tombé au premier coup de feu, je me suis planqué, le p'tit Stéphane a gueulé : « A l'aide ! » en s'étalant dans les jarres, personne n'a eu le temps de réfléchir. La porte s'est entrouverte, il y a eu le canon d'une mitraillette. Stéphane ne criait plus. Il s'est glissé entre les paniers comme une couleuvre. Heureusement, moi, j'étais allongé tout contre la porte, ils me voyaient pas. Je regardais Stéphane, les autres tiraient et le sang commençait à couler de son front. Une pleine flaque, il y en a eu tout de suite. Les jarres éclataient avec une drôle de fumée. Je m'en voulais d'aimer tant que ça les boniches. Bon Dieu, comme je m'en voulais.

Enfin, il y en a deux, puis trois, qui sont arrivés en lançant des grenades. J'ai eu le temps de me tasser dans le coin de la pièce. Le corps de

Stéphane s'est retourné tout d'un coup, avec un nez coupé, le gonze. Je me suis relevé, on a foncé dans la seconde pièce. Elle était pleine de fumée. Il y a eu encore deux rafales, puis je suis rentré dans un mec, la tête la première. Un drôle de mec, parce qu'au lieu de tomber, il m'a attrapé par la taille et il m'a fait culbuter sur le côté. Au même instant, Lavollée s'est écroulé sur moi en hurlant et en se tenant le ventre. La fumée se levait. Il n'y avait plus que Sanders contre les deux types. Heureusement, il a flanqué un coup de manchette à celui qui avait été si sournois. Ensuite, ils ont commencé à se mettre une peignée. Le second mec, y pouvait pas bien intervenir. Moi, je faisais le mort et Lavollée, il l'était. Enfin, ils nous ont roulé dessus. Sanders s'est relevé plein de sang et a bondi sur le second. Un marron deux marrons, le gonze remise au buffet et Sanders va dinguer contre le mur. Je le vois mal parti, Sanders, et je me dis : s'il va sur le cul, j'aurai plus besoin de faire le mort, non, j'aurai plus besoin de me donner ce mal-là, c'est une chose qui m'arrivera tout naturellement. Le gonze, y sort un pétard de sa poche, mais pendant qu'il y mettait la main, Sanders se jette sur son bras et il a l'air de lui exécuter une clé rien vache. Trois coups partent dans le plafond, ça fera toujours trois de moins dans le bide à mézigos, si ça tourne mal. Ensuite Sanders lui file un crochet maison dans le ventre. A ce moment, le lieutenant et d'autres zigotos arrivèrent en galopant.

Le lieutenant de La Laujardière, il place son

colt sous le nez du gonze qui se relève péniblement. Je me sens considérablement mieux et je trouve la vie au poil. Je dis :

— Ce sont des Français, ils parlaient français.

L'autre s'est mis debout. Ils sont grands et en bleu marine. Çui-là qui m'avait fait culbuter quand j'étais rentré dedans, il dit :

— C'est bien ce que je pensais. Il n'y a que des enfants de chœur et des macs, dans votre armée.

Même qu'il a l'air de sourire.

— Tais-toi, il dit, le lieutenant de La Laujardière. Milicien ?

— Plutôt. Les macs et les enfants de chœur, commandés par des tapettes.

Je lui place une grande mornifle dans la gueule. Il a pas de raisons de parler comme ça au lieutenant. C'est pas des manières.

On laisse Sanders et Vidal-Baquet pour les garder. Les autres descendent les cadavres. Moi, je cours prévenir le capitaine de Saint-Vérace. Le cœur me bat, tant je me répète : des milicos, des milicos ! Non, ça pour une surprise. J'aurais pas attendu un aussi vache bonheur de leurs manoeuvres à la con. Je trouve le capitaine dans la cour. Il a une veste de pyjama sur son pantalon de battle-dress.

— Bougres, il dit. Les manœuvres jusqu'à tire-larigot, quoi ? Pan-pan sur toute la ligne ? Leur en foutrai, moi.

Je lui explique de quoi il retourne. Les gens de la ferme sont sortis et nous regardent avec des yeux ronds. Plus ronds encore, qu'ils les feront, quand on les collera au mur.

— Ouais, dit le capitaine. Bande de rosses! Vous avez fait la gaffe monumentale, je sens ça, moi. Vous avez étripé un brave bougre de séparatiste rhénan, hein? C'est encore ça?

Il cligne de l'œil devant les corps de Bon, de Stéphane et de Lavollée qu'on a étalés dans le foin, mais c'est pas fort parce qu'il y a déjà plein de paille dans leurs cicatrices. Bon, il avait une grosse mousse de sang sur les lèvres. A ce moment, il y a trois nouveaux coups de feu et on se précipite. Sanders est devant la petite lucarne, c'est lui qui tire.

— Qu'est-ce que c'est? demande Saint-Vérace.

— Il y en a un qui a fichu le camp par la forêt, mon capitaine.

Saint-Vérace dégringole avec deux types.

— C'est idiot, dit Sanders. Vidal-Baquet a eu peur en voyant le sang. Il a été pris de colique et m'a laissé seul. Il y en a un qui s'est jeté sur le canon de ma carabine et qui a tout pris dans le ventre. Pendant ce temps l'autre m'a frappé sur la nuque et a sauté par la lucarne. Ce qui m'étonne, c'est de ne pas l'avoir eu. J'ai été un peu bousculé. J'ai perdu mon contrôle, sans doute.

— Vous êtes malin, dit le lieutenant. Alors nous n'avons plus de prisonniers?

— Il y a celui-là, dit Sanders en montrant le cadavre du milicien. Maintenant, il sera bien poli.

La Laujardière, il hausse les épaules et il sort.

Sanders me regarde en souriant. Puis il ajuste sa crosse et il commence à tirer dans le corps du gonze. Comme s'il était pas déjà assez abîmé comme ça. C'est vrai, moi, je trouve qu'un cadavre en loques, y a rien qui fasse plus moche. On dira que pour un milico, ça n'a pas d'importance. Mais quand même. Dans les yeux, il tirait, la brute. La tête, c'était déjà plus qu'une bouillie.

— Ben, t'es fou, je lui dis. T'es complètement sonné.

Il s'arrête et il claque des doigts :

— Je m'amuse un peu. Je fais mon petit maquisard. Fais pas cette gueule-là. Toi aussi, mon Poulou, toi aussi, tu en as descendu des miliciens, dans la grande Dordogne.

Et il me passe sa main pleine de sang sur les cheveux. Je recule. J'ai jamais vu un visage comme le sien. Je sais que murmurer :

— Pas comme ça, vieux, pas comme ça.

SAINT-ANNE

« Vous n'avancerez jamais à rien dans la vie, dit-elle, mon pauvre garçon. » Elle me gifle trois fois de suite, avec rage. Ses cheveux volent dans tous les sens. « Petit imbécile ! Pauvre imbécile ! Surtout ne pleurez pas ! » Nous roulons sur le grand divan blanc. Elle caresse mon front de sa main fraîche. Nos visages sont l'un contre l'autre et je vois ses yeux immenses, incertains. Elle se redresse un petit peu, m'ébouriffe les cheveux. Puis elle se penche vers moi et pose ses lèvres sur les miennes sans que je comprenne rien à mon aventure. Ce sont deux lèvres tendres et si douces que je manque de m'évanouir. Elle m'embrasse à n'en plus finir. Elle a retrouvé sa voix sage, elle m'appelle son bel enfant de chœur et elle me caresse le front. Ensuite elle s'allonge à côté de moi. Elle fait la moue. « Bien, nous allons voir si nous ne savons pas nous aimer, mon cher hussard. » Elle passe sa langue à travers mes lèvres. Elle est nue sous son peignoir et si je me conduis comme le garçon le plus bête de la terre, c'est assez normal.

Enfin, elle m'abandonne. Elle se lève d'un bond, s'enroule dans son peignoir. A peine ai-je deviné une seconde son corps blanc, régulier comme l'est son visage. Je la connais suffisamment pour me douter qu'elle va se reprendre et me gronder. Mais je suis merveilleusement heureux, allongé sur ce beau divan blanc. Je regarde amoureusement un bouton qu'elle a fait sauter en me caressant les épaules. Il est sur le sol, à quelques centimètres de moi et elle me dit :

— Ne louchez pas, vous êtes affreux.

Elle est debout devant la glace et se farde avec application. Puis elle se brosse frénétiquement les cheveux. Sa tête part dans tous les sens. Elle se considère gravement, se mord les lèvres. Elle revient se placer toute droite, les bras croisés, au-dessus de moi. Comme elle est grande ! Plutôt plus grande que moi. Elle paraît réfléchir. De temps en temps elle m'examine. Personne ne peut savoir si c'est du mépris ou de l'affection.

Je pense qu'elle m'aime. Sûrement elle s'interroge, elle ne comprend pas non plus. Je suis plus avancé qu'elle. Je la connais depuis si longtemps ! Elle fait la moue.

— Il faudra que vous appreniez à embrasser, dit-elle d'une voix monocorde.

Elle m'ordonne ensuite de ne plus prendre cet air ahuri. Elle trépigne. Elle me renvoie. Je ne sais pas me défendre et moins encore devant une inconnue. Cette jeune femme que je connaissais si bien, tout d'un coup, est devenue étrangère. Maintenant je sais que nous sommes fâchés à mort. Je ne la reverrai pas. Elle me méprise avant de m'oublier. Elle m'a dit ses raisons. Je lui demande faiblement :

— Pourquoi avez-vous fait ça ?

Elle se retourne, hausse les épaules. Je recommence en pleurnichant :

— Je ne vous en demandais pas tant. Je voulais vous voir, parler avec vous...

— Ce que vous êtes bavard, mon petit garçon ! Quel âge avez-vous ? Et puis non. Ne me dites rien. Ce serait trop ridicule si...

Elle s'arrête et continue à ranger des bibelots, des boîtes, sans me regarder. Je la comprends. Elle ne trouve pas très honorable un aussi jeune amoureux. Il faut que je me mette dans l'esprit que je ne suis rien pour elle. Le désœuvrement l'a tournée vers moi. Maintenant, je suis prêt. Je recule doucement vers la porte. Ce n'est pas facile. Je murmure « au revoir » d'une gorge serrée. Mais elle me rejoint en deux enjambées, place une main sur ma nuque, me serre et m'embrasse quatre ou cinq fois, en m'observant du coin de l'œil. Heureux et timide, je baisse les paupières. Alors, je reçois une gifle. C'est d'une voix très douce, sans méchanceté, qu'elle me dit :

— Tu es agaçant à fermer les yeux. Tu n'as pas besoin de prendre des airs intéressants. Va-t'en.

Je ne me retournerai pas dans le jardin. J'irai tout droit au château, sans penser à rien. De temps en temps, je me répéterai ses dernières paroles sur des tons différents. Tour à tour, ce sera l'indifférence, la colère, la gentillesse. J'écouterai sans broncher les histoires de Karl Marx. Il n'est pas intéressant avec sa politique, mais il est reposant. Pour quelques jours, je ne vais pas m'ennuyer. Je n'aurai qu'à fermer les yeux et, sans me presser, revivre la scène d'aujourd'hui. Mais ce ne sera plus un rêve. D'abord, je n'y songerai pas longtemps à la fois : une phrase, un détail, ce sera suffisant. Après le monde des autres recommencera. Si je fais mes comptes, Isabelle aujourd'hui m'a marqué pas mal de gentillesse. J'ai été beaucoup plus ému de la sentir nue sous son peignoir que de l'embrasser une minute plus tard. « Mon cher enfant de chœur, tu es agaçant, nous allons voir si nous ne savons pas nous aimer, mon beau hussard, va-t'en » ; ces paroles sont merveilleuses ! Elles me rassurent. On ne peut jurer qu'on a vu ses jambes ou sa gorge, mais des paroles aussi extraordinaires sont vraies quand même. Ah, c'est une fille sympathique et j'avais raison de l'adorer. Est-elle douce ? Est-elle méchante ? Saint-Anne l'ignore. Il s'endort avec une sorte d'extase, comme un enfant qui laisse au pied de son lit, le soir, une armée de soldats de plomb en ordre de bataille.

Le lendemain, je me réveille dans une atmosphère agitée. Pendant les manœuvres, le 3ᵉ escadron s'est disputé avec des miliciens. Au juste, je n'ai pas saisi ce qui s'est passé. Sanders s'est conduit comme un héros. Il est agréable, ce type-là. Il ne déçoit pas son public et son public, c'est moi. Je le cherche pour le féliciter. En même temps je lui raconterai ce qui m'est arrivé. Peut-être lui demanderai-je de m'accompagner jusqu'à la porte de la villa. Avec un témoin, on a déjà beaucoup plus de courage. On entreprend des tas de choses. Même s'il est absent, on pense qu'on lui dira ce qui s'est passé. On tient à son estime. Voilà pourquoi on se donne du mal dans la vie.

Précisément, j'ai du mal à mettre la main sur lui. Je le découvre enfin au dernier endroit où l'on trouve généralement un hussard : dans son cantonnement. Il s'est fait porter malade, me dit son brigadier. Une grande émotion m'envahit à la pensée que mon ami est blessé. Si je réfléchis mieux, je devine que les souvenirs de la veille montrent leur nez. D'une manière injuste, ils viennent augmenter mon trouble. C'est ça qui est dégoûtant dans le cœur humain. L'indigestion, l'amour, la peur, une sonnerie de téléphone, tout se traduit en coquetelles, il n'a pas un sou de délicatesse. Assez de morale : allons voir Sanders.

Je le secoue légèrement et sans succès. Alors avec une paille, je lui chatouille les narines. Ça ne doit pas être spirituel. Il pousse un hurlement, ouvre un œil, puis une bouche qui empeste l'alcool :

— Va te faire aimer, mauvais con, dit-il sans bonté.

J'en reviens justement mais pour sa peine, il ne le saura pas. Un regard autour de sa paillasse m'a rassuré. Deux bouteilles de gin l'entourent. L'une d'elles s'est renversée en l'inondant. Je trouve ça dangereux, il risque de prendre feu si on y jetait un mégot. Je vais chercher la couverture d'un de ses collègues et je refais son lit, si on peut appeler ça un lit. Il a beau grogner, j'agis dans son intérêt. Il serait populaire dans son escadron s'il n'avait pas l'habitude de s'enivrer au gin. Ce parfum d'eau de Cologne indispose ses camarades et on déclare souvent : « Sanders, d'abord il est buté, ensuite il est poseur. » Je lui dis en partant, sans aucune chance qu'il m'entende :

— Tant pis. Si tu m'avais écouté, je t'aurais raconté mon histoire et tu m'aurais chipé mon Allemande. Ça t'aurait bien plu, pourceau. Cuve ton gin et n'en parlons plus.

Rentré à l'état-major, je me jure de ne pas retourner auprès d'Isabelle avant quinze jours. Une heure plus tard, je sonne à la porte de sa villa et son domestique me renvoie. Je flâne, je vole des fruits. Un peu avant le déjeuner, elle entre dans son jardin, me jette un coup d'œil, fait une grimace et disparaît. Je reste à l'observer de loin, par les fenêtres du salon. Elle vient tapoter un rideau vers le commencement de l'après-midi. Je m'ennuie désespérément. C'est une chose à remarquer, dans l'amour : à côté de la passion et du malheur, il y a place pour l'ennui et plus qu'on ne croit. D'après les romans que j'ai lus (Benjamin Constant, Stendhal, Edouard Estaunié) les grandes personnes ne s'en aperçoivent pas. En sortant de leur lit, elles parlent d'un tas de choses comme la politique, la mode, la cuisine, sans aucune folie, sans amour par conséquent. Je réprouve cette attitude et je préfère me ronger les ongles au pied d'un arbre. Tout à coup, sans que j'aie rien entendu, Isabelle est devant moi. Elle est grande et droite comme la justice, noire des pieds à la tête, mais sévère, mais bienfaisante car elle me dit simplement :

— Venez.

Je me lève, je secoue les feuilles qui collent à mon battle-dress ; je la suis. Elle me fait entrer dans son salon. Une fois encore mon cœur bat, tant cette pièce est belle et blanche et magnifique, et je n'en finirais pas si je voulais tout dire à son sujet. Fatalement, je suis ému. Elle m'a laissé seul, je pense qu'elle va revenir dans son peignoir bouleversant. Il est en tobralco, le mot me revient à la mémoire. Mes tabliers d'enfant, au bois de Boulogne, étaient taillés dans ce tissu et c'est d'autant plus extraordinaire... Je suis assis sur une chaise Directoire. Elle entre. J'ai à peine le temps de changer la position de mes pieds, qui étaient en dedans. Cette maladresse en annonce d'autres.

Mais aujourd'hui, rien ne sera difficile. Elle a gardé sa robe noire, son air sérieux. Elle apporte une petite table sur laquelle repose une grande soupière fumante. Elle soulève le couvercle. C'est une purée de pommes de terre qui suffirait à une famille de cinq personnes.

— Mangez, dit-elle, ça va refroidir.

Je suis interloqué. J'essaie de me défendre. Elle pince les lèvres.

— Je n'allais pas vous laisser dehors sans déjeuner. A votre âge, on a besoin de manger. Il est deux heures et demie. Dépêchez-vous, mon ami.

Je l'aurais quand même adorée sans ce nom malheureux qu'elle venait de me donner : « Mon ami ». Vraiment c'était bien la peine d'avoir passé le Rhin pour s'entendre traiter de la sorte. Tristement je m'empare d'une grande cuiller et je commence à manger. C'est une histoire abominable, car je déteste la purée de pommes de terre. J'ai été privé de dessert, puis de sortie, puis de cinéma pendant dix ans pour y échapper. Je me brûle la langue, je n'ose lui demander à boire, c'est un supplice et son ironie n'arrange rien. A un moment donné, en relevant la tête, je m'aperçois qu'elle a envie de rire et comme j'avais envie de pleurer, il se fait une moyenne, chacun de nous retrouve son calme. Je lui montrerai que je ne suis pas si bête. Jusqu'au bout, je laisse couler dans ma gorge les cuillerées onctueuses qui me paraissent de l'ouate trempée dans du lait.

Quand j'ai fini, je me lève, je la remercie et je pars d'un air digne. J'ai eu le temps de préparer ce que je lui dirai avant de refermer la porte. Nous y voilà. Sans la regarder, je déclare :

— Pourquoi ne m'avez-vous pas fait manger à la cuisine ? Après tout, je ne suis qu'un cavalier de première classe.

Elle sourit. Comme elle est belle dès qu'elle sourit ! Ce n'est pas un très grand sourire, ni très aimable, ça ressemble plutôt à la curiosité, avec une pointe féroce dans l'éclat des yeux, le mouvement de la lèvre inférieure qui avance. Mais c'est encore de l'amusement.

— Tu m'aimes? demande-t-elle. Tu m'aimes de toutes tes forces?

— Après ce que vous avez fait pour moi, naturellement, je vous aime.

Je m'écoute avec stupéfaction répondre aussi méchamment. Mais je continue parce qu'elle ne sourit plus et que je suis fier.

— Aujourd'hui vous me nourrissez, hier vous m'embrassiez, ça mérite une certaine reconnaissance.

Elle secoue ses cheveux noirs, elle est folle de colère.

— Ne commencez pas à devenir mal élevé, répond-elle dignement.

Elle me claque la porte au nez. Ah, je ne suis plus son « ami ». Je suis émerveillé de mon audace, mais j'ai peur en même temps. Quelque chose s'est cassé quand elle a pris ce ton, le ton d'une étrange grande personne pour m'ordonner de ne pas être mal élevé. Quelque chose de définitif : celui qu'on s'amusait à pousser est tombé à l'eau — les gens qu'on observait par le trou de la serrure viennent de vous surprendre — on a perdu son fusil et un adjudant vous menace du conseil de guerre. Ces affreuses difficultés de la vie me remontent à la gorge.

Plus tard, j'essaierai d'écrire à mon Allemande. Le bazar de Mme Barckhaüsen m'offrira son inspiration, mais sans succès.

Isabelle me croise deux fois sans faire aucune attention à moi. Elle ne m'aime pas. Pourtant elle est bonne, et gentille quand elle veut.

Mes nuits sont tristes. Je ne sais plus du tout rêver. Ce qui s'est passé avec elle a tout gâché. Tour à tour, j'ai été ridicule, mal élevé. Trop heureux une minute, je connais un autre genre de malheur, un malheur de mauvaise race, plein de veulerie, de honte, d'impuissance. Nous sommes au début d'avril. Un autre penserait à se tuer. Mais moi, je trouve ça compliqué. Il faudrait qu'on me donne quelque chose à la place de ma vie, par exemple une heure d'amitié. D'ailleurs, avril ne doit pas être un très bon mois pour se tuer.

Je marche volontiers dans la forêt. Je fais bien attention en passant devant sa villa de ne pas détourner les yeux. Dès que l'obscurité est tombée, je suis libre et je fixe les buissons, les fenêtres, le toit plat. Le colonel a institué le couvre-feu à dix heures. Cela ne m'empêche pas de sortir. Les permissions du régiment dépendent de moi et les sentinelles me laissent passer. Mais un soir les choses se gâtent. Je me rappelle un peu tard que des patrouilles sont prévues. Or, j'ai l'imbécillité de sortir nu-tête, en pyjama sous mon imperméable, avec les *Mémoires* de Retz sous le bras. Je ne compte pas les lire, mais Sanders me les a prêtés. Il est agréable de sentir ce livre rouge et intelligent entre les doigts, de le feuilleter dans l'ombre, à la clarté de la lune, en jetant un coup d'œil sur les arbres échevelés. Tout cela ne fait pas une conduite. Si un sous-officier me découvre, je suis perdu, renvoyé dans un escadron, loin de la villa peut-être... Ils me haïssent. La plupart n'ont pas eu de permission depuis que je suis à l'état-major et ils savent pourquoi. A grands pas, je regagne le château. Il est environ minuit. J'entends déjà leurs chiens et les ordres d'une voix soldatesque. Je cours tout à fait, je me précipite dans un jardin qui est celui d'Isabelle, mais je ne l'ai pas fait exprès. Les Français ne m'ont pas vu. Ils s'éloignent. Comme le soulagement qui suit un péril nous donne beaucoup d'audace, maintenant, je veux voir mon amie. Je n'ose sonner à la porte. En faisant le tour des volets du premier étage, il me semble que la chance est là, car je découvre une petite fenêtre qui n'est pas grillagée. Malheureusement, elle est très haute. Je me fouette le sang par des injures et des promesses. Enfin, je parviens à m'accrocher aux moellons. J'ai les yeux contre la vitre, je ne distingue rien. A grand-peine, je tente un rétablissement. J'imagine que je suis à la tête de la brigade légère et que je charge. Dans mon emportement, mon front heurte la vitre qui se casse, le choc ouvre la fenêtre, je tombe dans une pièce dallée et longtemps encore, je crois entendre le bruit de ma chute, les sonneries du verre cassé. Etourdi, confondu, je me redresse à quatre pattes, mes mains glissent sur le sol qui est humide. J'entends des pas, mais je n'ai plus peur, je devine bien qui va surgir devant moi. Je n'essaie plus de me lever, autant qu'elle me trouve parmi les preuves de mon courage. J'ai sûrement des bosses, elle me consolera. Pour être parfaitement pitoyable, à tâtons, je m'empare d'un morceau de verre et je me coupe les doigts. Au même instant la lumière se fait dans la pièce. Isabelle se précipite sur moi en disant :

— Vous êtes complètement fou. Voulez-vous lâcher ce morceau de verre.

Ses cheveux lui tombent sur le visage. Elle est en peignoir et elle n'est pas fardée, ce qui la change. Elle répète « Mon Dieu, mon Dieu ! » d'un ton affolé. Je trouve qu'elle exagère un peu. Elle est à genoux, parmi les éclats de vitre, ma tête repose contre son corps. Avec une cuvette et un torchon elle me lave le front. Immédiatement l'eau devient rouge. A mon tour, je suis effaré. Je vais être défiguré comme Sanders. Elle me passe la main dans le dos à travers l'échancrure de mon imperméable :

— Il est en sueur, dit-elle. Quel sale gosse !

Des larmes de bonheur me voilent les yeux.

— Il y a des patrouilles dans la forêt. Je me suis caché, vous savez, il n'y a rien de plus.

J'ai un pansement autour du front et la honte d'avoir crié pendant qu'elle me renversait une bouteille d'alcool sur la tête. Maintenant, je sens un drôle de parfum. Elle me fait monter dans sa chambre. Il est doux de grimper les marches sans bruit derrière elle et sans bruit d'aller vers l'inconnu. C'est une grande pièce avec beaucoup de coussins et une seule petite lampe qui éclaire un fauteuil. A côté, se trouvent des piles de livres, un phonographe posé par terre, des foulards, des souliers, des bas, un désordre enivrant qui vous ouvre tout de suite les bras.

— Assieds-toi, dit-elle. Tu vas boire un peu de rhum.

Sa voix a retrouvé son calme. Elle me tend un gobelet d'argent. Je bois d'un trait et puis je tousse pendant cinq minutes. Elle m'examine les bras croisés.

— C'est trop fort pour toi. Mais ça te remontera. Tu es joli avec cette blessure.

Je commence à m'excuser, mais je m'aperçois que je l'ai mal comprise et le rouge me monte au visage.

— Non, dit-elle. Je ne te reproche rien. Je trouve que tu es joli parce que tu es en pyjama, que tu es décoiffé et que tu as encore du sang sur ta mèche du devant. Tu as des cheveux de fille.

— Je le sais, dis-je tristement.

Elle rit du bout des lèvres. A son tour, elle boit dans le gobelet et je pense qu'elle va me dire : « Maintenant, je sais toutes tes pensées. » Ce sont des imbécillités qu'on entend au cinéma. Nous ne sommes pas au cinéma.

— Qu'est-ce que tu serres contre ton cœur ?

Je regarde et j'aperçois les *Mémoires* de Retz. Je ne les ai pas lâchés dans ma chute, l'eau et le sang ont dégouliné sur la reliure ; sûrement Sanders ne me le pardonnera pas, même en lui racontant l'histoire. Ces livres de la Pléiade sont introuvables et...

— Les *Mémoires* de Retz, dit-elle en riant franchement. Zu drolig !

Je lui explique d'où vient ce volume et elle continue à rire d'une drôle de façon. Elle ne porte pas le peignoir que je connaissais. Celui-là est noir, avec des revers jaune foncé. En somme, c'est une Allemande élégante.

— Isabelle, dis-je faiblement.

— Mais je ne m'appelle pas Isabelle !

Elle rit encore et me regarde.

— Ça ne fait rien. Pour moi, vous êtes Isabelle. C'était votre nom quand je vous voyais de loin. Je regardais la lumière de cette chambre, justement. Je la regardais longtemps et j'étais jaloux à la pensée que vous n'étiez pas seule. Si j'étais dans le château en ce moment, je serais jaloux de moi.

Mon sourire se fige, car l'expression de son visage a changé.

— Tu es ennuyeux, dit-elle brusquement. Qu'est-ce qui t'a permis de m'espionner ?

Elle s'est penchée, mais comme on ne s'y retrouve jamais avec cette jeune femme, soudain elle déboutonne mon imperméable et me caresse les épaules.

— Ton corps est doux, tu sais.

Elle m'oblige à me lever, m'enlève mon pyjama. Je meurs de honte et elle le voit bien car je suis rouge. Il y a une glace derrière elle, sur la cheminée. Elle se retourne un petit peu.

— Je vois que tu te vois, dit-elle. Pourquoi as-tu peur ?

Elle semble réfléchir, se met à genoux, prend sa tête entre ses mains ; il est extraordinaire d'entendre ces paroles allemandes et de sentir les grands yeux étonnés de cette jeune femme fixés sur moi.

— Non, tu n'es pas beau. Tu es seulement joli. Si tu étais beau, tu aurais des muscles et tu serais méchant. Mais tu n'es pas méchant et c'est même agaçant que tu sois comme ça. Est-ce que tu as l'air d'un Français ? D'un hussard ? On ne dirait pas. Avoue que tu es un petit Rhénan, comme les autres.

Son bras passe le long de mon corps, mes côtes se lèvent et s'abaissent rapidement. Ses doigts frôlent ma bouche un instant. Ils entourent mes yeux, ils descendent et s'arrêtent sur mon cœur.

— Comme il bat vite ! dit-elle avec joie. Comme tu m'aimes ! Mais peut-être as-tu seulement envie de moi. Ça, je ne te le permets pas.

Elle se lève. Je la vois à travers mes cils. Malgré tout, elle a l'air raisonnable. Une véritable et sage petite fille. Je veux l'embrasser mais elle me repousse.

— Ne bouge pas, dit-elle. Il faut que tu sois *très* obéissant. Alors je t'aimerai.

Nos relations ont commencé de si étrange manière que tout dans mon esprit est retourné. Il me paraît invraisemblable qu'elle puisse m'aimer, impossible qu'elle me parle gentiment. Mais que je sois nu devant elle, je ne m'en étonne pas assez. Elle s'agenouille à nouveau. Sa tête s'appuie contre mes jambes, elle frotte son front contre mes genoux, ses deux mains à plat sur mon ventre. Puis elle s'éloigne mais je sais qu'elle me regarde. Je veux parler. A ce moment, je sens ses ongles qui m'entrent légèrement dans la peau. Elle se conduit bien mal. Les hussards ont un tas de mots compliqués pour nommer le sexe des cavaliers. Ils en ont fait un répertoire et ils en ont trouvé plus de cinquante. Mais aucun ne convient à cette minute. Elle m'embrasse. Je meurs de honte et de plaisir. Sa langue, une petite mèche de cheveux qui m'effleurent, ses seins pressés contre mes jambes, bientôt je ne distingue plus rien, tout se passe en même temps comme le feu avec ses flammes de trois couleurs, le rouge qui vous étonne, le bleu qui vous étouffe et le vert qui vous nargue. Lentement, j'entre dans ses lèvres, mais c'est bien elle, en ce moment, qui me prend, c'est une Allemande, c'est une jeune femme brune, c'est une inconnue. Je renverse la tête en arrière, bientôt je sombre. Ses mains me caressent le ventre, tandis que sa bouche, cette bouche méprisante, ne sert plus qu'à m'aimer. Alors je meurs pour de bon. Mon pansement est tombé, un peu de sang coule lentement le long de ma tempe. Je me retiens pour ne pas crier.

Maintenant j'ai refermé les yeux. Je me sens riche et puissant comme un souverain d'Egypte et faible et heureux et je l'écoute dans un brouillard.

— Tu sens bon. Tu as l'odeur du miel.

Sa voix devient rapide, presque sauvage.

— Je déteste le miel. Mais sur ton corps, c'est agréable. Ouvre les yeux. Regarde-moi. Je t'ordonne de me regarder.

Elle se penche sur moi, remet en ordre mes cheveux.

— Tu as failli crier. Heureusement tu ne l'as pas fait. Un petit mouvement de tes lèvres simplement : c'était très bien comme ça. Tu as froid. Qu'est-ce que tu veux ? Du rhum ou un peignoir ?

Je lui demande un peignoir, celui qu'elle portait le premier jour. Elle sourit amèrement.

— Tu as mal répondu. Comment veux-tu que je t'aime ? L'alcool te fait tousser, tu te laisses aimer comme une fille, tu n'oses pas me regarder. Imbécile ! soupire-t-elle.

Je lui réponds sur un ton modeste. J'aime bien parler de ma bêtise. Ça ne me vexe pas, au contraire : la plupart des gens sont bêtes, il vaut mieux leur ressembler. Elle m'interrompt en me disant qu'il s'agit d'elle seule. D'une main distraite elle feuillette les *Mémoires* de Retz. Puis elle me cite les titres des livres qui sont à côté du fauteuil. Chaque fois que j'ignore un auteur, un petit rire de triomphe court sur ses lèvres.

— Enfin, dit-elle, tu as bien quelque chose d'intéressant en dehors de ta beauté. Mais quoi ? Tu me le caches ou alors tout ce qui t'arrive te rend idiot ? Je t'obligerai. Oui, tu parleras.

Des fusées éclatent dans le ciel. Ces imbéciles de Français indiquent ainsi la fin de l'exercice. Nous éteignons la lumière. Nous nous approchons de la fenêtre. Elle a ouvert son peignoir, l'a passé autour de mes épaules. Elle porte un pyjama et c'est quand même assez convenable. Nous fixons l'obscurité. Un motard passe devant la maison. Le bras d'Isabelle me serre la taille. Quand elle ne parle plus, elle retrouve sa douceur naturelle. Un peloton défile sur le sentier en chantant. Ce sont de grandes voix criardes, qui ne donnent aucune impression de puissance, mais seulement l'idée de la sauvagerie.

— Ce sont les Gaulois, dis-je à mon amie en l'embrassant près de l'oreille.

Ça doit venir du 3e escadron car ils adorent cette chanson. Il y a d'abord un récitant qui déclame avec emphase :

— *Un sous-officier des hussards la demande en mariage !*

Une voix grasse, avinée, lui répond :

— *Ah, nom de Dieu !*

Et l'on imagine un gros paysan avec des moustaches énormes, un vieux de Reichshoffen ou de Sébastopol, qui se tape sur les cuisses, tant la vie militaire lui réserve d'étonnements. La troupe reprend en chœur, avec la rapidité d'une charge au tambour :

— *Sacré nom de Dieu, quelle allure, nom de Dieu ! Sacré nom de Dieu quelle allure, nom de Dieu !*

Isabelle ne devrait pas entendre ces histoires-là. Mais je suis égoïste et je raffole de ces chansons. Dans cette belle forêt d'Allemagne, mélancolique, élégante, il est drôle de voir surgir ces barbares.

— *La fille le veut bien, la mère est consentante !*

— *Ah, nom de Dieu !*

J'ai un peu froid, je frissonne. Je regarde le profil de ma belle maîtresse. Je ne le connaissais pas. Son nez est court, son visage menu sous l'épaisse grappe de cheveux qui l'entoure. Ses lèvres s'abaissent avec douceur. Les Français s'éloignent. Leurs dernières paroles passent dans l'air :

— *Aux quatre coins du lit, quatre fantassins qui bandent !*

Je tends l'oreille, car il me semble reconnaître, dans le roulement des « *Nom de Dieu* », la voix de Sanders. En général, on la distingue facilement dès qu'il chante, car il n'est jamais en mesure. Il attaque les sons avant tout le monde et, quand il lui plaît, il gueule comme un âne. Maintenant, je ne puis rien jurer. N'empêche, ce serait drôle qu'il soit passé juste sous notre fenêtre. En rentrant dans la pièce, je pense brusquement aux *Mémoires* de Retz. Quelle catastrophe ! Je vais écrire à Paris pour qu'on lui envoie une caisse de gin. Ça lui fera le même effet.

Isabelle s'est déshabillée. Elle est nue, elle me serre contre elle, ses mains caressent mes épaules. Je l'embrasse, mais alors elle recule ses lèvres. C'est elle qui veut m'embrasser. Moi, je dois me laisser faire. Nous sommes de la même taille. La lune éclaire un peu son visage.

Elle se laisse tomber sur le lit. Puis elle reste immobile, les jambes raides, les mains le long du corps, les yeux fermés. Je la couvre de baisers, en haletant, je respire son odeur et c'est extraordinaire : car il y a celle qui se respire, l'autre qu'on touche, la troisième qui parlait tout à l'heure. Elle a l'air d'une morte. Je la prends pour qu'elle revienne à moi. Elle soulève les paupières, me regarde sérieusement. C'est une grande Allemande qui gémit doucement. Soudain elle redresse la tête, met ses mains autour de ma figure et me dit d'une voix anxieuse :

— Comment t'appelles-tu ? Saint-Anne, ce n'est pas ton seul nom.

Je lui réponds et elle retombe en arrière, en riant aux éclats.

— François ! dit-elle, c'est trop drôle, François !

Je l'embrasse, je lui défends de rire, nous faisons une chose sérieuse. Je m'aperçois alors que ses yeux sont mouillés et qu'elle pleure.

Après, elle me dira de ne pas être triste. C'est moi qui resterai étendu sans bouger. Elle sera agenouillée à côté de mon cadavre, elle laissera ses cheveux retomber et me frôler.

— Ne sois pas triste, dira-t-elle. Tu es un très gentil amant. Et puis tu t'appelles François. Je ne pouvais rien rêver de mieux. C'est le nom même des ennemis de l'Allemagne ! Tu as une jolie bouche.

Elle me caresse distraitement ; à travers mes paupières fermées, je vois ses seins et ses épaules qui remuent à peine dans la nuit. Son corps est doux et musclé. Mais elle est mince et ce n'est pas vrai que je sois triste. Je fais semblant.

Je connaîtrai d'autres nuits. J'apprendrai beaucoup de choses dont je n'avais pas idée. Son souffle sur mon visage, ses cris dans le plaisir, la douce peau de son poignet, ses cils qui m'entrent dans les yeux quand je l'embrasse, tout cela me permettra de faire le tour d'Isabelle : pas de la posséder vraiment. Au juste, la volupté est un trop grand mot. C'est de bonheur qu'il s'agit entre nous.

Mon but ici n'est pas de me rendre intéressant. Il est de m'étaler, comme n'importe qui, de m'offrir à la critique. Je pourrais cacher mes pensées, laisser à mes gestes leur innocence. J'aurais l'air beaucoup plus naturel.

Mais je m'occupe des moindres détails. Je suis là partout, et partout c'est ma faute. Pendant ce temps, Isabelle peut changer, son chant demeure un mystère. Tout le monde reste à la porte. Cela, je ne l'ai pas décidé, mais, assez vite, je l'ai accepté. C'est assez qu'un pays inconnu vous permette de vivre : un naufragé n'en demande pas plus, il se passe de l'histoire, de la religion ou des mœurs. J'étais ce naufragé. Sans le savoir personne n'avait été aussi malheureux. Je passais au milieu des autres d'un air insolent : c'était de la peur. Je n'avais pas leur taille, leur assurance, je n'étais pas un Gaulois, mais, comme le disait Sanders, « une sorte de petit danseur, un chien savant, quelque chose de reposant à regarder ». J'en mourais de honte. Dans les bras d'Isabelle, je retrouvais le mystère du monde, mais j'avais déjà moins peur. En la prenant, j'entendais ses cris. Pour une minute, je ressemblais à un conquérant.

Le lendemain de cette première nuit, je rencontrerai Florence et de Forjac. Ces deux aimables grandes personnes sont mêlées à ma vie, sans excès, un peu comme les anges et les dragons qui soutiennent le blason d'un chevalier. Ce sont encore des miroirs et s'ils me disent que j'ai l'air malade, je me retrouve serré contre ma belle Allemande, je l'entends à nouveau qui murmure : « J'ai envie de toi. » A cela, ces deux officiers ne peuvent rien comprendre. L'amour leur est inconnu, ils préfèrent le bridge, l'alcool, les cigarettes, les mitrailleuses ou les bas de soie. Ils devinent mon embarras. Chacun, d'une voix différente mais toujours railleuse, tente de m'interroger, me demande si j'ai trouvé l'âme sœur. C'est pure politesse de leur part. Mais il me plaît d'être confirmé, par des voix rieuses, dans mon nouveau bonheur.

L'après-midi, vers cinq heures, je m'échappe du bureau. Je pénètre chez mon amie par une porte-fenêtre du salon. Je grimpe l'escalier. Elle est assise dans un fauteuil et me regarde entrer, sans rien dire, d'une mine boudeuse. A sa gauche, sur un guéridon, un verre immense dont elle boit parfois une gorgée précieusement, comme on boit un philtre. Assise, mi-allongée, les paupières lasses, le teint brouillé, je découvre avec joie qu'elle n'est pas toujours belle. A mon âge, on déteste la perfection, car elle est le signe même de la cruauté du monde.

— Comme je m'ennuie, dit-elle.

Elle soupire profondément et fait une grimace des lèvres.

— Toi, il faut que tu m'amuses, tu entends ? Tu connais Frédéric, tu l'as vu avec moi. Eh bien, il est encore plus ennuyeux que la vie. Il vient me voir, il parle, il parle... Je déteste les discours, j'ai horreur des grands mots ! Je ne suis pas compliquée, moi.

Je lui réponds en faisant une faute d'allemand, cela me tient lieu d'esprit. Elle sourit, elle se lève. Elle me saisit une poignée de cheveux et les tire sans douceur :

— Bon. Très bien.

Elle sort en me recommandant de rester sans bouger. Je considère d'un œil respectueux cette pièce richement désordonnée, les paquets de photos, les combinaisons de soie, les sandales, les bijoux qui traînent partout. Au bout d'une minute elle revient, brandissant un grand fer à friser.

— Maintenant, dit-elle, je vais te coiffer.

Je me lève rouge et furieux.

— Ecoutez, je n'ai pas huit ans, je ne suis pas un petit chien non plus et...

— Veux-tu bien te taire, répond-elle dignement. Tu dois m'obéir. Tu es là pour m'amuser, tu entends ?

Je tente d'articuler une parole, mais elle se jette sur moi en trépignant, tape du pied, me saisit par le col de ma chemise et me jette dans un fauteuil à bascule où je demeure étourdi.

— Comme je suis malheureuse, pleurniche-t-elle en agitant sous mes yeux son grand fer à friser. Toute seule et sans personne pour me distraire. Seulement cet horrible garçon qui ne veut pas qu'on le touche !

Cependant, elle s'empare de mes boucles et

commence à les friser, unissant ainsi le plaisir de se plaindre et celui de me martyriser. Je reste immobile, les deux mains posées sur mon pantalon de battle-dress dont je suis honteux, car, un jour de flemme, j'ai permis à Karl Marx de coudre le pli, comme font les cavaliers négligents. A ce détail près, je ne suis pas malheureux, car, en me brûlant les cheveux, elle me tapote la joue et me flatte de paroles qui me paraissent tendres.

— Cher enfant, dit-elle, joli garçon, encore un peu de patience. Nous allons être beau comme un astre.

Enfin, elle m'autorise à me lever. Je me précipite vers la glace et je manque tomber par terre. Je suis affreux.

— Attends une minute, dit-elle de sa voix mélodieuse, tout à l'heure je t'enlèverai tes bigoudis et tu seras superbe, comme tu ne l'as jamais été.

Je reste consterné. Elle s'approche, me prend le menton et me demande si je n'ai pas envie qu'elle me trouve superbe. Je suis lâche et je souris. Pour achever de me consoler, elle me permet de fouiller dans les photos. Elles représentent beaucoup d'officiers allemands, surtout un grand capitaine blond qu'on voit sur des tanks, sur des motos, ou bien adossé contre un canon. Ailleurs, c'est Isabelle dans ses robes et sous des soleils différents. Sur les plus anciennes images, elle a l'air sauvage et brumeux. Je l'interroge sur les noms des personnes qui l'entourent. Elle me répond une fois sur deux. En général « ça ne me regarde pas ». Je dérange les disques et comme j'en place un sur le phono, elle me l'arrache des mains. C'est le *Hitlerleute,* elle m'explique simplement :

— Ce n'est pas pour toi.

Je joue du Mozart et du Wagner. Ce sont de bons musiciens, mais je suis un peu triste. Il y a vraiment beaucoup de choses qui ne sont pas pour moi. Elle devine tout, merveilleusement, car elle s'agenouille devant la pile de disques et elle m'aide à trouver ce qui me plaira.

— Tu as les yeux cernés, dit-elle. Je parie que tu as fait des horreurs, cette nuit. Avec qui as-tu fait des horreurs ?

J'entre dans son jeu :

— Avec une Allemande.

— Il y a donc des Allemandes assez indignes pour se donner à des Français ? Quelle honte ! Au moins j'espère qu'elles se font payer, que l'intérêt les guide, n'est-ce pas ?

Je réponds « oui », alors elle me demande mon argent. C'est stupide, parce qu'elle est riche, elle s'amuse et moi, j'ai besoin de cet argent.

— Tu n'es pas très fortuné, dit-elle. Ça ne fait rien. Je le garderai en souvenir.

Ensuite, elle me prie de me retourner. Elle abandonne son peignoir sombre pour une grande indienne à rayures vertes, blanches et grises. C'est une robe élégante, gaie, tragique pour moi seul, car elle me permettra encore moins de l'embrasser dans cette tenue. Un sourire crispé sur les lèvres, une résolution héroïque dans l'âme, des sentiments romains en abondance, je lui demande la permission de lire sa destinée dans sa main. Elle me considère avec un intérêt nouveau, s'assied à côté de moi et dit :

— Tu ne sauras pas ? Tu es trop petit. Ne m'annonce pas des choses tristes, au moins. Et puis si. Ce sera peut-être amusant. Mais si tu mens, je le saurai naturellement un jour et je me vengerai.

Effaré par mon audace, je m'avance. Je ne sais évidemment pas le premier mot de sorcellerie, je veux seulement me serrer contre elle, la voir de plus près, quitte à mourir de honte par la suite. Mourir... voilà une bonne idée. Je fais semblant de réfléchir et je murmure :

— Vous mourrez dans moins d'un an.

Alors elle s'écrie :

— Ne me dites pas ça. Je vous défends de me dire ça.

Elle cache sa main derrière son dos, elle me vouvoie, elle me méprise. Je défends les existences brèves qui ne laissent pas de cendres et dont les cadavres sont si propres. Puis abasourdi par ma cruauté, enivré de douleur moi-même à la peur de la perdre, je la supplie de ne pas mourir, je lui jure que je l'aime.

— Nous sommes idiots, dit-elle. Tout cela n'a aucun intérêt. Quel âge me donnes-tu ?

— Vingt-cinq ans. C'est votre âge.

— Oui, vingt-cinq ans. Ce n'est pas très vieux... Pourtant je suis vieille, souvent. Tu vois : je dors l'après-midi, je me réveille tard, je lis et je fume toute la nuit et quelquefois je m'enivre un peu avec cet alcool — ou j'écoute des disques interdits.

— Mais non, tu es une petite fille.

C'est la première fois que j'ose la tutoyer. Elle hausse les épaules, secoue ses cheveux noirs.

— C'est assommant d'avoir un pays, une famille, une maison... On n'est jamais tranquille. Si tu entendais cet imbécile de beau-frère...

Sa main quitte mon front, elle se jette en arrière. On vient de cogner. C'est le grand jeune homme brun, c'est Frédéric, dans une tenue de chasse, qui entre. Sans penser à mes cheveux entortillés dans des papillottes, je bredouille quelques paroles. Isabelle me regarde en riant. Enfin, elle vient à mon secours :

— Vous saviez, Freddy, que les hussards, à l'origine, étaient Hongrois. Ils devaient avoir du sang tzigane dans les veines, car, même aujourd'hui, ils disent très bien la bonne aventure.

Je m'excuse, je veux partir. D'une voix glaciale l'Allemand fait observer qu'on ne peut pas me remettre en circulation dans cet état. Mon amie saute sur un peigne, décortique mes boucles et demande à son beau-frère s'il ne me trouve pas ravissant. Il marmonne je ne sais quoi et m'écrase les doigts en me serrant la main. Comme toujours, quand je suis le plus faible, je rêve que ce grand bœuf de Sanders est derrière moi pour me venger. Hélas, il n'est pas là. Je disparais honteusement. Toute la soirée je la détesterai en songeant qu'elle vient d'humilier un cavalier français devant un étranger de type romanesque et brun.

Le même soir, en montant me coucher, je me heurte au colonel.

— Allons, mon petit ami, dit-il, tu vas te fatiguer si tu ne dors pas la nuit. Qu'est-ce que tu fais ? Je parie que tu te crèves les yeux à lire. Et qu'est-ce que tu lis, un peu ?

Il est invraisemblable, ce grand type osseux, avec l'ombre qui accompagne ses gestes. Il porte une robe de chambre claire, trop vaste, reprisée.

— Je ne lis pas, mon colonel, je vous assure.

— Alors, tu as une bonne amie, n'est-ce pas ? Tu n'as pas besoin d'avoir peur. Un vrai cavalier n'est pas déshonoré pour ça. Tandis que les livres... Attends voir un peu. Tu es un intellectuel, toi. Tu connais un nommé... Vauvenargues ?

Il épelle le nom sur le volume qu'il tient à la main. Ce nom ne m'est pas inconnu. A tout hasard, j'en dis grand bien.

— Pas du tout, fait le colonel de sa voix zozotante et fâchée. C'est un p'tit merdeux, ton Vauvenargues. Veauvenouilles, oui ! Ha, ha !

Il paraît consolé par sa plaisanterie. Il me met la main sur l'épaule.

— Et combien de fois la baises-tu, ta bonne amie ?

Ce colonel est dégoûtant. Ce n'est pas Forjac qui poserait des questions pareilles.

— Cinq fois de suite ? Six fois ? Mon petit, il faut faire de ton mieux, le prestige de la France est au bout des bites de ses cavaliers. Je ne t'en dis pas plus. Bonsoir.

Ça, je n'en reviens pas Je me dépêche de

m'endormir pour ne pas y penser. Cette époque me laisse d'autres souvenirs :

Un châle indien. Une ceinture verte et rouge. Un poignard de la Vèremarte, les moustaches avec du charbon, le regard terrible avec du rhum. Je ressemble à un brigand albanais. Mon turban a l'air d'une citrouille. Je jette un coup d'œil sur ma captive. Avant de la connaître, dire que je l'imaginais sous les traits d'une pâle espionne, une mystérieuse étrangère aux fume-cigarettes interminables, aux jambes aussi longues ! Je lui demande quelque chose qui me tourmente depuis longtemps :

— Quand je suis venu vous voir et que vous m'avez embrassé de force... Est-ce que vous avez eu envie de moi précisément ? Envie de faire une folie en général ?

Elle penche la tête à gauche, à droite :

— Oh, je ne sais pas. C'était mélangé. Tu étais charmant.

Elle soupire :

— Si j'avais été patiente ou raisonnable j'aurais attendu de te connaître. A quoi bon ? On passe la vie dans les vestibules.

— Si j'étais manchot ou lépreux, vous m'aimeriez encore ?

— Oh non ! dit-elle avec indignation.

— Alors mes bras ont plus d'importance que mon caractère ? Pourtant vous dites que je suis empoté, que je fais mal l'amour...

— Mais tu n'as pas de caractère, jeune fou. Voilà ton charme.

Je pense : n'empêche... ce que les femmes peuvent être sensuelles. Et comme il n'y a aucune raison pour rien lui cacher, je reprends à haute voix :

— N'empêche ! Ce que les vieilles femmes peuvent être sensuelles !

Elle est furieuse. Je dois lui expliquer. Vingt-cinq ans, c'est âgé. Mais moi, dans deux ans, dans trois ans, je l'aimerai encore pas mal. Je pose la tête sur ses jambes. Je suis bien. J'aime ses jambes. Il n'y a rien en elle que j'aime autant. J'ai l'impression de me trouver devant un fleuve que je pourrais remonter sans en trouver la fin. Mais si, je tombe sur un petit étang qui est son ventre et je frotte ma joue contre elle. Je répète son nom : Isabelle, Isabelle, comme si je mangeais un fruit. Je la mords un petit peu. Elle me prend par les cheveux pour m'attirer jusqu'à son visage et m'embrasser.

Quelle drôle de fille ! Tantôt elle reste dans un coin, chiffonnée, malgracieuse, elle pleure ou elle me renvoie sans m'écouter. Alors je la supplie de me prêter un livre, je me pelotonne à ses pieds et j'entre généralement dans des aventures compliquées, sanglantes, dont les héros sont des brutes que j'admire immédiatement. Comme ça, je fais des progrès en allemand et je suis près d'elle. Un autre jour, elle se lèvera, les yeux brillants, elle me dira : ne bouge pas. Et pendant que je resterai immobile à l'entrée, elle se déshabillera très lentement en répétant à l'infini : je t'aime, je t'aime, je t'aime, je t'aime, je t'aime... Moi, elle m'obligera à garder mon uniforme, elle embrassera mon calot bleu tandis que je la prendrai et, de préférence, elle me nommera « son hussard ». Un autre jour encore, elle s'enfouira sous une couverture avec moi, et là, visage contre visage, rouges de chaleur, elle me demandera un tas de confidences : si j'ai eu des maîtresses, ce que je pense de l'amour, ce que je pense de son corps, de ses yeux, de sa bouche et beaucoup d'autres choses plus extraordinaires. Mais la preuve qu'elle reste une enfant sage c'est qu'elle a besoin de se cacher pour me poser toutes ces questions. Moi-même, sans la couverture et les baisers brûlants d'Isabelle, je ne saurais lui répondre.

Vers la fin du mois de mai, elle recevra ses chiens qu'elle avait confiés à sa belle-sœur. Ce sera une grande après-midi. Nous irons nous promener tous les quatre dans la forêt. Nous croiserons quelques Français. Ils nous lanceront des regards étonnés. Je ressemble au dompteur qui accompagne un fauve trop éclatant pour lui : ce fauve paraît son maître.

Mais en réalité, je n'avais rien d'un dompteur, car les danois de mon amie me faisaient une peur affreuse. Les dogues du colonel de Fermendidier suffisaient à mon malheur. C'était entre nous une guerre perpétuelle. Je renversais les encriers dans leur pâtée, je leur jetais des boîtes d'allumettes enflammées sur la tête. En revanche, ils me traquaient dans l'escalier et sans leurs aboiements, ils m'auraient souvent déchiré. Mais leurs cris attiraient Forjac ou Vérité, on me délivrait en me plaignant d'un air hypocrite. L'arrivée des monstres d'Isabelle était pour moi, toutes choses inégales d'ailleurs, comme l'entrée en guerre de l'Italie aux mauvais jours de quarante.

Ma maîtresse me consolera par sa beauté. La forêt lui va bien, elle accompagne parfaitement son allure libre et somptueuse. Elle porte un grand manteau serré à la taille, avec un col immense et des revers aux poignets. Il est blanc ou plutôt de cette absence de couleur qu'on appelle : grège. Ce mot mystérieux est émouvant à prononcer. Car je ne le découvre pas tout seul et en allemand on dit seulement : *roh. Die Roheit,* c'est la brutalité. Il est drôle de penser que mon Isabelle, douce et pleurnicharde, est environnée de force. Elle me parle des Russes. Elle leur a échappé de justesse, car elle était venue à Breslau dans l'espoir de rencontrer son mari. Elle a vu un régiment d'infanterie mongole défiler dans la ville. Ces misérables sont maintenant partout, imbéciles, triomphants, orgueilleux, et je n'avais pas vingt ans !

Nous rentrons très vite. C'est un dimanche. Je passerai la nuit dans ses bras. Avec plaisir, je me laisse commander. (Les enfants se moquent bien des baisers qu'ils donnent : leur cœur ne bat que pour ceux qu'ils reçoivent.) Un dimanche que je n'oublierai pas : le ciel est pâle, infecté, plein d'ouate et de pus. Le fond de l'air n'est pas froid, mais on dirait presque un temps de septembre, ironique et rigide comme une grande institutrice blonde qui frappe dans ses mains et dit : les vacances sont finies. Elles n'étaient pas finies. Les catastrophes, en effet, vont commencer pour de bon. Il y aura l'accident, les évasions, l'affolement des officiers, les ordres venus de Paris et tout, en un rien, prendra les couleurs de l'agonie, si bien qu'à notre tour... Mais c'est encore une pause, nous roulons dans le même bonheur. Son corps est blanc et parfait. Je veux l'avoir embrassé complètement, centimètre par centimètre. Elle se laisse faire, les yeux fermés. Elle parle d'une voix monocorde :

— Je ne le crois pas, ce n'est pas possible, comment imaginer que nous soyons en 46 et qu'un petit hussard puisse remplir ma vie ? Parfois j'ai peur, je me sens coupable envers toi. Tu ne sais même pas où tu vas. Et pour plus d'insécurité, tu fermes les yeux.

Comme je souris, elle me gronde :

— Vous devriez avoir peur, je vous le promets, mon petit garçon, je tiens à vous, mais je ne puis vous forcer à bien regarder : ce serait ma perte. Alors, de votre côté, tout seul, défendez-vous.

Je ne la laisse pas continuer. Je suis fou de colère. « Défendez-vous, soyez un homme, montrez un peu d'amour-propre ! » Quelle sale comédie ! Je n'y crois pas, je n'y croirai jamais ! J'en ai assez des autres. On dirait qu'ils ont cinquante ans devant eux. Cinquante ans, ça leur fait au moins cinquante vies. Moi, je ne joue qu'une fois. Je n'aime pas attendre. Je déteste recommencer. Je lui dis tout cela en lui caressant les jambes. Je me rappelle une phrase de Sanders, il affirme qu'il suffit de caresser les jambes des femmes pour qu'elles soient de votre avis. En effet, elle m'écoute en souriant. J'en profite pour faire un peu de romantisme :

— Vous ne trouvez pas qu'il y a une sorte de no man's land, à la fois l'attente avec la certitude, le regret et l'espoir, le calme aussi et pourquoi pas la colère... Sans doute vivons-nous une époque irremplaçable. Nous pateaugeons, mais il suffit d'aimer la pluie. Pourquoi riez-vous ?

— C'est amusant, un petit garçon français. C'est plein d'idées, ça n'hésite sur rien. Il semble que ça ne pourra pas vieillir.

— Oh, lui dis-je en lui serrant les mains et en les couvrant de baisers, je vous jure que je n'aurai jamais vingt ans.

— Mais si. N'ayez pas peur. Et dans un certain temps, vous serez sérieux et résolu et plein de pitié pour vous-même.

Alors je ris à mon tour. Tout cela n'est pas la mode aux hussards. Aux hussards, on n'apprécie pas les sentiments. « Ce sont des garçons merveilleux, lui dis-je, dommage qu'ils soient nos ennemis. » Nous avons tiré le lit près de la fenêtre. Le ciel est plein d'étoiles si les étoiles existent. J'ai aimé Isabelle quatre ou cinq fois depuis que nous sommes rentrés. Mon cœur est un peu vide et la tendresse remplace très bien la passion. Je revois mes camarades au temps où nous passions le Rhin. Leur allure de conquérants pour enjamber les passerelles, monter dans les véhicules, les bras levés des chefs de voiture, les fusées qui s'entrelacent, le visage absent de Sanders à côté de moi. A présent, c'est un autre profil, doux et fondant. J'embrasse des lèvres molles. C'est une petite chrétienne merveilleuse, elle ne parle plus, elle rêve les yeux ouverts. Mais sans doute est-elle triste. Je n'ai pas grand-chose d'intéressant. Ni mon âge, ni mon peu de lecture ne peuvent la séduire. Pourquoi veut-elle de moi ? La pitié ou l'amusement, je n'exige rien de plus, je ne mérite rien de mieux.

— Isabelle, lui dis-je très bas.

Elle ne bouge pas la tête. Je parle avec application car je suis sincère et j'emploie des mots qui ne me font qu'à moitié plaisir :

— Isabelle, vous vous ennuyez avec Saint-Anne. Vous le connaissez sur le bout des doigts. Il n'est pas sûr non plus que ce soit un très bon amant. Vous n'avez pas de chance. Les autres hussards étaient beaucoup mieux. J'ai eu les amis les plus élégants de la terre.

Je sais que je vais parler de lui. Je ne parviendrai pas à m'en empêcher. Jusqu'ici je ne l'avais pas fait, puisqu'il ne savait rien d'elle.

— Souvent je rêve que vous partiez avec un homme véritable. Pas une chiffe, pas une fille... Par exemple si vous connaissiez mon meilleur ami, vous n'hésiteriez pas une seconde et je ne me défendrais pas non plus. Je trouverais que c'est juste. Il m'a sauvé deux fois la vie. Il m'a assommé une autre fois et je suis resté huit jours à l'infirmerie. Il est brutal mais plein de préjugés. Il vous plairait, vous savez.

— Dans ce cas, il faut me dire son nom.

— Il s'appelle François, comme moi. François Sanders.

C'est comme un rideau qui s'abat, elle se met à rire, elle se redresse à moitié, m'embrasse, rit encore, puis elle me force à rouler sur elle et à la prendre, pas une seconde elle ne cesse de rire, puis de crier. Peut-être suis-je devenu un moins mauvais amant. Son profil retrouve son calme. Elle s'endort tout de suite.

Nous nous réveillons un peu plus tard. La lune inonde la pièce et nous avons froid. Nous nous levons pour aller coucher dans la pièce voisine où nous trouverons un lit neuf. Nous nous tenons par la main. Nous voici devant la grande glace de sa chambre. Je regarde, ce sont de beaux visages sombres, je les aime autant l'un que l'autre ; ils ont l'air heureux en face. J'admire le décor, les meubles qui se reflètent derrière nous et ce petit tremblement qui veut dire : c'est la vie. Je garde un bras autour de son cou et ma jambe contre la sienne. Il ne faut pas nous embrasser car je ne les verrais plus et je ne serais plus sûr de rien. Mais nous partons. La vie est de ce côté-là quand même.

FRÉDÉRIC

A peine avais-je fini de jouer le *Hitlerleute* dans un embrasement éperdu de mon être, que le professeur Koch déclara :

— Je ne comprends pas Frédéric. L'Allemagne est une fière passion, mais ces chants-là n'ont pas réussi. Autant les oublier et en apprendre d'autres.

Rita me sourit :

— Frédéric ne voit qu'une chose. L'ennemi les interdit : alors ils lui parlent au cœur.

— C'est bien ce que je disais, reprit le professeur, Frédéric a trop de cœur.

Ils parlaient tous de moi, me jugeant, me compulsant, comme s'ils en avaient le droit, comme si je n'étais pas l'éternel souci de révolte et eux les sceptiques de décadence et de morne abandon.

— Ne nous disputons pas, fit la vieille Mme Herskron. Tout cela, ce sont des fariboles. Les Français aussi avaient leurs petites chansons quand nous les occupions. Je sais que Herbert s'en moquait é-per-du-ment. Je suis forcé de les punir, disait-il, parce qu'ils chantent faux. Un véritable souci ar-tis-tique, en somme. Il faudra que je vous lise des lettres de Herbert. Chez lui, la précision des termes ne gâche jamais l'é-lé-va-tion de la pensée. Efficace et rêveur, c'est le parfait Allemand. D'ailleurs ce sont les obus qui gagnent les guerres.

— C'est la haine! m'écriai-je de toute ma force.

Je les tenais dans un mépris viril. Ils baignaient dans une torpeur d'oubli et une stérilité de bavardage qui m'écœurait. Ah, la vengeance, la libre vengeance et les plaines sacrées où le sang de l'ennemi s'écoule! Le professeur Koch annonça :

— 1946 sera meilleur. Maintenant la catastrophe est derrière nous et nous allons résolument de l'avant.

— Pas trop vite, pas trop vite, s'il vous plaît, dit Rita en riant. Vous nous conduiriez à une nouvelle catastrophe.

A son tour, je la haïssais pour son rire. Comment ne savait-elle pas qu'un Allemand ne peut plus rire? Et pourquoi ne pas comprendre que les cataclysmes sauvent l'Allemagne et que le jour où nous aurons accumulé plus d'effrayantes défaites que le monde entier réuni, alors nous repartirons mieux que jamais, ils verront de quelle manière notre cœur était fait et nous serons les maîtres et ils se confondront dans la poussière pour baiser respectueusement la trace de nos bottes. Le professeur continuait en vantant notre industrie.

« Le point noir, c'est la natalité. De ce côté l'absence des prisonniers se fera sentir... »

— Il faudra bien que l'occupant serve à quelque chose, dit Rita en souriant à nouveau. Les Français adorent se rendre utiles.

Je la regardai avec une horreur accrue, délicieuse pour moi puisqu'elle était nouvelle. Je me tus et demeurai dans l'absolue désolation des déserts de mon cœur. Elle l'a deviné, m'a pris par le bras. Nous nous sommes dirigés vers la fenêtre qu'elle a ouverte sur les buissons et les champs de neige. Oh, repos éternel et consolation des purs devant cet horizon savoureux !

— Pauvre fou, m'a-t-elle dit. Comme si je n'aimais pas les bons et solides Allemands de votre espèce. Je les aime beaucoup. Mais voyez-vous, ils ont tout perdu. Laissez donc les douces femmes raccommoder les choses.

Nous sommes revenus parmi les invités. Mon frère, son mari, était aux mains des Russes et la bassesse de cette captivité était une immonde torture car l'heure où les esclaves sont les maîtres est la pire de toutes et le monde ne la supporte pas longtemps.

Qui était Rita ? Une faible et détestable jeune femme qui ne savait ouvrir les yeux sur l'abcès, mettre les mains dans le sang purulent de l'Allemagne et sentir cette force qui gronde au fond de l'abîme ! Elle voulait jouer l'innocence. Elle passait sa vie au milieu des robes, des livres, de la pire et sournoise futilité. Elle ne savait que rire, pleurer, dormir. Mais ce rire sans gaieté, ces larmes sans douleur, ce sommeil sans fatigue étaient l'expression du désœuvrement, de l'ignoble vacance de ses jours, de la peureuse tranquillité où elle s'était réfugiée.

D'autres projets nourrissaient mon cœur. Hélas, nous ne connaissions pas la domination des Russes, nous étions chez les Français, dans la timide Rhénanie et rien ne venait ranimer la honte que devait inspirer leur victoire volée. Cependant, çà et là, des bras se tendaient dans l'ombre, des regards d'hommes brûlaient dans la nuit et j'avais réuni les premiers éléments de la conjuration. J'étais assuré de quelques fanatiques, dont la conscience était pure et le geste fatal. Il y avait Frantz, Darmun, Laudenbach. Il y avait surtout les Français, des miliciens dont la frivolité n'enlevait rien au dénuement de leur sort ; ils en devinaient les impatientes nécessités qui armaient leur bras malgré eux. Ceux-là étaient des désespérés, de cette sombre espèce qui vient souvent rougir les eaux limoneuses de l'histoire. L'un se nommait Besse, il avait l'ironie malsaine du Welche, mais il avait aussi la flamme qui permet l'action. Surpris dans une ferme pendant les manœuvres des Français, il avait réussi à s'échapper, au prix de la mort d'un de ses camarades. Un Allemand n'aurait pas su. Un Allemand n'avait qu'à prendre sa part de cette nappe de souffrance et mourir parmi les siens quand mourir était l'heure, mais lui n'avait qu'un rôle sur la terre, qui était de servir à nos côtés, comme l'écuyer, comme le démon.

Un autre milicien, Lagnel, venait de ces provinces endormies de la Méditerranée où la nation n'a point cours et qui sont entraînées malgré elles dans les remous du siècle. Il suivait avec torpeur et résignation le chemin du désespoir. Mais en son âme faible et dénuée, l'on pouvait compter, car la haine n'est point difficile sur le choix de ses sujets, du plus loin qu'elle les aperçoit, elle fond sur eux et leur dévore le cœur.

Le premier de l'an, où Rita m'avait dévoilé l'abîme de sa condition, était loin. Les fleurs étaient revenues avec leur menteuse gaieté. Je brûlais de reprendre avec ma belle-sœur cet entretien décisif qui l'aurait obligée à choisir entre son Dieu et le mien. Je reculais pourtant cette minute, car je la savais douce, indolente et loin du mal comme elle était loin de la vérité. Mais le jour de la visite d'un hussard ennemi, dans l'insolence de sa veste bleue et de sa jeunesse, je l'ai regardée avec la fulguration de mon âme.

— Vous êtes tout pâle, a-t-elle dit. Vous avez peur des Français, maintenant ?

Le défi, comme un chevalier qu'on vient d'armer, brillait dans mes yeux.

— Vous supportez trop bien l'ennemi, Rita, beaucoup trop bien. Tout le monde dit...

Elle m'a répondu avec son odieuse gentillesse :

— Vous exagérez, mon petit Frédéric, vous êtes mon beau-frère, je ne place pas encore ma famille au niveau de mes domestiques. Alors ne répétez jamais : « Tout le monde dit. » Bien sûr que j'aime les Français. Ils ont des visages sérieux. J'aime aussi votre romantisme.

Je demeurai immobile, le cœur embrasé. Elle continua :

— Ne vous fâchez pas. Pour une fois, c'est moi qui parle. Oui, je trouve que vous lisez un peu trop, avant de vous endormir, les *Discours à la Nation allemande.* Cela ne vous vaut rien.

— Rita ! m'écriai-je. Vous parlez de la sorte pour m'éprouver ou me perdre ! Quel dessein vous guide ? Vous pensez à moi, puisque vous pensez à ma souffrance.

Elle s'approcha. Je voyais son corps mince qui recélait toute la frivolité du monde, oui, toute son injustice était entre mes mains, mais je ne pouvais faire le geste, je ne pouvais. Elle a secoué les cheveux noirs et lourds qui encadrent son visage, elle a fermé les yeux.

— Je sais bien ce que « tout le monde dit », a-t-elle murmuré. On prétend que je reçois des Français. Vous venez même d'en voir un, le plus petit et le plus ridicule. Ah, ce serait drôle si je l'aimais, ce serait terrible. Il serait toute ma vie. J'entrerais chez Mme Barckhaüsen, non pas pour faire mes courses mais pour embrasser ses enfants puisqu'il les embrasse et pour retrouver sa bouche sur leurs joues. Voilà. Et je ne vous raconterais tout cela que pour prononcer encore une fois le doux nom des hussards.

Elle a remué doucement la tête, ouvert les yeux sur mon visage haletant, puis elle a repris :

— Malheureusement, ce n'est pas vrai. Je n'ai

même pas cette distraction. Et vous, Frédéric ? Quelles sont vos distractions dans la vie ?

Je ne lui ai pas répondu. Je la considérais avec horreur, désespoir, un frémissement de dégoût me remplissait devant cette injuste beauté qui se livrait au tumulte honteux des rêves quand la colère nous serrait les tempes. L'action nous attendait. Avec les Français, avec Besse, avec Lagnel, j'agirais le soir même. Le premier acte organisé de révolte se jouerait à quelques centaines de mètres, sur la ligne de chemin de fer. Telle serait ma réponse et mon destin : placer la grande âme de la Germanie sous le signe d'une gorge tranchée qui saignera jusqu'à la venue des temps.

LAGNEL

Comme ça, on est entrés dans la seconde pièce. Il y avait un bureau ciré. Il parlait toujours avec un accent. Il a dit, n'est-ce pas, j'ai pensé que ça vous ferait plaisir d'avoir la peau des Amerloques. Il a dit : les Amerloques. Ce sont eux qui sont chez vous, qui ont vos femmes, qui font jouer vos enfants sur leurs genoux. Alors Besse, il a dit comme ça qu'il fallait pas faire tant de poésie, ça je ne sais pas pourquoi il a dit ça. On leur fera des misères, il a dit, mais la raison pour, ça ne regardait que nous. On a pris le plastic. Il nous a encore dit que ce n'était pas la peine d'observer. Il n'était pas utile de prendre des risques supplémentaires. C'était quand même un monsieur, on voyait qu'il avait eu de l'instruction. Je n'ai pas été content, justement, à cause de cette question d'instruction quand Besse a continué en disant que c'était dommage de ne pouvoir les mitrailler, parce qu'à Bordeaux, avant d'entrer en gare, autrefois, les maquisards avaient attaqué son train. Il a même fait une faute de goût qui se posait un peu là, il a dit : « Heureusement, c'est les Fridolins qui ont écopé. Vous fâchez pas, devant le danger, y a plus de frères. » Il aurait bien pu penser, n'est-ce pas, que ce monsieur était Allemand. Somme toute, nous étions en Allemagne. D'autre part, il aurait pu dire : « Ce sont les Allemands » et non pas : « C'est les Fridolins. » D'ailleurs, Besse, je le comprenais de moins en moins. Tandis que nous posions le plastic sur les rails, n'est-ce pas, il m'interpellait à haute voix en riant. Ça l'amusait de jouer au maquisard et il disait comme ça, faire sauter des Amerloques ou des Frisous, c'est la même chose. Mais moi, je pensais amèrement que j'aurais bien voulu être en France et du côté des Forces de l'Ordre. Besse continuait :

— Attends. Ce qu'il y a de comac, là-dedans, c'est que les autres vont se venger, tu penses. On te fusillera bien un peu aussi l'otage par-ci par-là. Y a du curé, en Allemagne, y a du maire... De la bonne viande à fusillade. (Là, je trouve qu'il n'aurait pas dû causer de la sorte. Ce ne sont pas des manières à.) Alors, fixe un peu la merveille : les Ricains sont grillés, les Frisous ont des malheurs, il n'y a que le Français qui s'en tire ! Admire ! Occasion très surprenante ! Mirifique bandage ! Veux-tu rire, sacré Lagnel ! T'es dans un paysage choisi. Tu te bats pour la nouvelle Europe, t'es un brave petit gars comme ceux qu'on voyait sur les affiches. Ris, sacré clystère, ris ou on te purgera de force ! Racine de guimauve ! Pastille Valda ! Pense à tous ces Américains qui vont aller se la dorer au paradis... Parce que, ayez pas crainte, le paradis, c'est encore pour eux ! Avec des girls et puis de la musique nègre !

Je ne voulais pas rire. Je n'avais pas le cœur à. D'abord, ce Besse, il était méchant sans raisons. Il avait beau raconter que sa mère, pendant la dernière guerre n'est-ce pas, elle se conduisait mal, en somme elle couchait avec un Ecossais, pendant que son mari se faisait tuer sur le front. Mais ce n'est pas une preuve de. Ou plutôt, ça veut dire que la mère de Besse n'était pas une personne sérieuse. Et ici, je ressens forcément de la douleur à cause de ma femme, n'est-ce pas ? Le travail était fini. Nous avons monté la colline. D'autre part, les Américains, ce sont des gens comme les autres. On ne devrait pas dire les Américains, parce que l'Amérique, il y a les Brésiliens, les Argentins, les Canadiens (fermement pour le maréchal, ceux-là) et nous n'étions en guerre qu'avec l'Amérique du Nord, en somme. A ce moment, le train a explosé. Le grand jeune homme brun serait satisfait, parce que ça brûlait et on entendait très bien les crépitements. Au fond, c'était bête de détruire un train tout d'un coup. Ça représentait des heures de travail et puis enfin, la question des transports, n'est-ce pas...

Nous sommes allés nous coucher. J'ai ressenti de la tristesse, forcément, ça ne me quittait plus depuis que ma femme m'avait abandonné. En un autre sens, comme me l'avait dit quelqu'un, si elle était restée je n'aurais pas eu envie de quitter la pharmacie, ni le temps de m'occuper de la chose patriotique.

Le lendemain, je les ai entendus qui recommençaient. Huchain appelait : « Besse ? » Besse disait comme ça : « Quoi ? » Huchain, alors, il faisait comme ça : « Besse, t'es un con. » Besse il disait :

— Tu es drôle. Voilà l'avantage avec toi. Pas une minute de tristesse. On violerait ta femme devant toi, tu aurais le mot fin et délicat à la bouche. Il est vrai que, rien que d'en juger par ta gueule, ta viocque, elle doit guère être baisable. Faudrait être des terribles pour y toucher. P't'êt des Kalmoucks ou des Croates. T'aurais quelques chances avec les Kalmoucks.

— Tu sais pas rire, disait Huchain. Tu sais dire que des vacheries.

— Non, que faisait Besse, mais le pageot, c'est sacré. On tire pas un homme de son pageotage pour lui apprendre qu'il est un con. Ce n'est plus la peine de se fatiguer dans la vie, on a déjà trouvé ce qu'il y avait de plus intéressant. Le pageot, c'est mon petit paradis à moi tout seul.

Ensuite, il s'est levé et il est parti aux nouvelles. Je trouvais qu'il aurait pas dû parler des femmes comme il faisait. Le respect des femmes, c'est la base de la civilisation. Et puis, pourquoi causait-il sans arrêt de Dieu et du paradis ? On lui avait bien appris, j'espère, que Dieu, en somme, n'existait pas. Evidemment, pour le paradis, n'est-ce pas, il n'y a pas précisément d'ouvrages qui prouvent qu'il n'existe pas. Les auteurs n'en parlent jamais, ni Camille Flammarion, ni les autres. Mais enfin, ils n'en parlent pas favorablement puisqu'ils le passent sous silence.

J'ai fait le ménage dans la chambre. Sales comme ils étaient tous les deux, c'était du travail. Mais le travail, dans une vie, c'est plus important que le boire et le manger. Balayer, retaper les lits, passer un chiffon dans les coins, j'aimais bien ça. Enfin, Besse est rentré, mais il n'a rien dit. Il était exactement comme le jour où il s'est échappé en abandonnant Cardenave dans la ferme. Huchain a dit comme ça.

— Ça ne le rend pas causant. P't'êt' qu'il a reconnu le type qui baisait sa mère, parmi les macchabées. Alors ça lui a fait un gouzi-gouzi au cœur, quelque chose comme du sentiment filial.

— La ferme, il a dit comme ça en criant, Besse. C'était pas des Américains, c'était des gosses qu'il y avait dans le train. Rien que des gosses. Des fils de fusillés qui venaient prendre leurs vacances. Ouvre tes oreilles : leurs vacances.

C'étaient des orphelins, n'est-ce pas, il voulait dire, il y avait eu confusion sans doute, pourtant nous avions bien travaillé à l'heure prévue par le monsieur et il ne pouvait pas nous en vouloir. Quand même j'avais l'intention d'en causer à Besse, n'est-ce pas, mais il criait comme un sourd :

— Réveillez-vous, bande d'abrutis ! Moi, je trouve ça magique, bandant et tout ! Des enfants ! De la graine de communiste, alors plus des enfants, n'est-ce pas ? Sûrement plus ? Mon vieux, j'ai l'impression d'être en haut d'une montagne.

Tu saisis ? Avant, c'est pas mal, on voit déjà du paysage. Mais maintenant on est arrivés, on jouit de la nature comme elle est ! Et puis surtout on n'ira pas plus haut tu sais ? On est arrivés. Plus moche que ça, il ne faut pas l'espérer.

Il nous a regardés comme un fou et il est parti en courant. Si j'avais deviné pourquoi c'était, n'est-ce pas, je l'aurais retenu. Mais vraiment on était déjà dans une situation délicate qui demandait du sang-froid et ce n'était pas sérieux, non ce n'était pas sérieux d'agir comme il l'a fait. Je dirais mieux : c'était un mauvais exemple pour nous tous. Evidemment cet accident nous avait porté sur les nerfs. J'avais été voir ce qui restait. Le feu s'en était mêlé, alors beaucoup d'enfants avaient brûlé, c'est ça qui se passe quand le feu se met de la partie. Naturellement ce n'était pas gai, mais ces malheureux petits avaient déjà perdu leurs parents, en somme. S'ils avaient vécu, ç'auraient encore été des fauteurs de troubles.

SANDERS

Je disais justement à Rita qu'elle était folle de passer des journées entières plongée dans ses livres. Il y en avait toujours une pile à côté de son lit, elle passait de l'un à l'autre sans desserrer les dents. Quand une aventure la fatiguait, elle l'interrompait pour en entreprendre une nouvelle J'ai fini par me fâcher.

— Mais ma pauvre amie, vous êtes complètement détraquée. D'abord, ça n'a aucun sens de lire tous ces auteurs anciens. Pindare, Eschyle, c'était très bien de leur temps, mais maintenant ils sont complètement oubliés. D'ailleurs, on ne retient pas longtemps les vers. Je reconnais que c'est agréable. Sinon les chansons valent tout autant. Edith Piaf, Marlène Dietrich, c'est mille fois mieux qu'Hölderlin ou Stefan George. On relira peut-être Apollinaire parce que c'est facile. Mais les autres ? Ils sont beaucoup trop nombreux.

Elle a ri et m'a regardé avec ces yeux admiratifs

que je détestais. Naturellement elle ne me croyait pas sincère.

— Je sais, j'ai été comme vous. A une époque, je lisais trois livres par jour et aussi bien les *Réflexions sur les Troglodytes* que les œuvres de Jouhandeau ou de Pierre Benoit qui me paraissaient des auteurs importants. J'avais quatorze ans et je suis pardonnable. Tout ça m'a bien passé. Je lis encore beaucoup, c'est très agréable : mais plus du tout la même chose. Les romans sont complètement idiots ; si l'on cherche à s'amuser, autant courir après une balle comme le conseillait un Auvergnat, oui, autant jouer au tennis. Si l'on veut passer le temps, je reconnais qu'il y a des romans très amusants, mais il n'y en a pas beaucoup et on les connaît bien. Alexandre Dumas, Dickens, Marcel Aymé, Evelyn Waugh, ça ne fait pas grand monde, et il n'y a pas un seul Allemand parmi eux. Enfin, si vous vous intéressez à la vérité, comme on dit vulgairement, lisez des mémoires. Ça, ce n'est pas stupide, ce sont des événements intéressants. Avouez qu'il est inepte de se torturer l'esprit pour des gens qui s'appellent Werther ou Julien Sorel quand il y a eu de gros vivants comme Napoléon, Louvois, Philippe-Auguste. La philo n'est pas mal non plus. Malheureusement, elle est comme la Russie : pleine de marécages et souvent envahie par les Allemands. L'histoire, vraiment, c'est une chose bien. Ensuite, on peut vivre sans se trouver ridicule. Oh, je ne vous ferai pas un discours pour vous vanter la vie. Mais enfin, c'est ce qu'il y a de plus simple sur la terre et à condition de ne pas faire l'idiot, ce n'est pas ennuyeux du tout. Passez-moi du gin, parce que j'ai soif.

J'aurais parlé deux jours et deux nuits, elle ne m'aurait pas mieux compris. Une fois pour toutes, elle avait ouvert un grand tiroir nommé « paradoxes » et elle y rangeait la moitié de mes paroles. C'étaient naturellement les seules paroles sincères que je prononçais devant elle. Avec un sûr instinct féminin, ou germanique, elle se jetait goulûment sur les autres.

L'aventure, ce mot avait un sens. Je n'avais pas plongé pour rien dans les histoires du passé. Ça m'avait paru passionnant et digne d'un grand garçon de mon genre, bourré de sang et de bonnes intentions. Ça n'avait rien de douloureux comme est douloureuse l'habitude. Mais la preuve que je n'y connaissais rien, c'est qu'il m'avait fallu attendre de revoir Besse pour comprendre et m'arrêter, muet d'étonnement ou de terreur.

Je ne tenais plus en place depuis les manœuvres et cette ferme abominable où j'avais failli tuer un ami malheureux. Sans doute la chance m'avait-elle aidé puisqu'on m'avait laissé seul et que j'avais pu le secourir. J'en avais été quitte pour descendre l'autre milicien qui n'y comprenait rien et me tombait dessus avec la rage des victimes. Celui-là, je ne le connaissais pas et de toutes façons si ce garçon était entré dans l'action, c'était bien pour recevoir des coups de fusil dans le ventre, j'imagine, ou alors pourquoi donc ? Besse avait eu à peine le temps de me souffler : « Dans la forêt. Près de la hutte de Kreiswald. » Puis il s'était jeté par la lucarne et j'avais tiré en visant les plus hautes feuilles des branches.

Voilà pourquoi je marchais dans la forêt, anxieux, désaccordé. Enfin, après huit jours d'attente, je l'ai retrouvé. Dans la fumée de la ferme, je l'avais mal reconnu et pourtant c'était lui, car le drame avait toujours servi son visage. Maintenant, je considérais avec tristesse son allure misérable, ses épaules étroites : il appartenait bien à cette immémoriale race des pauvres qui fournit éternellement les bourreaux et les victimes tandis que les pharisiens, en se frottant les mains, en pinçant les lèvres, déclarent fièrement qu'ils n'ont rien à voir avec ces choses-là et que c'est bien fait.

Besse apportait sur ses épaules toute la caserne de Versailles, le souvenir de mes sottes conspirations, le visage de Louisiane et je ne sais quoi d'autre. Lui non plus n'a pas voulu me reconnaître. Il m'a reproché de faire partie de l'armée des enfants sages, d'être propre et heureux comme les autres soldats beigeâtres de ma division. Il mourait d'envie de me tuer, il m'épatait sans cesse : « Ce ne sera pas un règlement de comptes, mais un crime passionnel. » J'ai souri. Il n'avait donc pas changé : Il commençait à dire que personne ne pourrait le comprendre, puis il expliquait le coup. A ce grand romantique, j'ai dû raconter ma vie d'une manière intéressée, sordide, sans quoi il ne m'aurait pas cru. Pourquoi l'âpreté, la laideur, semblent-elles toujours plus véritables aux faibles ?

— Je ne t'ai pas sauvé la vie quand je t'ai laissé partir. J'ai préservé la mienne. Si on te prenait, tu parlais, parce que tu détestes l'eau froide et tu penses bien qu'ils ont profité de cette invention comme des autres. Par ailleurs, ton copain qui donnait de si jolis coups de poing ne me revenait pas : tant pis pour lui.

Il a hoché la tête :

— Ah, Cardenave... C'était un élève de l'Ecole dentaire. Il était entré chez nous pour restaurer l'empire d'Occident et il n'était même pas candidat au trône. Un désintéressé.

A cet instant, j'ai profité d'une seconde d'inattention dans son regard pour lui arracher son arme de la ceinture. Ensuite, de ma voix la plus angélique :

— Tu es tellement précipité. Et puis j'ai remarqué, dans la vie, tu ne fais pas toujours des choses dont tu aies tellement envie. Si tu m'avais tiré dessus sans le vouloir vraiment...

J'ai souri. Je songeais tout à coup que personne sur la terre n'a jamais fait une chose dont il ait seulement eu envie pour l'éternité. J'imaginais qu'après la mort, chacun de nous se verrait multiplié mille fois et ces êtres nouveaux et semblables, enfermés dans la même pièce, répéteraient sans fin les gestes que nous avons accomplis de notre vivant. Ce grand mélange, pareil à l'action d'un orchestre mal réglé, produirait un tel vacarme que nous en serions honteux, mais impuissants à rien y changer... J'aimais beaucoup mon petit camarade Besse, je savais sa timidité. Il m'aurait bien tué, seulement pour fournir une entrée en matière.

Nous avons gagné l'intérieur de la hutte. L'odeur des épines, l'odeur du dépaysement, le passage lent des rayons du soleil à mi-hauteur, la pourriture, la paille, une odeur carnassière et vieillie : quelque chose comme un an après le règne des derniers fauves, une loi implacable qu'on ne respecte plus et qui se venge par sa seule présence... Besse m'a demandé pourquoi je les avais quittés à Toulon et pourquoi j'étais resté en France par la suite. Par souci de l'aventure ? J'ai dit : « Peut-être, peut-être... Oh, pas l'aventure pour Histoire de France : Bayard sur son pont ou Bonaparte à Arcole... Effrayant ce que nos compatriotes ont aimé à se pavaner sur les ponts... » Il a réfléchi quelque temps, puis il m'a dit :

— Après ces années mouvementées, mon p'tit vieux, j'ai l'impression d'avoir moins risqué que jamais. Et de n'avoir rencontré personne qui risquait vraiment. Tu sais : risquer... se perdre. Non... la plupart trouvaient dans les tortures une raison de croire en eux s'ils ne parlaient pas, de croire à la vie s'ils parlaient. Ils étaient satisfaits dans les deux cas, les canailles ! Quelle infamie ! Le devoir accompli... Si c'était à refaire, tout au premier rang, sans hésitations... Sale bande de héros ! Je les connais, tu sais, mon père c'en était un. Et puis diplômé : les Dardanelles, Verdun, il n'a rien manqué. Plein de cicatrices. Des décorations sur la moitié du torse. Pas solide avec ça. Plutôt gazé, plutôt infectieux. Des amis dans le même genre. Ça jouait aux cartes, le soir. Ça parlait de la politique. Ce voyou de Briand... Mais Poincaré, alors, vous parlez d'un as. L'homme qui faisait de la barre fixe et des doubles rétablissements sur le franc !... Le reste du temps, c'était vendeur aux Nouvelles Galeries ou fonctionnaire de l'Enregistrement. Minables : voilà leur destin. Et ravis ! Prêts à remettre ça ! Les petits pervers ! De la chair à sacrifice, de la chair tout juste bonne à saigner...

— T'excite pas comme ça, lui ai-je conseillé. Tu en es, toi aussi. Tu n'as jamais été capable de faire du marché noir. Tu ne t'es jamais payé des cravates de soie ou des maîtresses bronzées. Alors ?

— Pardon ! Pas d'accord ! Confusion très horrible ! Tu les ferais gueuler, ceux de là-bas ! Les vrais héros ! Nous, on est les maudits ! Les envoyés du démon ! On nous crache par toutes les bouches d'égout ! On nous dégueule... On est les monstres.

— Mon Dieu ! ai-je fait en me grattant la tête, les uns se sacrifient en rang, les autres au hasard. Naturellement, les consciencieux n'aiment pas les fantaisistes. Votre querelle avec les résistants, c'est la querelle des cancres contre les bons élèves. N'empêche que vous êtes tous dans la même classe, mes petits agneaux, et vous faites un long devoir que vous ne comprenez pas très bien.

Puis le silence a repris ses domaines. Je me suis

étendu complètement dans la paille. Besse a dirigé son visage de l'autre côté. Il a parlé sans emphase.

— Après Toulon, les choses ont marché très vite. Dès l'annonce du débarquement, nous avons filé sur l'Italie. Malheureusement, en route, il y avait les Alpes. Et dans les Alpes, on ne nous aimait guère. On se demande pourquoi. De toutes façons, c'était du passé. Personne ne se rappelait plus cette mauvaise légende parce qu'il n'y avait plus personne. Les cosaques de Vlassov nous avaient distancés. Tu sais, les scies à découper... Quelle saleté ! De la bouillie dans tous les coins. On ne pouvait pas supporter ça. On a foncé, on a dépassé les Russes blancs. Nous, on était des civilisés, tu comprends, on n'a laissé que des cadavres proprement rangés. Chaque fois que je tirais, je tirais sur la connerie de mon père. Je voyais ses yeux ! Son allure contrite pour avouer qu'il ne serait pas augmenté cette année ou qu'on ne pourrait pas partir en vacances. Une idée, une idée stupide et lancinante... Tu comprends, à force de tuer mon père tous les jours, le poignet me faisait mal. Ah, et puis ils avaient abîmé quelques amis avec leurs basoukas, on était en colère, fatigués, on les tenait comme on tient des crabes qu'on a été chercher dans le fond d'un rocher et qui vous ont salement pincé. Ils ont clamecé pleins de remords et de haine. Leur bon Dieu n'a sûrement rien trouvé à en faire. Nous autres, chacun s'est arrangé comme il a pu. Nous sommes sortis de la montagne un peu étourdis mais heureux pour des raisons simples : parce que l'eau était fraîche, et que le soleil brillait.

Je n'ai pu m'empêcher de tousser et de l'interrompre :

— J'ai toujours pensé qu'on avait des petites âmes de poètes, à la Milice. Et puis la saine camaraderie des camps, etc.

— Non, de ce côté-là, ça ne marchait plus. On se regardait en dessous. On ne se plaisait pas.

(Evidemment, ai-je pensé. Ce n'est pas parce qu'on est un assassin qu'on accepte mieux la société des assassins. Au contraire.)

— En même temps, a-t-il continué, on avait honte de s'en vouloir. Les imbéciles rigolaient. Les autres se nettoyaient les ongles en sifflotant.

— Les autres, c'était toi ?

— C'était moi. Deux jours plus tard, nous étions en Italie. Un pays heureux où les maisons sont blanches, les paysans flemmards. Quelle chic race, tu sais ? Et puis un soleil neuf... invraisemblable. Nous avons trouvé des oranges, des filles brunes qui faisaient l'amour en riant sans arrêt. Dans leurs cheveux, c'étaient les vacances. Tu sais où j'ai deviné la touche que ça avait, l'innocence ? En sortant des rivières ou des filles, parce que je me rappelais les types de la montagne et leur gueule en lambeaux. L'innocence, c'était l'oubli, la douce vie, une fameuse ordure. De temps en temps Paris était pris ou encore les Schleus se carapataient sur le Rhin. Un jour il a fallu embarquer. Tu te rappelles Perceron ?

— Cet ignoble étudiant ? Cet étudiant ?

— On l'a trouvé caché dans un grenier en train de se pageoter avec une rousse. On l'a fusillé en caleçon et en chaussettes. Des chaussettes beiges, tu te rends compte ?

— Ça n'empêche pas d'aimer la poésie, ai-je dit sentencieusement. Puis j'ai réfléchi : ainsi Perceron se pageotait avec une rousse.

— Nous sommes passés en Allemagne. Tout devenait laid et cassé. Direction : Baden-Baden. Mon vieux, ce coin-là c'était plein de grandes consciences françaises. Ils nous ont remonté le moral, fallait voir. L'Europe nouvelle, ça approche, qu'ils disaient. Nous on trouvait plutôt que ça rétrécissait. On ne s'amusait guère. L'automne rappliquait. Les pharmaciens et les étudiants parlaient à voix basse des armes secrètes.

— Et toi, tu continuais à te faire les ongles ?

— A peu près. Je sentais qu'on allait pourrir sur place. Les Schleus, ils n'avaient pas des mines à se rendre. Ils se sentaient en plein Wagner, ils jouissaient. Quant aux démocraties, elles étaient enchantées de la guerre : ça les purgeait de l'ennui et l'industrie marchait bien. Plus que soixante millions six cent deux mille Allemands, chers z'auditeurs ! C'est plaisant de compter de quatre-vingt millions à zéro. Voilà un idéal dans la vie, un idéal absorbant. Tandis que notre idéal à nous, il nous laissait en plan. Dans la pleine Germanie comme sur un champignon empoisonné ou sur le ventre d'une femme qui n'accouchera jamais que d'un enfant mort. On parlait bien de nous transférer sur le front russe, je crois qu'on a constitué un escadron, vers janvier et il lui est arrivé des malheurs. Les Russes, ils leur faisaient des agaceries aux miliciens quand ils en trouvaient quelques-uns. C'est drôle comme on ne nous aimait nulle part.

— De vrais héros romantiques, ai-je siffloté.

— Un peu plus tard, on nous a versés dans l'organisation clandestine. Retour à la nature. Les gros marlous de Marseille ont commencé à décharger les charrettes de foin. Et les pharmaciens de Béziers partisans de l'Europe de Charlemagne nettoyaient le pis des vaches. Quand on a su que vous avanciez, on s'est senti intéressés. Je dois dire, lorsqu'on vous a vus passer, vous, les Français, sur vos chars — avec vos airs de croisés glorieux, vos mines d'anges, votre équipement d'enfants gâtés — on s'est gonflé de jalousie. Pour vous, l'aventure, ça ressemblait à une boîte de Meccano toute neuve, et l'approbation des parents à la clé ! Vous vous installiez. Nous, un formidable sentiment d'inutilité ne nous quittait plus.

— Eh bien, ai-je dit, ça devait être très agréable.

Comme il ne répondait pas, j'ai repris :

— Agréable de se sentir dans la peau d'un autre ? Non ? Vous étiez les ennemis du genre humain. Et vous vous ennuyiez ? Vous ne bandiez guère ? Tu n'as pas honte ? C'était merveilleux, exaltant.

A ce moment, il s'est aperçu que je parlais de la Milice comme d'une étrangère et il m'a déclaré que j'étais un beau salaud. Il s'est lancé dans l'ironie comme sur une pente savonneuse.

— Comment tu les as rejoints les archanges libérateurs ? Les enfants de chœur de Roosevelt ? Tu t'es jeté dans la bataille, comme un grand, en chantant ? Tu t'es senti purifié en en sortant vivant ? Raconte un peu. Ça doit être bourré de souvenirs virils, un hussard.

Mais j'ai montré un grand calme pour répondre.

— Tu oublies souvent que j'habitais Paris. Je n'étais pas entré dans la Milice pour résoudre les problèmes qui torturent un cœur provincial. Du jour où la première armée française m'a engagé, je n'ai pas cessé de bien tirer pour cela. Simplement, les cibles ont changé. L'occupation n'avait pas laissé dans mon cœur des souvenirs d'amour, mais la certitude d'avoir vécu une époque passionnante, enfin passable. Quant aux hussards, ta jalousie se comprend : ils ont les figures charmantes sous les plus beaux calots du monde. On les embrasse dans toutes les gares.

— Les gens aiment encore la guerre, « chez vous » ? Et les statues, les discours...

— Sans doute, sans doute... Comprends bien, Besse, que nous n'avons pas la même nature. Tu es un réformateur. Un type comme Mahomet ou Victor Considérant. Tu voudrais supprimer les lâches, les imbéciles, les gens heureux, les optimistes et les démocrates...

— Toi, tu les couves amoureusement de l'œil. Le monde te plaît comme il est. Tu as une mentalité de parfumeur. Chaque année te donne une odeur agréable que tu recueilles précieusement sur ton mouchoir, entre les traces de sperme et les marques de rouge à lèvres.

— Comme c'est vrai ! me suis-je écrié.

Enfin, c'était tout le contraire. Il ne comprendrait jamais que j'étais un garçon à qui il n'arrivait pas d'aventures. Seulement des événements. Je me gardais d'éprouver des impressions personnelles comme le bonheur ou le malheur. (A chacun son Dieu. Le mien regarde en silence. Mon Dieu est le vrai Dieu.) Dans trente ans la Milice aurait un petit caractère propre et courageux, car le sang finit toujours par sécher. Alors Besse, malgré ses bonnes résolutions, finirait conseiller municipal à Bordeaux ou plutôt à Libourne. Mais il a continué dans une grande exaltation :

— On entrait dans la Milice pour défendre certaines positions et aujourd'hui, on les sabote. Les autres se désespèrent. Mais moi, je devrais trouver ça enivrant, tu as raison. Tout ça va très bien finir.

Il a ri d'un air si désagréable que j'ai été obligé de l'interrompre :

— Ça finira mal. Tu t'apercevras que tu ressembles à ton père, un héros de la lâcheté. Et tu te dégonfleras un bon coup.

Mais je pensais : en attendant il mène une existence folle, menacée par toutes les sagesses de la terre. Elles sont malignes, les sagesses de la terre ! Ces fines épingles attendaient impatiemment son explosion. Quant à moi, je respirais au-dessus de la sale odeur des preuves et des raisons comme au-dessus de la paille pourrie.

Besse m'a quitté. Son long visage s'est agité encore un peu dans la nuit. Je me suis demandé, en rentrant au cantonnement, ce que j'éprouvais à son égard. Sans succès. Il me suffisait d'attendre une semaine. Oui, dans une semaine, je le saurais.

Je lui avais parlé lâchement. Je l'avais laissé dans l'enthousiasme et le désespoir. Je ne partageais pas ses passions. Le divertissement occupait toutes mes heures. D'abord, c'était la vie militaire, naturellement gaie, paresseuse, à l'abri des tempêtes du monde. On y trouve un rôle facile qui ne réclame jamais d'improvisation. Avec l'ivresse, les gros mots, une certaine façon de porter son calot, on est tranquille. Si l'on veut brailler sur une route, s'esquinter dans les marches, les occasions ne manquent pas. Faire un peu de ménage, comme les messieurs de Port-Royal, rien de plus simple. Au contraire, pour flâner, j'avais une grande forêt. Mais je préférais, d'un seul coup de pied, envoyer voler la porte de la prison. C'était un ancien garage, dans la villa qu'occupait l'état-major du 3e escadron. Elle était vide. Le capitaine de Saint-Vérace était adoré de ses hommes, pour rien au monde ils n'auraient souffert d'être punis par lui. Je m'installais donc près de la lucarne. Le soleil m'inondait les mains. J'étais revenu de Strasbourg avec deux cents kilos de livres. Mes caisses, dissimulées un peu partout, encombraient chacun. Je lisais Caulaincourt,

Saint-Simon ou une bonne histoire des Croisades. C'est ce qui me rendait frais et dispos pour engueuler Rita quand je la trouvais avec son Gœthe, son Hoffmansthall et autres Dekobra. Elle m'approuvait car ses yeux étaient rouges de fatigue, tout son corps réclamait une vie personnelle et non plus l'existence passagère prêtée par les créatures de roman. Il régnait en elle une allure libre, cosmopolite, assez pure, intéressante pour mon cœur baveux et français.

Tout d'abord, je me suis juré qu'elle ne serait plus ma maîtresse. A cela, il y avait plusieurs raisons. J'avais soif de simplicité. L'amour était la dernière passion qui pût me convenir. Naturellement elle était belle et plus désirable que ne le sont ordinairement les femmes. Mais je m'en étais passé longtemps. Ce qui m'avait guéri des petites terrestres, je crois, c'est la scène qui avait éclaté entre Saint-Anne et moi, le jour de son arrivée, à propos d'une servante d'auberge. J'ai poussé l'insolence jusqu'à raconter cette histoire à Rita. Elle a bien ragé. Elle m'a demandé :

— Vous aimiez donc tellement cette fille ? Ou votre ami ?

Je lui ai répondu que je ne savais même plus le nom de la fille et que Saint-Anne, je l'avais détesté quelque temps pour sa légèreté, sa grâce, ses boucles et quelques autres qualités dont j'étais cruellement dépourvu. Quoi qu'il en fût, j'étais devenu d'une grande réserve à l'égard des jeunes paysannes. Quant aux bordels, jamais de ma vie je n'y mettrai les pieds : on risque bien trop d'y rencontrer des adjudants et des putains, deux espèces humaines en qui la laideur le dispute toujours à la vérole. Et si c'est encore un préjugé, ça m'est égal.

Devant Rita, il m'est arrivé souvent de me troubler. Heureusement, elle ne s'en apercevait pas. Elle était trop fière pour me montrer la moindre affection. Certains soirs, je brûlais du désir de retourner auprès d'elle. Ça, ç'aurait été merveilleux. Mais c'était permis. Je m'ordonnais simplement de finir ma bouteille de gin avant de partir. A cette condition, j'étais libre de jouer les jolis cœurs. Je buvais ma bouteille et au sixième verre, généralement, je tombais sur ma paillasse. Cette ivresse n'était pas jolie. Mais elle était sans témoin, quand l'ivresse amoureuse vous en donne deux, redoutables et sans appel : votre amoureuse et vous-même.

Je n'ai pas encore dit la principale raison de ma chasteté. Il était doux de sentir à côté de moi cette jeune Allemande qui m'était soumise et qui rageait de ne pouvoir crier son esclavage. Il était doux de songer qu'elle pensait à moi la nuit. En cela il n'y avait point d'orgueil. Seulement un peu de cruauté envers tout le monde et l'amour en particulier.

Je voyais Rita un jour sur deux. Nous n'avions pas que des conversations sérieuses sur les destins de la littérature. Souvent elle me prêtait un uniforme allemand qui venait de son mari. Un soir même je suis rentré à l'escadron dans cette tenue en braillant le *Chant des Partisans.* J'étais ivre mort. Elle m'avait poussé à boire un mélange de rhum et de vodka. C'était parfaitement infect. J'ai eu la chance de tomber sur le colonel qui nous rendait visite. Il a mis son monocle et il a dit seulement :

— Il y a des anarchistes dans cet escadron.

Ce brave con m'aimait bien, alors que le capitaine de Saint-Vérace en avait soupé depuis longtemps du cavalier Sanders.

Rita s'intéressait toujours aux moindres histoires de mon régiment et je cédais au déplorable penchant des vieux militaires qui consiste à raconter des histoires de nul intérêt. Elle connut ainsi tous nos officiers : Fermendidier et sa voix zozotante, Forjac beau commme une guêpe empoissée dans ses vices, Masselon des Anges, Vérité, puis les hussards, de Los Anderos à Karl Marx, en passant par Saint-Anne. Souvent elle me racontait des horreurs au sujet de ce dernier, prétendant que je lui en parlais trop, que c'était anormal, et que, dans le fond, j'avais envie de me l'envoyer. Le rouge me montait au visage et je lui conseillais de se faire enfiler par le jeune Werther ou par Julien Sorel, ce qui la guérirait peut-être de ses remarques déplacées. Nous sommes dans un siècle empoisonnant, où l'amitié excite les sarcasmes. J'ai reconnu assez tôt que le charme de Saint-Anne comptait pour moi, ainsi que sa beauté. Cela n'avait rien d'anormal, puisque j'aimais en lui ce qui était différent de moi, c'est-à-dire presque tout. Peut-être mon horreur des tantouzes était-elle encore un faux principe. Ces innombrables préjugés m'étaient aussi nécessaires que le sang qui passait dans mes veines. Je n'étais pas un être spirituel, mais un gros garçon français, d'un modèle historique, bien qu'un peu dévoyé.

Ces allusions de Rita n'étaient aucunement sincères. Elle me connaissait assez pour s'en passer. Elle désirait entraîner la conversation sur un plan très libre où je n'aurais plus bientôt qu'à remplacer Julien Sorel sur le divan. Mes railleries à ce sujet n'étaient pas entièrement stupides. Elle m'avait avoué en effet que son premier mari ne l'avait jamais possédée sans qu'elle songeât à Julien Sorel, déplorable confusion que je réprouve de tout mon cœur, en tant que Français et en tant que gros garçon. Au reste, elle mentait sans doute. Il suffisait de la regarder pour sentir que la perversité lui était inconnue. Mais elle la simulait parfaitement, ce qui est une autre forme de perversité.

Les choses se sont envenimées avec le beau temps. Rita sortait dans son manteau blanc et cette grande fille douce et décidée commençait à m'occuper un peu trop l'esprit. Heureusement, l'état-major ne nous laissait pas en repos : il multipliait les marches de nuit, les revues, j'étais maintenant conducteur et mon auto-mitrailleuse s'appelait Julienne. C'était une garce qui me donnait un souci terrible et nuisait à mon avancement. Je la traitais avec rigueur. Elle me le rendait bien. Dans ces conditions, on imagine que les bras d'une jeune femme auraient été les bienvenus. Mais enfin, du temps que j'étais canonnier, la responsabilité d'un véhicule me semblait aussi une belle chose. Je pensais qu'en étant conducteur, je trouverais en quelque sorte un appartement. La clé des coffres serait accrochée autour de mon cou, nul n'aurait le droit d'y mettre le nez, j'emporterais en manœuvres tous les livres qui me plairaient, ma robe de chambre dont je n'aime pas me séparer et même un shaker pour agacer les officiers pendant les haltes. Ces avantages de la Julienne n'en étaient pas, car je passais ma vie dans le cambouis, mes économies filaient en pièces détachées que j'achetais au marché noir de K. : c'était un poison de tous les instants.

Nous devions être au mois de mai, la longueur des journées m'en fait souvenir. Un matin, un dimanche matin, je gagnai la maison de Rita où je trouvais, à défaut d'affection, du calme, des olives et du pain beurré. On m'avertit qu'elle était couchée. Je remerciai le maître d'hôtel. L'air était froid comme il arrive souvent à cette époque. J'ai attendu quelques minutes dans le jardin, puis je me suis faufilé dans le salon. Cette villa était grande, heureusement bâtie, je me plais à le reconnaître. J'ai grimpé l'escalier et j'ai pénétré sans bruit, non pas dans sa chambre, elle n'y dormait plus, mais dans la pièce voisine. J'ai souri en apercevant son bras gauche replié contre sa tête, ses beaux cheveux étalés sur le drap. Je me suis assis à l'extrémité du lit et j'ai passé une demi-heure agréable à caresser un pied inanimé ou à soulever l'un après l'autre les cheveux qu recouvraient sa figure. A mon tour, je me sui endormi, sans méfiance. J'avais glissé sur le tapis j'étais parfaitement bien. Je ne sais lequel de nous deux s'est réveillé le premier. J'avais rêvé que j'entrais dans un fleuve épais qui était une armée de cavaliers sans visage et je me trouvais seul parmi ces inconnus quand je devinai qu'ils étaient morts. Vite, je sautais sur la berge où l'on massacrait un jeune pauvre qui était mon ami Besse. De gros messieurs, avec des chaînes de montre, lui enfonçaient leurs parapluies dans l'œil, dans le ventre et il disait « Merci » d'un ton confus. Je les chassais, mais à peine m'étais-je éloigné que j'entendais des cris. C'était Besse, à nouveau, qui massacrait d'autres pauvres. Ils étaient aussi minables que lui et il ne sortait de leur bouche que de bonnes paroles grasseyantes : « Alors, mon vieux, on va-t-y boire un coup... » Je n'y comprenais plus grand-chose. Je me retrouvais dans le fleuve des guerriers morts. Je redressais les bustes qui s'écroulaient, car des cavaliers doivent tenir droit sur leur selle ; c'était un travail sans fin et les chevaux mordaient je ne sais quoi dans la nuit. Au loin, l'horizon était rouge. Tel était notre but. Epuisé, je m'abandonnais à mon tour.

Au milieu de ces difficultés, une grande impression de douceur et de certitude me saisissait parfois : la main de Rita, sans doute, qui traînait sur son lit et que je heurtais du front en me retournant.

J'ai raconté mes aventures dans un grand mélange d'allemand et de français : elles étaient plus jolies de la sorte. Mon amie m'a écouté, les deux poings serrés sous son menton.

— J'ai une idée ! s'est-elle écriée. Au lieu de nous ennuyer à écouter vos rêves, nous allons nous cacher dans la fumée.

Elle s'est levée d'un bond. Elle était à moitié nue, car elle portait seulement la veste d'un pyjama d'homme qui lui arrivait au milieu des cuisses. Par un détail touchant, le tissu était brodé de petites croix gammées. C'était une défroque de son premier mari. Le second était beaucoup trop militaire pour aimer les emblèmes nazis. Elle m'a ordonné de lui embrasser les poignets, ce que j'ai fait avec plaisir. Elle prétendait qu'au réveil son pouls battait la chamade et qu'il fallait lui donner un peu d'amitié. Elle était folle et gentille.

Elle est revenue en portant cinq ou six grandes pipes de porcelaine achetées par son beau-frère en Autriche ou en Bohême. Nous les avons allumées et tour à tour, nous avons aspiré dans les unes ou dans les autres. J'ai attrapé au vol un paquet de cigarettes qu'elle me jetait. Bientôt la pièce a été remplie de fumerolles, de cassolettes ou de brasiers. Notre mal de tête augmentait. Je ne distinguais plus ni objet ni maîtresse. A la réflexion, ce jeu était totalement idiot. Dès que je m'en suis aperçu, j'ai décidé de tricher. La téhessef, pour ajouter à l'atmosphère, jouait un concert de musique arabe donné par nos braves goumiers, à Baden-Baden. A côté, c'était sa bibliothèque, le fouillis de ses disques, de ses photos et la réserve de rhum. La fumée étant passée par les rainures, cette pièce ne valait pas beaucoup mieux que la précédente. Mon intention première était de tremper les romans de mon amie dans l'alcool. Ainsi prendraient-ils ces couleurs qui leur manquaient et l'on pourrait espérer qu'ils se décideraient à finir plus vite, l'auteur par exemple, décidant vers la trentième page d'arrêter les frais et d'aller à la campagne.

J'ai oublié de dire que cette tabagie était un jeu pour se moquer de moi, car je ne fume pas. Alors je me suis dirigé vers le balcon, dissimulé par d'épais rideaux verts. Mon hésitation m'avait laissé le temps de réfléchir : décidément je n'arrêtais pas de tricher avec Rita. Mon cœur se remplissait de ces reproches faciles qui m'en évitaient de plus graves. Enfin, elle me recevait, me bourrait de nourriture, de disques, j'étais assez dégoûtant pour l'abandonner dans la fumerie. Au spectacle de mes mouvements furtifs pour ouvrir la fenêtre, Rita, en battant l'air de ses mains, éclata de rire. Elle était là depuis un quart d'heure.

— Vous êtes ignoble, lui ai-je dit, une ingrate. Dieu sait que je ne vous aimais pas beaucoup. C'est encore moins à présent.

Nous avons ri quelque temps sur ce balcon. La fenêtre laissait échapper une ouate parfumée qui nous entourait et nous dissimulait entièrement. Devant nous, c'était la forêt, endroit plein d'arbres où je méditais d'entraîner un jour la Julienne pour l'attacher et la laisser mourir de faim. Car les ennuis allaient recommencer, sûrement, je n'étais pas tranquille au sujet du carburateur qui crachotait d'une manière significative. A ces pensées, mon front s'est rembruni, j'ai serré les lèvres. Cette expression pouvait sans doute passer, malgré son origine, pour un mouvement romantique du visage, car mon amie s'est serrée contre moi et m'a dit à l'oreille :

— J'ai froid, tu sais. Tu es grand, toi, il faut que tu me réchauffes.

Un autre aurait répondu que c'était bien fait et qu'elle n'avait pas besoin de sortir sur son balcon les jambes nues. Malheureusement, j'étais François Sanders, toujours disposé à montrer ma force et j'ai soulevé cette Allemande entre mes bras sans bien savoir où j'allais la reposer. Elle m'a tiré de mon embarras en me disant que le second étage était ennuyeux, mais qu'il y avait un grenier auquel on accédait par un petit escalier tournant. J'ai suivi ses indications. J'avais naturellement les deux mains prises et je crois qu'elle en a profité plusieurs fois pour m'embrasser. Elle avait trouvé le moyen de se farder ; j'ai pensé, non sans ennui, qu'il faudrait encore me laver la figure avant de rejoindre Karl Marx, cet étudiant qui couchait dans la chambre de Saint-Anne et qui m'avait provoqué aux échecs pour l'après-midi. En cognant la jeune femme contre la rampe, j'ai atteint le grenier, avec ennui, je peux le jurer, car ces pièces m'ont toujours inspiré une certaine terreur par leurs dimensions, leur plancher qui craque, les araignées qui s'y cachent et enfin ce pittoresque assommant dont nos rédactions, en classe de quatrième, nous ont guéri pour la vie. J'ai été heureusement surpris en découvrant l'abondance des vêtements qui peuplaient cet étage. On ne pouvait rien rêver de plus étonnant. Mon amie m'avait bien dit qu'elle était riche, mais tant de robes de toutes saisons me tournaient la tête, car un souffle de vent, un rayon de soleil, et les corsages se gonflent, on est entouré de vivantes, chacune porte le nom d'une journée passée avec un autre, — et ces souvenirs n'ont rien d'encourageant. Il y avait aussi des piles de manteaux entassés en bosquets où les boules de naphtaline montraient leur tête curieuse et dure. J'ai déposé mon amie entre deux colonnes de cartons à chapeaux et sur une montagne de tapis : il y en avait plus d'un mètre de hauteur. Elle riait, blanche et moqueuse, sur ce bûcher.

J'air relevé une mèche de cheveux qui me recouvrait le front. Puis je lui ai demandé si elle n'était pas complètement folle de posséder tant de vêtements. Elle m'a répondu que ce n'était pas entièrement sa faute. Son père ne sachant quoi faire de l'argent qui lui rentrait sans cesse, avait acheté une maison de couture à Berlin. C'était en 42. Cette fantaisie lui assurait l'amitié des plus hautes dames du régime. Quand les choses s'étaient gâtées, il avait fermé les salons, emballé les robes et il avait emmené le tout dans sa villa, non sans accumuler les emballages de cellophane, les housses, les produits anti-mites, *und so weiter.*

Après la mort de ce père prévoyant, Rita s'était amusée à semer un peu de panique dans ces friperies qui ne lui convenaient aucunement. Elle s'habillait à Paris jusqu'au moment où les Américains lui en avaient fermé l'accès; ensuite elle avait fait ses robes elle-même plutôt que d'en confier l'exécution à des couturières de Stuttgart. J'ai pris comme je devais ces compliments, car si les Français, autrefois, entendaient vanter avec plaisir leur littérature, leur monarchie et leurs armées, ceux du XXe siècle bouillonnent de joie dès qu'on fait la moindre allusion à leurs couturiers et à leurs parfumeurs.

J'ai escaladé le bûcher où cette Allemande riait toujours.

— Tu vas voir, m'a-t-elle dit en serrant la bouche avec une sorte de joie méchante, tu vas voir : tu ne m'auras pas comme ça. Je me défendrai.

— J'espère bien, ai-je fait en ouvrant sa veste de pyjama. La comédie ne serait pas complète sans ça.

Elle m'a traité de sale brute en essayant de me gifler, mais par malheur sa main s'est prise dans la mienne. Mon treillis américain ne me gênait pas beaucoup et il n'était pas mauvais, après toutes ces croix gammées, que son corps reçût l'impression des aigles yanquis, dessinés sur mes boutons. Par contre mon ceinturon venait de l'armée française : il portait un troisième emblème, celui de nos chars d'assaut : une cuirasse qui rappelait bien entendu la charge de

Reischoffen, endroit fameux où les Gaulois qui étaient jusqu'alors une « insolente nation » sont devenus d'un seul coup des « braves gens »[1]. Troublante réunion, sur ce lit, entre une Allemande et moi, de Hitler, de Benjamin Franklin et du maréchal de Mac-Mahon. Cette idée m'a tellement amusé que j'ai fait l'amour à mon amie avec beaucoup d'emportement. Elle m'en a récompensé en mettant du rouge à lèvres sur le col de ma veste et en enfonçant ses ongles dans ma nuque. J'avais été bien imbécile d'attendre si longtemps : toutes ces petites manières, ces craintes, ces scrupules, je ne les aurais pas eus dans la vie civile. Mais l'armée m'avait rendu sage, bête et prudent.

C'est un grand hasard si nous n'avons pas eu d'enfant à la suite de cet engagement. Nous avons certainement dû cette chance au bonhomme Franklin. Pour Hitler, je n'y comptais guère ; c'était un furieux et, qui plus est, un collaborateur : l'union d'une Allemande et d'un Français devait lui faire plaisir dans sa tombe. Quant à Mac-Mahon, étant mort en état de virginité, il n'intervenait sûrement pas dans les affaires de ce genre.

Rita est restée un instant les yeux clos. Puis elle a dit gravement :

1. C'est sûrement Daniel Halévy qui compare ces deux exclamations, l'une située dans la bouche de Guillaume d'Orange, au XVIIe siècle, et l'autre sur les lèvres de Frédéric-Guillaume de Prusse, à Reischoffen.

— C'est toi que j'aime, c'est toi.

Ces paroles n'avaient pas grand sens. J'avais vu des photographies de son mari. C'était un type très bien balancé, à l'époque elle devait en être ravie. Sans la saloperie des événements, il n'aurait pas été prisonnier en Russie et je n'aurais pas connu Rita. Donc il ne fallait rien exagérer. Moi seul avait le droit, peut-être, d'aimer cette fille charmante, car elle avait un visage dolent et tranquille, vite démenti par son corps et sa voix dans le plaisir.

Je suis retourné dans ce corps dix minutes plus tard. Je ne sais pourquoi, sinon pour atténuer les cris qu'elle avait lancés un quart d'heure auparavant, elle n'a pas cessé de parler tandis que je la prenais. C'étaient heureusement des phrases sans suite, généralement inconvenantes mais prononcées avec délicatesse. A la fin, j'ai décidé de me venger et comme elle n'était pas loin de mourir, je me suis arrêté soudain en la tenant immobile de mes deux mains serrées.

— Dégoûtant, a-t-elle dit. Sale dégoûtant. Tu me le paieras.

Ses yeux brillaient comme ses dents. Rien n'était plus amusant que de la sentir rager entre mes bras. Le ciel m'avait fait de cette race des hommes, puissante, assurée, maîtresse de la terre, des animaux et des femmes. J'ai souri en voyant son trouble augmenter.

— Tu ne parles plus, maintenant. Tu vois ce que tu es.

Soudain, j'ai senti ses mains glisser autour de

ma taille et avant que j'aie pu me dégager, car elle écrasait mes bras sous son corps, elle a sorti de son fourreau le poignard que je portais toujours. C'est elle qui me l'avait donné : un très joli poignard de colonel allemand, dont j'étais fier et que le capitaine de Saint-Vérace m'enviait sans oser me l'acheter. Maintenant la lame m'entrait dans les reins et le bonheur, sur son visage, remplaçait le désir. Aussi j'étais bien bête d'avoir gardé mon ceinturon et quand on joue les brutes, il vaut mieux ne pas tomber dans des aventures aussi ridicules.

— Très amusant, ai-je dit. C'est une bonne vengeance. Il fallait bien que vous abusiez de moi un jour.

Elle tenait les deux mains fortement serrées autour du manche et une petite blessure s'agrandissait dans mon dos. Je n'ai jamais rien vu d'aussi grotesque et d'aussi charmant que cette manière de faire l'amour. Par la suite, elle s'en est déclarée très satisfaite, parce que je grognais chaque fois que la lame m'entrait dans les reins.

— Chacun pousse les cris qu'il mérite, a-t-elle remarqué. Toi, mon amour, tu es un sentimental. La volupté ce n'est pas ton genre : tu n'y comprends rien. Mais les choses pointues...

Et un peu plus tard :

— Ça n'a pas d'importance que tu sois une pareille brute. Tu es un amant délicieux, c'est tout ce que je te demande.

D'un pied rageur, j'ai poussé une colonne de

cartons à chapeaux, ils se sont écroulés avec un bruit creux.

— Ne te fâche pas, a-t-elle continué. C'était un compliment. Mais tu saignes, ma parole !

Elle a sauté sur le sol, enfilé une robe longue d'ottoman gris et disparu. Puis elle est revenue, recoiffée, digne, majestueuse, m'apportant mon casque bourré d'œufs durs et deux bouteilles. Je ne me promenais jamais sans casque. Inutile coquetterie, on voyait encore une partie de ma blessure.

— Tu en auras assez ? Il y en a vingt. Les domestiques sont sortis, nous sommes tranquilles.

J'ai lorgné les étiquettes des bouteilles et je lui ai demandé si son papa, en plus d'une maison de couture, n'avait pas acheté une distillerie.

— Oh non, mais il avait la manie d'entasser n'importe quoi. La cave est pleine d'alcool et d'huile. Mon Dieu ! Je suis effrayée chaque fois que j'y mets les pieds. Jamais je ne boirai vingt mille litres d'huile ! D'ailleurs elle est plutôt rance.

Un éclair m'est passé dans les yeux car j'ai songé tout d'un coup que ce produit clandestin serait excellent pour la santé de mon automitrailleuse. Cette garce de Julienne ne s'attendait pas à un coup de cette façon. Pour revenir à la villa, elle avait un côté divertissant : cette abondance de gin, par exemple, était une chose heureuse. J'ai demandé à mon amie pourquoi les Français n'avaient jamais perquisitionné chez elle. Il était même étrange que le capitaine de

Saint-Vérace n'eût pas établi son PC dans cette belle maison.

— Parce que, dit-elle d'un air mystérieux et content d'elle.

— Parce que quoi ?

— Voilà.

Elle se tenait debout, se balançant sur une jambe, les mains croisées derrière le dos, élégante et changeante comme l'ottoman, dans la pénombre du grenier.

— Ce n'est pas long comme explication, ai-je fait en serrant les lèvres.

J'ai sauté au pied du bûcher et je me suis approché d'elle.

— Tu as vu Saint-Vérace ?

— Peut-être.

Elle commençait à m'exaspérer, d'ailleurs j'avais bu une trop longue gorgée de vodka et c'est toujours une bonne excuse : on peut battre une femme, tuer un enfant, voler une pauvresse, après la vodka, c'est encore la faute de la Russie. J'ai serré les poignets de Rita. Ensuite j'ai été plus loin que je ne voulais car elle est tombée par terre en haletant, son doux visage perdu dans les larmes. Elle a poussé un grand « Oh ! » qui m'a réveillé, je l'ai lâchée. Ses yeux sont revenus vers les miens, ses yeux gris, sans un reproche et même avec une sorte de reconnaissance. Elle a recommencé son exclamation plus faiblement et elle m'a dit :

— Mais c'est merveilleux, mon petit François, tu m'aimes pour de bon. Il faut que je te plaise joliment pour que tu sois jaloux d'un gros officier comme le tien.

Avec mauvaise humeur, je me suis écarté. J'ai commencé à manger les œufs durs. Je me moquais éperdument de Saint-Vérace. Mais je ne voulais pas que Rita... Mon amie est venue mettre ses bras frais autour de mon cou. En relevant la tête, j'ai vu ses seins qui frémissaient à peine dans son corsage entrouvert, j'ai eu envie d'elle et tout cela s'est oublié.

Au milieu de l'après-midi, nous avons eu une alerte : des pas montaient jusqu'au premier étage et craquaient sur le palier. Rita a vivement passé un manteau de laine rouge et m'a quitté. Elle est revenue quelque temps plus tard.

— C'était mon beau-frère, a-t-elle dit. C'était Frédéric.

Je lui ai demandé s'il s'était montré surpris de sa tenue, mais elle m'a répondu qu'on était habitué à ses excentricités. Elle a poursuivi :

— J'ai dit que je dormais, qu'il me cassait les pieds.

— Il a fait la guerre, votre beau-frère ?

— Oh non ! Il vous a seulement occupé. C'est un grand malade du cœur. Il détestait les nazis. Mon mari ne lui en voulait pas de ça ; il lui reprochait surtout d'être cardiaque.

J'ai souri et elle a souri à son tour en sortant de sa coquille rouge. Nous avons roulé sur des robes du soir et en même temps, nous parlions de ce brave Allemand.

— Il invente de si grands mots, disait-elle. Ce qu'il peut m'ennuyer !

Elle sortait de mes bras avec une expression de grande sagesse sur le visage. Nous ne parlions plus beaucoup. J'aimais son odeur ou plutôt le goût de sa peau. C'était l'essentiel et tant pis si des détails comme son caractère, sa vérité, m'échappaient.

Au milieu de la nuit, nous avons été réveillés par une lueur immense qu'accompagnait un fracas redoutable. Curieux comme le sont tous les Français, je voulais sortir quand elle m'a retenu par des moyens déloyaux. Quelque temps plus tard, nous avons entendu des camions qui démarraient. Mais nous commencions à dormir pour de bon.

Je suis sorti de ce sommeil, dix heures plus tard. C'était lundi dernier et il devait être aux environs de midi. J'avais la tête un peu lourde. Je marchais au milieu de la forêt en butant contre les racines. Je pensais à beaucoup de choses à la fois. Mais cela, je ne pouvais y penser.

En effet, le vacarme de la nuit s'expliquait. Un train d'enfants avait sauté sur du plastic. On continuait à dégager les corps. Je m'y suis mis avec une sorte de rage. Au bout de quatre heures, l'heureuse fatigue est venue relayer ma tristesse. Par une chance miraculeuse les seuls morts étaient des grandes personnes groupées dans les premiers wagons. On comptait une centaine de blessés parmi les enfants. Il était difficile de songer à ces enfants qui entreraient dans la vie avec une jambe en moins, un œil crevé ou un visage... Machinalement j'ai porté la main sur la blessure qui me défigurait. Pour moi, ça n'avait pas d'importance. Il y avait des femmes assez bêtes pour m'aimer. Et puis moi...

Le soir, en revenant avec les équipes de déblaiement, nous nous sommes heurtés à un pendu, branché à cent mètres de l'accident. Un type est monté dans l'arbre, a coupé la corde. Le cadavre a roulé sur le sol, jusqu'à mes pieds. Mon voisin l'a retourné d'un coup de botte. C'était Besse et tel était notre second rendez-vous.

Plus tard, au château, on s'interrogera sur ce suicide, on accumulera les renseignements. Un signalement venu de Paris donnera son identité et on pensera généralement que l'auteur de l'attentat s'était fait justice.

Je ne pourrai décider. Vivant comme je l'étais, je n'en avais pas le droit.

Un ami, c'est beaucoup ; mais un double, une ombre qui vous a suivi longtemps, chargée des mêmes espoirs, tournée dans les mêmes crimes, c'est beaucoup plus précis : un conseil, un ordre. Ce qu'il avait fait de lui, je devais le faire. Sur un théâtre silencieux les personnages de l'histoire défilent : celui qui a duré quand les autres sont morts, celui-là passe en baissant la tête ; il jette un regard de mépris sur toutes les années qu'il a volées. Qu'en a-t-il fait ? Des fonctions éminentes dans le gouvernement de l'Etat, le commandement d'une place forte, une ambassade, la gloire, ou simplement le bonheur, tout cela se résumerait beaucoup mieux dans une minute fatale. On part avec les autres, on ne les lâche pas : voilà une fameuse ambassade, une vraie place forte. Depuis je me le suis répété sans arrêt. C'était beaucoup trop souvent. Certaines vérités n'ont de force que dans l'ombre et piétinées. Au grand jour, elles s'envolent, regagnent leur ciel impérissable.

Besse s'était tué. Tout seul il s'était avancé sur ce chemin que les autres nomment la justice parce qu'ils ont le goût des balances droites. Il leur fallait un cœur bien prompt pour décider si facilement. Besse s'était donc dirigé vers cette forêt où il savait que les choses pour lui retrouveraient un visage. A sa place, j'aurais fait comme lui.

Mais j'étais Sanders.

DE FORJAC

Ces événements ne laissaient pas que d'être infiniment perturbants. Il va de soi que j'en étais parfaitement averti en pénétrant dans le vestibule du château, mais cette science ne me fit pas trouver moins désagréable les hennissements du colonel de Fermendidier. Il avait passé la nuit sur le lieu de l'accident, courant d'un wagon à l'autre, prenant les rescapés dans ses bras, se brûlant la moustache aux dernières flammes et se conduisant beaucoup plus en brave homme qu'en officier de cavalerie. L'aspirant Vérité m'avait soufflé toute l'histoire, tandis que je sortais de la voiture qui me ramenait de K. En rentrant dans mon bureau, j'eus le loisir de percevoir la conversation que tenaient Saint-Anne et ce détestable étudiant, surnommé Karl Marx, qui partageait sa chambre.

— Ah là, là, disait l'étudiant. Si tu avais vu le colonel debout devant la porte en grand manteau et en bottes, avec ses clebs, tout à fait Eric von Stroheim, il était, le vieux.

— Tes souvenirs de cinéma t'égarent, répondit Saint-Anne avec une grande affectation de sérieux. Cette affaire est bien préoccupante.

Elle l'était. Nous avions passé la nuit précédente à l'état-major du général et pendant dix minutes nous nous étions promenés dans le jardin qui sentait délicieusement bon. Nous parlions justement de la mort, Saint-Anne me racontant l'agonie d'un de ses amis, nommé Maximian, que les Allemands avaient brûlé comme une vulgaire sainte, le jour même de leur capitulation. Cette question passionnait ce jeune hussard. Il se voyait devant Elle comme le candidat à l'examen capital qui repasse fiévreusement toutes les matières enseignées. Mais les matières enseignées par la mort sont mal connues. Les esprits bien informés affirment qu'il faut croire en Dieu : François ne croyait pas en Dieu, il en était partisan. Il comparait les croyants à des fabricants de canon qui lui fournissaient des preuves, hélas, ces preuves éclataient entre ses mains. Puis il me demandait soudainement :

— Et vous, maintenant qu'il fait nuit et que ça arrange les choses du côté de la honte, comment êtes-vous avec Dieu ?

Cher petit Saint-Anne ! Je n'avais pas besoin de me cacher dans la nuit... Les autres répétaient que les puissants de la terre ne forment qu'une famille, en ce sens je ne pouvais renier Dieu. A mon sens, Jésus-Christ était un coupable jeune homme. Il avait donné aux hommes l'envie de ressembler à des torches. Je préférais les stupides

Romains, admirateurs des colonnes, des tombeaux, des murailles et, en général, de tout ce qui sentait le plâtre ; ils étaient propres, discrets, peut-être un peu chauves sur le chapitre des sentiments. Aujourd'hui, les torches étaient des boîtes d'allumettes, on brûlait un petit sentiment pour une femme, un autre pour un tableau, ainsi en avait-on pour un long temps et, d'ailleurs, c'étaient de mauvaises allumettes, la plupart ne prenaient pas feu. De toute façon, ces pensées ne valaient rien, je répondais en persiflant (mais sans gaieté, je le jure bien) je répondais que Dieu et le capitaine de Forjac s'ignoraient. Saint-Anne me demandait avec indignation comment je pouvais parler de la sorte ? *Un officier qui a tant d'idéal...*

Je prenais l'injure en plein visage, sans penser à me défendre, puisque aussi bien je la méritais. Oui, un certain mélange de drapeaux dans le soleil couchant, de proclamations à haute voix, de troupes alignées, de machines furieuses puis apaisées, tout cela formait depuis longtemps sous mon regard une sorte d'horizon qu'il fallait bien appeler l'idéal militaire. Mais je ne me dissimulais pas que cet idéal n'était qu'une sorte de cold-cream dont je me barbouillais l'intérieur de la tête pour éviter des ennuis différents. J'étais donc sincère en défendant la discipline, l'ordre, la vaillance, pareil à celui qui est sujet aux bronchites et trace l'apologie du cache-nez. Pourquoi le nier ? L'armée était le refuge de tous les sentimentaux qui, lassés du monde (le monde si difficile !) retournaient vers leur enfance, se mettaient en rang.

Sans quoi les hommes se ressemblaient tous, il était inutile de les regarder comme s'ils se promenaient sur un écran de cinéma. Seuls quelques étourdis se trompaient et sortaient de la vie en se jetant par la fenêtre au lieu de passer par la porte. Ceux-là, on les décorait du nom de héros et, plus tard, on faisait danser leur sacrifice devant les yeux des petits garçons éblouis, afin qu'ils se préparent pour leurs vingt ans à la même destinée ; mais les petits garçons, devenus grands, vendaient plutôt des frigidaires.

Cependant à peine sortai-je du bureau de Fermendidier, le surlendemain de l'accident, que je courais jusqu'à Saint-Anne comme le dormeur mal réveillé qui court se jeter dans la mer. Je lui disais :

— Un peu plus tôt, vous auriez aperçu deux officiers des Renseignements généraux qu'on nous envoie de Paris.

— J'aime pas les agents, faisait-il d'un air maussade.

— Ceux-là vous intéresseraient. Ils ont organisé un des premiers maquis de Eftépés en 42. Ils ont été tous les deux torturés.

— Bravo. J'aime pas les agents.

— Ils s'en sont tirés. Alors, c'était en 43, ils ont travaillé dans les renseignements pour le P.C., ensuite sous les ordres du B.C.R.A. On les regardait d'un mauvais œil ; vous n'ignorez pas qu'au B.C.R.A. les cagoulards représentaient l'extrême gauche et les royalistes de droit divin le centre... à peine le centre. Mais ceux-là faisaient du bon travail.

— Quel travail ? Pour moi l'espionnage n'est qu'amusement, espionnes blondes qui tombent dans vos bras et ne sont pas trop lourdes... Ils vous plaisent ?

— Ils me déplaisent de tout mon cœur.

— Naturellement, vous êtes le Fouché de la région. Ils vous détrônent. Pure jalousie.

Je répondais : « Bien sûr, bien sûr », car l'intérêt, l'hypocrisie, la canaillerie, sont des conventions qu'il faut adopter devant les très jeunes gens si nous voulons qu'ils nous estiment. Ensuite, je faisais quelque chose pour la vérité, j'ajoutais :

— En plus, ils sont vulgaires. Ils crachent par terre en prenant des airs triomphants.

— En effet, reconnaissait Saint-Anne, ce n'est pas votre genre de beauté. A se demander si vous avez jamais craché de votre vie.

Eh bien, oui, il m'était arrivé de cracher sur le visage confiant d'une femme que je méprisais autrefois, j'étais jeune, je manquais de vocabulaire, et aussi j'avais craché un peu de sang, en Syrie, sans doute parce qu'une grave blessure est d'un bon effet dans la carrière d'un officier. Puisque j'en étais au chapitre béni de l'indignation, je devais avouer que ces deux enquêteurs, en peu de jours, s'étaient taillé une place de choix dans cet empire. J'avais horreur de leur façon de s'installer dans mes fauteuils, horreur de ces manches où l'on distinguait encore la trace des deux galons que le ministère les avait obligés à découdre, horreur enfin de cette justice qu'ils avaient servie après la libération ; tout le sang qu'ils avaient fait couler légalement, dans les formes requises et avec la bénédiction de leur conscience, ce sang flottait encore dans leurs yeux glauques. Certes, je voulais autant qu'eux-mêmes déceler la trahison, découvrir quel fil secret réunissait ces cadavres entassés devant nous. Mais enfin ce sale travail ne demandait pas tant d'éclats de voix. D'ailleurs il y a plusieurs choses dans la vie, comme les apéritifs, le bridge et la résistance, auxquelles je n'ai jamais rien compris.

SANDERS

Avec l'amour, peu à peu, l'univers tombe en lambeaux comme un malade que la gangrène a travaillé, puis une vie neuve, un jour se révèle. Mais cette vie qui tend les bras recule devant vous, et plus vous avancez, plus elle s'écarte, brillant toujours d'un feu parfait. La poursuite vous exalte, le rouge vous monte au visage, et ce bonheur incomparable, cet absolu royal, vous le suivez à la trace, fidèlement, heureusement, jusqu'au jour où vous sentez enfin que la solitude est la plus forte. Car le vieux monde, ses habitudes, ses lois, ses plaisirs, dorment sous la poussière mais rien encore ne les remplace et l'on est comme ce voyageur écœuré des siens qui a rêvé longtemps du départ ; il s'embarque, il aborde l'île dans la nuit, il ne peut trouver le sommeil car demain ses yeux verront, mais un mal inconnu l'a frappé : jamais il ne connaîtra le jour ; dans l'ombre il souffle et désespère.

Ainsi étions-nous perdus, Rita et moi, chacun de notre côté. J'avais été loin dans son cœur, elle avait regardé le mien. Elle me connaissait trop, elle ne pouvait plus me voir. J'enrageais de cette indifférence fanatique qu'elle mettait dans son amour. Je lui parlais de ma blessure. « Ça ne fait rien, me répondait-elle, tu n'es pas mal comme ça. » Elle se déshabillait, se glissait contre moi et fermait les yeux dans une méprisable attente. Oui nous avions dépassé l'amour : il nous restait la passion. Je n'oublierai pas ce jeudi, deux semaines après l'accident, où nous avons passé une vingtaine d'heures ensemble. Cela faisait une longue journée, un long jeudi qui nous était donné dans la vie. « Tu es un horrible garçon, me disait-elle, avec un grand sérieux. Dès qu'on a envie de toi, la même idée te vient. Ah, tu es plein d'idées ! » C'est une chose imbécile, mais elle aimait mon corps, elle y trouvait une solidité qui manque à la vie, quelque chose qu'on peut mordre et qui résiste. « Venez ma douceur, me disait-elle parfois. Vous savez que vous avez des yeux qui ne sont pas si mal. Pour une brute de votre espèce, vous avez de la chance d'avoir ces bons yeux-là. »

Nous nous sommes donnés quelque temps encore à l'amour et à l'alcool. Vers onze heures du soir, j'ai été obligé de la quitter. On ne plaisantait pas dans mon escadron et j'avais manqué trop d'appels. Elle m'a donné trois bouteilles à emporter. Elle voulait s'en débarrasser à tout prix car elle en avait assez de boire comme elle le faisait. Sur ces bonnes résolutions, je l'ai embrassée des pieds à la tête et je suis parti.

J'étais parfaitement ivre, mais pas fâché contre la vie. Je me suis retrouvé devant les véhicules. Je ne haïssais plus la Julienne. Pour lui prouver cette métamorphose de mes sentiments, j'ai soulevé le capot et j'ai versé du gin dans le réservoir. Le contenu de la dernière bouteille m'a paru bien épais et bien sucré, mais ce n'était pas d'une grande importance. J'ai donc été me coucher en me léchant les doigts, confiant dans les deux jours de prison qui m'attendaient le lendemain. Il n'en fut rien.

Je me suis senti traîner par les pieds et on m'a renversé plusieurs seaux d'eau sur la tête. Comme je me relevais pour chanter pouilles aux auteurs de cette plaisanterie, j'ai aperçu le colonel qui arrivait, salué par Saint-Vérace et quelques seigneurs de moindre qualité. Los Anderos m'a bouclé ma jugulaire, tout en me conduisant vers les voitures.

— Alors, mon gros, m'a-t-il soufflé, tu as oublié qu'il y avait des manœuvres d'escadron.

J'ai juré d'une manière atroce. Mon treillis était dégoûtant et la carabine qu'on m'avait flanquée autour du cou me battait les flancs. Au surplus, je dégoulinais affreusement. Tant bien que mal, je me suis accoudé à la Julienne. Un premier sifflement, un second, un troisième et nous avons embarqué. Los Anderos me soutenait par le col. Ces communistes ont un certain cœur. Au volant j'ai éprouvé de nouvelles difficultés. Le chef Dieulafoy m'a demandé par radio ce que je branlais, comme si j'étais d'humeur, après la journée de la veille, à songer au péché de chair. Je suis descendu, toujours soutenu par mon saint-bernard. Le moteur crachouillait d'une manière infecte. J'ai souri amèrement. C'était bien un tour de la Julienne. Le colonel et Saint-Vérace se sont approchés. Je venais de m'envoyer un solide courant électrique et j'étais en train de remarquer à mi-voix que mille millions de bordels de gros cul de pompe à merde...

— Allons, allons, fit le colonel en ajustant son monocle, ne nous fâchons pas, bon ami. Ces autos-mitrailleuses, on sait bien que c'est de la camelote, ha, ha !

Les cavaliers, pour lui, étaient : « mon petit ami », mais je partageais avec plusieurs sous-officiers le privilège d'être son « bon ami ». En poussant des chuintements sinistres, mon chef d'escadron s'est penché sur le moteur. Fermendidier n'y entendait rien, ayant fait toute sa carrière au Maroc, avec les spahis. Considérant ma tenue d'un air intéressé, il m'a dit :

— Tu n'as même pas eu le temps de t'essuyer, bon ami. Tu es trempé. Dangereux pour la santé, ça. Enfin, c'est un plaisir pour ton colonel de voir ton ceinturon : ça, c'est signé France !

A ce moment critique, alors que ma tête vacillait dans toutes les directions, tandis que Los Anderos me maintenait toujours par le col, cet animal de Saint-Vérace a poussé un cri de fureur. Il venait de découvrir sur le sol une bouteille de gin, une de Chartreuse et une de crème de cacao. Des traces sur le réservoir l'avaient déjà intrigué.

C'est ce qu'il a expliqué d'une voix mâle, en parsemant son discours de quelques aménités à mon égard. Le colonel s'est gratté la nuque ; il était bien fâché d'abandonner ses soupçons sur la qualité du matériel étranger. L'alcool me désignait clairement comme étant le coupable. Un autre hussard se serait servi de vin rouge. Notre capitaine s'est inquiété du nom de la sentinelle chargée de garder les véhicules. J'ai été franchement fâché à la pensée qu'on allait punir quelqu'un. Mais cela n'a pas duré. En consultant les tours de garde, on a découvert que j'étais précisément désigné pour la garde, cette nuit-là. Le colonel m'a notifié :

— Décidément tu veux jouer au plus con avec ton capitaine. Tu vas tâter de la cabane. Mais t'inquiète pas, bon ami. J'en ai tâté avant toi.

Quelques rires ont éclaté parmi les hussards, mais des « bougres d'enculés » ont flotté dans l'air et le calme est revenu. La Julienne, contente de son effet, s'était éteinte. Je lui ai décoché un coup de pied dans les flancs avant de partir au château, la prison de l'escadron servant provisoirement à ranger les jarres de miel achetées pour rien chez l'habitant.

Je me suis effondré dans la cave où l'on venait de m'enfermer. Après un sommeil haineux, je me suis réveillé dispos. L'état-major était parti. Karl Marx montait la garde et passait dignement devant les grilles des cellules. Je lui ai demandé de prévenir Saint-Anne, mais Saint-Anne était absent. Je l'ai traité de plusieurs noms et quand il est arrivé, un peu plus tard, je l'ai accablé de grossièretés. Il m'a considéré d'un air attristé et m'a tendu un casque rempli de cerises.

Dans les cellules voisines, on avait enfermé quelques Schleus. Après le calme langoureux des premiers mois, la découverte des miliciens et divers événements que je n'ai pas relatés, deux désirs s'élevaient dans la tête de nos chefs : celui de comprendre et celui de punir. Il va de soi que la plupart se contentaient de la seconde envie, attrapaient un ancien nazi, le mettaient devant un mur et lui faisaient abjurer la vie, faute de savoir le convertir autrement. Et d'abord le convertir à quoi ? A l'humain, répondaient des démocrates-chrétiens comme Karl Marx. Cette notion n'avait de sens que pour des tapettes endurcies. Je réclamais des notions précises. Comprendre, m'intéressait beaucoup plus.

Je jetais un coup d'œil sur mes voisins. Hélas, les otages sont partout recrutés de la même façon. Les meilleurs s'affaiblissent à ce régime. Les plus criminels prennent un air innocent, le pouce des étrangleurs devient celui d'un évêque bénissant, la langue des traîtres blanchit, les yeux du faussaire s'amollissent. On n'y peut rien. Les armées qui se sont promenées en Europe, ces dernières années, n'étaient pas foncièrement méchantes. Mais enfin elles avaient besoin de paraître dans l'éclat de la force et de la cruauté : la plus belle fille du monde ne se mariera pas toute nue, il lui faut des habits de cérémonie. Ceux des armées victorieuses, pour leur rencontre avec l'histoire, étaient taillés dans une substance rouge et coûteuse. Oui, on recrutait ces otages, et ceux-ci, transformés en moutons, hurlaient de l'Atlantique à la mer Caspienne.

Saint-Anne ayant donné des cerises à un ancien SS de dix-neuf ans, son ami n'a pas retenu sa colère :

— C'est ça, parce qu'on a le même âge, la même couleur de cheveux, on s'embrasse entre ennemis. Tu me dégoûtes...

Karl Marx était à la fois chrétien et communiste, ce qui lui donnait bien de l'occupation. J'ai essayé de le calmer en lui disant qu'après tout, même si cet Allemand avait torturé le monde, Saint-Anne avait agi d'une manière irréfléchie, naturellement, et que Dieu lui pardonnerait.

— Pas du tout ! s'est écrié l'étudiant sans la moindre ironie. Dieu aime les gens réfléchis.

Nous avons parlé théologie jusqu'au soir. Le SS, en mangeant lentement les cerises de son pays, nous a écoutés avec stupéfaction.

Je suis resté huit jours en prison ; j'avais les souvenirs que peut donner une journée de quarante heures. C'était assez pour en sortir avec un certain désir de Rita. Un corps blanc, dans la nuit d'une cellule, ce n'est pas un fantôme, c'est un rêve tout entier, un royaume véritable qui demande des mois d'exploration. Mais une fois libre, une minute m'a suffi pour reconnaître mon amie : une grande fille, saine et belle et sensuelle, s'il faut croire, au XXe siècle, en ces trois mots.

Nous n'étions ni l'un ni l'autre des natures

affectueuses. Nous détestions le temps que nous perdions ensemble. Elle préférait ses romans, ses chiens, les journaux de mode que m'envoyait ma sœur et que je lui donnais. De mon côté, je rêvassais sur de vieux disques, en regardant des photographies. Elles m'offraient l'image inversée de la France : la France déguisée en pays envahi ; elle ne manquait ni de grandeur ni de charme. A côté, la Russie ressemblait au désert. Son mari, que Rita oubliait si vilainement entre mes bras, montrait sa carrure énergique sous des ciels différents : les Flandres, la Picardie, la Gascogne, la Croatie, l'Ukraine, la Finlande, la Roumanie. Tristement, je pensais que tous les morceaux de l'Europe s'étaient mélangés dans la tête de ce garçon comme dans un shaker et que cette boisson était sans doute enivrante. Mais chacun voit le romantisme sous des couleurs différentes et mon amie trouvait son mari admirable et ennuyeux. Son existence personnelle lui paraissait beaucoup plus troublante. « Je n'y comprends rien », disait-elle souvent en fronçant les sourcils et en prenant sa tête entre ses mains. Oh ! elle n'était pas intellectuelle, bien que la paresse l'y engageât. Elle s'abandonnait seulement au flot des vies impossibles, leur reflux d'aventures, leur clapotement vague sous la nuit de l'échec. L'amour était une autre fatalité. Elle s'y jetait avec rage, elle y trouvait mille délectations à la fois et comme ces plaisirs étaient souvent opposés, elle changeait très vite d'humeur, de paroles. Je ne sais si je répondais parfaitement à cette mobilité. Mais j'étais seulement son complice.

Un soir où nous étions un peu fatigués de nous-mêmes, où chacun de nous rêvait de son côté, l'une en Norvège avec un romancier et moi en Russie avec la honte de cette campagne que je n'avais pas faite, Rita m'a regardé longuement d'une manière indécise. Au bout d'un instant je lui ai demandé si elle ne voulait pas prendre une expression plus intelligente. Hélas : ce n'était pas la saison.

— François, m'a-t-elle dit, mon François, tu m'as changée complètement. J'ai bu ton âme, c'était quelque chose de fort et de doux à la fois. Je suis rentrée dans la peau de la petite fille que j'étais, celle qui n'entendait rien aux affaires d'argent et qui économisait ses cahiers en classe parce que son père avait parlé de la crise, à table : pour le plaisir de l'aider, tu comprends ? Toi aussi, tu as changé. Souvent tu es triste et malheureux. J'aime tes yeux. Ils sont mystérieux et c'est très bien. Tu n'as pas le droit d'être clair comme le sont ces stupides guerriers allemands. J'aime ton profil, il est sauvage, mais dès que tu parles, ta bouche s'abaisse avec douceur. Quel âge as-tu ? Tu es plus sage que les plus vieux, tu es un enfant. Tu as l'air tombé du ciel ; mais un ciel bien à toi, avec des nuages solides, des orages continuels et des géants à terrasser pour s'occuper un peu. Tu ne me laisseras pas seule ?

Jamais elle n'avait parlé si longtemps. Elle appuyait ses paroles par des détails qui influent toujours sur un garçon de vingt-cinq ans et Français. Car elle s'habillait, remettant ses bas, se retournant vers moi dans une combinaison noire, très courte, caressant son corps, sans le vouloir, pour ajuster son costume tailleur, puis se penchant en découvrant sa gorge. Malgré cela, je me suis conduit loyalement.

— Vous avez le romantisme facile, ai-je dit. J'avoue que c'est amusant quand on réfléchit à ce qui vous plaît vraiment dans la vie : avoir un garçon devant vous sur un lit, s'approcher de lui quand vous en avez envie et faire l'amour aussi souvent que vous le désirez, c'est-à-dire tout le temps. Moi, je ne suis pas contre : la volupté, on en dit tellement de bien... Ça me promène et ça me donne des couleurs.

Elle m'avait écouté, muette d'indignation, les bras croisés. Soudain, elle a frappé du pied et m'a giflé cinq ou six fois.

— Encore, ai-je dit.

Et comme elle ne comprenait pas, j'ai précisé :

— Giflez-moi encore, je n'ai pas fini de parler, comme ça j'aurai payé d'avance.

Mais elle a préféré me tirer les cheveux, me mordre et ces représailles ont trouvé une conclusion attendue quand elle a retiré doucement son slip pour se glisser sous moi. Cependant, je n'avais pas menti. Elle aimait les hommes, voilà tout. Cette habitude cachée prenait chez elle des airs de nostalgie, de grandeur, d'inquiétude, car elle était belle, sa voix était souple : mais avec un peu d'attention en remplaçant « les hommes » par François Sanders, la métamorphose se faisait en public. Maintenant, elle me détestait. Elle avait un esprit très vif qui manquait de la fermeté nécessaire pour supporter quelques redoutables lieux communs de ce genre. Naturellement, je ne m'étais pas montré très aimable. Tel est l'inconvénient des jeunes gens : la muflerie chez eux se décore du beau nom d'insolence. Ce trait doit garder les femmes de les pratiquer trop souvent. C'est dommage pour tout le monde car ils sont plus intéressants que les hommes arrivés, par plusieurs détails significatifs.

C'est après cette petite scène que mon amie s'est modelée doucement sur mes paroles. Pendant une heure, arrangeant des fleurs dans un vase, écrivant, dormant, elle ressemblait à une jeune aristocrate. Puis elle se levait, me regardait par en dessous et disait d'une voix traînante, évidemment affectée :

— Je me taperais bien cette espèce de Français.

Elle faisait la moue, enlevait sa jupe, dégrafait ses jarretelles et continuait :

— Oui. Il est assez plaisant. Il est moche, mais pour ce que je veux en faire, il est impeccable.

Bref, c'était un romantisme d'un autre genre et j'avais raison de me demander parfois si « la beauté, la santé, la sensualité » gardaient un sens au XXe siècle. Car il n'y avait plus de morale à forcer sur le terrain des anges, rien qu'un maquillage à détruire sur un visage. D'autre part, elle n'était qu'à moitié satisfaite de son amant. Quand je voulais la peiner, je ne parvenais qu'à être mieux aimé. Les femmes veulent que les garçons soient gais et malheureux. La gaieté les tire de leur épouvantable ennui. Et le malheur, il suffit d'une mèche de cheveux qui retombe sur le front, d'un soupir, d'un mot : elles le devinent, elles l'inventent. N'empêche : nous étions trois : Rita, celui qu'elle aimait et moi, qui suivais cela d'un œil fâché. Mais il y avait des fissures dans ce système. Ainsi quand elle dormait ou quand je l'apercevais de loin dans son grand manteau blanc, j'étais indiciblement heureux.

J'ai pensé ensuite que j'étais coupable. L'érotisme, puisqu'on affirme que ce monstre existe, réclame toujours un témoin. J'étais ce témoin idéal pour Rita, puisque je la grondais et l'encourageais à la fois, condamnant le vice et les scènes de séduction, d'une manière très générale, mais les provoquant dans la vie courante. Sans doute faisions-nous souvent l'amour et c'était la partie saine de notre complicité. Mais ma maîtresse, dans l'intervalle, avait inventé ou perfectionné des moyens de satisfaire sa folie. Elle possédait un art magnifique de s'habiller ou de se déshabiller : c'était une véritable danse, d'autant plus tremblante qu'elle avait l'apparence coutumière des choses utiles et qu'elle se déroulait dans une grande pièce élégante où le battant d'une porte, un paravent, un rideau, des fards, servaient d'accessoires. Elle savait de quelle façon elle était belle et surtout elle savait ce qui pouvait mettre en mouvement cette beauté : rien de plus difficile pour une femme, car les lignes qui entourent la beauté comme un filet sont fragiles ; qu'une seule vienne à casser et tout craque. Avec bonheur, avec volupté, Rita aimait à penser que ses gestes me troublaient, me poursuivaient la nuit. Elle ne se trompait pas entièrement. C'est un vieux fonds paysan, chez nous autres Français, que d'admirer le travail bien fait. Elle dansait merveilleusement l'amour.

Mais elle ignorait une autre chose qui expliquait beaucoup mieux mon regard fixe : c'était les lettres de son mari, sur le front de Russie, que je chiffonnais entre mes mains. Comme tous les héros, celui-là parlait de chaussettes ou de chocolat ; j'approuvais sa simplicité et je mourais de honte. Alors je promenais sur mes jambes nues, sur le corps de Rita, sur la pièce entière et le monde un regard méprisant, avec le désir de tout effacer. Passion absurde, passion démodée, mais elle m'était plus nécessaire que les ennuyeuses conjurations de l'amour : elle m'affirmait que la loyauté des guerriers n'est pas une chimère et qu'ils doivent résister à la molle tendresse des épouses. Par ailleurs, je faisais tout le contraire.

Une fois, mon amie m'a longuement interrogé sur les femmes que j'avais connues avant elle. Elle voulait savoir leurs défauts, leurs qualités, et jusque dans cette enquête le côté petite fille de son caractère s'est révélé ; car elle a pris une feuille de papier, tracé des colonnes, donné des points d'après mes réponses. Ainsi X avait 3 pour les yeux, 5 pour les seins, 8 pour l'intelligence, etc.

Quand elle a vu qu'elle n'avait plus qu'une concurrente sérieuse, sa voix est devenue douce et pâmée. (J'ai souvent remarqué ce trait chez les femmes. Elles adorent qu'on les trahisse et qu'on leur raconte cette trahison. Alors, sans attendre la fin du récit, elles se donnent avec extase. A leur tour, elles ont l'impression de tromper. Leurs yeux chavirent. Voilà l'amour.)

Le même soir, j'ai écrit longuement à ma sœur et aux rares amis que la guerre m'avait laissés, à mon beau-frère en Indochine : il ne devait jamais recevoir cette lettre, ayant été assassiné dans un village près de Tourane, par des résistants adroits. D'ailleurs ce soir-là, j'ai pensé précisément aux dangers qui guettaient ce garçon. La mort était à la mode, du moins dans mon esprit. J'étais devant une lucarne ouverte, au PC de l'escadron. J'avais froid. La nuit m'envoyait de temps en temps une giboulée de pluie qui décolorait mon encre. Ce sang morose de juin m'amusait, ainsi que les gouttes glacées sur mes mains.

Le jour où j'avais découvert le corps de Besse, je sortais des bras de Rita, lourd de fatigue et de haine. Oui, j'étais une brute et elle m'avait crié son mépris : elle se moquait de moi, je la satisfaisais, voilà tout. Cette sincérité n'avait pas duré. Après diverses embrassades, elle était retombée dans son romantisme : c'était une autre sincérité, mais l'habitude est prise, depuis deux siècles, d'accorder un plus grand fond aux nécessités physiques, sans penser que l'âme a sa violence.

J'étais parti fâché. Fâché parce qu'une sorte de secret m'étouffait.

C'est la fatigue qui a tout fait. La morale. La fatigue.

Car elle avait tort. Une femme doit aimer plutôt un garçon tendre, joli, intéressant. Sanders n'avait rien de tout ça. Il était défiguré. Ses épaules n'étaient vraiment pas dignes d'inspirer une telle passion : ou bien le monde était une saleté, les muscles avaient plus d'importance que l'honneur, etc. J'étais plus simple : il s'est agi de fatigue, n'est-ce pas ?

Je n'avais pas toujours méprisé la force. Mais devant le corps de Besse et son visage bleu, la force était une notion ridicule, un principe d'un instant. Or, nous autres hommes, nous demandons à nos principes de nous faire un bon usage. A ma place, devant son ami étranglé, un type humain s'en serait très bien tiré. Il aurait versé quelques larmes et il aurait pensé qu'il avait toujours eu raison en s'élevant contre la mort, la guerre, la maladie, etc. Tandis que moi, j'étais désarçonné, je n'avais plus qu'à chercher des remèdes et d'avance j'étais prêt à me compliquer la vie.

Ce que Besse avait fait, je devais le faire. Il s'était mal conduit et moi beaucoup plus mal. Il aidait encore les Allemands une semaine avant sa fin. Je les avais aidés. Dans la vie civile, ça n'avait pas d'importance, mais l'armée vous ouvrait les yeux. Les hommes, je n'y croyais guère, à leurs vertus encore moins, tandis que des camarades,

des cavaliers, des partisans, ça existait ; on n'avait pas le droit de lâcher ceux qui se trouvaient en difficulté. Une certaine fièvre me transperçait. Je tombais à mon tour dans le romantisme. Je me moquais de moi.

En vain. L'ombre qui venait de me saisir le bras connaissait son métier. Elle savait qu'une grande décision est bien annoncée par un grand relâchement, de même qu'un tumulte de peuples et de cris précède le prince. Elle condamnait la tension perpétuelle des bons élèves qui ne veulent rien oublier et prennent trop de bagages pour la seule minute qui leur est donnée. Cette ombre souriait. Elle savait qu'au bon instant elle regagnerait la demeure d'un vivant brutal, sans scrupules, sans colère non plus. J'étais ce vivant.

C'était l'époque la plus basse de notre amour. Je passais avec Rita des heures fiévreuses et lentes, le même disque qui rabâche des mots éternels :

Pars...
Le lit n'est pas trop grand pour moi.
Je déteste les hommes
Rien ne me plaît — que l'amour.

Je ne riais plus, comme autrefois, en disant à ma maîtresse que ces phrases étaient inventées pour elle. C'était beaucoup trop vrai et puis il y avait ce type, prisonnier des Russes, dont je tripotais les photos, les vêtements, la femme. Ça, c'était mal.

Elle se levait, de sa démarche à elle, restait

immobile un instant, penchait la tête en avançant la lèvre inférieure. Elle avait l'air de traîner dans la vie. Et soudain elle riait à gorge déployée, montrait ses jambes et ses dents brillantes de bonheur, car elles allaient mordre.

Si un garçon de la première armée et un officier de la Vèremarte ne peuvent pas s'entendre, contre une fille, c'est dommage. L'un en face de l'autre, on se massacre. Mais à distance, comme on est proche ! Et puis c'était la fatigue.

Elle me lançait des olives que j'attrapais au vol, elle aimait ma goinfrerie, ma force, mon poids, tout ce qu'il y avait en moi de pâteux et d'inconscient, tout en somme. J'étais un type détraqué, depuis longtemps je le savais. Trop d'alcool, trop de sang, trop de XXe siècle dans le sang, trop de mépris. Avec ça, bien carré, capable de se conduire comme un autre, çà et là. Ma plus grande ambition était de passer pour un brave garçon et j'y parvenais, je l'espère. Un brave garçon, un bon cœur. C'était un dimanche. Je ne l'avais pas revue depuis une semaine. Elle me recevait dans sa chambre ou dans son grenier, cadenassait les portes, chassait les domestiques. Sa villa devenait une île déserte, en pleine Rhénanie. Je songeais alors aux rêveries de mon enfance devant le catalogue de la Manufacture d'Armes de Saint-Etienne, dressant la liste des objets indispensables à l'explorateur : un fusil à double détente, une machine à fabriquer les cartouches, un briquet à amadou, un jeu d'écouvillons... Cette fois-ci, ça y était presque, j'étais dans un monde qui n'appartenait qu'à moi, mais un monde pourri. Ces défroques, cet alcool, ces trahisons montraient le vrai visage de mon aventure. Jusqu'à l'uniforme de major des armées allemandes que je mettais par dérision envers moi-même... Elle me demandait :

— Est-ce que vous croyez que je vous aime ? Sinon pourquoi venez-vous ?

C'était la question qu'il ne fallait pas me poser. Elle riait parce que ma main tremblait en versant du gin. Oh ! Je ne me faisais pas pitié. Je buvais parce que c'était mieux ainsi et qu'un bon militaire déteste la lucidité. De même je barrais les jours sans savoir pourquoi, sinon que les hommes sont les ennemis du temps.

Plus tard, elle a passé une demi-heure à m'embrasser follement. Ce visage innocent contre mes jambes, ces yeux lourds qui me regardaient depuis mon ventre, comme j'avais envie de secouer cette torpeur ! Je lui ai dit :

— Vous ne m'aimez pas. Il faut un certain poids de Sanders pour remplir vos nuits, voilà tout.

— Que veux-tu de plus ? Ça te chagrine ?

— C'est le mot. Je suis chagriné.

Mais en prononçant ces paroles moqueuses, par un invincible mystère, le chagrin retrouvait son ancienne signification. Il devenait une chose mortelle. Je lui ai parlé de son mari.

— Il est bien où il est, a-t-elle dit. Je l'admire, mais ceux qu'on admire doivent être loin, sans quoi ils nous déçoivent.

— Vous avez des nouvelles de lui ?

— Oh non. Pas beaucoup. Ça n'a pas d'importance. Mais je l'aime plus que vous, a-t-elle repris avec vivacité en abandonnant ses caresses.

— Oui, nous l'aimons bien tous les deux, ai-je fait non sans une amère gaieté tant nous étions misérables et dans nos remords et dans nos trahisons.

— Il était beau. C'était une famille d'officiers. Pas du tout comme son frère, non... Frédéric est un enfant de chœur, il ne pourrait pas tirer une balle de revolver : il aurait trop peur du bruit.

Un sourire méchant s'est installé sur son visage.

— Il a peur de la mort parce qu'il craint que ce soit bruyant et qu'il n'y ait personne. Mais si on lui garantissait du monde, les lumières, il la réclamerait tout de suite pour en avoir fini avec ses ennuis.

Elle s'est versé un verre de whisky et l'a bu lentement :

— Enfin, mon mari était riche, plus que moi. C'était de l'argent véritable, vous comprenez, ça tenait entre les mains. Maintenant, je suis riche pour de bon. Je vous en donnerai si vous voulez. Oui, a-t-elle repris, animée par cette idée, il me plairait de vous en donner. J'aurais l'impression de vous payer pour le plaisir que vous m'avez donné.

Elle s'est tue une seconde, puis elle a murmuré avec le sourire délicat d'une maîtresse de maison qui veut attirer chez elle un écrivain célèbre et lui dit, les épaules frissonnantes, les yeux palpitants : « Ce serait tellement gentil de votre part », elle a donc murmuré :

— Ce serait merveilleusement dégoûtant.

Oui, il manquait cet élément au tableau et c'était dommage. J'aurais pu distribuer les souvenirs de son mari parmi mes camarades, amener ici des cavaliers et des filles, danser sur les chants allemands. Ah ! j'étais un brave garçon, je ne faisais rien de tout cela.

— Mais ne t'inquiète pas, a-t-elle dit, moi je t'aime et je ne te méprise pas. Les femmes ne savent pas mépriser ceux qu'elles aiment.

Elle s'est jetée dans mes bras en riant. Je l'ai prise avec un grand plaisir, comme toujours, d'autant plus vif que je prévoyais déjà les bonnes résolutions qui suivraient. Un jour, pendant que nous faisions l'amour et qu'elle me regardait avec des yeux pâmés, je m'étais emparé d'un volume qui traînait sur la table de nuit. C'était Fichte et ses fameux discours à la nation allemande, le nom de Frédéric V. était marqué sur la couverture. Elle était folle de rage tandis que je lisais, d'un air faussement intéressé, les premières lignes ; elle s'est débattue, puis elle a pris le parti qui convenait : elle s'est délectée de cette humiliation, elle a joui pleinement de ce mélange que formaient un hussard insolent, Fichte, son beau-frère et elle-même, s'agitant sur un lit, mal déshabillée, tenant encore un bas dans une main. Ensuite, n'ai-je pas été aimable ? Ces renversements se comprennent.

Aujourd'hui j'avais une revanche à prendre car je lui avais dit que je l'aimais bien au moment où elle mourait. C'était normal, elle était belle, nous autres Français, cette beauté nous plaît mieux encore à l'instant où elle se décompose.

— Tu m'aimes bien ? m'a-t-elle dit ensuite, allongée sur son lit, les jambes repliées, les yeux clos. Comme tu es bête ! Moi, je ne t'aime pas.

— C'est pire. Tu as besoin de moi.

— Oh, a-t-elle dit d'une façon charmante en mordant sa lèvre inférieure. Oh, oui, tu m'es très utile. Je n'aime pas les hommes, ils sont idiots, encombrants. Toi, tu es intelligent. Ce n'est pas encombrant un garçon intelligent. Et puis j'aime ton... J'aime qu'on soit plus fort que moi.

— Tu es une sale Allemande.

— Tu es un sale Français. Tu trembles de peur devant ta force. Tu n'y es pour rien, imbécile ! La nature t'a donné ces épaules-là, ces jambes, ce ventre et c'est agréable pour moi seule.

Un grand rire est venu sur mon visage.

— Ça, c'est une vérité ! Tu te rappelles ce jour où j'ai lu Fichte pendant que nous faisions l'amour ? C'était mal élevé, je m'en suis aperçu. Mais comme j'ai regretté plus tard de n'avoir pas amené Montaigne. Tu comprends, c'était mal élevé pour Fichte, pas pour toi. Ce pauvre philosophe n'avait aucun plaisir à t'entendre crier pendant que je lisais.

Elle a voulu me gifler, puis elle m'a lancé son verre à la figure. J'ai porté la main à mon front : le sang coulait doucement.

— Enfin, ai-je dit. Tu vois que je suis quand même un être sensible, je saigne comme un autre.

J'ai noué autour de ma tête un de ses foulards de soie blanche. Elle s'est levée, s'est dirigée vers la fenêtre et a commencé à se rhabiller. Elle me regardait avec une étrange attention. L'amour m'avait dégrisé. J'ai donc parlé d'une voix calme en lui disant que tout cela n'allait plus durer très longtemps, etc. De temps en temps elle m'adressait un coup d'œil. Elle était très absorbée par ses bas dont une maille venait de filer. J'étais très éloquent, je me suis rappelé plus tard quelques-unes de mes paroles. C'était de l'excellente littérature.

— Il est certain, disais-je, que cette eau froide sur le visage vous surprend. Est-ce ma faute ? Je suis fait comme ça, je suis fait pour déplaire.

Elle ne m'écoutait plus du tout. Elle venait de passer sa combinaison qui ne me cachait ce corps merveilleux que pour m'en donner envie, quand elle a collé son front contre la vitre, puis s'est retournée vers moi avec une figure radieuse :

— Enfin ! a-t-elle dit. Voilà ce que j'attendais depuis si longtemps !

Elle a ri en voyant que je me levais pour regarder à mon tour. Elle a ri tandis que dans le jardin s'avançait celui que je n'aurais pas dû voir. Elle a ri. Elle m'a pris le bras et en me repoussant vers le lit, elle m'a dit :

— Lui aussi, un jour, il avait un foulard autour de la tête et il saignait !

Je ne sais ce que j'ai balbutié, mais je crois que

je n'ai pas été indigne du malheur qui me frappait. J'ai ramassé son manteau blanc qui traînait, je lui ai ordonné de le passer et de descendre. J'ai fait ça très vite, d'une voix normale, sans lui serrer le poignet ou jouer des prunelles exorbitées. Non, mais je le lui ai conseillé et elle savait parfaitement qu'autrement je ferais des bêtises. Ce n'était pas encore ce qu'elle attendait de moi.

Elle a refermé la porte calmement, à son tour. Je l'avais dominée une minute, mais elle savait qu'elle était la plus forte. J'ignorais ce que j'allais faire. Je m'étais défendu, sans réflexion, devant la silhouette heureuse de celui qui montait les marches du perron, je l'avais défendu. Pendant les deux minutes qu'elle m'a laissées, je n'ai pu réfléchir à rien. Je n'ai pas voulu le regarder encore quand j'ai entendu le bruit de son départ. La grille du jardin a grincé. En même temps Rita est apparue devant moi. C'était bien la fille aux chiens sauvages, celle qu'on apercevait dans la forêt avec son grand manteau vague et dont on espérait une cruauté sans égale. Elle s'est assise en face de moi, une main sous le menton, comme une enfant sage qui attend, sérieusement, sa récompense. J'ai compris que je devais parler, sinon je m'enfoncerais dans ma folie. Quelques mots, le hasard de quelques mots, me sauverait.

— Ce n'est pas de la jalousie, ai-je dit, mais c'est bien pareil... Et puis vous avez réussi, voilà tout. Depuis quand le connaissez-vous ?

— Un mois et demi. Il a été mon amant avant que vous ne vouliez de moi.

J'ai hoché la tête :

— C'est à lui que vous ferez du mal. C'est lui que vous haïssez.

Elle a souri comme elle savait bien le faire, avec tristesse et raison.

— Non. C'est vous que je hais. Je n'ai pas cessé de vous haïr. Chaque fois j'avais une nouvelle raison. Oh, ce n'était pas votre cynisme, non... Ça, ça faisait partie de votre espèce de charme ; et même, je n'y étais pas insensible, à votre charme. J'avais envie de vous. Mais cela s'est bien trouvé, n'est-ce pas, que ce charmant petit imbécile m'ait poursuivie tout l'hiver de ses regards brûlants. Et vous qui étiez son ami, vous n'en saviez rien ! Je vous ai trompé d'avance, il est venu le jour même où vous vous êtes donné à moi. Car vous vous êtes donné, mon cher hussard.

Un rire court et méchant est apparu sur ses lèvres. J'ai fait un geste :

— Vos histoires de cœur ne m'intéressent pas.

Elle s'est levée et m'a embrassé :

— Ce sont les vôtres, mon chéri, je n'y peux rien. Vous comprenez, je tenais à mon estime comme une autre. Puisque vous faisiez votre putain, oh, ne vous fâchez pas ! — puisque vous faisiez votre Sanders si vous préférez, je devais bien laver cette saleté et chercher à me venger, pour vous dominer à mon tour. Le petit Saint-Anne était là. Ça peut sembler compliqué, mais avouez que c'est normal. D'ailleurs, je l'adore, lui. Il est beau comme un ange et ridicule et un peu touchant. Enfin, il m'était utile.

— Qu'attendez-vous de tout cela ?

— Mais... ce qui est arrivé, mon chéri : du gâchis. Que pouvais-je espérer de mieux ? Un drame romantique ? Un duel au pistolet ? Oh non ! C'est impossible, ces choses-là n'arrivent pas. Une rencontre, comme celle que je viens de vous épargner, ce n'était déjà pas mal. D'abord je n'y tenais pas. Je m'arrangeais pour ne pas vous voir trop souvent l'un et l'autre. Il me suffisait de penser à François Saint-Anne dans vos bras et vice versa. Mais c'était un peu pauvre, vous comprenez, je l'ai senti : depuis une semaine je ne m'enfermais plus et je regardais le jardin tandis que vous me faisiez de la morale.

Elle a dégrafé son manteau, secoué ses cheveux. Elle était là, dans sa combinaison blanche, avec ses genoux ronds, sa figure d'idole aux traits sensuels, ses épaules nues, ses seins qui battaient doucement.

— Vous avez eu raison de descendre et de le renvoyer. J'aurais fait une bêtise.

— Dites-moi que je suis toujours belle au moins et que cette trahison me rend désirable à vos yeux.

Elle a fait glisser sa combinaison, découvrant une partie de sa gorge. Puis elle a commencé à enlever ses bas en posant le pied sur mes genoux.

— Vous savez, a-t-elle continué, il n'avait pas vos qualités, votre jeune ami, il était joli à regarder, amusant à déshabiller... Mais je vous préférais. C'est bien, que vous ne fassiez pas de drame.

— Ecoutez, lui ai-je dit, nous allons arrêter les frais. Vous avez mieux joué que moi. J'ai mérité ce qui arrive. Je ne vous dirai pas que je ne suis pas jaloux. C'est même plus grave, en un sens. Par ailleurs, je crois que ce petit Saint-Anne serait malheureux s'il apprenait tout cela.

— Oui. Il m'obéirait, vous savez.

Elle a passé un bras autour de mon cou. Jamais, jamais elle ne m'avait tant aimé.

— Il ferait ce que je voudrais. Il déserterait, il se tuerait... N'ayez pas peur : à mon tour je ferai ce que vous me demanderez. Je viens de le comprendre à l'instant. Je suis merveilleusement vengée comme ça, je n'ai pas besoin de complications, de cris... En plus, vous ne pouvez savoir comme j'ai envie de vous faire plaisir, maintenant !

Elle a penché la tête, soupiré. Elle était nue et tenait sa combinaison dans une main pour cacher son ventre.

— Quel dommage, a-t-elle dit, que je sois une vieille jeune femme que vous connaissez trop bien !

J'ai fixé ses yeux mélancoliques et enjoués.

— Vous êtes très belle comme ça, ai-je dit. La preuve c'est que nous ne disons plus de gros mots.

— Comme je suis heureuse ! a-t-elle repris. Ce grand François Sanders est à mes pieds ! Sûrement je vais l'aimer. Ce serait juste.

— Ecoutez, ai-je dit, notre accord s'est fait

sans discussions, sans même y réfléchir. Pour une fois j'ai été simple. Je ne vous ai pas dit que je me fichais de cette comédie, ni que vous étiez une putain. En échange, vous gardez le silence avec le petit Saint-Anne. Notre marché tient. Ainsi des choses cassées dont on rassemble les morceaux dans une main.

Je me suis levé, je l'ai embrassée à mon tour. Elle était neuve depuis que je savais sa trahison. Mais alors l'ancienne Rita m'est apparue dans un éclair railleur quand elle a dit :

— Faisons donc l'amour avec dignité, mon chéri. Vous pourrez lire un peu de Stefan George, cette fois-ci peut-être ? Vous savez que sa femme l'avait trompé ?

Cette réponse était régulière, je n'avais pas à me plaindre. Je me suis incliné et je suis sorti. Il était six heures du soir. J'ai trouvé Saint-Anne dans la forêt qui cueillait je ne sais quoi. Je lui ai adressé un signe de loin et il m'a souri. C'es tout ce qu'il savait faire dans la vie, ce garçon. Mais en allant par-là, moi non plus je ne dépassais pas les signes lointains.

Ma chance a été de retrouver tout de suite mes amis. Je ne parle pas des vivants, je songe aux morts et aux disparus, plus menacés encore, car les cadavres, on sait où les mettre. Il y avait ce gentilhomme provençal qui montrait ses dents en riant et qui nous avait commandés en 39 quand on avait formé des corps francs. Il était vraiment charmant et plus tard, à Dunkerque, il semblait avoir pris la débâcle des armées françaises comme une excellente occasion de se retrouver entre camarades, sans décorum, autour d'un plat de carottes et de navets. Il me convertissait aux vertus de la Méditerranée. « La plus belle île qu'on puisse rêver », disait-il. J'avais besoin de ce réconfort, car je découvrais, à dix-huit ans, que la faim et le danger ne sont rien à côté de l'ennui. Or, dans une retraite militaire, on s'ennuie constamment.

Ah, on mène une existence beaucoup plus passionnante en lisant un petit roman dans un fauteuil ou en prenant le thé chez une vieille dame.

A la Milice, aussi, j'avais connu de chics types. Besse était parfait, malgré sa rage de chanter des hymnes partisans. Je pensais : « La barbe ! Fascistes tant qu'ils voudront, mais ils n'ont pas besoin de me casser la tête avec leurs contes de fées. Je croirai beaucoup plus volontiers les braves garçons de gauche qui affirment que le fascisme est payé par le Capital. Au moins, c'est clair. Et si on a l'air d'un imbécile, on ressemble en même temps à une canaille : circonstance éminemment sympathique au XXe siècle, avec la moralité que l'on sait. » Je développais ces pensées devant Besse. Il les admirait. Il m'a trop souvent écouté, trop longtemps admiré puisqu'il est mort. On ne se tuerait pas si on n'écoutait pas les autres.

Car moi, je ne me tuais pas. En un sens, j'avais aimé Rita, mes comédies n'y changeaient rien et la surprise avait ranimé tout ce qui restait de cet amour. Cette découverte était sans doute affreuse, dégoûtante, poisseuse, tout ce qu'on voudrait : il restait ceci qu'elle était amusante. Mon amie s'était bien moquée de moi. Les femmes s'étaient bien vengées. Voilà pourquoi, sans effort, en la quittant, mon esprit était revenu vers mes camarades et ma vie guerrière. Malgré ses folies, cette existence était belle. Certes, l'histoire avait été sévère pour nous autres Français, elle nous avait refusé la chance des armes. Mais enfin dans les rangs serrés de nos vieux escadrons, nous avions eu tout de même quelque chose à partager. C'était le visage maussade de celui qu'on tirait par les pieds au matin, sous le char où nous nous endormions. C'était le sang frais qui coulait de nos tempes et qui nous forçait à nous ressembler malgré nous. Enfin c'était peut-être la conscience obscure d'un destin commun, d'une heureuse fortune pour nos cadets, puisque cela nous était refusé.

En un autre sens, la guerre était un alibi. Ce qui n'a pas de sens n'a pas de fin et il était fou de se refuser à la vie. Un Français digne de ce nom jouait aux cartes, buvait des apéritifs et tous les deux ans, pensant soudain que la vie était absurde, trompait sa femme. Pour mieux prouver que j'étais un vrai guerrier, j'avais été trompé par le plus civilisé de tous les êtres, le plus souple et le meilleur danseur. Malgré cela, il était faible et je devais le protéger. Ce rôle, on pouvait en dire telle et telle chose, mais ceci avant tout qu'il était ennuyeux. C'est un malheur chez moi de ne pas savoir m'ennuyer ; d'abord ce n'est pas bon pour la santé, ensuite j'avais à me venger de Rita : au besoin, me venger gentiment.

J'avais le temps d'y penser. J'étais au milieu de mes camarades, nous avions étouffé toute la journée. Dès que la pluie nous a été donnée, je me suis endormi calmement.

FRÉDÉRIC

Ils seraient bien forcés, dans leur aveugle torpeur, de sentir que l'abcès s'était ouvert par le courage d'une poignée d'hommes sur la terre qu'une lumière guidait. En marchant le long des rails, parmi les débris calcinés, j'avais ressenti une amère jouissance car ces enfants allaient mieux servir notre cause que cent discours. Mais maintenant qu'ils étaient morts, un recueillement morne entrait dans mon cœur. D'ailleurs nous avions payé. L'un des nôtres, dans le stérile abîme de son geste, s'était pendu. Nous avions expié à travers lui et nos torts bientôt seraient expiés mille fois dans toutes les poitrines collées au mur par les Français, dans tous les cœurs allemands qui allaient rythmer la colère germanique.

Cependant ma tâche n'était pas finie. Il me restait à rentrer dans ma propre famille en justicier et de venger l'honneur à la place de mon frère. Nous n'avions plus de doutes. Les nôtres avaient gardé la villa plusieurs jours durant. C'était dimanche et dimanche j'ai été prier le

Seigneur pour qu'il me donne encore cette force de purification dont j'avais besoin. Il m'a répondu, car le soir même, on est venu m'avertir qu'*il* était autour de la maison. Nous pensions l'abattre dans la forêt mais c'était dimanche et la surprise n'était point de droit, car le cœur faible, ce jour-là, mérite justice. Je suis entré chez Rita. Elle était là, dans son peignoir, avec ses livres qui lui servaient à ruser avec soi-même. La voix tremblante, le visage impassible, je lui ai dit ce qui m'amenait, quelles étaient nos sûretés et la nécessité enfin de mettre la flamme sur la corruption. Elle m'a dit qu'elle m'attendait.

— Je savais bien que ça finirait comme ça ou à peu près. Autant que ce soit toi. Tu as de la chance : nous ne nous défendrons pas.

Seul mon frère avait le droit de la tuer et s'il ne rentrait pas, elle était condamnée à vivre dans l'inquiétude et la honte. Pour moi, d'un cœur égal, je devais supprimer son amant. Tuer l'ennemi est une besogne sainte. Rita m'a prié de m'asseoir. Elle était extraordinairement belle. Une mèche de cheveux lui retombait sur le front. Elle parlait d'une voix lasse, mais le sentiment de la vérité était en elle, car elle n'avait pas peur.

— Tu vois, j'étais complètement perdue. Ce soir, c'était pour ce soir... Comme ça, personne ne saura rien. Non, non, a-t-elle repris plus vivement, je ne lui dirai pas. Il arrivera vers onze heures, tu nous laisseras une heure. Ce n'est pas beaucoup, mais c'est bien. Je viendrai vous prévenir... Ou plutôt...

Elle semblait égarée. J'ai radouci le ton de ma voix car je lui avais fait sentir son ignominie. Elle m'a regardé avec stupéfaction :

— Mais, mon pauvre ami, ces histoires de morale, je m'en fiche éperdument. Tu aimes faire la justice, moi, j'aime faire l'amour. C'est une question de nature.

Elle s'est levée puis elle a ri.

— Tu es là sans savoir pourquoi, pourtant tu es utile, tu es une sorte de domestique. On t'appellera quand on aura besoin de toi. Combien êtes-vous ? Trois ? Quatre ? Tu n'y comprends rien, n'est-ce pas ? Au fait, est-ce que tu n'étais pas amoureux de moi ?

Elle est venue à deux pas et j'ai reculé instinctivement. Elle était la femme, elle était la rivale de la nature, l'artifice, et le mensonge. Je me défendis avec colère et ni sa gorge, ni sa jambe que j'apercevais ne comptaient pour mon âme, mais le seul nom de la vengeance. Elle a continué, droite, immuable, les yeux fermés :

— Tu n'avais rien pour me plaire. Tu es un brave garçon. Mais je n'aime pas les braves garçons. Si j'étais ta maîtresse et que tu apprenais soudain que je t'ai trompé, imagine cela, Frédéric ! Tu serais fou, tu te pendrais à un arbre ou bien tu guetterais ton rival dans la nuit. Une minute, je serais heureuse de ta colère, puis je te mépriserais. Comment pourrais-je t'aimer si tu n'étais pas toujours le plus fort ? C'est impossible. Il faut que mon amant soit cruel et fort et indomptable. A peine jeté par terre, il faut qu'il se relève et qu'il morde. Si je l'ai trompé, il doit me rire au nez et me vendre à son rival pour s'amuser. Pauvre Frédéric ! F, comme François ! Heureusement, ce n'est pas dur d'abandonner tout ça. Mort sois la bienvenue, car j'ai perdu.

Je l'écoutais, frissonnant de sa folie. J'étais venu dans l'ivresse de la haine, et je devais maintenant raisonner, entendre, discuter... J'ai accepté ses conditions. Je ne me sentais plus de force à rien, la volupté qui flottait autour d'elle avait englouti ma résolution, je préférais attendre, comme elle le demandait et je me suis retiré dans le jardin où les deux autres montaient la garde.

Le condamné est entré peu après. Il portait une veste bleue, ses cheveux étaient blonds, le sang vivrait mieux sur ces couleurs fragiles. Je marchais de long en large, les yeux fixés sur les étoiles, sur sa chambre, serrant mon revolver dans ma poche et je ne sentais même pas la pluie qui s'abattait par rafales, je n'apercevais point l'orage car là-bas il y avait sa fenêtre et ma vengeance m'attendait, fidèle.

SAINT-ANNE

— Je suis venu un peu plus tôt, ai-je dit en entrant. J'étouffe. Je crois qu'il va pleuvoir.

Je pose mon calot sur son lit. J'ouvre ma veste. Elle me regarde sans bouger, dans son grand manteau blanc. Mais je dois la rassurer.

— Cela fait longtemps que je ne vous ai pas vue. Il ne faudra plus que nous restions des jours et des jours sans nous voir.

— A présent, nous allons nous voir souvent, a-t-elle dit.

Sa voix est changée, je le sais tout de suite. Je respire fortement. C'est l'orage ou bien c'est autre chose, mais je n'en peux plus. Tout à coup j'éprouve le besoin invincible de lui parler du temps où elle ne me connaissait pas. Janvier, honte et douleur, m'habitent au souvenir de ce mois qui ressemblait à une agonie. Pourtant ce genre d'agonie est souhaitable. De la mort d'un enfant, il naît une grande personne : de la pourriture d'un enfant.

La preuve, c'est que je suis là et que je ne crie

pas. Pourtant je l'ai vu sortir, caché dans la forêt. C'était bien *son* visage à la fenêtre. Mais il n'y a pas de raison, ça ne veut rien dire, si je lui demande elle m'expliquera. Comment faire ?

Elle vient à moi, et m'embrasse sur les yeux, en caressant mes épaules et mon torse nu. Je n'en peux plus. Je me dégage. Il faut que je lui parle, qu'elle sache au moins ce qu'*il* est pour moi. Alors, elle m'expliquera. Certainement c'est plus simple que je ne peux imaginer, ce n'est pas grave, elle m'aime, elle me le dira, si je le veux. Je la regarde en rougissant :

— Je vous ai parlé souvent de mon ami Sanders. C'est un grand ami à moi, vous savez...

Je suis rouge à mourir et ridicule. Je continue très vite en baissant les yeux :

— Longtemps je l'ai détesté comme un enfant. On commence par le détester. Mais c'est un mensonge et depuis le premier soir, il n'a pas cessé d'être mon ami. Vous savez, je venais de m'engager, j'étais un nouveau...

Comment peut-elle comprendre ? Comment lui dire la fête au village, la poussière qui vous entre dans les yeux ? Elle était entrée profondément, elle n'est pas encore sortie. Rita me répond d'une voix calme et douce :

— Ton ami a été gentil pour toi ?

Naturellement, il n'y a rien, elle n'aurait pas dit ça autrement, j'étais idiot, je me suis trompé, j'avais son nuage dans la tête, d'abord ça ne voulait rien dire, jamais elle n'a été plus tranquille et plus sûre. Une animation heureuse m'envahit.

— Oh non, ce n'est pas ça. Le premier jour, figurez-vous qu'il m'a cassé la figure. Il m'a entraîné hors de la grange où nous habitions, il m'a dit : « Défends-toi. » Avec une hypocrisie dont j'avais l'expérience, j'ai croisé les bras. Il a braqué sa lampe sur mon front. « Sale petit tartuffe ! » a-t-il crié. Jamais je n'avais reçu un coup pareil. C'était là, vous voyez, entre les deux yeux.

Aussitôt, elle m'a embrassé juste à l'endroit où Sanders m'avait frappé, mais je continue, maintenant les mots viennent facilement.

— J'avais un peu perdu connaissance. Quand je reviens à moi, il est en train de me laver le visage. Il me considère avec dégoût. J'ai peur, plus encore que je n'ai eu peur. « Voilà, dit-il, il ne faudra jamais parler de ça. Maintenant il ne t'arrivera plus rien. Je te défendrai. Mais je suis un lâche. » Moi, j'étais stupéfait, j'ai essayé de lui dire au contraire qu'il était courageux et qu'il me fascinait. Avouez que c'est épatant d'être fort.

— Oh oui, dit-elle, c'est épatant.

— Je ne comprenais rien à son caractère. Parfois je souhaitais sa mort. Pendant toute la campagne, je le regarderai sans mieux savoir. Berçac et Maximian sont tués, rien ne paraît le toucher. Mais deux fois je l'ai vu plus tendre que les plus tendres. Jamais je n'oublierai son air défait de ces moments-là. Je ne l'aime toujours pas, vous savez. Je l'admire.

Je ris malgré moi, tant je suis heureux et soulagé. Comme j'étais bête! Il faut avoir mon âge pour imaginer des choses pareilles.

— Au fond, quand j'y réfléchis, il m'a toujours impressionné parce qu'il m'avait cassé la figure. C'est honteux de ma part, mais ça m'a bien attiré.

Elle me regarde avec étonnement :

— Comme tu parles drôlement ! Comme tu en sais des choses, mon petit garçon.

Elle me caresse le front.

— Qu'est-ce que tu caches dans ta main ? me demande-t-elle soudain.

C'est une feuille de fuchsia, arrachée d'un arbuste, une feuille peut-être des mois passés, alors qu'elle me terrifiait et que je tournais dans son jardin... Je l'avais retrouvée dans la poche de ma veste et en montant l'escalier je l'avais regardée avec mélancolie. Je les imaginais tous les deux, Sanders avec ses grandes épaules dures et elle, douce, blanche, dans ses bras, allongés, nus sur ce divan où elle m'avait embrassé le premier jour. Maintenant, pensais-je, c'est lui qu'elle caresse : il est un temps pour les enfantillages, et un temps pour les affaires sérieuses. Je grimpais lentement les marches de marbre, je ne me plaignais même pas, je pensais que j'allais mourir. Tous, je voyais qu'ils appartenaient tous à la race odieuse des grandes personnes, bien d'accord pour le plaisir et pour la vie.

Comme on est heureux quand on se réveille d'un cauchemar ! Pour rêver une chose pareille, il fallait que je sois loin d'elle, qui n'est qu'une petite fille blanche et noire, loin de Sanders, ce grand type aux yeux sombres qui se moque bien des femmes ! Rita achève de se déshabiller. Elle a l'air songeuse, triste et pressée. Elle me prend la tête entre les mains, elle me fixe dans les yeux, sans crier, tout le temps que je fais l'amour avec elle. Je souris et puis je suis grave. C'est sérieux. Je ne ferai rien de plus sérieux dans ma vie. L'orage vient d'éclater. Le ciel s'écroule à l'instant même où je me sens fondre dans les bras de cette Allemande assez folle pour m'aimer.

C'est un bel orage. Nous allons le regarder par la fenêtre. Mais nous ne pouvons pas nous pencher beaucoup, il y a des pas dans la nuit. Cela me rappelle le soir où elle m'avait aimé, sur ce fauteuil, tandis que les hussards défilaient en chantant. J'ai eu bien raison de m'engager. L'uniforme m'en a donné l'aspect et, en quelque sorte, je suis maintenant un homme. J'ai donc réussi, là où tout me semblait impossible, parce que la vie des autres était trop dure, trop froide, trop compliquée pour moi. La plus merveilleuse des femmes se laisse embrasser quand je le désire. J'ai connu ce grand amour et je n'ai pas vingt ans.

Nous revenons nous étendre sur le lit. La fraîcheur nouvelle nous apporte le vrai goût de la vie : une odeur d'herbe mouillée et d'aventure. Comme la petite feuille que j'avais gardée était bête ! Elle représente l'âge ingrat, sa timidité, ses mauvais rêves. Je la cherche à tâtons sur le tapis et je vais la jeter dehors. Voilà. Ce qu'elle a de mieux à faire, c'est de repousser. Si elle ne comprend pas, tant pis pour elle.

Vite, je reviens sur le corps de Rita et je le couvre de baisers. Comme elle ressemble à une statue, dans la nuit ! Ses flancs sont droits, ses seins ne bougent pas, à peine pourrait-on penser que son cœur bat. C'est drôle un visage de petite fille boudeuse sur un corps de grande personne.

Je la secoue car je viens d'entendre des pas dans l'escalier. Je devrais la défendre, mais contre les ennuyeux, elle est plus forte que moi. Elle ouvre des yeux effarés.

— Ah ! dit-elle.

Maintenant, elle passe son manteau blanc, dont elle se sert souvent comme peignoir, celui-là qu'elle avait aujourd'hui quand elle m'a demandé de revenir le soir. A ce souvenir, ma tristesse essaie de reparaître, mais je la chasse aussitôt.

Je l'entends qui parle dans l'escalier. C'est de l'allemand. Je passe vite un de ses peignoirs et je m'approche, j'ouvre la porte sans bruit. Je ne peux rien voir, le crépitement de la pluie me gêne pour entendre. Pourquoi parle-t-elle à ces inconnus ? Que viennent-ils faire à cette heure ? La curiosité se répand dans mes veines et j'imagine vingt romans. Enfin je crois comprendre ses dernières paroles.

— Laissez-nous, dit-elle. Laissez-moi ce plaisir.

Elle rentre doucement dans la pièce. Je voulais l'interroger mais je n'ose plus. En vain je tente d'ouvrir la bouche, en vain les gestes, en vain les mots. Je suis dans un rêve qui s'est décidé sans moi.

— Allonge-toi sur le lit, dit-elle.

Je souris, pour rien, dans le noir. Je m'étends. Mes yeux dilatés la fixent mais je ne prononcerai plus une parole. A ce moment des éclairs jaillissent, la lumière inonde la pièce et dans cet incendie, droite et pure devant la fenêtre, immobile, nouvelle et sans trembler, dans le vacarme et dans la mort, je vois son lent regard, je vois sa main.

DE FORJAC

Charmes du souvenir, qui ne sait vous prévoir ne sait pas son bonheur ! A peine un être s'est-il pris dans mes filets, je songe qu'il va mourir. Alors je recueille précieusement son visage. Ainsi en sera-t-il du petit Saint-Anne, que je recomposerai à ma guise et qui ne me gênera plus par son naturel. Maintenant, enfin, il est à moi. Ce bel assassiné flottera mieux dans mes rêves, il se nourrira de mes anciennes folies, de mes années gâchées, de mon impossible avenir. Mais je continuerai patiemment, car le désespoir n'est pas l'affaire d'un jour, il exige de longs travaux, des situations exemplaires. A l'heure fatale où le bateau s'ébranlera pour l'Indochine, à cette heure seulement je pourrai songer avec plus d'assurance à la catastrophe et à ses vertus. Les autres affirment que le mal recèle d'étranges pouvoirs, mais ce qu'on dit du mal ne correspond sans doute pas au malheur, lequel est d'un usage infiniment plus régulier, plus tempéré, plus digne enfin de cette nation française que je vais retrouver puisque je lui rendrai service en Orient. Cette allégeance m'est douce. Il ne me quittera pas. Ainsi descendrons-nous au milieu du sang et du feu, l'horrible événement revivra mieux parmi ces morts que nous verrons là-bas et nous aurons toute latitude de boire souvent des alcools, des sirops, du café. Nous aurons une vie coupable et rêvée.

FLORENCE

... Au lieu de se demander toujours ce qu'on fera là-bas on devrait se poser moins de questions, tout s'arrange et puis à Montpellier naturellement ce sera le contraire d'ici, je rajeunirai de cinq ans comme conduite fini les types qui vous ramènent le soir et ces sales comédies et cet amour baveux dont les hommes dégoulinent toujours pour une heure ou deux en même temps mon visage vieillira du double parce que je n'aurai plus le droit de m'arranger proprement tout cela est si terriblement injuste que je me sentirais écrasée si le reste n'avait pas été mais je ne dois pas y penser c'est impossible je vais crier je me traînerai partout en le cherchant il faudra bien il faudra bien folle pourquoi pas tu ne leur diras pas surtout oui reste folle et ne t'inquiète plus tu as dix ans pour gâcher ta vie mais tu as plus de chance que tout le monde il y a eu ce quart d'heure ne crie pas je te défends de crier sois fière dix ans ce n'est rien du tout après l'habitude sera là calme-toi je vais me regarder dans les glaces en tournant la tête de tous les côtés par mon imbécillité j'ai été heureuse un quart d'heure.

SANDERS

... Ce retour défendu parmi les miens, ce voyage dans les plaines grisâtres de l'Est. La morte de la villa, dans son grand manteau blanc, avec le sang qui coulait jusqu'à ses pieds n'aura pas lâché Saint-Anne. Le revolver qu'elle tient encore dans la main la rend détestable pour toujours. Mais puisqu'elle n'a pu supporter de vivre encore, puisqu'elle a tiré deux fois sans raison, comment la condamner? Lentement le sang va disparaître de leur visage. Ils trouveront l'assurance qui leur manquait, celle des rêves et d'un destin. Mon Dieu, pensais-je, tu nous as donné la mort comme une bête fidèle qui sait exiger des hommes leur face véritable. Alors ils parlent et ils avouent qu'ils ne sont point de la terre.

Pourquoi ce dernier cadavre? Jusqu'ici les morts et les vivants formaient dans mon esprit des castes éloignées, j'avais aimé les uns, je supportais de voir les autres étendus et glacés, je pensais que c'était un faible inconvénient et je me laissais aller sur le fleuve qui sépare les deux rives. Mais je n'ai pas été le plus fort jusqu'au bout. Le battement sourd du train qui m'emporte, c'est la fièvre qui gronde à l'horizon. La violence me plaisait. Elle simplifiait les choses. A présent, les voici trop simples, chacune d'elles est empoisonnée, l'amitié, la justice, la raison, la colère sont rongées par une lèpre aveugle. Un geste suffit pour que la main pourrisse. En nous, en moi, le sang demande à couler : il réclame les terres promises.

Derrière mon dos, ils parlent. Ces médiocres voyageurs s'appliquent à se ressembler. « Ressemblez-vous les uns les autres », tel était l'Evangile du monde moderne. Plus besoin de s'aimer, quelle fatigue évitée ! L'inventeur de cette histoire, le Dieu des chrétiens et de François Sanders, je savais bien qu'il existait, mais par un péché beaucoup plus considérable, je crois que je ne l'aimais pas non plus.

Je revenais en France. J'allais beaucoup lui demander. Une civilisation, une patrie, une religion, ces mots ont un sens. Imbécile qui attribuera ces aventures à l'humanité tout entière. Cette écœurante maladie des hommes, ce goût pâteux de soi-même, jamais, non, jamais... Je me rappelais soudain cette petite phrase insolente qui avait hanté ma jeunesse, bouleversant dans mon cœur les prestiges et les lois, régnant et déchirant : « Tout est possible. »

Il me restait donc un avenir. D'un cœur impatient, je venais l'offrir à tout ce qui dure, à tout ce qui exige, à tout ce qui ordonne l'existence. Ce n'est pas compliqué. Nous devons beaucoup à nos amis morts, nous leur devons tant d'années volées. Alors ce qu'ils nous demandent à voix basse, il faut le faire tout de suite. Que voulaient ceux-ci ? Rita me commandait de ne plus aimer personne, Besse me priait de retrouver une patrie, Saint-Anne me conseillait d'être heureux. En les écoutant, je revenais à ma nature véritable qui était de servir à quelque chose, sans amour, mais avec passion, et puisqu'il est assuré que les hommes ne se passent point de récompense, tel serait mon sauvage bonheur.

Paris, voici ton fleuve et les larmes que tu versas, voilà ton visage au front penché. Paris, voici tes rues et la plaque d'identité au bras de chacune. Les hautes maisons subissent l'amertume du soir. Mes pas sonnent sur le boulevard. Désormais, je connais mon rôle sur la terre, mais je ne sais qui je suis. Voyageur, pose des yeux tristes sur les choses, elles te le rendront au centuple. Le visage barré du ciel te menace et te guide à la fois. Vivre, il me faudra vivre encore, quelque temps parmi ceux-là. Tout ce qui est humain m'est étranger.

PREMIÈRE PARTIE

LA COMPOSITION D'HISTOIRE

DEUXIÈME PARTIE

LE CHATEAU

TROISIÈME PARTIE

LA DISTRIBUTION DES PRIX

DU MÊME AUTEUR

Aux Éditions Gallimard

LES ÉPÉES.

PERFIDE.

LE HUSSARD BLEU.

LES ENFANTS TRISTES.

AMOUR ET NÉANT.

HISTOIRE D'UN AMOUR.

D'ARTAGNAN AMOUREUX *ou Cinq ans avant.*

JOURNÉES DE LECTURES.

L'ÉTRANGÈRE.

Chez d'autres éditeurs

LE GRAND D'ESPAGNE (*La Table Ronde*).

COLLECTION FOLIO

Dernières parutions

1985.	Annick Geille	*La voyageuse du soir.*
1986.	Pierre Magnan	*Les courriers de la mort.*
1987.	François Weyergans	*La vie d'un bébé.*
1988.	Lawrence Durrell	*Monsieur ou Le Prince des Ténèbres.*
1989.	Iris Murdoch	*Une tête coupée.*
1990.	Junichirô Tanizaki	*Svastika.*
1991.	Raymond Chandler	*Adieu, ma jolie.*
1992.	J.-P. Manchette	*Que d'os !*
1993.	Sempé	*Un léger décalage.*
1995.	Jacques Laurent	*Le dormeur debout.*
1996.	Diane de Margerie	*Le ressouvenir.*
1997.	Jean Dutourd	*Une tête de chien.*
1998.	Rachid Boudjedra	*Les 1001 années de la nostalgie.*
1999.	Jorge Semprun	*La Montagne blanche.*
2000.	J. M. G. Le Clézio	*Le chercheur d'or.*
2001.	Reiser	*Vive les femmes !*
2002.	F. Scott Fitzgerald	*Le dernier nabab.*
2003.	Jerome Charyn	*Marilyn la Dingue.*
2004.	Chester Himes	*Dare-dare.*
2005.	Marcel Proust	*Le Côté de Guermantes* I.
2006.	Marcel Proust	*Le Côté de Guermantes* II.
2007.	Karen Blixen	*Le dîner de Babette.*
2008.	Jean-Noël Schifano	*Chroniques napolitaines.*
2009.	Marguerite Duras	*Le Navire Night.*
2010.	Annie Ernaux	*Ce qu'ils disent ou rien.*
2011.	José Giovanni	*Le deuxième souffle.*

2012.	Jan Morris	*L'énigme (D'un sexe à l'autre).*
2013.	Philippe Sollers	*Le Cœur Absolu.*
2014.	Jacques Testart	*Simon l'embaumeur (ou La solitude du magicien).*
2015.	Raymond Chandler	*La grande fenêtre.*
2016.	Tito Topin	*55 de fièvre.*
2017.	Franz Kafka	*La Métamorphose* et autres récits.
2018.	Pierre Assouline	*L'homme de l'art (D.-H. Kahnweiler 1884-1979).*
2019.	Pascal Bruckner	*Allez jouer ailleurs.*
2020.	Bourbon Busset	*Lettre à Laurence.*
2021.	Gabriel Matzneff	*Cette camisole de flammes (Journal 1953-1962).*
2022.	Yukio Mishima	*Neige de printemps (La mer de la fertilité, I).*
2023.	Iris Murdoch	*Pâques sanglantes.*
2024.	Thérèse de Saint Phalle	*Le métronome.*
2025.	Jerome Charyn	*Zyeux-Bleus.*
2026.	Pascal Lainé	*Trois petits meurtres... et puis s'en va.*
2028.	Richard Bohringer	*C'est beau une ville la nuit.*
2029.	Patrick Besson	*Ah ! Berlin* et autres récits.
2030.	Alain Bosquet	*Un homme pour un autre.*
2031.	Jeanne Bourin	*Les amours blessées.*
2032.	Alejo Carpentier	*Guerre du temps* et autres nouvelles.
2033.	Frédéric H. Fajardie	*Clause de style.*
2034.	Albert Memmi	*Le désert (ou La vie et les aventures de Jubaïr Ouali El-Mammi).*
2035.	Mario Vargas Llosa	*Qui a tué Palomino Molero ?*
2036.	Jim Thompson	*Le démon dans ma peau.*
2037.	Gogol	*Les Soirées du hameau.*
2038.	Michel Déon	*La montée du soir.*
2039.	Remo Forlani	*Quand les petites filles s'appelaient Sarah.*
2040.	Richard Jorif	*Le Navire Argo.*

2041.	Yachar Kemal	*Meurtre au marché des forgerons (Les seigneurs de l'Aktchasaz, I).*
2042.	Patrick Modiano	*Dimanches d'août.*
2043.	Daniel Pennac	*La fée carabine.*
2044.	Richard Wright	*Fishbelly (The Long Dream).*
2045.	Pierre Siniac	*L'unijambiste de la cote 284.*
2046.	Ismaïl Kadaré	*Le crépuscule des dieux de la steppe.*
2047.	Marcel Proust	*Sodome et Gomorrhe.*
2048.	Edgar Allan Poe	*Ne pariez jamais votre tête au diable* et autres contes non traduits par Baudelaire.
2049.	Rachid Boudjedra	*Le vainqueur de coupe.*
2050.	Willa Cather	*Pionniers.*
2051.	Marguerite Duras	*L'Eden Cinéma.*
2052.	Jean-Pierre Enard	*Contes à faire rougir les petits chaperons.*
2053.	Carlos Fuentes	*Terra Nostra,* tome I.
2054.	Françoise Sagan	*Un sang d'aquarelle.*
2055.	Sempé	*Face à face.*
2056.	Raymond Chandler	*Le jade du mandarin.*
2057.	Robert Merle	*Les hommes protégés.*
2059.	François Salvaing	*Misayre ! Misayre !*
2060.	André Pieyre de Mandiargues	*Tout disparaîtra.*
2062.	Jean Diwo	*Le lit d'acajou (Les Dames du Faubourg, II).*
2063.	Pascal Lainé	*Plutôt deux fois qu'une.*
2064.	Félicien Marceau	*Les passions partagées.*
2065.	Marie Nimier	*La girafe.*
2066.	Anne Philipe	*Je l'écoute respirer.*
2067.	Reiser	*Fous d'amour.*
2068.	Albert Simonin	*Touchez pas au grisbi !*
2069.	Muriel Spark	*Intentions suspectes.*
2070.	Emile Zola	*Une page d'amour.*
2071.	Nicolas Bréhal	*L'enfant au souffle coupé.*
2072.	Driss Chraïbi	*Les Boucs.*
2073.	Sylvie Germain	*Nuit-d'Ambre.*

2110. François-Olivier Rousseau — *Sébastien Doré.*
2111. Roger Nimier — *D'Artagnan amoureux.*
2112. L.-F. Céline — *Guignol's band, I. Guignol's band, II (Le pont de Londres).*
2113. Carlos Fuentes — *Terra Nostra,* tome II.
2114. Zoé Oldenbourg — *Les Amours égarées.*
2115. Paule Constant — *Propriété privée.*
2116. Emmanuel Carrère — *Hors d'atteinte ?*
2117. Robert Mallet — *Ellynn.*
2118. William R. Burnett — *Quand la ville dort.*
2119. Pierre Magnan — *Le sang des Atrides.*
2120. Pierre Loti — *Ramountcho.*
2121. Annie Ernaux — *Une femme.*
2122. Peter Handke — *Histoire d'enfant.*
2123. Christine Aventin — *Le cœur en poche.*
2124. Patrick Grainville — *La lisière.*
2125. Carlos Fuentes — *Le vieux gringo.*
2126. Muriel Spark — *Les célibataires.*

Impression Bussière à Saint-Amand (Cher),
le 5 janvier 1990.
Dépôt légal : janvier 1990.
1er dépôt légal dans la collection : septembre 1977.
Numéro d'imprimeur : 155.
ISBN 2-07-036986-2./Imprimé en France.

48267